NF文庫
ノンフィクション

ソロモン海の戦闘旗

空母瑞鶴戦史［ソロモン攻防篇］

森 史朗

潮書房光人新社

ソロモン海の戦闘旗——目次

第一部　新機動部隊の誕生

ソロモン海の戦闘旗

――空母瑞鶴戦史［ソロモン攻防篇］

第一部　新機動部隊の誕生

第一章　ミッドウェーの仇

期友・柳本艦長の壮烈な最期

1

筑波航空隊司令野元為輝《ためき》大佐が海軍省人事局から、「補瑞鶴艦長」の内命を受けたとき、数日後にその栄光の座から奈落の底に突き落とされるような衝撃をうけようなどとは、夢にも思わなかった。

一九四二年（昭和十七年）六月初頭のことである。

即日、東京・霞ヶ関の海軍省を訪ね、人事局第一課長山本親雄大佐から瑞鶴改装の新工事

について あれこれと説明をうけ、とくに人事局長中原義正少将から声をかけられて、

「戦捷《せんしょう》のみぎり、なお一層の戦果をあげてくれ」

とのはげましの言葉をかけられた。

ついであいさつのため、大臣室背後にある航空本部を訪れたときのことである。部屋のなかから大きな笑い声と、濶達《かったつ》な話し声がきこえてきた。

椅子に腰をかけ、部員たちを相手に、威勢よくつい先日のサンゴ海海戦の戦況を語っているのは第五航空戦隊（五航戦と略称。以下同じ）先任参謀山岡三子夫《みねお》中佐である。兵学校では五期下の後輩だから、在校時の面識はない。

紹介されると、山岡参謀はさっそく次期作戦のフィジー、サモア攻略（FS作戦）の予定を語り、六月中旬までに瑞鶴は内南洋のトラック島基地まで進出すべし、との予令が出ていることなどを口ばやに語った。

海軍省内とあって、防諜のことなど気にとめている様子はなかった。機動部隊のほこ先はオーストラリア北東部にむかい、

「いよいよつぎの目標は、豪州作戦ですぞ」

と、声高にいった。はるばる南東方面の万里を踏破してと、自信満々の風情である。

――フィジー、サモア攻略か。

野元大佐にとっても、気宇広大な夢想プランであることは言うまでもない。

海軍大学校での図上演習では、日米開戦となった場合、来攻する米太平洋艦隊をマーシャル諸島北方、マリアナ諸島東方海面で待ちうけ、主力艦同士の決戦でこれを撃滅するという局面で、演習中止となった。それ以降の戦線拡大は想定されていなかったのだ。

それがいまや、南東方面のラバウルを攻略し、ソロモン諸島のツラギに触手をのばし、ニューギニア南東岸のポートモレスビーから豪州北東岸にせまる勢いである。これら壮大な攻略プランを前にして、野元大佐はあらためて身の引きしまる思いがした。

身長一八〇センチ、体重九〇キロ。海軍軍人として、ひときわ偉丈夫な四十七歳の新艦長は、おなじ航空母艦蒼龍の艦長である柳本柳作大佐に思いをはせる。

二人は海軍兵学校の同期生で、柳本は真珠湾攻撃いらい機動部隊の中心にあって赫々《かくかく》たる武勲をあげ、自分もそれに負けてはならない、と今さらながら覚悟を新たにしていたのだ。

柳本大佐とは、少なからぬ因縁があった。

柳本柳作は長崎県平戸生まれ。猶興館中学から苦学して兵学校入りをし、生徒時代の彼の不屈の闘志はすでに伝説的なものがある。

柳本生徒は兵学校時代、

「堅忍不抜《けんにんふばつ》」

「刻苦勉励《べんれい》」の鑑《かがみ》とされた。

ハワイ作戦参加の折は空母蒼龍艦長として四六時中艦橋につめかけ、「艦長はいつ眠られるのだろうか」と部下たちをふしぎがらせたのは有名な逸話だが、中学生時代から平戸の山坂を二里半（約九・八キロ）通学に往復して、無類のがんばり屋としてその名を高めた。兵学校恒例の棒倒し競技では、いつも中心にあって棒をささえる通称〝あぐら組〟の一員として抜擢《ばってき》された。また宮島の弥山《みせん》登山では、おなじ分隊の仲間たちが息を切らし、へとへとになって坐りこんでいるのを尻目に平然として頂上からながめていた、という頑健な体力の持ち主であった。

柳本生徒は砲術科へ、野元生徒は航海科へとのちに進路を別にして、それぞれが艦隊実習にはげむことになるのだが、柳本の場合は大正十年、御召艦香取の分隊長として、当時摂政宮であった昭和天皇のヨーロッパ訪問随行の栄に浴している。二人は海軍大佐となり、柳本柳作は軍令部第二部第三課長（軍備）から空母蒼龍艦長へ。野元為輝は水上機母艦千歳艦長から空母瑞鳳艦長へと転身した。

因縁話というのは、二人は住居が東京・目黒区平町でとなり近所同士という間柄になったことである。

両家は、家族ぐるみの親しいつきあいとなった。柳本大佐は長男、次男と相ついで病気で喪っていただけに、留守がちな夫に代わって残された柳本家二男一女の成長に、妻同士の援《たす》けあいがあった。

野元大佐の印象に強いのは、柳本家の玄関にかかげていた一幅の額のことである。

兵学校を卒業して練習艦隊に乗り組んだとき、司令官岩村俊武中将に揮毫《きごう》してもらったとかで、墨痕あざやかに、

「始終死期」

とあった。海軍軍人たるもの、つねに海上での死を覚悟せよといういましめの言葉である。

のちにミッドウェー沖での柳本艦長の壮烈な死をききおよんで、同期生の日ごろの決意と覚悟を思い知ることになるのだが、瑞鶴新艦長となったいま、柳本がどのように苛酷な戦場にむかっているかは、何も知らずにいた。

2

さて、野元大佐が筑波航空隊での事務引きつぎをおえ、呉沖に碇泊している空母瑞鶴に着任したのは三日後、六月八日のことである。

呉軍港の桟橋から迎えの内火艇に乗りこみ、初夏のおだやかな内海を渡りながら、

「瑞鶴は武運の艦《フネ》ですよ」

と誇らしげに語ってくれた人事局員の話を思い出していた。民間の造船所に委託、艤装工

事中にひとりの殉職者も出さず、けが人も生じなかった。軍艦建造にあってはきわめてめずらしい出来事ですよと、わがことのように自慢してみせ、そしてこうつづけた。

「ハワイ作戦いらい三度の大作戦で、艦に傷ひとつつかなかった。艦長二代目として、名誉なことですな」

人事局員の恩着せがましい言葉も、乗艦後にあらためて艦内でおなじような武勲話として口ぐちに語られるのをきいてみると、やはりその通りだと心はずむ思いにかられた。
二五、六七五トンもの大型正規空母の操艦ははじめての経験だが、洋上航空戦で米軍機の空襲をうけた場合、雷爆撃をみごとにかわしてみせるという艦長としての誇りがあった。
航海科出身だけに、航空母艦の、

(操艦はお手のもの)

という自負心もある。

だが、その意気ごみもわずか一日だけでおわった。思いがけない悲報が、着任早々の新艦長を待ちうけていたのだ。

艦長交代の儀式は手短におわった。平時ならともかく、戦時下でありものものしい儀式などは省かれて、前任の横川市平大佐も全乗員の「帽振れ」に見送られて、気ぜわしく艦を去っていった。

艦長室は、右舷上甲板の前部にあった。さすがに前任の小型空母瑞鳳よりは居住性は良く、部屋も広い。

瑞鳳はロンドン軍縮条約下、空母への改装を予定して給油艦として起工されたものである。途中で潜水母艦に変更され、昭和十三年九月になって、ようやく航空母艦として完成させることが正式に決まった。同十五年末、竣工。着工から完成までに五年余の歳月を要しただけに、はじめから正規空母として設計された瑞鶴とは居住性に差がつくのである。

艦長室の近くに副長室があり、副長鈴木光信中佐が声をかけて、

「すぐ総員集合をかけますか」

ときいた。初の艦長訓示を、在艦中の全乗員あて飛行甲板でおこなおうというのである。

飛行機隊の搭乗員、整備兵たちは九州鹿屋《かのや》基地に移っていて、艦内には他科の乗員たちが残っているだけだった。その彼らもふくめて、艦のほとんどの乗員は初対面である。

(艦内巡視もいそがねばならんな)

と、新艦長は思う。艦内の出来事すべてが、初心者の第一歩からはじまるのだ。

野元為輝は明治二十七年、鹿児島に生まれた。中学校は東京府立一中(現・日比谷高校)を受験し、同校から大正二年、海軍兵学校入りをした。

日露戦争の大勝利のあと、バルチック艦隊撃滅の昂奮さめやらぬ時期であったから、青少年のあこがれは旗艦三笠艦上の東郷元帥で、野元少年の若き血をたぎらせたのも勇壮な日本

海海戦の大砲撃戦であった。

兵学校卒業後、練習艦隊の航海実習生としてハワイをへて北米沿岸をまわった。艦隊実習、各艦での海上勤務のあと昭和二年、第二十七期海軍大学校甲種学生となる。

海大甲種学生といえば、海軍の最高学府ともいうべきエリート集団を指す。兵学校同期生で一期上の海大学生には、連合艦隊先任参謀の黒島亀人、戦艦比叡艦長西田正雄、同日向艦長松田千秋、重巡鳥海艦長早川幹夫、同妙高艦長大和田昇の名がみえる。

黒島亀人の名は山本長官お気に入りの〝変人参謀〟として知られているが、重巡鳥海の早川艦長も第一次ソロモン海戦のさい、米重巡アストリアはじめ四隻撃沈、一隻大破という一方的勝利をあげながら、引き揚げ命令を出した司令官三川軍一中将にたいして、

「長官、引き返しましょう」

と米輸送船再攻撃を進言した勇猛な指揮官として名高い。

戦艦比叡の西田艦長も、第三次ソロモン海戦のさい米巡洋艦アトランタ、ジュノーと交戦し、これを撃沈。みずからも被弾し、ついに自沈させたという悲劇の体験者となる。

これら野元たち兵学校四十四期の軌跡をたどってみると、昭和十七年後半期のソロモン諸島をめぐる攻防戦の舞台に彼らの世代が主役となって登場してくるのがわかる。

――さて、艦長室で引きつぎ書類に目を通していた野元大佐は、暗号電報つづりの六月五日当日の暗号解読文に目を止めて、息をのんだ。

そこには、一瞬呼吸がとまるような、おどろくべき文字がならんでいた。

「敵陸上攻撃機及ビ艦上攻撃機ノ攻撃ヲ受ケ　加賀、蒼龍、赤城ハ大火災ヲ生ズ　飛龍ヲシテ敵空母ヲ攻撃セシメ　機動部隊ハ一部北方ニ避退シ兵力ヲ集結セントス……」

発信元は、第八戦隊司令官となっている。ミッドウェー島攻略部隊の次席指揮官阿部弘毅少将のことである。地点は同島沖で、発信時刻は六月五日午前七時五〇分。

この緊急信の意味するところはあきらかであった。すなわち、旗艦赤城、一航戦の空母加賀、二航戦の空母蒼龍三隻が米軍機の攻撃により被害をうけ、健在なのは二航戦の空母飛龍一艦のみであること。旗艦赤城は将旗を降ろし、指揮官は南雲忠一中将から阿部少将に引きつがれたこと——南雲機動部隊はミッドウェー島攻略に失敗し、敗北の真っただ中に追いこまれているのだ。

野元大佐は、いそいでつぎの頁をくった。暗号解読により、戦闘の状況がしだいに明らかになって行く。

南雲長官以下一航艦司令部幕僚たちは無事で、移乗した軽巡長良にふたたび将旗がかかげられたこと。空母飛龍一艦で反撃に転じ、米空母が炎上中であること、などがわかった。

しかしながら、悲報はつぎつぎと南雲機動部隊の被害が増大して行く状況をつげる。

一艦のみ健在であった空母飛龍も米軍機の攻撃をうけ被弾、炎上。水雷戦隊による夜襲を企図したが、遠距離にすぎて、これを断念。さらに赤城への魚雷処分、加賀、蒼龍、飛龍の全空母喪失……。

野元大佐は慄然となった。真珠湾攻撃いらいの機動部隊主力空母四隻すべてが喪われたのである。日本海軍に残された大型正規空母は瑞鶴、翔鶴の二隻でしかない。たった二隻！しかも翔鶴はサンゴ海海戦で損傷し、呉軍港岸壁で三ヵ月の修理工事中で、いま洋上に浮かんでいるのは瑞鶴一艦のみなのだ。

「この艦とともに命は捨てにゃならんな、と思いました」

というのが、ミッドウェー海戦の悲劇を耳にした野元元艦長の率直な感懐である。

と同時に、やがて断片的な情報をつなぎあわせて知る兵学校同期生、柳本柳作艦長の壮烈な最期に胸ふるえる思いがした。後に知ったことだが、級友は空母蒼龍艦橋で、全身に火傷を負い、火ぶくれの赤い顔で阿修羅のように指揮をとり、万歳を連呼しながら艦と運命をともにしていったという。

――いかにも柳本らしい最期だ。

と、彼は思う。艦とともに東太平洋の深い海に身を沈めた友の生涯は、「始終死期」をかかげた日ごろの覚悟のあらわれであり、彼の生きざまそのものであった。

そして野元大佐は、あらためて新艦長としての決意を胸に秘める。柳本柳作の最期の姿は、明日のわが身でもあるのだ。

3

ミッドウェー攻略作戦中止とともにフィジー、サモア攻略作戦の行方が懸念されたが、それよりもまず第一に必要なのは艦内人事の掌握と艦内旅行の実施である。

横川艦長時代の主要幹部は、航海長露口操中佐をはじめ、砲術長小川五郎太少佐、通信長八角高士大尉、機関長大重静機関中佐、整備長原田栄治機関少佐などのベテランが居残っている。

第二段作戦への新体制とともに、彼らにもいずれ交替人事が発せられるだろうが、肝心なのは飛行長人事である。

飛行長下田久夫中佐はいま艦を留守にし、飛行機隊とともに鹿屋基地にある。新たな補充隊員たちの練成もあわただしくはじめられ、開戦前の初期定着訓練の第一歩からやり直しだ。

六月五日――この日の悲劇が、すべてのスケジュールをご破算にしてしまった。下田飛行長が交代し、新飛行長として瑞鶴に送りこまれてきたのはミッドウェー海戦敗北の責任者、第一航空艦隊前航空参謀源田実中佐であった。

瑞鶴新艦長として野元為輝大佐の第一日は、艦内旅行にはじまった。艦内旅行――とは海軍用語で、艦内各部を巡視することをいう。

案内役には鈴木副長が立ち、艦橋各部から最上甲板、上甲板、中甲板へと七層にわたる各層を説明して歩いた。当直下士官が先導し、当直士官、甲板士官たちも随行するので、一種の大名旅行となった。

これだけで半日かかった。ついで整備科各工場に案内された。

発動機調整場、同試運転所、飛行機工場などを歩いてまわると、そこには故障機、未修理機がならべられており、分解された発動機、プロペラの類が所せましと散らばっていた。先月のサンゴ海海戦で、飛行機隊各機もよほど手痛くやられたらしい。

機関科各所にも、あらためて案内された。ついで砲術科、通信科と、各科長の説明をきいて歩くだけで、たちまち三日目の夜が暮れた。

六月十一日、呉港沖を発ち、西行して伊予灘にむかう。艦長としての初航海である。

ここは豊後水道に入る前の、別府湾と山口県との間にはさまれた海域で、おもに母艦への離発艦訓練のために使われた。現在では、瀬戸内海国立公園に指定されている。

「両舷前進微速!」

「りょうーげんーぜんしんーびそーく」

野元艦長の低い声に、操舵員がゆっくりと復唱する。基準排水量二五、六七五トン、一六万馬力のタービン四基がゆるゆると回転をはじめる。手なれた航海作業である。

艦橋の前方左の高椅子、通称〝猿の腰かけ〟に座す野元大佐には、航海長として重巡妙高はじめ一五の艦艇での乗艦経験がある。

出入港時の操艦は艦長の職務であったから、つねに緊張感をともなう作業だが、それを背後から人一倍熱心に見守っていたのが、翔鶴新艦長有馬正文大佐である。

有馬艦長は砲術科出身で、砲術長の経験はあるが、艦橋にあって航海作業に当たった経験は数少ない。

昭和十二年、日華事変がはじまってからは、水上機母艦神川丸艦長をへて佐世保、木更津、横浜空各司令と航空畑を転々とし、前任は横須賀航空隊副長兼飛行長の職にあった。

「艦長見習いに、やってきました」

この朝、舷門にむかえ出た野元艦長に、有馬は兵学校では一期上の先輩でありながら生まじめな口調であいさつをし、謹直な敬礼の仕方をした。

艦橋に招かれても偉ぶるわけでもなく、熱心に後輩の動作を見守っている。

「翔鶴の修理は、七月十九日までに完了させますよ」

伊予灘に入ってからは操舵を航海長露口操中佐にゆだね、出港の気くばりから緊張がとけた野元艦長にむかって、有馬大佐はさっそく声をかけた。新艦長になって傷ついた翔鶴の就役を一日でも早くとせかせた結果だと、誇らしげに語りたかったらしい。

当初は修理完成が八月三日の予定であり、二週間も早まったのだ。

「航空母艦同士の戦闘は相打ちだから、まず第一に敵が来襲するまえにわが飛行機を全部発艦せしむこと。これを肝に命じておくべきです」

小憩のため艦長室に案内されると、研究熱心な勉強家だけに、有馬大佐は就任直後から考えていた自論を披露した。

有馬正文大佐ははじめての正規空母艦長となって、大張り切りであった。この人物は、昭和十九年秋、第二十六航空戦隊司令官として比島最前線基地の一式陸攻機に乗りこみ、昼間雷撃隊の一員として出撃。全機未帰還となって、新聞紙上に「敵空母に司令官体当たり」と喧伝された人物である。

この戦時中の突発的ともいうべき出撃行にたいして、戦史の評価は相半ばするものがあるのだが、取りもなおさず「指揮官先頭」をつらぬいたという意味で日本海軍の伝統は守られた、というべきではないか。

有馬大佐は明治二十八年生まれ。野元艦長よりは一歳年下の四十六歳で、出身地はおなじ鹿児島県である。

県立一中から兵学校四十三期へ。卒業成績は三十三番というから目立った存在でもなく、とくに兵学校生徒時代に柳本柳作のような、とりたてて描くエピソードはない。強《し》いてあげるとすれば、強烈な精神主義――明治天皇に殉死した乃木将軍に象徴される忠君愛国主義の思想がきわだっていたというべきか。

翔鶴艦長着任時に、有馬はさっそくその性格の片鱗をのぞかせて周辺を仰天させている。

有馬大佐が呉軍港岸壁で繋留工事中の翔鶴にやってきたのは、九月二十八日のことである。辞令は二十五日付で、翌日には横須賀航空隊副長兼教頭の職をはなれて呉にむかった。

柱島泊地では、ミッドウェー出撃を明日にひかえた連合艦隊旗艦大和、機動部隊旗艦赤城を相ついで訪問している。ついで翔鶴に着任し、在艦全乗員にたいして初訓示をおこなった。

翔鶴では、城島艦長とともにほとんどの幹部に辞令が出て、他部隊に転出している。のこされたのは、航海長塚本朋一郎中佐と運用長福地周夫中佐の二人だけである。

有馬新艦長に呼び出された福地運用長が、改造工事の現場から艦長室を訪ねると、

「まあ、そこに腰かけてお茶でも飲みたまえ」

と椅子に坐るようにすすめた。机上には羊カンが切られて出されてある。

福地中佐の印象では固苦しい、几帳面な性格の艦長像とあるが、その日の表情も眦《まなじり》を決して、はげしい闘志をみなぎらせたものであった。

サンゴ海海戦での被弾のさい、運用長として「君はどんな処置をしたのか。くわしく説明してくれ」と問いかけ、飛行甲板上三ヵ所の爆弾命中の状況、応急処置のあれこれに熱心に耳をかたむけたあと、

「君に話しておくことがある」

と、口調をあらためて言った。

「いったん本艦が出撃すれば、私は生還を期していない。はじめて舷門をのぼったとき、私はここを死場所とすると心に決めた。本艦が奮戦ののち、沈没するような場合には艦長は艦

と運命をともにする」

福地中佐は息をのんだ。乗艦時に、これほどはっきりと死の覚悟を明言した艦長の例はなかったからだ。

「そのさい、私は乗組員にたいしても『総員退艦』などの号令はかけないつもりだ。乗員全員が艦と運命をともにする覚悟で戦うのだ」

新艦長の決意は本物だ、と福地中佐は身を固くして有馬大佐の言葉に耳をかたむけていた。真剣な眼差しに熱意があふれており、何よりも乗員とともに戦い、生死をともにするのだという覚悟にあふれている。

「おそるべき葉隠《はがくれ》精神だと感じました。万が一にも生還を期していない。そんな決意を部下の前で誓う艦長というのは、はじめての体験でした。私は、一種の特攻精神と受けとめていました」

と、福地元中佐は述懐している。

4

有馬新艦長は翔鶴新艦長に着任するや、さっそく新作戦にむけて戦訓対策を研究している。とくに艦内では、サンゴ海海戦に参加した戦闘機隊先任分隊長帆足工大尉を招いて、実戦体験から引き出した対策に耳をかたむけている。

有馬大佐は、野元大佐にこう断言する。

「戦闘状況によっては、各航空母艦がそれぞれ独断で全機発艦せねばならんでしょう。その飛行機隊の一群、よく一母艦を葬るにたる、ですな」

ミッドウェー海戦で、まず三空母炎上中と電報が飛来してきたのは、母艦上に味方機が発艦寸前の状態にとどまっていたことを推察させる。翔鶴の場合、すでに攻撃隊発進後だったので被害は最少限ですんだのであり、航空決戦の場合は寸時の判断をあやまってはならない。

有馬艦長の推論は、まちがっていなかった。

ミッドウェー海戦時、南雲司令部帰投後の報告では、米空母を発見するも直衛戦闘機が防空戦闘にとられて味方雷爆撃機の掩護にまわせない。したがって、彼らを母艦に収容し燃料、弾薬の補給をすませてから発進するという準備に手間どったのが敗因となった。

「敵軍機の来襲を察知すれば、戦闘機の掩護などにこだわらず、攻撃隊を即時発進させねばなりません。一瞬の油断が命とりになります」

有馬艦長は、つづけて被弾した場合の火災発生をどう食いとめるかについて、翔鶴の防火対策をつたえた。

「格納庫の火災となった場合は、機械室、舵取室に火焔が吸入され、たとえ弾薬庫に注水して延焼爆発をふせいだところで、艦の行動は不可能となる危険がある」

被弾、火災の二次的な影響は深刻なものがあると言い、つぎの諸点を対策としてあげた。

野元大佐の回想によれば――。

一、燃焼物を防禦甲板より除去すること
二、火災の防禦甲板よりの侵入を絶対阻止すること
三、缶用空気取入口の予備装置不能の場合は、機械室を密閉し、運転を持続させること。
　酸素補給、冷却装置の完備

「ありがとうございます。本艦もさっそく防禦態勢の再検討をはかることにします」

じっさい野元大佐にとって有馬艦長の提言は、次期作戦のさいには重要な助言と受けとめられた。翔鶴の修理改造工事は三ヵ月の予定で、瑞鶴の増強工事は翔鶴の作業がおわっての七月二十日からとなる。これらの工期が短縮されるのだ。対策を急がねばならぬ。

翔鶴の防禦対策は福地運用長と二人で考えぬいたもので、そのほかにも同艦の場合は消防用に煙突の冷煙装置——飛行機が発着艦するときに煙突の周囲から海水を放出して煙を飛行甲板に流れないようにする装置——を利用すること。自動車の部分品を利用して、移動消防ポンプを特設することなどが考案された。

野元艦長には、有馬大佐のつぎの言葉も強い印象となって残った。もし艦橋が破壊され、艦長として指揮がとれなくなった非常時の心得である。

「さきの海戦時のように、一定針路をとって戦場離脱を心がけるべきで、いたずらに戦場に永くとどまっている必要はない」

先輩としての忠告でもあったのだろう。口調はあくまでもていねいだが、その言葉の端ばしには強い意志が感じられた。いまこそ、ミッドウェー海戦の復仇の実をあげねばならない。

その機会がすぐに訪れた。アリューシャン攻略作戦の北方部隊への参加である。六月十四日が出撃日となった。

なぜミッドウェー海戦に敗れたのか

1

連合艦隊旗艦大和は、日本内地への帰投をいそいでいた。

ミッドウェー攻略作戦参加のため柱島泊地を出撃してより一四日目、南雲機動部隊壊滅の報をきいて、主隊として後方より支援するはずのものが遠距離にすぎて、これを断念。柱島泊地へと敗軍の身を走らせているところだ。

さる五月二十七日、日本海海戦の記念日に戦勝の気分にあふれて出撃したのもつかのま、いまや司令部幕僚たちは意気消沈し、大和艦橋の空気もしめりがちである。

作戦計画を立案し、これを強力に推し進めた首席参謀黒島亀人大佐にとって不可解なのは、事前の作戦プランでは機動部隊半数の航空兵力がミッドウェー島空襲にむかっているあいだ、残りの半数は米空母発見時に即時発艦できるように待機していたはずであった。

しかるに、索敵機から「敵発見」の報告がとどいても二時間近くも発進できないまま空白の時間がすぎ、大敗した。このおそるべき怠慢の原因とは、何だったのか。

「あれほどハッキリ言っておいたのに……。こんな失敗はあきらめきれん！」

黒島参謀は怒りにかられて、機動部隊司令部側の作戦指揮ぶりをののしった。何という手落ちだろう！

作戦参謀三和義勇大佐も、同様に怒りのほこ先を南雲長官にむけた。——見敵必滅は日本海軍の伝統であり、それを、おめおめと米軍機の急襲をうけ、全空母を喪失する——これ以上の作戦指揮の失敗はあるまい。それにいたる原因とは何なのか、徹底的に究明しなければならない。至急、南雲長官以下幕僚を召集して問いただすべきだ。

海戦の敗北より五日目、南雲司令部の幹部が移乗し、内地への帰路についている軽巡長良を旗艦大和に横づけするよう、命令が発せられた。原因の究明と今後の空母部隊再建の打ち合わせを目的とされた。

六月十日午前八時すぎ、旗艦大和に横づけされた軽巡長良から移乗してきたのは、草鹿参謀長とカッターに乗りこんできた先任（首席）参謀大石保大佐、航空参謀源田実中佐、および長官副官の四名で、南雲長官の姿はなかった。

これは草鹿参謀長の配慮で、「敗北の責任を負って自決する」と気持の昂っている南雲中将をしばし落ち着かせるためのものであった。南雲は長良艦長室で、山本長官の結論を待っている。

出迎えた司令部幕僚たちの前で、大石、源田両参謀は悄然としていて、とくに大石首席参謀は、

「すみませんでした」

と頭を下げたきり、言葉を発しない。

航空参謀源田実中佐も同様で、いつもの炯々《けいけい》とした眼光に力はなく、うなだれたままである。

「なぜ、即時待機にしていた半数の飛行機を発進させなかったのか？」

というのが、連合艦隊首席参謀黒島亀人大佐にとっての最大の怒りであり、疑問である。

だが、いきりたって問いつめる黒島大佐の詰問に二人はただすまなかったとの言いわけをくり返すのみで、それ以上の釈明はない。

それも道理であったろう。源田参謀の戦後回想録によれば、彼は航空参謀として二つの大きな過ちを犯した。

その一は、事前の情報収集を軽視して一段索敵という安易な方法をとったことである。もし、米空母部隊の出現を予期していたならば、重巡部隊の水上偵察機とともに二段索敵の慎重な手はずを実施することができた。

それは米空母ヨークタウンの搭載機が、

「戦闘機二七、爆撃機一八、雷撃機一三、偵察機一八」

であるのにたいし、旗艦赤城では、

「戦闘機一八、爆撃機二七、雷撃機二七」

と攻撃機重視で、しかも雷撃機が索敵機をかねるという偵察任務軽視の戦法にとらわれていたことである。その攻撃一本槍の搭載機数配分は、じつは源田参謀自身の提言によるものなのだ。


第二は、米空母発見の報を知るや二航戦の司令官山口多聞少将から、

「ただちに攻撃隊発進の要ありと認む」

との意見具申があったのにたいし、味方攻撃隊の被害を過度におそれて、これを握りつぶしてしまったことである。


おなじ事態はインド洋機動作戦でも起こっており、航空参謀としてミッドウェー沖で二航戦艦爆隊三六機を丸裸で送り出す非情の采配ができず、三空母の被弾炎上という最悪の惨事をまねいたのは「見敵必戦」の日本海軍の伝統をおこたった彼の大失策である。

しかし、敗因がそのいずれかであるにせよ、最終の決断を下したのは南雲中将であり、それを補佐するのは草鹿参謀長である。

草鹿少将は別に長官公室に招かれて、山本長官、宇垣参謀長を前にしてミッドウェー海戦敗北の原因をつぎのように語った。

その一は、索敵計画の不備である。米空母部隊の至近海面での不意の出現をおそれたため、索敵機の発艦を攻撃隊出発と同時にした。しかも機数が少ないため、発見は索敵機の帰途になっておくれた。

二、第二次攻撃隊は米空母出現にそなえて待機していたものの、米軍機のたび重なる空襲により直衛戦闘機を発艦させねばならず、その間中攻撃機を格納庫に下げ、発進に手間どった。

三、米空襲機はミッドウェー基地を発進せるものと考え、第二次攻撃を雷撃から陸用爆弾に、米空母発見後はふたたび雷装にと変更したため、その作業に手間をとられた。

四、サンゴ海海戦の教訓により、味方戦闘機の護衛を欠いた攻撃隊は被害甚大となるおそれがあり、上空直衛の戦闘機を収容し攻撃隊直掩にむけるための準備に手間どった。

いずれの場合も、空母飛龍をのぞいた三艦が米軍機の急襲をうけ、被弾炎上した状況が説明されている。

草鹿参謀長はその席で、山本長官にむかってこんな直訴をした。

「大失策を演じ、おめおめと生きて帰れる身ではなかったのですが、ただ復讐の一念にかられて生還してきました。どうか復讐できるよう取りはからっていただきたい」

「承知した」

山本長官は短く答えた。

別室で待機している黒島首席参謀は、三人のやりとりを知らずにいる。その席に、長官公室を出てきた草鹿参謀長が加わった。彼は、黒島参謀たちに山本長官に語った事実経過をくり返し、

「残念ながら、万事失敗した」

と、率直に司令部の失策に頭を下げた。

機動部隊参謀長が全面的に非をみとめたことで、黒島参謀もふり上げた拳の降ろしようがなくなった。采配失敗の責任は、連合艦隊司令部側にもあったのである。

その第一。旗艦大和を中心として戦艦長門、陸奥、伊勢、日向、山城の開戦いらいどっしりと柱島に腰をすえた〝柱島艦隊〟が、ノロノロと後方より出撃した悠長さ。後方三〇〇カイリの位置にあっては、いざ米国艦隊との夜戦決行を決断した場合、突き出す槍の穂先が遠すぎて間にあわない。

その第二。致命的なのは大和敵信班が傍受した米空母出現の徴候を無線封止を理由に、南雲機動部隊側に転電しなかったことである。

こんな迂遠《うえん》な作戦計画や途中の措置を立案、決定したのは黒島先任参謀であり、そのあげくの失敗となれば、計画者の責任も重大である。

結局、作戦計画の失敗と反省は、充分な検討がなされないままにおわった。草鹿参謀長の

概括的な説明と大石、源田両参謀の謝罪だけで、同作戦の戦術と戦略の反省、研究はなおざりにされた。

黒島首席参謀の戦後回想によれば、

「本来ならば関係者を集めて研究会をやるべきであったが、これを行なわなかった理由は、突っつけば穴だらけであるし、皆が十分反省していることでもあり、今更突っついて屍にムチ打つ必要がないと考えた」

ということである。

なぜ失敗したかの責任論は、封印されてしまったのである。その根本の理由として、山本長官の「怒ってはならない」という戒めの一言があったことは事実である。

この山本長官の温情主義が、その後の機動部隊再建にどれほどの妨げとなったことかは、のちに誕生した新第三艦隊幕僚たちが身にしみて味わうことになる。

2

連合艦隊司令部は、空母部隊の再編成をいそがねばならなくなった。そのために、まず事情を知る源田航空参謀を中央の軍令部に派遣し、戦備の整理と搭乗員の補充計画について打ち合わせをさせることが肝要となった。

六月十二日朝、軽巡長良から射ち出された水上偵察機に乗って、源田中佐はさっそく横須賀航空隊をめざして飛ぶ。午後には、東京・霞ヶ関の軍令部にたどりつく予定である。横空では、日華事変で海軍中攻隊の雄とうたわれた三原元一少佐が出迎えた。飛行実験部の飛行隊長である。

ミッドウェー敗戦の報を知っていたのか、三原少佐は、

「ご苦労でした」

と声をかけたきり、ほかに何一つたずねようとはしなかった。兵学校では三期下だが、ともに中国戦線で熾烈な航空戦を戦った戦友同士である。

三原少佐は国民政府蔣介石軍の根拠地、雲南省の首都昆明を爆撃した中攻隊指揮官として知られている。三灶島《さんそう》を基地として二、五〇〇キロ。満足な航空図もなく、往復一〇時間におよぶ空前の爆撃行をはじめて実現させ、殊勲の第一人者となった。

呉一中出身。兵学校時代はとくに目立つ存在ではなく、直情径行的な性格で、むしろ教官たちから危険視される存在であったようである。

だが、その積極果敢な性格は戦場に出て花が咲き、部下をまもり指揮官先頭をつらぬく精神で、中攻隊の名隊長と思慕される存在と化した。

中国戦線では、当時最前線の司令官であった大西瀧治郎少将が、

「やはり、正直者は強いなあ……」

と、しみじみ語り、源田参謀にも同じように感嘆してみせたという。

その三原少佐が甲斐がいしく世話をし、着のみ着のままの姿の源田参謀の軍装を取りかえ

させ、正装用に自分の短剣まで貸してくれた。

軍令部までの乗用車が、いつのまにか手配されて待機していた。これに乗りこんで行けば、未曾有の敗戦に精神的打撃を受けている身にとって、だれに顔を見られることもない〝有難い友情にも厚い武士〟の気くばりと思われた。

軍令部では、第一課長（作戦）富岡定俊大佐、首席部員神重徳大佐、同部員三代辰吉中佐らが出むかえた。

三代中佐は航空作戦担当で、ミッドウェー作戦について猛反対し、連合艦隊の渡辺安次戦務参謀と大いにやりあった経緯がある。源田中佐とは、兵学校一期上の先輩格となる。

彼ら作戦課員は海戦の惨敗を知り、一様に落胆と衝撃の色を隠せなかった。六月五日には、海戦での戦勝を予期して大いなる祝宴を用意していたほどであったからである。

軍令部では、永野総長以下の空気がこのように沈滞しきったものだった。主力空母沈没という大惨事とともに、真珠湾いらいのベテランパイロットの潰滅という最悪の事態を招いたのだが、源田航空参謀の報告をききながら、途中で富岡第一課長以下がおや？　という表情に変わった。各空母の搭乗員被害が、予想外に低かったのである。

同席していた軍令部員佐薙毅中佐のメモによると、各空母の搭乗員被害は――。

「搭載組数　　喪失組数

艦戦　八四　　　　三九
艦爆　八四　　　　三三
艦攻　九四　　　　三七
　計二六二組　計一〇九組」

搭乗員の消耗率は四一・六パーセントである。源田参謀が応急処置として集計した数字はこの通りだが、ほかに各空母に着艦したまま艦が沈没しているので、

「搭乗員の被害は、さらに数少なくなります」

というものであった。

事実、内地帰投後の最終報告では、その通りになった。『第一航空艦隊戦闘詳報』の記述によると被害機は「艦戦一八、艦爆一四、艦攻一〇機、合計四二機」とあり、消耗率は予想よりさらに下まわることになる。

一航艦の搭載機二八五機の機材は母艦とともに一挙に喪ったものの、精鋭搭乗員たち約半数以上が生きのこったことは、機動部隊再建のための大いなる足がかりとなった。

源田参謀は、さらにこう力説する。

「そのためには、機動部隊に防空専門の小型空母を加える必要があります。大型正規空母二隻を攻撃部隊とし、小型空母一隻を防空専門用に配置する。これを一個航空戦隊として編成し、その搭載機から艦攻をへらし、戦闘機をふやす」

たとえば、瑞鶴、翔鶴の搭載機数は海戦前、艦戦一八、艦攻、艦爆各二七機とあったものを艦戦、艦爆各二七、艦攻一八機と変更し、飛行機隊の目的も「米空母を撃沈」するのではなく、「使用不能」にして制空権を確保する——という従来の戦術方針を一変させる提案であった。

ちなみに、小型空母瑞鳳の搭載機は艦戦二一、艦攻六機。一航空戦隊の総兵力は、艦戦七五、艦爆五四、艦攻四二機、合計一七一機とする。

源田参謀らしい変り身の早さである。建言は、さらにミッドウェー敗戦の教訓から、

「一、機動部隊の建制化

二、警戒兵力の増強

三、航空戦隊の再編」

の三項目におよんだ。

源田参謀が海軍航空の揺籃《ようらん》期、横須賀航空隊で華麗なるアクロバット飛行をおこない、「源田サーカス」ともてはやされた話は、部内ならだれでも知っている。口八丁手八丁、弁舌さわやかで理論家で、有無をいわせぬ強引さもある。

彼の建言を富岡課長以下がさっそく受け入れたのも、源田参謀を送りこんだ山本長官以下の連合艦隊司令部の意志を強く感じていたからである。といって、源田参謀一人の強がりというものでもなかった。軍令部へ出発する直前に、黒島首席参謀が強調したのは「敗戦思想に取りつかれるな」というはげましの言葉であった。

黒島大佐は、あくまでも己の主張をまげることはない。

「残念なことに、ミッドウェー海戦では破れたが、連合艦隊はまだまだ健在だ。彼我《ひが》の情勢はこれによって逆転したわけではない。われわれは、いまだに優勢だ」

宇垣参謀長も同様である。「今回の損害については、何ら悲観もしない」と言い切っている。

「(連合艦隊は)ミッドウェーの再挙も図れば、南方作戦も実施する腹なり。只現在に於ては北方に於ける敵の機動に備へ充分なる兵力を充当する……」

敵の機動に備へ——とは、アリューシャン作戦参加のため、北方部隊に参加した空母瑞鶴を指している。

3

航空母艦瑞鶴は霧中航行をつづけている。
「六月十八日　木曜日　霧
金華山沖であろうか。海上は一帯霧で、一寸先も見えない有様である。艦は霧中標的を入れ、航行する」
金華山とは、宮城県牡鹿半島沖にある小島のことである。この島の最高峰は蓬莱山《ほうらい》で、四四五メートル。牡鹿半島との間に金華山瀬戸があり、瑞鶴はいまこの瀬戸を北にぬけているのである。

「六月十九日　金曜日　濃霧
　昨日と同じ天候である」

「六月二十日　土曜日　濃霧
　同じ」

艦攻隊員金沢卓一飛曹長の日記は、淡々とつづけられている。

金沢飛曹長は訓練中の鹿屋基地から大分航空隊に飛び、一日の休暇をえたあとで沖合の母艦に収容された。同月十五日正午、艦は柱島を抜錨。アリューシャン作戦参加の途についた。

北方部隊とは、五艦隊司令長官細萱戊子郎中将の坐乗する重巡那智、駆逐艦電《いなづま》、雷《いかづち》を基幹とし、第二機動部隊の空母二（龍驤、隼鷹）、重巡二隻（摩耶、高雄）、アッツ攻略部隊（軽巡阿武隈、駆逐艦四隻）、キスカ攻略部隊（軽巡木曽、多摩、駆二隻）、潜水部隊、水上機部隊、基地航空部隊より成るものであった。

アッツ、キスカ両島攻略日は六月八日。上陸部隊はアッツ島を陸軍北海支隊、キスカ島を舞鶴第三特別陸戦隊が分担することになり、同日両島とも無血占領に成功した。

第二機動部隊の指揮官は角田覚治中将で、空母龍驤を旗艦とし、米領ダッチハーバーの空襲にむかっている。だが、ミッドウェー作戦中止と決定したいま、米空母部隊がほこ先を北に転じて細萱艦隊を空爆にくる可能性が大となった。

空母瑞鶴の北方部隊編入は、このような情勢から生じたものである。別働隊として参加した第五戦隊（司令官高木武雄中将）の重巡妙高、羽黒、駆逐艦三隻は同月十五日、北方部隊と合流。北上を開始している。

柱島泊地を出撃して二日目、八丈島南方を迂回して鹿島灘に出たころから霧が深くなった。気温も下がり、寒風が頬を刺す。

翌日には濃霧となり、随伴する駆逐艦の艦影も見えなくなった。午前八時、こんなさなかにも保安部署訓練がはじまった。

二時間をすぎ、訓練も一段落して乗員たちが通常配置にもどったころ、突如スピーカーから艦内にむけ、

「総員集合！」

の声がかかった。

治療室で待機状態にあった宮尾直哉軍医中尉は、あわてて発着甲板上に駆けつけた。みると、新艦長野元為輝大佐が肩をいからせて仁王立ちになっている。

新艦長の大柄な体軀は、前任の横川大佐とくらべると一まわり大きく、居ならぶ艦首脳たちから頭ひとつ、ぬき出ているようにみえる。

何事だろうとざわめいていた乗員たちの声が、艦長の一喝でピタリとやんだ。

「本職は乗艦いらい、保安部署訓練をつぶさに見てきたが、火災訓練ひとつを取ってみてもなっておらん。これでも、戦闘即応の艦といえるのか！」

宮尾軍医中尉は、野元新艦長がさきの海戦で戦死した柳本蒼龍艦長の兵学校同期生で、さらにまた着任直後に翔鶴艦長有馬大佐と次期作戦では死を賭して戦うと、固く決意を誓いあった事実を知らないでいる。

じっさい野元大佐は、腹をすえかねていた。着任して九日目、艦内各科を巡視し、乗員たちの表情をみていると、サンゴ海海戦の奮闘と疲労の後遺症によるものか、艦内のいたるところにその余韻とある種のけだるさがただよっている。

艦内空気の弛緩《しかん》を引きしめなければならぬ。ミッドウェー沖での大敗は、艦長室に士官全員を集めて説明し、乗員たちには動揺と不安をあたえぬよう極秘にせよと命じたが、翌日には早くも各部にもれている。

野元大佐は、きびしい表情でいった。

「いっそうの奮起をのぞむ」

宮尾軍医中尉は一週間前、呉の料亭でガンルーム士官たちの歓迎宴で「英国紳士みたいだな」と受けとった第一印象が一変したのを感じていた。

――怖い人だな。

と、彼は首をすくめた。

艦攻隊員金沢卓一飛曹長の日記つづく。

「六月二十一日　日曜日　濃霧

昨日と同じ天候である。

大湊《おおみなと》へ引き返すことになった」

下北半島大湊への一時寄港は、取りあえず米空母部隊の横あいからの急襲をまぬがれたため、再出撃を期してのものであった。

ミッドウェー沖で南雲機動部隊は大敗したが、アリューシャン攻略作戦には成功し、アッツ、キスカ両島を無血占領した（六月八日）。後の課題はこれをどう長期確保するか、という点にあった。

連合艦隊司令長官山本五十六大将がこれら両島占領にこだわったのは、アリューシャン列島の一基地を拠点とした米軍機の本土空襲への大いなる不安からであった。とくにキスカ島は同ラット諸島最大の島で、米国領アラスカと直接対峙《たいじ》する最前線の位置にある。

この戦略要地を確保するためには、あらためて第二次の補給を必要とした。瑞鶴の大湊寄港は、北方部隊主力や第二空襲部隊として編成された軽空母瑞鳳、重巡摩耶との合流のためであった。

六月二十三日正午、大湊入港。ここは青森県下北半島の湾曲部内側にある港で、大湊湾は陸奥湾の支湾であり、日本海軍要港のひとつである。現在でも、海上自衛隊が基地をおく。

翌日、第五艦隊長官細萱戊子郎中将ひきいる北方部隊が入港。ついで瑞鳳、摩耶各艦が姿をあらわして、つぎつぎと錨を下ろした。出撃予定は三日後である。

もともとアッツ、キスカ両島の占領は冬季まで、と作戦計画で決められていたものである。

事前の調査でも天象、気象、海象の状況は不明で、占領部隊が越冬できるか否か、また厳冬期の海上補給が可能であるかについての情報を持たず、疑問視されていたのだ。

ミッドウェー海戦での敗北後、一転して計画は長期保有と変更された。これが、一年後のアッツ島山崎守備隊全滅の悲劇を生んだのである。

第五艦隊参謀長中澤佑大佐の回想によれば、細萱長官以下は両島の確保を主張し、航空基地を造成して航空兵力を配備、制空権を掌握することを主張したが、連合艦隊側の黒島首席参謀は、

「占領は夏季のみ、冬季に入るに先だち撤退する」

と否定し、

「航空基地なんかいらない。敵機が来攻すれば防空壕を造っておいて、その中に入れ」

と、にべもなく突っぱねたという。

中澤大佐によれば、連合艦隊幕僚のあいだでも洋上の島々の占領は安易に、「あたかも陸戦における要地占領のごとく考え」ており、制海権、制空権への思考はまったく欠落していたと慨嘆するのだが、これは暗にミッドウェー島攻略も同様であったと指摘しているのに他ならない。

重巡利根の艦上にあり、機動部隊の支援に任じていた第八戦隊首席参謀土井美二中佐も、アッツ、キスカ両島の長期保有の作戦変更を知り、連合艦隊司令部はあせっているなと不信

感を抱いた。

土井回想にいう。

「当初の計画では厳冬期以前に占領軍は引き揚げる予定にあったにも拘《かかわ》らず、これ亦《また》何ら成算なく永久占領に変更したのは米軍の北方よりする進攻を食い止める為であったとはいえ、稍々《やや》軽率の観がある」

古来、政治的な宣伝目的からおこなわれた作戦は多く失敗している。アリューシャン作戦もまたその一例ではあるまいか。

「ミッドウェー作戦失敗に対する国民感情を、アリューシャン作戦の成功に因《よ》り幾分でも和らげようとする政治的配慮が多分に含まれている、とその当時判断した」（土井回想＝傍点筆者）

土井参謀乗艦の重巡利根は、旗艦赤城が米軍の急降下爆撃機により被弾炎上するのをまぢかに目撃した支援艦艇の一艦である。

利根自身も三発の至近弾を受け、あやうく被弾、大破されるところだった。

それだけに、攻略作戦に失敗した以上、それに関連するアリューシャン作戦は中止すべきであった、と土井参謀は考えている。

こうして陸軍山崎保代大佐ひきいる守備隊二、五七六名がアッツ島上陸に成功し、これにたいして米第七師団一一、〇〇〇名が敵前上陸してきたのは、翌年五月十一日のことになる。

同二十九日夜半、山崎部隊長以下は夜間突撃を敢行し、全滅した。

山本人事の真相

1

瑞鶴が濃霧のなかを下北半島めざして反転南下しつつあったころ、すでに連合艦隊旗艦大和は柱島泊地に投錨し、軍令部や麾下艦隊からの首脳をむかえて機動部隊再建の打ちあわせに入っていた。

六月十四日には、大和入泊と同時に南雲司令部一行をのせた軽巡長良も帰投し、司令長官南雲忠一中将がさっそく山本長官を訪ねてきている。

午後八時、不意の訪問にいそいで舷門にかけつけた宇垣参謀長が、

「各長官の大和参集は明日の予定ですが……」

と念を押すと、「いや、とにかく山本長官にお目にかかりたい」と、南雲中将は憔悴《しょうすい》しきった表情で、参謀長に訴えかけた。

海戦敗北の責任が、この小柄な将官の両肩にのしかかっている。その重圧に耐えかねて柱

島入港と同時にかけつけてきたのであろうか。さっそく長官公室に案内しながら、宇垣参謀長はその弱気の憔悴しきった表情を、

「当然と認む」

と、同情的に日記に書いている。

宇垣少将には、首席参謀黒島大佐以下が一航艦の全幕僚交代を主張している声がとどいている。とくに黒島参謀は、南雲長官だけでなく参謀長草鹿龍之介少将の更迭をも強くのぞんでいた。

二人は、ハワイ作戦実施にあたってことごとく対立し、ミッドウェー作戦時でも草鹿参謀長が「時期尚早」との反対論で黒島作戦構想に立ちふさがった。これらの確執によって、南雲―草鹿コンビは指揮官としての能力に欠けるのではないか、というのが黒島大佐の不満である。

幕僚たちのなかでもっとも強硬論者が、三和作戦参謀である。彼は、東京・霞ヶ関から飛来した海軍省人事局員志岐常雄大佐に、一航艦司令部再建について、

「もっとも困難なるところなり、余は改組すべき意見なり」

とつたえ、また宇垣参謀長にたいしても「明瞭に進言し置けり」（六月十七日付、三和日記）とした。

次期作戦構想に忙殺されている三和大佐にとって、機動部隊の人事再建こそ最大の関心事であった。

残存の正規空母二隻――瑞鶴、翔鶴を中心とした空母部隊で何が可能なのか。まず第一に、七月八日に予定されているフィジー、サモア攻略（ＦＳ作戦）をどう処置すべきかが焦眉の急となる。

ＦＳ作戦は、もともと連合艦隊司令部が反対していたものを、軍令部作戦課の意向をくんでミッドウェー作戦後に後まわしにした、いわくつきの政治決着の産物である。

山本長官は消極的であったし、三和参謀も米空母が残存している戦況では占領後の航空撃滅戦の不安があった。その理由として、航空兵力の生産が追いつかず、基地航空部隊の編成も思うにまかせなかったことが挙げられる。

途中、マーシャル諸島の東七〇〇カイリの地点にあるカントン島を中継基地として占領する計画案が浮上したが、米空母部隊が来攻した場合、艦爆隊では海上四〇〇カイリ内を迎撃できず、零戦も六〇キロ小型爆弾二発の反撃能力でしかない。今さらながら、機動部隊の大敗は打つ手駒の少なさを痛感させられた。

こうして三和大佐は、新作戦計画の考究に大忙しの日々なのだが、

「近頃になりて疲労を感ず。健康を持続すべく凡百の努力を要す。要は気の持ち様」

と自分をなぐさめるしかない有様なのである。

六月二十日には、軍令部から第二部長鈴木義尾少将、海軍省からは航空本部総務部長大西瀧治郎少将、江崎岩吉造船少将らが大勢の部員たちを引きつれて、大和を訪ねてきた。

「空母急造対策委員会」

が、その会同の名目である。

会議は、一航艦の草鹿参謀長が司会役として立ち、二日間にわたって熱心に討議がかわされた。

空母赤城、加賀、蒼龍、飛龍の生き残り幹部たちが微に入り細をうがち、被害のありさまを陳述し、会議が終了したのは午後一〇時となった。

母艦乗り組みの幹部当事者たちが異口同音に指摘したのは、

「四空母がいずれも略同一の構造である」

こと。それによって被弾炎上の状況も同一となり、米側にもっとも効果的な急降下爆撃という攻撃手段をとられ、

「燐寸《マッチ》にもひとしい火災を生じた」

ことである(『戦藻録』)。

航空母艦の改造建造にあたっては、こうした防火対策を専一にすることが緊急提議された。

これには異論も出た。米軍が急降下爆撃でなく雷撃を主とし、あるいは対艦船用徹甲弾を大型化、現にイタリア海軍が使用をはじめたロケット爆弾を使用した場合、どう対応すべきか――などについて、さらなる改造計画を立案すべきという見直し論であった。

翌日も、早朝八時から委員会が再開された。議論に熱中するあまり、

「早急に改造を加えなければ、いまの航空母艦では物の役に立たん」

という悲観論まで飛び出した。貧すれば鈍す——。あまりの敗残に追いつめられて、軍令部、海軍省随行部員たちも再起への建設的論議ができないでいる。

当時の建艦計画では、空母大鳳が神戸川崎重工で起工中であり、横須賀海軍工廠での大和型戦艦三番艦信濃は建造中止（昭和十四年度海軍軍備充実計画）。昭和十七年度制定の㊄《マルゴ》計画では「大鳳型空母二隻、飛龍型空母一隻、実用航空隊六七隊、艦載機一、五八四機」という按配だが、これら航空母艦にかぎっていえば完成は昭和十九年度以降となる。

「われわれに、ぜいたくは言えんのだ」

と、宇垣参謀長は思わずたしなめる。

「現今の空母は防禦対策が脆弱《ぜいじゃく》であるとはいえ、弱きものは弱きものとして活用すべきではないか。またあるときは、当然犠牲も覚悟しなければならない。今日において必要なのは空母の数である。これらの工夫を加えて、現計画の建造はどしどしやるべきである」

さらに宇垣参謀長は、〝伝家の宝刀〟をぬくことを忘れなかった。長官山本五十六大将の威令である。

「山本長官もいっておられる。たとえ愚論ならずとも、議論選考にのみ時機をついやすにあらず、と。とにかく討議をいそいで、早く結論を出してもらいたい」

軍令部、海軍省の首脳陣が会議をおえ、異例の早さでそろって帰京したのは翌朝のことである。やはり、宇垣参謀長の一言が効いたものか。

海相嶋田繁太郎大将によって上奏、裁可された改⑤五軍備計画は以下の通り。その大要を記すと――。

一、現在空母に改装中の三隻をすみやかに完成させること。三隻とは飛鷹、大鯨（のちの龍鳳）、新田丸（同冲鷹）。

二、昭和十八年度中に、以下の五隻を空母に改装すること。アルゼンチナ丸（海鷹）、シャルンホルスト号（神鷹）、千歳（水上機母艦）、千代田（同）、ブラジル丸（のち中止）。

三、建造中止の信濃は昭和十九年十二月末までに航空母艦に改装、完成させること。

四、建造中の飛龍型（天城、葛城）、大鳳の完成促進。

これら新造航空母艦を、次段作戦までに何としてでも完成させなければならない。実際のところ正規空母の完成予定は大鳳一隻のみとはお寒いかぎりだが、米海軍が真珠湾攻撃での壊滅状態から立ち直る十八年秋以降（予想）までに、米機動部隊との決戦をいそがねばならぬ。

2

六月二十二日、ようやく次期作戦構想が出来上がり、三和参謀は山本長官の決裁を得て軍令部に出頭することになった。同行者は藤井茂政務参謀。

二人は旗艦大和から呉港にむかい、飛行機に乗りかえて羽田に着いた。午後三時、軍令部に出頭すると、第一（作戦）課長富岡定俊大佐以下が出迎えた。

軍令部作戦課は富岡課長以下、首席部員神重徳大佐（作戦軍備一般）、部員佐薙毅中佐（編制）、同山本祐二中佐（対数ヵ国作戦、対支）、同三代辰吉中佐（航空作戦、航空軍備）など主要幹部七名で構成されている。

三和参謀を待ちうけていたのは、軍令部側のあくなきFS作戦実施の要望である。

ソロモン群島より南西一、〇〇〇キロ。ニューカレドニア、フィジー、サモア三諸島を陸軍部隊の船団輸送によって攻略し、米軍の爆撃圏内でこれを保持する。しかしながら、一個連隊ていどの守備隊でこれを守りきることができるのか。

計画立案者のひとり、三代辰吉中佐によれば、これら三諸島の攻略によって米豪交通連絡線を遮断し、対日反攻の拠点である豪州を孤立させることに目的があった。

「米海軍はわが内南洋に沿って西進しようとし、米陸軍は豪州を足場としてニューギニアに進出してくるであろう。これらを衝《つ》けば、かれらは抵抗するから決戦が起きやすい。ニューカレドニア方面を衝《つ》くことは、米陸軍の作戦補給線を攻撃することで、これを救おうとする米艦隊は遠くハワイの根拠地を離れることになるし、わが方も基地航空兵力を展開する基地も得やすく、彼我ほぼ対等の条件で戦うことができる」

というものである。

この意図によって六月十六日、前進基地としてのソロモン群島ガダルカナルが占領され、七月八日を期してのニューカレドニア島攻略が予定されていたのだ。

常識的に考えて、日本軍の最前線基地ラバウルから洋上二、〇〇〇キロ以上。はるか南太平洋の遠隔地までの食糧、弾薬の補給にどう対応するのか疑われる作戦だが、アッツ、キスカ両島攻略の場合と同じく、孤島守備隊の全滅などは戦勝の昂揚した気分のなかで幕僚たちの想像外の出来事であった。否《いな》むしろ、一個連隊ていどは捨て石にしてもかまわない、との強硬論一辺倒であったろうか。

富岡作戦課長は、戦後回想のなかで「FS作戦はいまでも心残りがしている」と書くが、同様に軍令部内でもっとも強硬に主張したのが首席部員神重徳大佐である。

神大佐は鹿児島県出身で、四十二歳。伝統的な〝砲術屋〟で、海軍兵学校を優秀な成績で卒業。海軍大学校でもトップの成績で、恩賜の軍刀を授けられている。

戦艦伊勢、扶桑、霧島と艦隊勤務をおえ、昭和八年、ドイツ大使館付駐在武官補佐官に転じた。この時代にヒトラーのナチス抬頭に出会い、強力なナチス・ドイツ信奉者となる。

この体験が、神大佐の性格を一変させたようである。軍令部随一の対米強硬論者となり、精神主義をとなえて、作戦方針についても神さんの〝神がかり〟とひそかに揶揄《やゆ》される存在となった。

その神大佐にとって、三和大佐の次期作戦構想は生ぬるいものにすぎなかった。

連合艦隊司令部から渡辺安次戦務参謀がやってきてミッドウェー作戦案を強硬に主張し、

「この案が受け入れられなければ、山本長官は辞任するといっておられる」と恫喝《どうかつ》して帰ったのは、つい三ヵ月前のことである。

「さきほどからの提案をきいていると……」

神大佐が、皮肉たっぷりに言葉をはさんだ。

「どうも連合艦隊は消極的になったようですな。ハワイ作戦直後とはまるでちがう」

二人は海軍兵学校、海軍大学校ともに同期生の間柄である。「貴様、俺」の腹蔵のないやりとりをかわす遠慮のない関係だけに、率直な物言いはかえって三和参謀の心を傷つけた。

(何とでもいえ！)

反論したいのをじっとこらえて、

「……暫くは是非ともなし」

と、日記に書きつけるのが精一杯である。

翌日は次期作戦構想、軍戦備の改革に引きつづき、機動部隊の再建策と人事構想に話が移った。

三和参謀は一航艦司令部幕僚の全員交代の自説をのべた。

「このさい南雲長官、草鹿参謀長もふくめて陣容を一新すべきです。ミッドウェー攻略の失敗は、あきらかに作戦指揮の失敗だった。いま彼らを交代させなければ艦隊の士気にもかかわる」

「おれも同意見だ」

富岡作戦課長も大きくうなずく。

富岡大佐が兵学校時代、最上級の一号生徒のとき三和義勇が三期下の四号生徒として入校してきた。三和は航空術学生の途を選び、富岡は航海科で、軍令部、艦隊参謀のエリート畑を歩む。

海軍大学校甲種学生では四期上。富岡はトップの恩賜軍刀組で、三和が艦隊勤務が多かったのにくらべて霞ヶ関の〝赤レンガ〟エリート畑を主に歩いた。

「しかし、われわれは長官人事にまで口は出せん。参謀は参謀だ」

富岡大佐はエリート課長らしく慎重な言い回わしをした。

富岡定俊大佐が軍令部作戦課長となったのは昭和十五年十月、前任の中澤佑大佐が辞任したのをうけて、海相及川古志郎大将が是非にと乞うて実現した抜擢《ばってき》人事である。日米開戦にあたっては主戦派で、緒戦期のほとんどを福留繁作戦部長とのコンビで作戦指揮の中枢にあった人物である。

富岡大佐が口ぐせのように「参謀は参謀だ」というのは、海軍部内の人事は海軍大臣の専権事項で、現職の嶋田繁太郎海相がウンといわなければ司令長官、参謀長の更迭人事は動かないという官僚システムのことを指しているのである。

「ところで、山本長官は何といっておられる？」

富岡大佐が人事の核心にふれると、

「いや、何もいっておられん。黙っておられる」

三和参謀は、草鹿参謀長が留任をのぞみ、山本長官が「承知した」とこたえた、宇垣参謀長同席のやりとりを知らされていない。

もともとは寡黙な山本長官だが、海戦敗北後は、いっそう口が重くなったように感じられる。

宇垣参謀長が有名な一文、

「長官思に耽《ふけ》り憂鬱の風あり、人各々時に触れ事に臨みて感傷あり。未だ直接相語りて胸中を聴くの域に達せずと認め遠慮し置く」

と記したのは、三和参謀が上京した六月二十二日のことである。

「いずれにしても、長官、参謀長の人事はわれわれの手に負えませんな」

三和参謀は吐息をついた。司令部内で黒島先任参謀が大いに息まいても、山本長官が動かないかぎり、新長官人事もおこなわれないからである。嶋田海相は、山本長官の兵学校同期生だ。

「ところで、司令部幕僚の再建策ですが……」

と、三和参謀は、一航艦司令部の大石、源田両参謀の打ち萎《しお》れた表情を思い浮かべながら言葉をついだ。

「参謀たちも総入れかえする必要があります」

「おれに腹案がある」

と、富岡大佐は大きく身を乗り出した。

「彼なら、先任参謀として打ってつけの人物だ。頭もキレるし、決断力もある。そのうえ、肚《はら》のすわった男だ」

彼とは、海軍省軍務局第一課長高田利種大佐のことである。富岡大佐とは同期生で、ミッドウェー海戦後は空母蒼龍艦長として、柳本柳作大佐の後任者として予定されていた人物だ。

「良いでしょう」

三和参謀は、高田大佐が参謀本部で作戦課長を相手に有無をいわせず、理路整然と海軍側の主張をのべている端正な顔立ちを思い浮かべた。

——薩摩の海軍か、正統派だな。

出身は鹿児島県ときいている。だが、三和大佐が期待している再建機動部隊の先任（首席）参謀は大役である。この海軍最大の難局に果たして身を投じてくれるのかどうか。

案の定、よび出された高田大佐は、

「引きうけるのには二つの条件があります」

と、きっぱりといった。

第二章　第三艦隊始動す

1　カミソリ首席参謀

軍令部を海軍作戦の頭脳とするなら、海軍省軍務局は海軍軍政の心臓部というべきものとなる。海軍省軍務局は第一課（軍備）から第四課まで分かれており、局長は岡敬純《たかずみ》少将。岡局長は五十二歳。山口県生まれで、及川古志郎海軍大臣に乞《こ》われて昭和十五年十月、阿部勝雄少将の後任として海軍省軍務局長の座についた。

もうひとり、軍務局第一課長にと及川海相が呼びよせたのが高田利種大佐であった。明治二十八年生まれ、四十七歳。鹿児島県出身。

両首脳の人事異動には、こんな裏話がある。

高田大佐の前任は第二艦隊先任参謀で、艦隊トップの司令長官はのちに連合艦隊司令長官となった古賀峯一中将。二人は古賀が軍令部第三班長時代に同班員だった間柄で、二艦隊長官就任と同時に首席（先任）参謀としてまねかれたものだ。

時局が急をつげるさなか、一年たらずで海軍大臣が人事権を駆使して先任参謀を取り替える。さすがに剛直で鳴る古賀長官が怒った。

「日米戦争がいまにも起こる可能性がある時期に、主力艦隊の先任参謀を引きあげるとはなにごとか」

古賀中将は、連合艦隊の山本長官がひそかに自分の後継者として目論《もくろん》でいた軍政畑のエリート将官である。戦艦主兵主義の旧思想を頑固にまもる砲術屋だが、性格は温厚で、山本長官が心をゆるした数少ない友である。

仲介役となったのは人事局長伊藤整一少将で、彼は当時成立直前だった日独伊三国軍事同盟を例にあげ、

「日米開戦の危機をふせぐために三国同盟をむすぶのであるから、日米戦争は起こりえない」

と取りなして、及川海相による人事を実現させた。

これが日本海軍全般の空気であったようである。

ベルリンで、三国同盟が締結されたのは同年九月二十七日のこと。米内光政海相時代に、

山本五十六海軍次官、井上成美軍務局長のラインで極力反対し、後任の吉田善吾海相が病気で倒れると、わずか一ヵ月たらずであっさり条約が締結された。

連合艦隊の三和作戦参謀が帰ったあと、海軍省軍務局第一課に出勤した高田利種大佐はとなり合わせの軍務局長室から呼び出しをうけた。

「何事ですか」

と顔を出すと、

「まあ、そこに腰かけてくれ」

と、岡局長は来客用のソファを指さした。

「君に、こんど新編成される機動部隊の先任参謀としての要請がきている。どうするかね」

岡少将は単刀直入にいった。及川海相が、弁が立ち能吏型のアイデアマンで政治手腕もある局長として見込んだ人物だけに、質問も直截《ちょくせつ》的だ。

「はあ……」

と、一瞬高田大佐はとまどいの表情をみせた。予定されていた空母蒼龍艦長への転任は、肝心の航空母艦が沈められてしまっては沙汰やみだ。あとは戦艦の艦長か、連合艦隊の参謀あたりが通例の海軍人事である。

——新編成の機動部隊はちょっと荷が重い。

のである。

「少し考えさせて下さい。相談したい人間が二人います」

いずれ海上には出なければならない、と覚悟を決めていた。空母蒼龍は以前に副長として乗艦していたこともあり、艦内各科のすみずみまでを心得ていて、艦長職なら無難に勤めあげるとの自負があった。

ミッドウェー海戦での大敗北のあと、新たな機動部隊の長官、参謀長人事はどうなっているのか。まずそれを確かめることが第一だと、とっさに考えた。

岡局長の了解をえて、相談した相手の一人とは軍令部作戦課長富岡定俊大佐である。

富岡大佐は海軍兵学校四十五期で卒業年次は一期上だが、自分が病気留年したためにもともとは同期生で、「おい、お前」と気軽に呼びあう親しい仲間である。

さっそく、彼を訪ねることにした。軍令部第一部第一課は海軍省の同じ建物内にあり、西側二階に富岡第一課長以下部員七人の執務部屋がある。

「お、来たか」

目ざとく同期生の姿を見つけると、すぐ隣室の作戦室にまねき入れた。用件は承知ずみのようだった。

高田大佐が転任辞令を口にすると、言葉を引きとって、「じつはその人事はおれの発案なんだ」と声をひそめた。

「機動部隊の再編にあたっては、長官、参謀長以下総入れかえがおれの考えだ。連合艦隊でも黒島さん以下がさかんに口にするが、果たして山本長官はウンとはいわれない。三和参謀がやってきて、困っていた。

長官、参謀長をそのままにして再編成はむずかしい。だが、やらねばならん。そこで貴様に白羽の矢を立てたというわけだ。ミッドウェーの仇を討ってくれ！」

富岡作戦課長は対米開戦にあたって、主戦派として鳴らした人物である。男爵富岡定恭海軍中将の長男。祖父宗三郎も海軍軍人で、三代にわたるエリート海軍一家の出である。

二人が知りあったのは海軍兵学校の入学が決まり、東京駅から呉へ東海道を西下するホームでの出来事であった。盛大な見送りの輪があり、もっとも盛んな見送りをうけているのが〝鉄道一家〟の同期生加賀山外雄で、

「ホカちゃん」

「ホカちゃん」

と女性たちの嬌声も一段と高く、同じホーム上の富岡、高田両青年があっけにとられてたがいの顔を見合わせた——というのが奇縁のはじまりである。

また、たがいに自己紹介するうち高千穂中学の富岡の同期生で海兵入学組の前田孝成が、高田の遠縁にあたることを知った。

富岡は信州松本（長野県）の生まれとなっているが、実際は広島県呉で、父定恭が兵学校教頭をしているときに江田島の同校官舎で産声《うぶごえ》をあげたものだ。

父の転勤とともに東京・青山小学校に転入し、私立高千穂中学に進んだ。兵学校時代から

成績優秀で、海軍大学校では甲種学生の恩賜軍刀組。高田大佐とは航海科専修と同じだが、ともに艦隊に乗り組んだ経験はない。

兵学校在学中に父定恭が亡くなり、富岡は男爵の地位についた。戦前の制度では、成人すれば貴族院議員として一票を行使する権利が生じる。いわゆる〝親の七光り〟である。

高田大佐の思い出話によれば、兵学校から帰省して富岡邸を訪ねると、渋谷宮益坂《みやますざか》の北側、一つ裏通りに二階建ての宏壮な屋敷があり、そこに富岡一家が住んでいた。

父定恭男爵は病気でふせっており、見舞いのあいさつを交わすていどだったが、あるとき富岡がしんみりとこんな話をした。

「父は兵学校五期生でクラスヘッドの優秀な成績をおさめたが、実戦指揮よりも帷幄《いあく》の職務（注・機密の仕事）に通じ、英仏に駐在したときも相当の成果をあげた。日露戦争前後には日英同盟の工作にはしり、のちに兵学校校長となり、どれだけ海軍の俊英を育てあげたことか」

勲一等授与、男爵の称号はそれらの功績にむくいるもので、息子としてはありがたいと思っている。だが、父は海軍大将はその任にあらずと辞退した。長男である自分は、そんな器ではない、

「中将のまま、現役を離れたいと願い出たものだと、父から聞かされたことがある」

と打ち明けた。父は栄達をのぞまず、海軍の位《くらい》をきわめたわけでもない、といいたかったようだ。

良かれ悪しかれ、「男爵」の称号は富岡の軍歴とともについてまわった。〝親の七光り〟の評価には航海科学生時代、ほとほといや気がさしていたらしい。

富岡定俊の回想録には、こんなとき練習艦隊司令官であった鈴木貫太郎大将から、

「おれも若いころは悩んで、軍人をやめようと思ったことがある」

と正直に告白されて、だれしも持つ悩みは同じだと思い直して、ふたたび猛勉強をはじめたと書いている。鈴木大将も、父は和泉《いずみ》国（大阪府）久世家の名だたる代官の出自である。

富岡は艦隊参謀、海大教官、人事局、軍令部と順調にエリートコースを驀進《ばくしん》した。積極果敢な性格で、無類のアイデアマンだったが、その意欲的な性格は威勢のよい陸軍の主戦派、対米強硬派とも軌を一にする危険がある。

その意味で、参謀本部の第二（作戦）課長服部卓四郎大佐とも気脈の通じるものがあった。ハワイ作戦実施のさい、連合艦隊側が空母六隻全力集中を主張して退かず、南方攻略作戦の実施があやぶまれたさい、陸軍の航空兵力を南方作戦に転用してくれたのが服部作戦課長である。

「海軍作戦を常によく理解してくれた人で、私はいまでも服部さんを尊敬している。それは服部さんと私の性格とが似ているせいかもしれない」

と、手放しである。この積極性が、陸軍側にとって海軍作戦課長の対米主戦論として評価

されることになった。

軍令部内での富岡作戦課長について、三代辰吉部員(航空作戦担当)がこんな裏話を披露している。昭和十六年八月、日本軍の南部仏印(仏領インドシナ)進駐に対抗して米国が対日石油禁輸の制裁措置を発動したときのことだ。

福留作戦部長室から出てきた富岡大佐は、課員をあつめて「開戦準備をじっさいに進めることになった。そのつもりで至急やってくれ」と大号令をかけた。

おどろいた三代中佐が、

「課長、そんなことをいわれたって、戦争をやったら負けますよ。私は自信ありません」

と、いい返した。前任の中澤佑第一課長時代から航空作戦、とくに機材の質量の貧しさと、米陸軍航空にくらべてそばへもよれぬ貧弱さが日本海軍の実情であり、対米戦争など思いもよらぬというのが作戦課の一致した意見であったからだ。

「勝つからやる、負けるからやらんということはできないのだ」

と、富岡大佐は一喝した。

「政府が開戦と決したとき、負けるから準備しませんでしたで、われわれの責務が果たせると思うか。われわれは、戦いを最善に進めるような準備をもって、政府の決定を待つほかはないのだ」

参謀は参謀の責務を果たさなければならない、というのが富岡大佐の日ごろの主張である。

作戦計画に勝算が見込めるのかどうか、不安に駆られながらも道理はまさにその通りで、「理に服するほかはなかった」と三代部員は述懐している。

その強気で鳴る富岡作戦課長が、惨敗した機動部隊の頭脳として送りこもうとしているのが高田軍務局第一課長なのだ。

2

高田利種は大正七年十一月、海軍兵学校四十六期生を卒業した。同期生一二四名のうち卒業成績一番、いわゆるクラスヘッドである。

海軍大学校甲種学生をへてドイツ駐在武官。昭和八年、海軍少佐で海軍大学校教官という最短の昇進コースを歩み、二年後には早くも軍務局第一課の〝赤レンガ〟に配属された。

いったい、海軍兵学校のクラスヘッドとは、いかなる存在なのか。そのプロフィルは興味あるところだ。

初対面の印象でいえば、体軀はむしろ小兵《こひょう》。眼はクルッとして愛敬があるが、相手を見すえてたじろがない精神の強靱《きょうじん》さが感じられる。動作は機敏で弁が立ち、頭の回転が早い。自身では、「理論派ではなく、パッとひらめく感覚的人間」という。

海軍軍人の典型として、

「スマートで目先がきいて几帳面、負けじ魂これぞ船乗り」

との評があるが、この海軍の人物像を範として自己修養にはげんだ趣きがある。下世話なヘル談（艶話）もいとわない。

こんな秘話がある。

軍務局一課員のころ、山本五十六海軍次官から「ドイツの大砲情報を盗め」との密命が出た。前任の海大教官時代、ドイツ海軍から海軍武官としてメネカが派遣されていて、二人は旧知の関係にある。

ドイツ語は得手だった。駐在武官時代、ベルリン大学の語学講座に通い、家庭教師として社会、経済情勢に精通した老事情通をやとい入れた。ちょうど昭和五年、ヒトラーのナチス・ドイツが勃興するころだ。

ヒトラーがファシスト大衆運動を合法化して連立政権を樹立し、首相に指名されるのはこれより三年後のことである。

そのころ、急速に勢力を拡大するヒトラー周辺が、連日にわたってドイツ国内新聞に「日本語教師を求む」との広告を出している。ふしぎに思ってたずねると、かの老人はこんな答えをかえした。

「ナチス総統ヒトラーは、日本の『八紘一宇《はっこういちう》』（注、日本を中心とした家族国家の意）に強い関心を抱いている。ドイツも単一民族の日本を見習って、ユダヤ人を社会的に全面排斥しようとしている。目標はゲルマン民族による統一国家だ。そのために日本の文化、民族の研究をしたいと願っているのだ」

帰国後、ドイツ武官メネカと知り合うようになってそのことを話したが、彼は無反応だった。

さて、山本次官の密命である。秘話というのは高田中佐（当時）が仕かけた〝ハニートラップ〟のことを指す。甘い蜜のワナ――女性を利用した謀略の意味である。

現代でもつい先日、上海の日本領事館で在地書記官が自殺したとの報道がされたが、これも中国人女性によるハニートラップといわれている。洋の東西をとわず、外交的にはこのような策謀は日常茶飯事なのだ。

場所は都心からはずれた五反田。めざす小料亭は三業地の一角にあった。

「ニッポンのゲイシャガールを観に行かないか」

とさそうと、メネカは喜んでついてきた。

軍務局の先輩がひそかに用意していた秘密ルートの紹介で、俗にいう〝裸踊りの宴〟である。小座敷と襖《ふすま》をへだてた別室があり、そこに寝具が敷かれている。

待っていると薄衣をまとった女が蓄音機をかかえて入ってきて、かしこまってあいさつをした。レコードをかけながら、立ち上がって踊りはじめる。下着は何もつけていない。

（こんな秘密の部屋があったのか）

と堅物《かたぶつ》の軍務局中佐も感嘆することしきりである。メネカは妖《あや》しく挑発されて、顔を真っ赤に上気している。お座敷秘芸をおえて女が去ると、昂奮したドイツ武官は出てきた女将《おかみ》に、

「あの女を世話しろ」と強引である。

別室に消えたメネカを待っていると、やがて満面に笑みをたたえた彼がもどってきた。帰りの車中で二人の間の桓根がとれたせいか、メネカはドイツ海軍の大砲技術をペラペラとよくしゃべった。

高田中佐はその機密情報を報告書に書き、山本次官にとどけて大いに面目をほどこした。

そのメネカの後日談である。

旧ドイツ大使館は永田町の国会議事堂横手にあり、現在は国立国会図書館となっている。彼を送って三宅坂を下りたあたりで、自動車が接触事故を起こした。運転手が車を降りて修理の個所を点検しているのを、二人は車外に出てながめた。

そのとき、何か考えごとをしていたメネカが不意に高田中佐をふりむいて、

「日本の八紘一宇、あれはいかんよ」

と、真剣な表情でいった。日本のアジア諸国への野望を戒めるつもりらしい。

その一言だけで、メネカは何も語らなかった。

3

ところで、「薩《さつ》の海軍」

という言葉がある。俗にいう日本海軍の三元勲といえば、西郷従道、川村純義、仁礼《にれ》景範《かげのり》

を指し、いずれも薩摩藩（鹿児島）出身者である。

なかでも仁礼景範は薩摩藩若手の中核、誠忠組に加わり、西郷隆盛らとともに攘夷《じょうい》運動に参加。藩命によりアメリカに留学し、帰国して維新政府の兵部省入りをした。

兵部省とは陸、海軍省の前身で、その後、仁礼は日本海軍の近代化に取り組み、日本海軍の基礎をきずく役割を果たした。のち海軍兵学校校長となり、伊藤博文内閣では海相をつとめた。海軍中将で退役し、枢密院顧問官。子爵。

仁礼景範はじめ彼ら三人が、いわゆる「薩の海軍」のルーツとなったわけである。

薩摩閥は東郷平八郎、山本権兵衛などの逸材を輩出し、こののち隆盛をきわめたが、山本がシーメンス事件（注、造艦汚職）に連座したことで、さしもの「薩の海軍」も一時期、下火となった。

仁礼子爵には、三男一女がいた。妻は再婚で、前夫とのあいだに娘があり、それが高田利種大佐の母マスである。少しややこしくなるが、再婚後に三男一女が生まれ、長男仁礼景一《かげかず》は海軍兵学校を卒業後、米国アナポリス海軍兵学校に学び、優秀な成績をあげて帰国した。日露戦争時には戦艦初瀬の分隊長。もうひとり、長女春子は斎藤実（のち首相、二・二六事件で暗殺された）夫人である。

高田利種は一八九五年（明治二十八年）、鹿児島県下のこんな海軍色の強い家系に生まれた。ただし、兄利貞は陸軍中将だが――。

少年時代、もっとも影響をうけたのが、叔父仁礼景一の存在である。景一は父親ちがいの姉を無性に慕って、「姉さん、姉さん」と親しく出入りしていた。戦艦初瀬は艦籍が鹿児島なので、帰港するたびに母子を招いて士官室で御馳走してくれた。

日本海軍はイギリス海軍に範をとり、食事は西洋式のフルコースである。甲斐がいしく立ちはたらく従兵たちのサービスをうけながら利種少年は、

「海軍はいいところだな」

と思わずうなったことであった。

鹿児島育ちのエリート少年たちは、小学校を卒業すると東京の進学校に移る。教育熱心なお国柄のためで、高田利種も仁礼景範を頼って東京・京北中学校に進んだ。

仁礼家は港区二本榎にある宏壮な屋敷で、現在でいえば高輪プリンスホテルのある高輪三丁目付近である。下宿は同校小石川寮であったから週五日はそこで過ごし、土曜日になると仁礼家を訪ねて一泊。日曜日夕方には寮に帰った。

多感な少年期に、家系の複雑さと都会生活の孤独をあわせて味わったようである。淋しさをまぎらせるために、寮ではせっせと日記を書いた。

鹿児島出身者だけを集めて教育する私塾が品川にあり、これは旧薩摩藩特有の「郷中《ごうちゅう》教育」名残りの教育機関である。

小石川から品川の私塾までは電車で通った。途中の車内で見かけた女学生に恋心を抱いたり、美少年に憧れたり、いっぱしの心境小説のつもりで日記を書いた。

これを読んだ私塾の教師荒川重平が少年の才能におどろいて、

「おい高田、お前は小説家になれよ」

とすすめた。荒川塾頭は質実剛健、気まじめな生粋《きっすい》の薩摩隼人《はやと》である。真剣な表情で、

「小説家になれば、三十歳代で名をなす」とまで言ってくれた。

「いやです」

と、即座に拒否する。こういう直截《ちょくせつ》的なところが、いかにもこの人の性格らしい。

「私が小説家になれば、女色に迷い身をもちくずして決して成功しません。かえって大変な人生になります」

正直、そんな気持がしていた。「郷中教育」では四書五経、軍書などの教育を重んじ、青年団組織として武芸、水練、肝だめしなどの子弟教育が盛んであった。その二才魂《にせ》が継承されていて、高田少年も塾風の強い影響下におかれていたのだ。

「ならば、海軍機関学校に進め」

「いやです！」

これも拒否した。どうして荒川塾頭が機関学校入りをすすめたのかは、わからない。売りことばに買いことばで、二人の師弟のあいだでたちまち口論となった。

「なぜ、行かんのか！」

「行きません。私は海軍兵学校を志望します」

高田少年の脳裡には、戦艦初瀬で戦死した仁礼景一少佐の面影が浮かんでいた。日露戦争

勃発後、彼が乗艦した戦艦初瀬は、旅順港外でロシア海軍が敷設した機雷にふれて沈没し、少佐は艦とともに爆死したのである。

当時、日本海軍はバルチック艦隊の来攻にそなえて旅順口直接封鎖の戦法をとっていたが、その主力たるべき戦艦六隻のうち初瀬と八島二隻を、一挙に喪ってしまったのだ。一発の砲戦もかわさず戦死した仁礼少佐の無念を思うと、自分が代わって日本海軍に一身を捧げても悔いはない、という熱情にも駆られていたのだ。

また、米アナポリス兵学校の校内では、「祖国に殉じたる卒業生の名牌」に日本海軍士官仁礼景一の名が刻まれていて、それも一族の誇りであった。

荒川は、怒りで真っ赤になった。

「いや、兵学校は反対だ。たとえ、お前が入校したとしても、将来は大将にはなれんぞ。下《げ》の下で精一杯だ」

高田利種は昂然といい放つ。

「下の下で、けっこうです。私は機関学校には進学しません」

一九一四年（大正三年）九月、海軍兵学校に合格。途中で一年病気休養し、卒業は一期おくれて第四十六期卒。成績はビリではなく、クラスヘッドで恩賜の短刀組となった。

軍務局第一課勤務まで、順調に赤レンガのエリートコースを歩んできたことは既述の通り。海軍少佐で海軍大学校教官に選ばれたのも、異例のスピード出世である。

この海大教官時代の教え子が四期下の長井純隆で、彼はのちに第三艦隊作戦参謀として抜擢されることになる。

選ばれた海軍の頭脳たち

1

軍令部富岡作戦課長の意向をきくと、高田大佐はもうひとりの相談相手、矢牧章大佐のもとに足をむけた。

矢牧章は兵学校同期生で、軍務局第二課(政策)首席部員。この六月一日付で対米強硬論者であった石川信吾大佐に代わって第二課長の重要なポストについた。

愛知一中出身。寡黙で、自分の考えをじっと肚《はら》にしまう熟慮型秀才。すでに海軍省人事局員の経験もあり、海軍部内の人事にも精通していて、同期生として頼りになる存在であった。

かつて矢牧は、黒島亀人とならんで山本長官の連合艦隊先任参謀の候補として名前をあげられたことがある。黒島は海軍の内外を問わず言《こと》あげする男で、沈思型の矢牧とは真逆の性格だ。発想も奇抜で、エリート士官たちのなかでは珍しくアイデアマンだったから、山本長官の好みにも合い、結局は黒島が選ばれることになった。

――矢牧大佐はじっと耳をかたむけていたが、高田大佐が富岡課長との話の内容をつたえおわると、「貴様なら適任だろう」と短くいった。

「ただし」

と、念を押すのも忘れない。

「長井純隆を作戦参謀につれて行け。それがダメだと人事局にいわれたら、この人事は断れ」

「よし、わかった」

高田大佐は、さすがにこの盟友は目のつけどころがちがうな、と思った。何事もテキパキと即決型の自分と、補佐役として冷静な理論家肌の長井中佐を組み合わせる。この二人の作戦参謀コンビが確立できれば、新しい機動部隊司令部の陣容は強固となるにちがいない。よし、その線でいこう、と心に決めた。

高田大佐がこう決心した背景には、海大教官時代にひとつの思い出があるからである。海大長井純隆大尉（当時）が海軍大学校甲種学生に入校してきたのは、昭和六年のこと。海大での一年半の履修期間がすぎて同八年五月、卒業式典を迎えることになった。甲種学生第三十一期卒、二四名。

当時、新任の高田教官も教官会議に顔を出したが、話題になったのは卒業成績優秀者二名にあたえられる恩賜の軍刀（長刀）の行方である。

海軍士官にとって海軍大学校甲種学生卒業の肩書きは名誉であり、しかも恩賜軍刀組とあれば将来のエリート街道が約束されたも同然なのだ。

「ことしの卒業生で、いちばん成績が優秀なのはだれかね？」

海軍大学校長は、当時海軍の主流、艦隊派の強硬論者として知られた加藤隆義中将である。教頭は園田実少将で、この人は東郷平八郎元帥の娘婿として知られていた。

加藤中将の問いかけに、

「長井大尉です」

と、高田教官が即座に答えた。

「長井大尉は戦略、戦術ともにトップの成績です。ほかに追随する者はおりません」

「では、恩賜の軍刀をやるか」

「いや、それはできません」

園田教頭が、けげんな表情をした。

「なぜだ？」

高田少佐は率直に答える。

「成績が三番だからです。一番、二番の成績優秀者を飛びこして恩賜の軍刀を授与することはできません」

「では、きくが、一番、二番の者と三番の長井純隆とくらべて、だれがいちばん優秀なのか」

加藤校長が重ねてたずねた。

「それは断然、長井です」

と高田大佐はすぐおうじたが、つぎに出てくるはずの言葉をぐっとのみこんだ。卒業試験の採点方法に、大いなる不満があったからである。

成績差の原因は明白であった。卒業試験の総合成績は三、〇〇〇点。二番との差は五〇点あり、それも戦略、戦術といった作戦参謀に必須の学科は満点だが、軍隊の統帥といった机上理論で零点をつけられているのである。

二番の学生は満点の五〇点を獲得しているのだから、長井大尉に零点という圧倒的な格差をつけた予備役の教官にこそ何か問題があるのではないか。五〇対〇という評価こそ不自然である、というのが高田少佐の言い分であった。

「何とかならんのか」

「なりません！」

と、高田少佐はきっぱりと言い切った。

たとえ卒業試験の採点方法に不満があったにせよ、情状酌量で順位を逆転させ、不正な手段で成績を決定するような、情緒的なハラ芸は少佐がもっとも嫌うやり方である。

結局、長井大尉は恩賜の軍刀をもらえずに転出し、いまは夏潮駆逐艦長をへて第四水雷戦隊参謀の任務にある。そして卒業いらい、二人がともに軍務についた経験はない。

「先任参謀の件は、条件つきで受諾します」

二人の同期生の助言を受けて人事の骨子を固めると、高田大佐は軍務局長室を訪ねて、自分の手足となってはたらく作戦参謀の人選はまかせてほしいとつげ、長井純隆の名をあげた。

「よかろう。で、ほかに望みはあるか」

長井中佐の存在は岡軍務局長も知っていて、納得したようだった。岡局長の言葉に力をえて自分なりの人事構想でほかに名前が浮かんでいた男の名前をあげた。

連合艦隊戦務参謀渡辺安次——。戦務参謀とは、作戦計画一本槍の司令部を海軍中央の軍政、軍事とも緊密な連絡が必要だとして設けられた新しいポストである。昭和十四年十一月に新設され、渡辺中佐がその初代となった。

渡辺〝安兵衛〟（注、彼のアダ名）の存在は、山本長官にもっとも愛された幕僚のひとりとして、よく知られている。

長井中佐の兵学校一期下で、兵庫県出身。剣道を能《よ》くし、肩幅のがっちりとした上背のある大男で、山本長官の行くところつねに寄りそうように長身の彼の姿があった。

彼は昭和十八年四月、山本長官とともに最前線ラバウル基地に進出。長官戦死の報告をきき、ブーゲンビル島に行き遺体収容作業をはかるという、つらい役割を背負うことになる。

その山本長官腹心の部下を、第三艦隊戦務参謀として引きぬこうというのである。

（長井—渡辺のコンビなら最適だろう）

と、高田大佐なりの計算もあった。渡辺参謀への山本長官の絶大な信頼は、以後の連合艦隊司令部との交渉に役立ち、軍令部との関係も緊密になるのではないか。

だが、期待はたちまち裏切られた。海軍省人事局が高田大佐の要望に異をとなえ、二人とも人選から外してしまったのである。

「わかりました。それでは第三艦隊参謀の一件はお断りします」

高田大佐は、いつもは明快な口調の岡軍務局長が言いよどむ声をきいて、あっさりと新任人事の辞退を申し出た。すでに自分の肚《はら》は決まっていたのである。逡巡する気持はなかった。

「では、失礼します」

といい、さっさと軍務第一課長の机にもどり、この二、三日、新任人事騒ぎで山積みとなっている事務書類の山に目を通した。

再建が急な新機動部隊は首席参謀の人事で、第一歩からつまずいたのである。

2

海軍省人事局の反対とは、戦時下とは思えない悠長なものであった。すでに長井純隆中佐は駆逐隊司令の辞令が出ていて本人は赴任途次にあり、いったん発令した辞令をいまさら取り消すわけにはいかないというのである。

日本海軍主力の機動部隊が壊滅したにもかかわらず、あくまでも平時のお役所的仕事の感覚で、人事当局は新司令部幕僚の人選をはかろうとするのだ。

さすがに岡軍務局長もあわてた。軍令部側の富岡作戦課長も動いて、中原人事局長との間で話し合いがもたれた。

それでも二、三日の猶予《ゆうよ》があって、岡軍務局長から呼び出しをうけた。

「君の要望がかなって、長井を作戦参謀にもってくる件は了解されたよ」

と、上機嫌な口ぶりでいった。

「駆逐隊司令の一件は取り消しだ。こんな人事はやったことがない、とボヤいていたよ。前例がない、破天荒な人事をやったと恩を着せられてね」

屈託なく、笑いながらいった。

岡軍務局長は言葉をあらためた。

「ところで、君の希望した渡辺戦務参謀の件だが、あれはあきらめてくれ。山本長官が手放さぬといっておられる。とてもムリだ」

山本長官と渡辺中佐との関係とは、上官と部下の関係ではなく、むしろ師弟を思わしめるものがある、と周辺の評がある。それだけに、山本長官は果たしてウンとは言わない。夜、私室に寛《くつろ》いだあとの恰好の将棋相手は、いつも渡辺参謀だ。

「山本長官は相すまぬ、と申しわけなく思っておられる。渡辺にはできるだけ協力させるからと、添え書きまでもらってあるそうだ。まあ、勘弁してくれ」

その代わりに第五戦隊の末国次席参謀を出すことになった、と岡少将はいった。

「末国？　よく知りませんが……」

名前をきいたのは初耳だった。それも道理で、兵学校では六期下。砲術科出身で、赤レンガ組と艦隊組の海上派との別もあって一度も顔をあわせた経験がない。

「スラバヤ沖海戦で活躍した男だ。使いものになるよ。実力では、渡辺よりも上かも知れんぞ」

第五戦隊砲術参謀末国正雄中佐のことである。

第五戦隊とは昭和十七年二月末から三月にかけて、陸軍部隊のジャワ攻略作戦時に、これを阻止しようと出動してきた米英蘭豪四ヵ国艦隊とスラバヤ、バタビア沖両海戦をたたかった日本艦隊の主役を指す。

このジャワ海海戦で、日本艦隊は米重巡ヒューストン、英重巡エクゼターをはじめ軽巡三、駆逐艦七隻を撃沈する大戦果をあげた。

そのときの日本艦隊指揮官が高木武雄少将で、たがいに遠距離砲戦をつづけ旗艦重巡那智の艦橋で幕僚たちのいら立ちが最高潮に達したとき、やおら福島県生まれのこの将官はドスン、ドスンと四股《しこ》を踏み、柏手《かしわで》を打って、

「全軍突撃！」

を命じた、という有名なエピソードがある。そのかたわらに立っていたのが、この砲術参

謀末国正雄中佐である。

末国参謀の回想によると、少し話のニュアンスがちがっていて、両者とも敵艦隊を牽制してドーン、ドーンと遠距離砲戦をつづけてきて弾庫が空になりかけたことまでは事実だが、日没が近づいたことから事態は一変した。

「日没は何時か」

と、高木司令官が重い口をひらいた。

「夜八時です」

と、末国参謀がとっさに答える。日本時間表示だから、日没まではあと一時間もない。

「幕僚はどう思うか」

「日が暮れる前に、薄暮接近攻撃をやるべきです」

すると、大きくうなずいた高木少将は、ペッ、ペッとツバを手にして、

「それなら、全軍突撃！」

と短く命令を下した。したがって、「ドスン、ドスンと四股なんか踏んでいない」そうである。これで、局面は一気に転回し、日本側の大勝利となった。

末国参謀はその後、第五戦隊旗艦妙高（変更）とともにポートモレスビー攻略作戦に参加、サンゴ海海戦をへてミッドウェー作戦の後衛部隊幕僚としてアリューシャン方面へ。

任務をおえて青森県大湊港から南下。伊豆大島を回わって横須賀に帰港する途次に、第三艦隊参謀の内命を受けた。

「私は当惑しました。ミッドウェーで失敗した艦隊をどう建て直せるのか。果たして再建が可能なのか、不安に駆られた」

というのが、辞令を受けとった末国中佐の率直な感想であった。

——こうして新司令部の幕僚たちの陣容が固まりつつあったころ、肝心の南雲長官—草鹿参謀長コンビをどう処遇するかが焦眉《しょうび》の急となった。

荒天の北方海域

1

現場の参謀たち——軍令部では富岡作戦課長、連合艦隊司令部では黒島先任参謀以下——がこぞってトップ人事の交代を進言したことは、すでにのべた。焦点は司令長官山本五十六大将の肚《はら》ひとつにかかっていた。

全海軍の人事権は海軍大臣の専管事項である。この場合、嶋田繁太郎大将がその任にあるが、性格は穏和で、調整型の海相であったから、山本長官の意向にさからうことはない。軍令部総長永野大将も〝居眠り村夫子《そんぷうし》〟と揶揄《やゆ》されるほどの茫洋たる人物で、存在感は薄い。

したがって、両トップの選択は連合艦隊側の山本大将の人事構想に依《よ》っていた。

だが、山本長官の意志はすでに固まっていた。ミッドウェー海戦敗北後、旗艦大和を訪れた草鹿参謀長が「復讐」を訴え、「承知した」と答えた段階で、両トップの留任は意中にあったのである。

その理由とは何か。

唯一残されている資料の手がかりは戦後の黒島先任参謀回想だが、それによると山本長官の決断は、南雲中将に「もう一度やらせてみようではないか」というきわめて日本的な、情緒的なものであった。

その決定にいたるまで、黒島参謀は大いに抵抗した。彼が南雲長官の采配に注文をつけたのは、これで二度目のことになる。

その一は真珠湾攻撃終了直後の段階で、米空母の存在がハッキリしているにもかかわらずさっさと引き揚げようとした折のこと。激昂した黒島大佐はただちに電報を起案して「米空母を捕捉、撃滅せよ」と打電しようとしたところ、山本長官から現地指揮官に任せよ、とたしなめられた。

二度目が、このミッドウェー敗戦処理での出来事である。要点は、事前の作戦計画を無視して米空母機の急襲を受け、采配すべて後手にまわったこと。これでは、指揮官として不適任ではないか。

山本長官お気に入りのこの先任参謀は、あえて長官に直言した。もともとは狷介《けんかい》な性格で、歯に衣を着せぬ物言いをする人物だから、表現もストレートになる。

「南雲長官は能力がありません」

僭越ながら、といい出した割には、言葉がきつい。だが、彼は臆せずこう言いつのる。

「南雲長官をぜひ代えていただきたい。とてもいけません。長官に能力がないから、われわれ参謀連は作戦指導のやりようがないのです」

山本長官は黙っていた。幕僚室で、三和作戦参謀とも長官は何を考えておられるのだろうかと、しばしば探り合った最高指揮官の沈黙である。黒島参謀が、いつになくしつこく食い下がったために、ようやく山本長官が重い口をひらいた。

「南雲を見殺しにできぬ」

と、山本長官はいった。

「もしここで、私が南雲を見捨てれば、海軍での将来はない。もう一度、やらせてみようではないか」

寡黙な山本長官だから、熟慮のあげくそう結論づけたのであろう。いったん最高人事を口に出して言った以上、くつがえることはなかった。

内（参謀）にむかってはガンガンいわれるが、外（指揮下の長官）には悪いのは自分のせいだ。自分が責任をとる、という言い方をする指揮官であった――と、黒島参謀は語っている。

良かれ悪しかれ、この日本人特有の情緒的処世訓が山本五十六という人物の真骨頂であったようである。

よく知られた逸話に海軍次官時代、中国戦線で〝海鷲三羽カラス〟のひとり、海軍の名パイロット南郷茂章大尉が戦死した折の葬儀での出来事がある。

かつての部下であり、可愛がっていた若者の死だけに、弔問に駆けつけた山本中将（当時）は大声で慟哭《どうこく》し、人目もはばからず、われを忘れて小児のように床上に倒れこんだ、というのである。

この話には、まだつづきがある。式場にいた父親南郷次郎の目撃談では、一度立ち上がった山本次官はこみあげてくる激情に耐えきれず、ふたたび倒れ伏し、

「傍《そば》に在る人々に助け起こされ、ようやく心機鎮まるを待って辞去された」

とある。

また、真珠湾攻撃時に特殊潜航艇で出撃し、未帰還となった九名の若者たちの壮挙を悼《いた》み、彼らの戦死後、壮行会で遺した寄せ書きを長官公室にかかげ、一人見入っている姿がしばしば見られたという。長官は、彼ら特潜艇の出撃を一度は制止したのである。

この二つのエピソードは、取りも直さず人情家としての山本五十六の素顔をよく表している。だがしかし、情に篤《あつ》く、むしろ感情過多ともいえる激情型の資質は、指揮官としてふさわしいものであるのかどうか。

「山本長官名将論」の根拠として、当時としては破天荒なハワイ作戦の実施があげられるが、この大バクチ、投機的ともいえる冒険主義は戦略家としてみれば如何なるものか。

山本の航空本部長時代の部下であり、のちに軍令部次長となった大西瀧治郎中将もこの点を批判して、

「山本さんはいくさを知らない人」

と辛口に評している。

つまり、真珠湾攻撃を不意討ちにおこなったことで米国の国論を一挙に統一させ、このとき米空母二隻を取り逃したことでのちにミッドウェーでの大敗北を招いた戦略的失敗が、その理由だ。

一方の米国側指揮官の采配と対比してみよう。

米国海軍作戦部長アーネスト・J・キング大将は、真珠湾での大敗北の責任を問うてキンメル提督を罷免し、後任の太平洋艦隊司令長官としてニミッツ大将を艦船局長から大抜擢するという意表をつく人事をした。

そのニミッツ長官は、ミッドウェー海戦直前に病気で交代を申し出たハルゼー中将の推挙により、海軍では無名のスプルーアンス少将を後任の機動部隊指揮官として選んだ。その起用の理由として、〝衝動的で、派手な〟ハルゼー提督とは対照的に〝思慮深く、謙虚な〟性

格をあげ、

「彼の気どらない態度の裏には、過去の戦闘が証明しているように、立派な考え方としっかりした判断が隠されていた」

と、冷静な指揮能力を評価している。しかも、スプルーアンスは航空出身者ではなかった（『ニミッツの太平洋海戦史』）。

就任早々、スプルーアンス提督はそのすぐれた素質を発揮している。日本側の機動部隊がミッドウェー島空襲に出撃しているあいだ、母艦上空は警戒が手薄で、その間隙を利用して米軍艦上機を殺到させれば勝機があるとし、その決断通りに大胆な計画を実行に移し、南雲艦隊を壊滅させたのだ。

この二つのケースを挙げてみても、海軍戦略の要諦《ようてい》には指揮官に的確な人事配置が必要であることがわかる。山本長官の温情主義には、こうした冷徹な、合理主義的思考が欠けている。

山本長官の腹心ともいうべき渡辺安次戦務参謀の回想録に、こんな発言がメモされている。開戦直前のこと、山本長官がふとこう洩らしたのだ。

「自分は連合艦隊司令長官の器ではない。米内（光政）さんを長官に推し、出来れば自分は第一航空艦隊司令長官にしていただければ幸いだ」

渡辺中佐は「長官は本気」だったと記しているが、山本大将は案外心底ではそんなことを考えていたのかも知れない。戦略家としての立場よりも、むしろ第一線の指揮官として存分に戦術的能力を発揮してみたい、と。

2

瑞鶴はいま北方部隊に参加して、アリューシャン海域にいる。

といって、具体的な攻撃目標があるわけではない。予期した米機動部隊の出現もなく、キスカ島の南方洋上を遊弋して〝水すましのようにグルグル回る〟だけの悠長な、洋上警戒任務である。

艦長野元大佐以下幹部たちは防寒衣に身をかためて艦橋に立っているが、手持ち無沙汰なのはたえず四周を霧におおわれているからである。米軍潜水艦が待ち伏せているわけでもなく、突然米軍機の空襲をうける危険もない。

戦闘参加の緊張感はあるものの、一寸先も見えない霧中航行で、取りあえずは無聊をかこつ北方海上なのである。

「毎日毎日、曇霧雨の中の水すましにうんざりしていた」

と、宮尾直哉軍医中尉は日記にボヤキ声を書きつけている。

昭和十六年三月、東京帝国大学医学部を卒業し、短期現役医科士官を志願。日米開戦直前に瑞鶴に七ヵ月余。ハワイ作戦からサンゴ海海戦を経験し、艦も人にも慣れた。

六月二十八日、大湊港をふたたび出港。そのさい、多数の人事交代の要員が乗りこんできて、医務科にも新たに北條龍彦軍医中尉が転勤してきた。

同月二十日付の辞令では、ほかに機関長大重静機関中佐の転出がある。代わって機関学校では一期下の三十期卒、大鈴英男機関中佐が乗艦してきた。機関科では、新任の吉永長四郎機関少尉も乗り組んできた。

こうした碇泊中の人事異動のさなかに、大湊港ではちょっとした騒動があった。艦橋下の司令官と艦長の休憩室に「ダニが発生している！」と従兵が知らせてきたのだ。

さっそく新任の北條軍医中尉をともなって消毒にむかう。医務科にメタノールを酸化してフォルマリン消毒液を生成させる装置があって、これで応急のダニ退治をした。

野元艦長は着任いらい艦橋に詰めきりで休憩室を使うことなく、閉め切った室内の湿気でダニ発生の条件悪化を生んだのである。宮尾軍医中尉は、

「艦長にも、少しは休憩室を使うように進言して下さいよ」

と、軍医長に苦言を呈することを忘れなかった。厄介な雑事が多いのである。

サンゴ海の灼熱の太陽下から一転して北方の霧中航行へと、環境の激変で体調をくずす乗員も多い。歴戦の九七艦攻偵察員金沢卓一飛曹長も診断の結果、大湊病院に入院させることと決められた。

日華事変いらいのベテラン搭乗員で、苛酷な索敵任務の連続であったから風邪をこじらせ、肺炎を併発したのである。

また、こんな例もあった。

「K少尉のR《アール》（注、海軍用語でリン病の意）もトリアノン（スルファミン剤）注射で膿量ぐっと減り洗滌を行っているが、今朝の分泌物中に尚淋菌を証明、中々頑固なものなり」

何とも意気あがらぬ治療室配置なのである。それでも気を取り直して、眼前の〝青菜に塩〟の少尉が、

「あのときSA《サック》さえ、使っておればなあ……」

と、呉での芸者との一夜をしきりに悔むのが気の毒に思われて、

「かならずおれが治してやるさ」

と、はげましたことだった。当時は抗生物質の特効薬などはなく、白檀油《びゃくだんゆ》を飲んだり皮下静脈注射を重ねるくらいで、航海中は根気よく治療する以外に打つ手がないのである。

キスカ島南の北方海域は、荒天つづきだった。霧中航行のうえ、強風がたえず波を泡立てている。この苦難は真珠湾攻撃時の隠密航海と同じだぞと、宮尾軍医中尉は戦慄の日々を思い出した。

あのときは、艦の動揺はますます激しく、物の倒れる音、きしむ音、波のぶつかる音、エンジンの音が不協和音を奏《かな》でるので、「普通なら眠れたものではない」……と、震える気持を当時の日記に書きつけたものだ。あれから半年をとうにすぎている。

宮尾軍医中尉は新たな日記の一頁にこう書く。

「風強く波荒くハワイ以来の動揺である。しかしあの時と違って、船酔いには自信がつき少しも気持が悪くならないのは心強い」

ふと気づくと、新入りの北條軍医中尉の顔色が真っ青である。

「どうしたんか?」

「船酔いだ。参ったな」

弱々しく首を振るのをみて、

「しっかりしろ! 根性を入れれば船酔いなどなんでもない」

そう声をかけながら、少しは戦場慣れしてきたかなと、少し誇らしく思ったことだった。

3

荒天に弱音を吐いている者は、他にもいた。サンゴ海海戦が終わり、瑞鶴が呉に帰港してきたとき乗り組んだ新乗艦者たちである。

そのほとんどが二十二、三歳の新兵ばかりで、五月二十一日、瑞鶴が呉軍港に帰投すると同時に桟橋で待ちかまえていた下士官兵グループが三々五々、内火艇に乗せられて瑞鶴に乗艦してきた。

新兵のうちもっとも古いのが昭和十五年一月の徴集兵役組で、そのひとり小田勇夫一等整備兵(一整)の場合は呉海兵団から戦艦扶桑乗組、一年間の海上勤務ののち普通科整備術練習生に転じ、五月十三日付で瑞鶴乗組を命じられた。愛知県生まれ、二十三歳。

配置は発着器で、整備員としてたえず飛行甲板にあって飛行機の離艦、着艦作業にあたる重要な任務である。

加藤戸一三等水兵（三水）の場合は、日米開戦後の志願組である。同十六年五月、呉海兵団入り。戦艦大和乗組、横須賀砲術学校を卒業と同時に瑞鶴転勤となった。同じ愛知県出身、二十歳。

第二分隊第一班といえば、右舷一番砲が担当部署である。瑞鶴乗艦と同時に班長から一番砲伝令が任務だとつたえられたが、といって連装高角砲の砲側が日々の配置ではない。

「戦闘配置のとき以外は、従兵をやれ」

との命である。従兵長のもと、司令部、士官室、ガンルーム、准士官室の世話係が主な仕事である。新兵勤務の第一段階だ。

同じ十六年志願組に、岡田建三三等水兵がいる。愛知県渥美郡下の農家出身で、姉妹六人のほか男子ひとりの家系。

「当時の世相では、一家にひとりは軍人として出征させなければならないという風潮があった。それをこばめば国賊とまで批判された。私は進んで志願しました」

配置は第三分隊の高射器班。同分隊では最下級の三水だから、はじめての瑞鶴勤務で西も東もわからず、先任下士官から高射装置のアレコレを初歩から手とり足とり教わる始末。

第三分隊の配置は対空砲の射撃管制、観測の任務をいい、艦橋上、艦橋両舷に配備されている合計四基の九四式高射装置により高角砲一六門、各部の機銃射撃装置により三六梃の対空砲火群を管制する役割を担っている。

「瑞鶴では、新入りの志願兵を上級兵曹長たちが温かく指導してくれて、良き思い出が残っている」

と、岡田三水の回想メモは記している。

海兵団を出たばかりの、海上経験のない新入りの〝若《ジャク》輩〟たちは、昭和十七年一月の志願組である。

豊橋市出身の大村孝二三等水兵の場合は、第二分隊の機銃群配置となった。わずか五ヵ月間の呉海兵団教育から、いきなりアリューシャン作戦参加の戦闘任務へ。二十一歳の若い水兵にとっては、霧中の息づまるような北方航海が初体験である。

同年兵百合《ゆり》武一三等水兵の場合は、艦爆分隊の整備科飛行班に配属された。飛行班の主な任務といえば、発着甲板上にあって九九式艦上爆撃機（九九艦爆）の離着艦作業いっさいを取りしきる役目を指す。

瑞鶴への乗艦地は、佐伯湾であった。アリューシャン作戦参加の直前、呉への回航の途次に立ち寄ったもので、桟橋から内火艇に乗りこむと艦首から鋭く切り立った舷側と真っ平な飛行甲板が遠望され、瑞鶴の第一印象は、

（何とも美しい）

艦姿であった。ひと目見て、ほれぼれするような見事な最新鋭空母なのだ。

はじめて発着甲板上に登ったときの印象にも、忘れがたいものがある。最初の持ち場は「(脚止めの)チョーク持ち」で、待機場のポケットからふと海面をのぞきこむと、あざやかに波を切って進む艦首が見えた。

「波が立たず、海面をカミソリのように切って進んで行くんです。波を呼びこむように取りこんで、泡立つこともない。みごとな波切りの、航走ぶりでした」

吃水線下の先端部分に球塊状艦首《バルバス・バウ》を採用し、これが全速力時に船体抵抗をへらして最高速力三四ノットを可能にした。百合三水は気づかなかったが、これが大和型戦艦と同時に導入された日本海軍の画期的な艦体設計の成果なのだった。

瑞鶴乗艦の第一印象が好ましく思われたのには、少しわけがある。

百合武一は大正十年、大阪市に生まれた。昭和十七年一月十日に徴兵召集され、呉海兵団に入団。海兵団での新兵教育期間をおえて配属が決まったのが五月初旬のこと。

「瑞鶴って何や?」

艦隊勤務となったのは、班員一六名のうち彼ひとりだけ。艦名も配属先が航空母艦であることも知らず、二十一歳の若者は取りあえず旅費をもらって、出迎えにきた海防艦磐手《いわて》に乗りこんだ。

行先は佐伯防備隊で、瑞鶴が寄港するまでしばらく仮入隊するのである。

磐手の前身は、日露戦争時に蔚山《ウルサン》沖海戦などで活躍した装甲巡洋艦である。艦歴が古く、歴史ある艦だけに大海軍の伝統があり、古参の強者ぞろい。――とはいうものの、乗りこんでみると水兵たちの表情に生気がまるでなく、一様に暗い。

水兵たちのあいだで、

死んでしまおか敷島の

出雲、磐手はなおつらい

と戯《ざ》れ歌にうたわれるほどの艦内のシゴキのきびしい海防艦であることは、間もなく知った。敷島、出雲、磐手はいずれも日露戦争当時に活躍した軍艦である。艦歴が古いだけあって、磐手では機関はいまだに石炭を使っていた。

下士官たちの表情も、「暗く沈んでいる」というよりも「真っ黄色に近い」。ついで、磐手に運ばれて佐伯防備隊へ――。

ここでも事情は同じだった。海軍兵の善行章といえば、三年以上の勤務がつづくと山形のマークを一本、階級章の上につけてくれる。これは成績とは関係がなく、階級よりも〝メシの数〟が物をいう隊内ではこの善行章が多い兵ほどニラミがきき、大いに威力を発揮する。

佐伯防備隊では、こんな善行章をつけた古い兵隊がゴロゴロいて、

「なかにも善行章六本という猛者《もさ》がいて、こいつが威張っている。へちまみたいな顔をした奴でね」

と、百合三水の海軍部隊での第一印象はきわめて悪いものがあった。

佐伯湾で瑞鶴を遠望したとき、巨大な航空母艦の威容にまずおどろかされ、ついで艦内に乗りこむと、乗員たちの表情に活気がみなぎっていることに気づいた。

みな動作がキビキビしていて、明るいのだ。

「搭乗員の表情をみていると、いかにも全海軍から選抜されたエリートぞろいとわかりました。将校も下士官も、えらばれた者ばかり。居住区に行くと酒保の甘味品、キャラメルなどが転がっている。物が潤沢にある、ゆとりのある大艦だと感じましたね」

百合三水の印象は一変した。そして、こんな経験もしている。

出港準備作業には各科の新兵たちが動員されるが、整備科でも百合三水たちがさっそく駆り出された。甲板士官の若い少尉が先頭に立って作業を督励してまわるが、仕事をおえると甲板士官がやってきて、

「これを食え！」

と、無造作に甘味品を新兵たち全員に配ってくれた。ご苦労さんと、慰労のつもりらしい。あとで知ったことだが、この差し入れはすべて彼のポケットマネーから出ているらしい。

甲板士官といっても兵学校を卒業して少尉に任官したばかりの、同年齢の青年である。二十一、二歳だろうか。さすがに海軍将校となれば、その指揮官としての意識も高く、

（エライもんだなあ……）

と、思わずうなったことであった。

瑞鶴が新乗艦者たちをのせて柱島を出撃したのは、六月十五日のこと。あれから航海を重ねて二週間あまり。相変わらず水すましのように北方洋上を遊弋しつづけている。

艦隊勤務の経験のない新兵たちも、北條軍医中尉と同様に連日の船酔いに苦しめられている。

一方、新任の飛行隊長として辞令が出ている高橋定大尉は瑞鶴の北方出撃のために、基地で足止めを食っている。

「補瑞鶴飛行隊長兼分隊長」

の発令があったのは六月二十日のこと。前身はフィリピンのセブ島に進出していた第三十一航空隊の艦爆隊長で、空路を乗りついで日本内地にもどってきたものだ。すでに瑞鶴は柱島を離れており、新任の飛行隊長は取りあえず訓練基地の鹿屋飛行場にむかうことにした。

第三章「誓って再起を期す」

鹿屋基地

1

鹿屋《かのや》基地に降り立つと、高橋定大尉は新任の瑞鶴飛行隊長としての重責をひしひしと感じた。彼の役割はサンゴ海海戦で被害の大きかった飛行機隊の再建だが、内命を受けとった直後に思いがけない悲報がつたえられた。

ミッドウェー沖での、南雲機動部隊の惨憺《さんたん》たる敗北である。

この予期せぬ事態によって、日本海軍の正規空母は第五航空戦隊の瑞鶴、翔鶴のみとなった。

「あまりにも重い荷重が、両肩に突然のしかかって来た感じであった」

というのが、新任の飛行隊長の率直な感慨であったろう。

鹿屋基地は昭和十一年に開設された飛行場で、鹿児島県鹿屋市の南西にあり、もとは桜島を中央火口丘とする姶良《あいら》火山の広大なシラス台地上にある。

敗戦直前の昭和二十年、この地より数多くの特攻機が飛び立ったため一躍有名となったが、海軍航空隊として開隊されたのは同十六年のことで、台湾、比島へとつづく本州最南端の中継地として重用された。

(昭和十七年)六月下旬の南九州では、すでに初夏の日差しがまばゆく、第二種軍装の白服でも汗ばむ暑さである。

着任先の鹿屋基地では、僚艦翔鶴の飛行機隊が訓練をつづけていた。母艦は呉海軍工廠でドック入りをし、破壊された艦首部分などの大規模修理がいそがれている。七月中旬が完成のメドで、艦橋の直上にははじめての電波探信儀《レーダー》も装備される予定だ。

肝心の空母瑞鶴は北方作戦に参加中で、飛行機隊や整備員たちも不在。新任の飛行隊長もはやる心を押さえながら、しばらくは彼らが帰投してくる日を待つばかりであった。

当初、高橋大尉は気づかなかったのだが、基地にはほかに〝歓迎されざる男たち〟の集団がいた。ミッドウェー海戦で沈没した四隻の航空母艦——赤城、加賀、蒼龍、飛龍——の搭乗員たち敗残兵の集団である。

彼ら四隻の艦隊搭乗員は艦戦八四名、艦爆八四組、艦攻九四組、艦偵二組の合計二六四組で、そのうち五二組を喪い、生き残ったのは四二〇名余ということになる。

彼らは、それぞれの随伴駆逐艦各隻によって救出され、途中の海上で主力部隊の戦艦群に収容。呉への入港後、陸路南九州に送られ、鹿屋基地の兵舎に番兵の監視つきで閉じこめられたのだ。

服装は、救出されたときの飛行服姿のまま。手回わり品を持ち出すゆとりもなく、歯をみがくブラシ一本すらない。顔をふく手ぬぐいも、日用品いっさいも持たない不自由な暮らし。もちろん、敗北を知られないために外出も禁じられていて、完全な軟禁状態にあるのだ。

旗艦赤城の誇り高き搭乗員こそ、もっともその悲哀をかみしめていた男たちであったろう。

艦爆隊指揮官千早猛彦大尉の操縦員、古田清人一飛曹がそのひとりである。

山口県出身、操縦練習生（操練）三十二期生。日華事変いらいのベテランパイロットである彼は、赤城の被弾後、何が起こったのか、正確な記憶はない。

「被弾のあと、自分がどうしたのか、よくおぼえとらんのです。無我夢中で何をしたのか、とっさにどう動いたのか……。記憶も断片的で、ただ回わりが火の海で、そのなかを走りまわっていたことだけはたしかですが」

気がつけば、周囲の乗員たちの多くが仆《たお》れ、駆けまわる整備員たちも火傷《やけど》がひどく、自分の顔も火ぶくれがしていた。格納庫内でつぎつぎと爆弾が誘爆し、そのたびに身体が大きく揺さぶられる。

「弾薬庫に注水しろ！」

さけび声がし、駆けつけていって手つだったことは記憶している。艦内通路も火の海で、隔壁の鋼板がまっ赤に焼けただれているのが眼に映った。地獄絵図とは、まさにこのことであったろう。

かろうじて右舷上甲板に逃れ出た。軽巡長良が近づいてきて、南雲長官と草鹿参謀長が移乗して行くのを目撃した。これで旗艦赤城も最期だな、と思った。

「総員集合！」

の声がかかり、艦橋から艦長青木泰二郎大佐が降りてきた。ふだんは下士官兵が近づけない、威容のある艦長である。

「不幸にして本艦はついに最期のときをむかえた」との悲壮な訓辞のなかで、古田一飛曹の記憶にのこるのは艦長のつぎの一言である。

「とくに申し渡したいことがある」

と、青木大佐は声をはげましていった。

「この数年間、育てあげた搭乗員たちはかけがえのない日本海軍の宝である。よく身体を大事にして、再起を期せよ」

総員退去命令が下り、古田一飛曹たちは救助の駆逐艦に収容された。

その夜、航行不能となった赤城の周囲を警戒駆逐艦群が取りまいていたが、山本長官より処分命令が出て二発の魚雷が発射されることになった。

その命令を耳にして、古田一飛曹は情なくて母艦の最期を見とどける気持にはなれなかった。彼は汚れた飛行服姿のまま兵員室の片隅にもぐりこみ、毛布にくるまって眼をとじた。その耳に、遠くから鈍く魚雷の炸裂する音がドスン、ドスンと二つ、きこえた。

鹿屋基地兵舎に収容されている艦攻隊員徳留明一飛曹の場合は、旗艦赤城の同じ格納庫内にいた。ミッドウェー島への第一次攻撃隊ではなく、米機動部隊出現にそなえての艦上待機組である。

徳留一飛曹の回想談。

「その前日に、米側飛行艇にわれわれは発見されているんです。私たち搭乗員も気づいていた。とすれば、敵の攻撃を受けるのは当然だから、味方機動部隊は、ミッドウェー島からいったん距離を離すべきです。それを司令部は無視して、突っこんで行った。油断です」

赤城が被弾したのは、徳留一飛曹たちが雷装準備の真っただ中のことであった。何しろ航空魚雷は重量八〇〇キロと重く、弾庫から運搬するだけでも時間を要する。兵器員、整備員、搭乗員など総がかりで兵装転換に夢中になっているさなかに、命中弾を食らったのだ。

赤城の致命傷となったのは飛行甲板中央の中部リフト後縁に命中した米軍機の一弾で、これが格納庫内で爆発。もう一弾は飛行甲板左舷後部で爆発し、艦上にいた整備員たちをなぎ倒した。

四空母の艦内とも同様の状況で、搭乗員の被爆よりも整備員たちの艦上、艦内被害が多く、ベテラン整備員たちのこうした損失はのちに機動部隊再建の大いなる障害となった。

赤城の格納庫は上下二層で、後部下段リフト付近にいた徳留一飛曹は被弾の爆風からまぬかれることができた。艦内を破壊したのは、むしろ格納庫内に取り外されていた爆弾の誘爆の被害によるものである。

救助された駆逐艦では、自分はほとんど無傷の状態だったから火傷で苦しむ戦友たちの看病に駆けまわり、魚雷で処分される赤城の最期の姿も見とどけた。

赤城が艦首をあげて沈んで行くのを目撃し、「ああ、これで日本海軍もおしまいだな」との感懐が切なく胸にこみあげてきた。

途中の海上で、山本長官直率の主力部隊と合流する。駆逐艦に収容されていた乗員たちは第一艦隊の戦艦群に移乗し、古田一飛曹は戦艦陸奥へ、徳留一飛曹は戦艦長門へ――。

陸奥では、ねぎらいの言葉のあと煙草が支給された。「ホマレ」一箱である。

六月十四日、主力部隊は柱島泊地へ帰投。負傷者は呉海軍病院へ、搭乗員一行は汽車で鹿屋基地に送られた。

基地兵舎では、全員が足止め状態である。体力を回復するためにと、搭乗員一同にウナギの缶詰が支給された。海上生活では欠乏していた生鮮食料が提供され、外出はかなえられなかったが、食事が唯一の楽しみとなった。

「地元産のタマネギがうまかった」というのが、徳留一飛曹の唯一の思い出である。

十日あまりの軟禁状態がつづいた。艦爆隊と艦攻隊それぞれは別の区画に起居している。艦攻隊では飛行隊長村田重治少佐が中心となって分隊ごとに賑やかであったが、艦爆隊では指揮官千早猛彦大尉が横須賀航空隊付兼教官として去り、分隊長山田昌平大尉が残った。

その途中で、古田一飛曹は機材補充のため名古屋への出張を命じられている。九九艦爆の製作工場である愛知時計電機に行き、新機材を受領のうえテスト飛行し、鹿屋に帰投せよという命令である。

列車で名古屋駅にむかい、案内されて名産のウイロウをたらふく食べ、料理店で大散財をした。身ひとつで駆逐艦に救出されたとはいうものの、俸給と戦時手当てだけはちゃんと支給されていたのだ。

翌朝は受領した九九艦爆のテスト飛行日である。この元気で無事な姿を何とか留守家族に知らせたいと願ったが、自由行動は許されない立場である。

古田一飛曹は二十八歳。故郷の徳山市には、妻と幼い長男がいた。インド洋作戦のあと、つぎは太平洋での大作戦に参加するとひそかに妻につたえたが、行先はミッドウェーとは知らせていない。

すでに新聞発表では、六月十日付で東太平洋方面で米国艦隊との大海戦があったと報じられており、ミッドウェー方面で「米航空母艦エンタープライズ型一隻及ホーネット型一隻撃沈」と大戦果をあげたものの、

「本作戦に於る我が方損害
(イ)航空母艦一隻喪失、同一隻大破、巡洋艦一隻大破
(ロ)未帰還飛行機三五機」

と、味方被害も無視できないことをつげていた。

さぞかし留守家族では、一家のあるじの生死を気にかけているにちがいないと思うと、何としても無事を知らせてやりたいと心が急《せ》いた。

一計を案じた彼は、宿で葉書を手に入れ、手早く文面をしたためると人眼を盗んでポストに投函した。差し出し人は書かなかった。

「元気だ」――その一言で充分なのである。

こうして鹿屋基地での徳留一飛曹たちは、相変わらずの無聊のときをすごした。彼らベテラン搭乗員たちがふたたび再建機動部隊の一員として配属されるのは、もう間もなくのことである。

2

同じころ、東京・霞ヶ関の海軍省では南雲機動部隊再建の中心人物となった先任（首席）参謀高田利種大佐が、最後の司令部幕僚の人選をいそいでいた。

作戦参謀長井純隆中佐、航空参謀内藤雄中佐、新任の戦務参謀末国正雄中佐と、ほぼ骨格人事の全容は決まったが、もうひとり新たな参謀ポストの構想が脳裡に浮かんでいた。従来の通信参謀の業務に加えて、外交ルートの情報、民間からの情報を収集する情報主務参謀の新設である。

これは、軍政畑の永い高田大佐ならではの発想であった。つまり、情報主務者は艦隊内の作戦通信だけではなく、もっと幅広く対外情報を入手し、その上に立って戦略的思考を強化し、作戦立案の根拠とする。軍令部や連合艦隊との連絡を密にする戦務参謀の新設とも相まって、一航艦時代からは一段と飛躍した、層の厚い幕僚体制の強化である。

白羽の矢を立てた相手とは、第二艦隊の通信参謀中島親孝少佐で、彼はいま旗艦の重巡愛宕《あたご》艦橋にあって次期FS作戦（フィジー、サモア攻略）の作戦担当主務をつとめている。

第二艦隊は、司令長官近藤信竹中将のもと南方攻略作戦に参加し、ミッドウェー海戦時には同島攻略船団の本隊として出撃した。

ミッドウェー攻略作戦の主務は同艦隊航空参謀小暮寛中佐で、中島参謀は作戦成功後、トラック泊地に引きあげてきた主力とともにFS作戦に出撃参加する計画の立案者となっている。

それだけに、南雲艦隊敗北の報告はミッドウェー島攻略部隊本隊の近藤司令部を震撼《しんかん》させた。

近藤長官が第二艦隊主力戦艦二隻（金剛、比叡）、重巡四隻（愛宕、高雄、妙高、羽黒）をひきいて夜戦に突入して行ったものの、山本長官の夜戦中止命令により反転したのは、既述の通り。

柱島に帰投した中島少佐は、その後、次期作戦をめぐっての連合艦隊と軍令部の対立と混乱のなかで、相変わらずFS攻略の実施についての考究をつづけている。

中島少佐は明治三十八年、佐賀県に生まれている。大正十二年四月、麻布中学から海軍兵学校入りをし、通信学校高等科学生をへて海軍大学校甲種学生となった。近藤司令部では白石萬隆参謀長以下七名の参謀連がいるが、緻密《ちみつ》さと通信解析の冷静な判断力でその存在を高く評価されている。

近藤長官と同様に、中島参謀も山本長官のミッドウェー作戦の実施計画には反対だった。作戦開始前、軍令部部員の内田成志中佐に、

「あんな太平洋の小島を確保するより、（攻略確保した）南方を固めることが第一ですよ」

と忠言したが、内田部員は大きくうなずきながらも、

「いやァ、連合艦隊司令部に押し切られて……やられちゃったよ」

と渋い表情をした。FS作戦実施の軍令部案が一蹴されたことを指すのである。

山本長官は米ドゥリットル中佐による帝都空襲いらい、首都東京の防衛に神経過敏となっていた。そのために司令部幕僚たちはミッドウェー島攻略を強引に推し進めたものだが、中島少佐の結論では「たとえ占領に成功したとしても、位置は米本土に近く長期保持するのは無理」というものであった。

山本司令部の戦略構想についても、中島参謀には不可解な点がある。これも第一段作戦が成功して、近藤司令部が横須賀に帰投してきた折のことである（四月十七日）。

連合艦隊司令部から藤井茂政務参謀が訪ねてきて、

「内地帰投後の第二艦隊の整備予定について話したい」

と、あれこれ指示をした。

「そんな悠長な考えは如何なものか」

愛宕艦橋の作戦室で、じっと耳をかたむけていた近藤長官がやんわりクギをさした。

「米国相手の戦争で息ぬきは許されまい。整備などと、そんな手ぬるいことではなくて、つぎつぎと手を打って行く。それだけの覚悟が必要ではあるまいか」

近藤信竹中将は将官ではめずらしく大阪出身で、兵学校では山本長官の三期下の三十五期生。重巡加古、戦艦金剛艦長をつとめ、海軍大学校教頭、軍令部作戦課長を歴任し、二艦隊長官の前任は軍令部次長の要職にあった。

「関西人気質というのではないでしょうが、おっとりした頭の柔らかい人物。柔軟な発想をする人で、この席ではそれ以上言及されなかったが、その点で比較すると山本長官なんかは本当に戦争がうまいのかな、と疑問を感じますね」

とは、その折かたわらにいた中島参謀による近藤長官評である。

柱島泊地での中島少佐は、戦艦大和の司令部をたずねてFS作戦の準備に忙殺されていた。作戦実施は至近にせまっている。果たして、ソロモン群島より南西一、〇〇〇キロの遠隔地攻略が成功するのかどうか。

困難なのは攻略にともなう諸島各地の状況がつかめないことで、いわゆる兵要地誌がまったくないことであった。ソロモン諸島の先、サンタクルーズ、ニューヘブライズ、フィジー、サモア各諸島……。

　そのうちフィジーとサモア両諸島には、昭和十年の遠洋航海時に訪れたことがあり、ハワイと豪州をむすぶ客船の寄港地としてにぎわいを見せていた、との強い印象がある。

　この地に米豪交通連絡線遮断――の目的で日本軍が踏みこめば、想像する以上の米豪軍の衝撃と抵抗を惹《ひ》き起こすことはまちがいない。

　作戦計画をめぐるそんな混迷のなかで突然、新編成の第三艦隊情報参謀の内命がきたのである。

「ＦＳ作戦の実施はどうなるんですか」

　戦艦大和を訪れたさい、気色ばんで中島少佐が問いただすと、連合艦隊司令部幕僚はあっさりといった。

「あれは中止と決まったんじゃないかな。もともとわれわれに占領、確保する自信がないし、山本長官も止めたい意向だ」

　ＦＳ作戦中止が正式決定したのは、七月十一日のことである。

　このとき瑞鶴は北方作戦参加をおえて大分湾沖にむかっていた。いよいよ高橋定飛行隊長の下で、新たな瑞鶴飛行機の編成がはじまるのである。

源田実飛行長着任す

1

元一航艦参謀源田実中佐は、いくぶん面やつれしているように見えた。炯々《けいけい》として光をはなつ、鷹のように鋭い眼光は相変わらずであったが、頬がこけ、眼窩《がんか》が少し黒ずんで疲れ気味にみえた。

瑞鶴艦長室を訪ねると、

「願います」

とあらたまった口調で海軍士官特有のあいさつをし、彼はこの七月十四日付で新飛行長の辞令を受けたことをつげた。

瑞鶴は北方部隊支援の任務をおえ、七月十二日に大分湾沖に帰着し、翌日呉軍港に碇泊した。その帰投を待ちかねたように、ミッドウェー海戦で大敗した元一航艦航空参謀が新任飛行長として乗りこんできたのだ。

第二代艦長野元為輝大佐は、源田中佐とは初対面ではない。

日華事変のさい、南京攻略の航空作戦に大攻隊をひきいる第一連合航空隊（一連空）の木更津航空隊副長として参加し、このとき源田少佐（当時）は戦闘機、艦爆主力の第二連合航空隊（二連空）航空参謀として同攻略の作戦指揮に加わっている。

開戦前の空母瑞鳳艦長時代も、源田中佐は第一航空戦隊（一航戦）の航空主務参謀として活発に発言し、その辣腕《らつわん》ぶりを発揮している。

二人で直接会話をかわしたことはないが、彼の行動力や積極性からみて海軍航空の第一人者と評価されるにふさわしい存在、と遠目に見ていた。その人物が配下の飛行長として着任してきたのである。

南雲機動部隊の航空参謀として、ミッドウェー海戦の作戦指揮で彼がどのような失敗を犯したか——については、じつは野元大佐に何も知らされていない。四空母喪失の大被害は極秘事項とされて、対外発表のみならず指揮官の采配ミスいっさいが封印されたままなのだ。したがって、野元艦長があれこれと問いただす機会もなく、源田中佐も口をつぐんで語ることはない。

野元大佐はさっそく源田新飛行長に、就任以来気がかりだった最優先事項をつげた。

「本艦の飛行機隊は目下再建途次にある。いそぎ艦隊航空隊としての錬成にはげんでもらいたい」

「承知しました」

と源田中佐は手短に答え、すぐ艦長室をあとにした。部屋の外で、つぎの転勤申告者が待ちかまえていたからである。

じっさいこの日は、瑞鶴がアリューシャン海域に出撃していたため留守中の人事異動発令者をふくめて、艦長室は幹部交代の儀式で大わらわだった。

艦の首脳陣では副長池田福男中佐、航海長露口操中佐、整備長原田栄治少佐、砲術長小川五郎太少佐、運用長戸次敏郎少佐らが留任したが、機関長は新たに大鈴英男機関中佐、通信長に小山重人少佐、軍医長に池本謙軍医中佐らが乗艦してきた。

代わって前任の大重静機関中佐、種子田庸夫軍医中佐などの退艦者が出て、それぞれが艦長室をあいさつに訪れ、舷門で副長に見送られ、「帽振れ」でつぎつぎと瑞鶴を去って行く……。

一方、源田中佐は当直将校に案内されて、艦橋下、同じ上甲板右舷にある飛行長室に身を落ちつけた。

「源田飛行長は、乗員たちに人気がありましたね」

と、野元艦長は当時をふり返っていう。

同艦の下士官兵たちのあいだでは、「源田実」の名前は伝説的な存在であった。五月末に乗艦した新入り整備科百合武一三等水兵の場合、さっそく先輩の分隊員からこんな話をきかされている。

「こんどきた飛行長は〝源田サーカス〟といってな。くるりくるりと空中で宙返り、しかも三機編隊でサーカスなみの曲芸飛行ができるおエラ方なんだぞ」

〝源田サーカス〟とは昭和八年、源田大尉（当時）が横須賀航空隊（横空）分隊長時代、各地の献納式でアクロバット飛行を披露し、見物客の話題をよんだことを指す。

中国大陸では満州事変が勃発し、戦火が拡大しつつあったころだから、愛国運動が起こり、各地で飛行機の献納式がさかんにおこなわれた。その折に、国威発揚の意味もあって横空戦闘機隊のベテランたちが駆り出され、日ごろの編隊特殊飛行――三機編隊の巴宙《ともえ》返り、編隊宙返り、艦橋掃射――などの訓練飛行を実施して見せ、「空中サーカス」の異名をとって国民の大喝采を博したのである。

源田中佐は一九〇四年（明治三十七年）、広島県に生まれた。草創期の海軍航空隊パイロットのひとりで、海軍兵学校五十二期出身。三十八歳。

「源田実」の名は、戦後のベストセラー自著『海軍航空隊始末記』とともに数多くの逸話で世上によく知られている。戦後は航空自衛隊に入り、航空幕僚長。転じて参議院議員となって政界入りしたように、とにかく話題に事欠かない人物だ。

横空分隊長時代、「単座機による急降下爆撃訓練」の論文で恩賜研学資金を受賞。翌昭和十年には海軍大学校甲種学生に進み、卒業時にはトップの成績で「恩賜の軍刀」を拝受といった按配に、海軍のエリート街道を驀進《ばくしん》した。

海大学生時代に、こんなハデなエピソードをのこしている。

教官から「対米作戦遂行上、最良と思われる海軍軍備の方式に関して論述せよ」ともとめられたのにたいし、「海軍軍備の核心を基地航空部隊と母艦群航空部隊に置き、潜水艦隊をしてこれを支援せしむる構想により、海軍軍備を再編成」と書き、源田学生はこれらの艦隊に必要な駆逐艦、巡洋艦は最少限度保有するも、それ以外の、「戦艦、高速戦艦等の現有主力艦はスクラップにするか、或は繋留して桟橋の代用とすべし」との衝撃的な論文を提出した。

当然のことながら、大艦巨砲主義全盛の海軍部内では大いに物議をかもし、部内の大顰《ひん》蹙《しゅく》を買ってしまったが、しかしながら、彼の航空主兵＝戦艦無用論は近代戦の将来を見すえて予見性があり、的確だ。

この空母部隊集中使用案が五年後、真珠湾攻撃作戦の成功となって結実するのだが、その反面、こうした派手ハデしい、ケレン味たっぷりな処世術も、また源田実という人物の真骨頂である。

横空分隊長時代のあと、海大学生、二連空参謀、横空飛行隊長をへて、昭和十三年、イギリス大使館付武官として一年半の英国生活を送った。同年四月、一航艦航空参謀へ。英国駐在武官時代の名残りもあってか、新任の瑞鶴飛行長の源田中佐はさりげなくおシャレをして、乗員たちには目立つ上官だった。

新参の百合三水が気づいたことだが、艦爆整備員として甲板上にいたとき、発着艦指揮所を出てさっそうとラッタルを駆け下りる源田飛行長の足もとに、思わず眼がとまった。何と、タータンチェックの色柄の靴下がのぞいているではないか！

地味な、木綿一色の下士官兵たちの服装から見ればいかにも物珍らしく、人目に立つあざやかさだ。

——何ともハデな飛行長だな。

というのが、百合三水が最初に抱いた印象である。

だが、そんな第一印象とは別に、何度か見かけているうちに源田中佐はうわさ通りの古武士風の、精悍な顔つきをしていたが、なぜか頬肉が落ち、少し痩せて、どことなく気落ちしている風情にみえた。

源田中佐の従兵となった西村肇一等水兵（一水）の場合、こんな体験がある。

西村一水は砲術科員で、防空指揮所の砲術長伝令が主な配置だが、とくに命じられて従兵の任務についた。ふだんは源田中佐の身のまわりの世話をし、戦闘時にはもとの配置にもどるのが、彼の役割である。

これは少し後の話になるが、トラック島に瑞鶴が碇泊したさい、源田飛行長が佩刀《はいとう》姿で上陸することになった。

西村従兵が軍刀を用意し上陸の支度をととのえていると、源田中佐が自分の軍刀をしげし

げと見つめながら、

「おい、西村」

と、不意に声をかけた。

「おれは、本当はもっと良い軍刀を持っていたんだ。海大を卒業したときにもらった恩賜の軍刀だよ。ミッドウェーで、赤城とともに沈めてしまった。惜しいことをしたな……」

妙にしんみりした口調だった。やはりミッドウェーでの敗戦が心の傷になって残っていたのか。何げない口調にくやしさがこめられているようで、思いがけない上官の素顔をふとのぞいた気持に駆られたものだ。

その感懐は、一般乗員も同じであったろう。

上級司令部の第一航空艦隊（一航艦）航空参謀が海軍中央の軍令部や航空隊司令、艦長への昇進コースを外されて、一母艦の飛行長に封じこめられる、いわばこんな格下げ人事の背景に何があったのか。

何しろ、一時期は真珠湾攻撃からインド洋機動作戦にいたるまで存分に腕を振るい、長官の南雲忠一中将をさしおいて〝源田艦隊〟とまで揶揄《やゆ》されたスゴ腕の航空参謀であったのだから——。

2

このような源田中佐の神通力は、人知れず人事の面でも凋落《ちょうらく》しはじめていた。新編成の飛行機隊でも、彼の思い通りに運ばなくなったのだ。

七月一日付、僚艦翔鶴戦闘機隊の飛行隊長に任じられた新郷英城大尉の述懐によると、ハワイ作戦時には海軍第一線の搭乗員は、「艦隊組」と「基地組」に分けられていたという。

すなわち、昭和十六年四月に主力空母を集中させて第一航空艦隊が編成されたさい、真珠湾攻撃にそなえて母艦部隊にベテラン搭乗員も集中配備した。その主要メンバーの人選にあたったのが航空参謀源田実中佐であり、ここで〝源田色の強い〟人事がおこなわれたというのだ。

攻撃総隊長淵田美津雄中佐は、源田中佐の兵学校同期生。空母赤城の飛行隊長板谷茂少佐は兵学校五十七期のクラスヘッド、将来の司令長官と嘱望される俊秀である。空母蒼龍の飛行隊長江草隆繁少佐は日華事変いらいのベテランで、〝艦爆の神様〟と評される有数の人物。赤城の雷撃隊長村田重治少佐も、またしかり。

戦闘機隊では、赤城の進藤三郎、指宿政信、白根斐夫、加賀の志賀淑雄、二階堂易、二航戦の能野澄夫、重松康弘、菅波政治、飯田房太といったいずれも〝源田好み〟の兵学校エリート搭乗員たち……。

一航艦の空母兵力はのちに竣工した五航戦の空母瑞鶴、翔鶴を加えて六隻となり、史上最強の南雲機動部隊として誕生したが、その航空部隊の主要幹部は〝源田人事〟の優等生一色で染め上げられていたことになる。

極言すれば、源田参謀の「私的艦隊」とまで酷評される存在となる。

一方の新郷英城大尉は、最前線部隊で〝鬼の新郷〟と鳴らした剛毅な人物である。海兵五十九期出身。葉隠《はがくれ》武士道の佐賀県生まれで、三十歳。

昭和八年に飛行学生入りとなり、同十二年の日華事変勃発時には新鋭の九六式艦上戦闘機（九六艦戦）を駆って上海沖の空母加賀にはじめての洋上着艦を試みるという、大胆な応援出動任務についている。文字通り、戦闘機隊生えぬきの古強者である。

その分だけ鼻っ柱が強く、一本気で、いったんこうと主張すると節をまげない頑固者である。

日米開戦時には、台南航空隊飛行長としてフィリピンの米軍クラークフィールド基地への空襲を命じられたが、わずか三ヵ月前の人事異動なので、「準備期間がたりない」と、これを拒否。だが、戦争発起がさけられないと知ると、開戦当日には往復五〇〇カイリ（九二六キロ）を飛んで米航空基地を壊滅させるという離れわざを演じてみせる。

いらい南方各最前線で活躍し、ミッドウェー海戦時には同島守備の第六航空隊（六空）飛行隊長に予定されていたが、ここでも搭乗員の進出をめぐって司令と衝突した。

六空司令は森田千里大佐（飛行長玉井浅一中佐）で、未熟な若い搭乗員も一緒に戦地につれて行きたいとの司令の方針にたいし、南方での熾烈な第一線の経験からミッドウェー島守備にはベテランのみで進出。「錬成途中の若い搭乗員は内地できたえるべきだ」として反対。

司令の不興を買い、就任一ヵ月で新郷大尉は元山《げんざん》航空隊飛行隊長に出されてしまった。

ところで、この七月一日付でブーゲンビル島から呉軍港の翔鶴に着任してみると、飛行隊長室の名札に「花本清登」の名札が下がっているではないか。飛行学生では二期上の先輩、元山空での前飛行隊長の名である。

不審に思いながら、有馬艦長に着任の報告をし、ついで司令部にあいさつをと顔を出してみると源田中佐がいて、

「何だ、君が来たのか」

と意外そうな表情をみせた。意中の人物とはちがっていたらしい。

「私たち五十九期出身は源田さんにきらわれていた」

と、新郷大尉は苦笑する。飛行学生で戦闘機専修となった五十九期同期生小福田祖、相生高秀両大尉も、主舞台は「基地組」である。

彼らが飛行学生を卒業したのは昭和九年七月のこと。折しも九六式陸上攻撃機（のちの「中攻」と呼ばれた傑作機）が誕生し、当時の主力戦闘機九〇艦戦でもそのスピードに追いつけなかった性能差から、実験航空部隊の横空幹部たちは「戦闘機無用論」を喧伝した。その中心人物が、源田実少佐（当時）であった。

「われわれは猛烈に抵抗し、大いに反論したが、新鋭の九六艦戦が誕生し、また事変で中攻隊単独では大被害を受けるとわかるまでは、どうにもならなかった」

と、相生大尉は口惜しがる。

日華事変中、九六艦戦が誕生してからは彼らは戦闘機分隊長として、第一線で大いに活躍した。

相生大尉の初陣は十二空分隊長時代(昭和十三年四月)、中支戦線の漢口攻撃で中国軍E15戦闘機群と交戦、二機を撃墜。六月の南昌攻撃では約二〇機のE15、E16と大混戦になり、小隊三機で二機ずつ撃墜という戦果をあげた。

小福田大尉は同十五年九月、十四空分隊長として北部仏印進駐とともにハノイ飛行場に進出。米国の中国支援となる「援蒋ルート」遮断作戦に活躍した。開戦時には航空技術廠の飛行実験部に転じ、零戦二一型の改造実験に立ち会っている。

相生大尉は横空をへて南方攻略の四航戦空母龍驤戦闘機隊長に転じ、開戦時には比島ダバオ空襲の任務についている。ついでに飛行学生では一期下の五十九期同期生横山保大尉は、新郷大尉とともに三空戦闘機隊指揮官として比島イバ、クラーク両基地攻撃に参加している。

いずれも一航艦の源田人事構想に入らず、花形の「艦隊組」から外された形になったわけだが、逆説的にいえば、こういう自負心の強い、独立独歩型の猛烈指揮官が「基地組」として各前線に点在したからこそ、緒戦期の日本側の快進撃が可能となったのかも知れない。

3

その意味でいえば、高橋定大尉も同じように「基地組」であった。

前任は第三南遣艦隊（在マニラ）第三十一特設航空隊の副長兼飛行隊長で、占領直後の比島マニラ市街の南、ニコルスフィールドに進出。九九式艦上爆撃機（九九艦爆）九機編成で、若年搭乗員の急速錬成をかねた攻撃任務についていた。

目標は、米比軍の立てこもるバターン半島の対岸、コレヒドール要塞であった。対する米軍一五、〇〇〇名、フィリピン軍六五、〇〇〇名。日本軍が比島全域を制し、マニラ湾を手中にするには、まずこの湾口の堅固な防備施設を爆砕しなければならない。

高橋隊がニコルス基地入りしたのは二月二十日のことだが、コレヒドール要塞が陥落する五月六日まで、連日にわたって猛空爆を加えることになった。

その間、唯一の記憶にのこるのは、とつぜん厚いベトンでかためた〝難攻不落の要塞〟に白旗がかかげられたことである。

「コレヒドール陥落ス」

と高橋大尉は第一報を機上から打電したが、現場指揮官の判断を守備隊総指揮官ウエインライト中将が制止したものか、翌日も抵抗は止まず、攻防戦がつづいた。

ようやく本物の白旗がかかげられ、高橋隊は南下してセブ島基地に移り、ここで海上哨戒の任務につくことになった。

約二ヵ月間の退屈な哨戒任務飛行ののち、瑞鶴飛行隊長への転勤命令がきた。配下に二個分隊二四機をひきいる、はじめての母艦飛行隊長である。

だが、内命を受けたときの晴れがましい名誉の感情は、ミッドウェー大敗北の緊急信によって一瞬のうちに消え去り、心の裏に重い気分がのしかかってきた。

「隊長、私も一緒に連れて帰って下さい！」

セブ島基地では、何も知らぬ部下搭乗員たちが隊長の栄転を無邪気に喜んでくれ、口ぐちにそうせがんだが、

「後日、また会おう」

と、おうじるので精一杯だった。

彼らが艦隊搭乗員となるには、まだ早すぎた。とにかく母艦の飛行機隊員として、できるだけ瑞鶴に錬成ずみのベテラン搭乗員を集め、機動部隊にふさわしい陣容をととのえねばならないのだ。


——ところが、ひとりだけ例外がいた。どうしても呼びよせておきたい搭乗員がいた。部下の九九艦爆偵察員安田幸二郎一飛曹のことである。

安田一飛曹は三月十五日、洋上哨戒任務に出てエンジントラブルを起こし、不時着水した。操縦員香川数郎三飛曹とともに脱出し、近くの島に泳ぎついたが、日本機に気づいた島民たちによって捕えられ、セブ島山中の収容所に入れられた。比島ゲリラの捕虜となったのだ。

捕虜の汚名

1

安田幸二郎一飛曹の「捕虜事件」は、こうして起こった。

日米開戦当初、高橋定大尉は部下の艦爆隊搭乗員九機のペアをひきいて内地から比島ニコルスフィールド基地に出発したが、途中の台湾山中で最初の航空事故に遭遇した。

予定コースは佐伯基地を出発し、鹿屋を中継して沖縄、台湾、比島ニコルスという通常ルートであったが、台湾近海に低気圧が発生したため、迂回して上海回わりで台湾にむかうことにした。

この進路変更が、思いがけない悲劇を生むことになった。

上海には、マカッサル基地(セレベス島)に進出する予定の第三十五航空隊各機が天候回復をまって待機していた。三十五空は司令西岡左運中佐のひきいる九九艦爆部隊で、飛行隊長国井規行大尉。

高橋大尉は四年余の中国戦線経験があり、上海から中国沿岸の舟山列島、台湾にかけての地理は、

「まるで箱庭のようなものだよ」

という自負がある。兵学校では相手が一期下という気やすさもあってそう声をかけると、

「では、一緒に行きましょうや」

と、両隊長のあいだでたちまち合意ができた。

出発は二月十九日朝となった。台湾海域は相変わらず天候がくずれて雨模様との情報がはいってきたが、手慣れた洋上飛行という過信が仇となった。途中の山中で、国井大尉機が山腹に激突。同乗していた西岡司令とともに、同隊の九九艦爆大半が一挙に喪われてしまったのだ。

台湾は島の中軸に三、〇〇〇メートル級の高くけわしい山脈がつらなっており、この台湾山系の最高峰が三、五九〇メートルの新高《にいたか》山である（日本名）。ちなみに日米開戦を指示する暗号電報「ニイタカヤマノボレ」はこの地名からとられている。

高橋隊はこれら峻険《しゅんけん》な山脈群をさけ、列機とともに台湾西岸にそって南下をはじめた。台湾での中継地は南部にある高雄基地で、高度一〇〇メートル、強い雨が叩きつける海上をはうようにして進む。左翼側二、〇〇〇メートルの位置に国井隊がいて、低い雲のあいまに見え隠れしている。

新竹の南西方向の陸地に差しかかったときのことだ。国井隊最後尾の小隊三番機がいきなり高圧線にふれて火を発し、白煙を曳きずりながら地上に墜落して行った。

「あっ、やられた！」

後部座席の偵察員の声にふりむくと、とつぜんの事故に国井大尉の第一、第二小隊各機が算を乱して雲の中に避退して行く。高橋大尉はとっさに列機に命じて洋上に逃れたが、この判断が両部隊の明暗をわけた。

豪雨のなか、高橋隊は無事に高雄基地にたどりついたが、国井大尉以下五機の九九艦爆は雲中で視界を失い、不意に姿をあらわした高山の山腹につぎつぎと激突し、炎上して墜落したのである。

初陣の旅立ちにしては、幸先の良くないスタートとなった。その高橋隊列機の偵察員に安田幸二郎一飛曹がいたのだ。

事件はニコルス基地進出後、一ヵ月目に起こった。

安田一飛曹は富山県生まれ。十五歳のとき予科練習生を志願し、昭和十四年三月に乙種飛行予科練習生（乙飛）七期生として飛練教育の偵察練習生教程を卒業した。

同十七年二月、新設された第三十一航空隊入りをした当初は、まだ実用機訓練をおえたばかりの元気旺盛な〝若輩《ジャク》〟のひとりにすぎない。二十三歳。

日本海育ちのせいもあってか我慢強く、めっぽう酒も強い。江戸時代の人国記に「越中の人は隠気の中に智あり、佞《ねい》なる気多し」とあり、「佞」とはねじけ者といった意味がある。加賀藩の搾取にたいする抵抗の気風を受けついだことにもよるが、性格は豪快で、酔って歌をうたい、居住区ではよく越中おわら節をうなっていた姿が隊長の記憶にある。彼には五歳年下の若妻がいて、雪深い富山県下で彼の両親と大勢の弟妹たちの世話をしていた。

第三十一航空隊の任務は、比島コレヒドール要塞陥落が確実になったことで気楽なものと変わった。連日の出撃とはいっても、その役目は、ルソン島の南、セブ島からの残敵掃討――いわゆる〝落武者狩り〟だ。

その要領とはこうである。

コレヒドールに立てこもる米ウエインライト中将軍への援軍補給路は、オーストラリアから島づたいに転々と物資を小きざみに運ぶしか方法がない。途中の海上の制空・制海権は日本側の手中にあり、彼らの厳重な監視の眼をぬすんで、昼間は島影に身をひそめ、夜陰に乗じて島から島へと弾薬、食糧などを運びこむ。

その海上ルートは、豪州からミンダナオ島をつなぐスル列島であり、タウイタウイ島を起点としてホロ島、サンボアンガへとつづく島嶼《とうしょ》群が唯一の補給路となる。

といって、大型補給艦で運びこむわけではない。小型艦か、せいぜい汽動艇を使ってすばやく夜の海上をひた走るしかない。

「この作戦はのんびりしたものだった」

と、高橋大尉は回想している。

スラバヤ、バタビヤ沖海戦で連合国艦艇が壊滅した現在、南太平洋を遊弋する海軍部隊は存在しない。比島南部のスル海、セレベス海もしかり。セブ島に進出した高橋隊の九九艦爆がわずか二個小隊六機という小勢力であるのも、そのゆとりのあらわれである。

こんなエピソードがある。

いつものスル列島の島々を低空二〇〇メートルで洋上パトロールしていると、ジャングルに身をひそめている五〇〇トンほどの商船を発見した。

「敵発見！」

偵察席からの笑い声に島陰をのぞきこむと、船首を濃い密林に突っこんだ小型貨物船が後部を丸出しにして逃げこんでいる姿が見下ろせるではないか。何のことはない。

（アタマ隠して尻隠さず）

のあわてようである。

撃沈するのはもったいないと周辺をぐるぐる旋回しながら機首の七・七ミリ機銃で威嚇射撃すると、たちまち白旗をかかげて降伏した。

高橋隊は第三南遣艦隊所属である。付近を警戒中の砲艦に無線で連絡し、セブ港まで連行してもらうと、船倉にチョコレートを満載している！　その一部を隊舎に持ち帰り、ドラム缶に解かして大量の砂糖をブチこむと、たちまちココアができあがる。整備員たちにも振るまい、隊員たちも大いに飲んで、占領気分を満喫したことであった。

だが、指揮官としての高橋大尉は警戒をおこたらない。心配なのは、比島各地に散らばるゲリラの存在である。

米西戦争（一八九八年）いらい、フィリピンは米国の統治下にある。日本軍の進攻によって米比軍は敗れ、バターン半島攻防戦で敗退したフィリピン兵士の一部は抗日ゲリラとなって比島各地にのがれた。親米派の島民たちと同じく、ジャングルにひそむ彼らゲリラは厄介な存在である。

その懸念が現実のものとなったのは、進出して約一週間後、三月十五日のことである。

2

この日午後二時二〇分、日施哨戒に出ていた九九艦爆一機が帰投中にエンジントラブルを起こし、セブ島南端の洋上で不時着水したという緊急報告がはいった。

帰投してきた二番機の報告によれば、一番機の操縦員香川数郎三飛曹から「エンジン不調！」の報らせがあり、近づいてみると発動機が息切れしたようにプスン、プスンとノッキングをくり返している。やがて操縦席からダメだという風に香川三飛曹が首を横に振ると、機は急激に速度を落とした。

プロペラの回転が止まり、機はゆるゆると海上を滑走していったが、固定脚のため波に脚を取られ、機首からもんどり打ってひっくり返ってしまった。まもなく機は沈んだが、偵察席から安田幸二郎一飛曹が脱出する姿を見出すことができた……。

ただちに高橋大尉は海軍の警備隊に連絡して救出を依頼し、自隊からも翌早朝の捜索を開始することにした。日没が間近いため、今すぐの救出機派遣は困難であったからだ。

翌日からの捜索行では、洋上に何ひとつ発見されたものはなかった。ライフジャケットを身につけているはずだが二人の姿は見当たらず、機の破片も浮かんでいない。

だが、高橋大尉はあきらめなかった。コレヒドール要塞爆撃のさい一機の九九艦爆が被弾し、洋上に墜落。三時間後に南遣艦隊からの九七式飛行艇によって漂流中の搭乗員二名が救出された経験があるからだ。若い二人なら、そのまま海を泳ぎ切ってセブ島付近の島に上陸し、ジャングルの中を生きのびて、いずれ帰隊してくるにちがいない。

約一ヵ月後、思いがけない報告がセブ島の陸軍守備隊からもたらされた。不時着した日本機の搭乗員ひとりが比島ゲリラに捕えられ、山中の彼らのアジトに収容されているというのである。

報告はマニラ市の陸軍憲兵隊からのものであった。さっそく部下をともなって駆けつけると、セブ憲兵分遣隊からの通報で、捕虜となった日本兵一名はけわしいセブ山脈の中腹に隔離され、米匪《ひ》軍（と日本側は呼んだ）ゲリラの看視下にあるという。

高橋大尉は何とかして日本機搭乗員を救出してもらえないか、と憲兵隊幹部に頼みこんだ。セブ分遣隊からの情報では、その日本機はサンボアンガ付近洋上に不時着水したもので、海岸にたどりついたパイロットが抵抗したので村人たちがこれを捕え、ゲリラに引き渡されたものだという。三月十五日に行方不明となった安田一飛曹が生存し、捕虜となったにちがいない。

マニラ憲兵隊の返事は、はかばかしくなかった。何度か通ううちに、隣接する日本側の捕虜収容施設にオーストラリア陸軍のキング大佐が捕えられていることに気づいた。

高橋大尉は一計を案じ、この人物と日本人搭乗員の捕虜交換はできないか、と提案した。むろん、陸軍側は受けつけない。海軍側指揮官の執拗な申し出に憲兵隊側も根負けして、一週間後、「では、こんな手はどうか」と奇手をひねり出した。すなわち、海軍側が陸戦隊をくり出して威嚇訓練を実施し、彼らのアジト近くで猛烈な発砲、射撃訓練をすれば、敗残兵の集団である彼らは怖気をふるって逃げ出すだろう、という目論《もくろ》みである。

ただちに高橋大尉はセブ島に引き返し、さっそく隊員たちを集めて臨時の陸戦隊を編成した。搭乗員、整備員あわせて十数名に九九艦爆の後部座席から外した七・七ミリ機銃六梃、拳銃、日本刀で武装させ、目標のジャングルに分け入ることにした。

第一日目。陸戦隊には不慣れな隊員たちなので、旋回銃をかついでの山道登りは難渋をきわめた。途中で日没まぢかとなり、進撃を中止。翌早朝から再出発することにした。

だが、いちおう米匪軍ゲリラには、捕虜救出に日本軍部隊が出動してきたことを知らせておかねばならない。

「射撃開始ようい、撃て!」

高橋隊長の号令一下、六梃の七・七ミリ機銃がいっせいに火を噴く。空中戦では〝豆鉄砲〟と機銃手たちが自嘲する旋回銃も、静まり返った山中では炸裂音がジャングルにこだましてすさまじい轟音である。充分の威嚇効果があったのではないか。

夜、隊舎にもどった一行が眠りについたころ、夜の闇から傷だらけの日本兵がひとり姿をあらわした。

「だれか！」

番兵が誰何《すいか》すると、上半身裸の、火傷して手傷を負った搭乗員が、「ただいま帰隊しました」と声をふりしぼっていった。ゲリラに捕えられた安田幸二郎一飛曹が脱出に成功し、夜中を歩き通して生還してきたのだ。

隊長室に案内された安田一飛曹は、高橋大尉の顔を見ると張りつめていた緊張感がとけたのか、肩をふるわせて号泣した。

ようやく気分が落ち着いて語り出した内容によると、やはり猛烈な射撃音の効果があったようだ。機銃群の発射音に気づいたゲリラの番兵たちはあわてて逃げ出し、その隙をついて安田一飛曹は密林に駆けこんできたというのだ。

安田一飛曹が語った捕虜のいきさつとは、以下の通りである。

機が半回転した瞬間、身体は後部座席から放り出されて海面に浮かんでいた。座席バンドを締めなかったのが幸いしたらしい。操縦員香川三飛曹は脱出できなかったものか姿を見せず、その後も生死はわからない。

失神してしばらくは洋上にただよっていたらしい。気がついたときは夜だった。暗夜に遠くサンボアンガの山なみが見え、海岸にたどりつけばいずれ味方機が発見し、飛行艇がむかえに来てくれるだろうと思った。

海岸にむかって泳いでいるうちに夜が明けた。密林の木陰に小屋らしいものが二、三軒。人影は見えなかったが、近づいて泳いで行くうちにいつのまにか十数人の男たちが走り出てきて、三隻のカヌーで自分をめがけて漕ぎ出した。機が墜落してから、ひそかに見張っていたようだ。

安田一飛曹を救出した男たちは乱暴せず、海岸で待ち受けていた現地人の巡査に身柄を引き渡した。巡査は近くの小屋に案内し、バナナと着替えのパンツをくれた。脱いだ飛行服は没収され、返してくれなかった。

男たち三人と巡査とで安田一飛曹を取りかこみ、どこかへ連れて行こうとした。言葉はわからない。砂浜を歩いているうちに、ひょっとしたら（このまま捕虜にされるのではないか）という疑念がわき上がってきた。出撃時、隊長から〝敵性比島人〟に警戒せよ、との訓示をたびたびきかされていたからだ。

昭和十六年、東條英機首相が公布した戦陣訓に、「生キテ虜囚ノ辱《はずかしめ》ヲ受ケズ」という文言がある。日華事変でも、中国軍の捕虜となるのは厳に戒められ、空中被弾した九六陸攻や九六艦戦でも帰投不能と知るや、そのまま相手陣営に自爆する搭乗員たちが続出した。出撃にあたってかならず拳銃を携行するのも、不時着し、捕虜となる直前に自決するためのものである、と先輩搭乗員からきかされている。

安田一飛曹も、その慄然《りつぜん》とする事態におそれをなした。彼はとっさに巡査に飛びかかり、腰の拳銃を奪おうとした。たちまち格闘となり、屈強な男たち三人の加勢で安田一飛曹は取り押さえられ、荒縄で後ろ手に縛り上げられた。

万事休す――。米国統治下にあったミンダナオ島民たちにとっては、不時着した日本兵は敵対する存在であったにちがいない。

安田一飛曹は逃亡できないように村人の厳重な看視下におかれ、一週間後、荒縄でぐるぐる巻きに縛られて小舟に乗せられ、島を渡りセブ島に着き、山道を歩かされたあげく、ゲリラの捕虜となって山中に隔離された……。

3

安田一飛曹が脱出に成功したのは、四〇日後であった。

「よし、しばらく休め」

高橋大尉は憔悴《しょうすい》しきった安田一飛曹を見やりながら声をかけたが、日ごろ快活な彼も言葉少なくかすかにうなずくのみであった。

このとき二人の胸中にあったのは、「捕虜」となったきびしい現実である。相手が正規軍でなく〝米匪軍ゲリラ〟であっても、「生キテ虜囚ノ辱ヲ受ケ」たことはまちがいない。この事実を、海軍上層部はどうみるか。

案の定、隊舎にもどった安田一飛曹に異変が起こった。毎朝の点呼にも表情はふさぎがちで、暗い。気力が失せ、日ごと面やつれがはげしくなって行く。食事も満足にとっていないらしい。

その原因は、すぐにわかった。腹心の部下にそれとなくききただすと、戦友たちのなかで「卑怯者!」「なぜ、生きて還ってきたのか」と陰口をきく者がいて、安田はそれにひどく傷ついているようだという。

高橋大尉は、すぐ手を打つ必要があると考えた。日華事変で同じような例を数多く見聞きしていたからである。

中国大陸では不時着した場合、中国軍陣地に落下するケースが多い。負傷し、抵抗するすべもないままに捕えられ、のちに日本陸軍部隊によって救出され原隊に復帰しても、周囲の白眼視に耐えきれず自決に追いこまれる悲惨な例があった。それを意識してか、被弾したと知るや中国軍基地に自爆する部下の機を何度か目撃した。

「とくに陣地攻撃では、敵の機銃と刺しちがえて死ぬようなことはがまんならない」

というのが、高橋大尉の持論である。

「ひとりの搭乗員を一人前に育てるのには五年かかり、十年たってベテランになる。艦爆隊の消耗を考えると、中国の空にむかって死に急ぎするな、と祈らざるをえなかった」

彼が参加した初期の南京攻防戦では、艦爆隊員約一〇〇名のうち二〇名が戦死した。中攻隊の場合は約三〇〇名のうち戦死者六〇名。いずれも約二割の消耗率である。

それも目標が中国軍陸上基地の攻撃行によるものだから、こんな地上陣地への強襲は（航空作戦を知らない司令部のまちがい）であり、（子供の火遊びのようで、幼稚で危険だ）という不満が心の裏にある。

航空機をあやつる指揮官は科学者であり、精神論よりも合理的思考を持たなければならない。それゆえにこそ、彼はこう考える。

――戦争とは一個の生命とその名誉に関係なく、はげしく流れる巨大な歯車であり、生死はそれぞれの死生観によって決まる。したがって、おのずから死をいそぐべきではない。

戦時下にあって、こうした自由主義《リベラル》系思考を公言することは許されない。だが、反骨精神あふれる高橋大尉は、剛毅にその信念をつらぬこうとする。

彼は偵察席に安田一飛曹を乗せ、九九艦爆を操縦してマニラの第三南遣艦隊司令部に飛ぶ。さっそく本隊の峰松巌中佐を訪ねて事件後の詳細をのべ、

「安田の処置は、私におまかせ下さい」

と頼みこんだ。司令の了解を得て、セブ島への復帰はせず、しばらくはマニラに残って彼

の周辺を見守ることにした。

だが、そんな配慮は無駄となった。安田一飛曹はセブ島での懊悩(おうのう)の日々と同じく食を断ち、一週間後同僚の刀を無断で持ち出して割腹自殺をはかったのだ。妻あての遺書があり、身辺整理もされていたから覚悟の自決であったのだ。幸い発見が早く、一命は取りとめた。では回復後、彼の将来にどういう処置をとればよいのだろうか？

——以上が、安田幸二郎一飛曹の「捕虜事件」のあらましである。

高橋大尉が彼の転勤を考え、ちょうど瑞鶴飛行隊長としての転任辞令が出た時期と重なったことが安田一飛曹の運命を決した。

高橋大尉は決意し、セブ島を出発する直前に安田一飛曹を訪ねてこうさとした。

「いいか、安田」

と、彼はきびしい口調でいった。

「かならず、おまえを瑞鶴に引きとるからな。それまで体力を養い、その日を待て。わかったな」

「……………」

だまって、安田一飛曹は隊長の顔を見上げた。

隊長として部下に「かならずおまえを瑞鶴に引きとるからな」といい、自重をうながした

——安田一飛曹も隊長との約束を信じて、マニラの隔離部屋で連絡をじっと待ちつづけてい

た。

　高橋隊長の願いは、新任の瑞鶴ですぐさま叶えられた。新旧飛行長の交代時期でもあり、新規搭乗員補充の期間でもあったために、外地からの一搭乗員の転勤に目クジラを立てるお偉ら方がいなかったのも、幸運であったといえるかも知れない。

　峰松司令といい、源田飛行長といい、海軍上層部に高橋隊長の熱意を理解する幹部が存在したことが、安田一飛曹の捕虜の汚名をそそぐ結果となった。

　七月上旬のある日、鹿屋基地の高橋隊長の部屋をノックする音がする。

「入れ!」と声をかけると、頬がこけ、眼の玉がギョロリとしたひとりの男が、満面の笑みをたたえて直立不動の姿勢をとっていた。

「隊長! ただいま着任しました」

　飛行服姿の安田一飛曹が眼をうるませながら立っている。晴れやかな笑顔であった。苦難の日々をへて三ヵ月余。いつのまにか若輩《ジャク》から一人前のたくましい搭乗員の面がまえと一変していた。(これで、もう大丈夫だ)と、高橋大尉は思った。

第四章　ソロモン海めざして

南雲―草鹿コンビへの不信

1

一九四二年（昭和十七年）七月十四日、いよいよ新設の第三艦隊が始動することになった。ミッドウェー海戦後、約一ヵ月ぶりの新機動部隊の誕生である。

同日付で、第五航空戦隊が解隊され、原忠一司令官以下幕僚たちすべてが転出した。瑞鶴は入渠中の翔鶴に代わって第三艦隊旗艦となり、司令長官南雲忠一中将が乗りこんでくることになった。

「艦長、そろそろ定刻です」

午前一〇時ちょうど、野元為輝艦長は副官にうながされて、当直将校とともに舷門にいそいだ。南雲長官をむかえる舷門送迎の礼式のためである。

衛兵司令の号令一下、信号兵の吹き鳴らす荘重な「海ゆかば」のラッパが流れるなかを、まず司令長官南雲忠一中将が内火艇から姿をあらわした。つづいて参謀長草鹿龍之介少将が舷梯に足をかける。

この二人の将官が顔をそろえて乗りこんでくるのは、その直前に同じ柱島泊地の連合艦隊旗艦大和の山本長官へ就任あいさつに訪れていたためである。

野元艦長が先導して、南雲中将を上甲板右舷艦首側にある長官公室に案内する。その先に副官室があり、通路をへだてた反対側に草鹿少将の参謀長室がある。

南雲中将は小柄だが、そのことを意識してか肩を少しそびやかして歩くくせがあった。ニガ虫をかみつぶしたような渋面だが、水雷戦隊を指揮していた司令官時代はかえってそれが勇猛さの証《あか》しと受けとめられた。

だが敗残の今は、昔日の勇者の面影はうすれ、妙に老人臭くみえた。

小柄な老提督の後にしたがう草鹿参謀長は堂々としていて、表情にひるみがない。若いころ、山岡鉄舟の流れをくむ無刀流の剣道を学び海軍部内で有数の剣術家として知られる彼は、ミッドウェー海戦の大敗にも動揺する気配はない。

外見からみれば、野元艦長にはむしろ米海軍への復讐の気持にはやり立ち、それを押さえてつとめて冷静さを保っている風にみえた。

この二人の最高幹部をむかえて、太平洋正面での戦勢を一気に回復する——。

——瑞鶴はその先陣に立たねばならぬ。

と、野元艦長はひそかに心に固く誓う。

新編の第三艦隊は大型空母二隻、小型空母一隻を一個航空戦隊とし、第一航空戦隊（一航戦）を空母瑞鶴、翔鶴、瑞鳳三隻とし、二航戦に隼鷹、飛鷹、龍驤を当てる。警戒兵力として第十一戦隊の戦艦二隻（比叡、霧島）、第七戦隊（熊野、鈴谷、最上）、第八戦隊（利根、筑摩）の重巡五隻、第十戦隊の軽巡長良、四個駆逐隊の駆逐艦一六隻を配するのである。

これらを統率する新司令部として艦首側の反対舷、左舷側に先任（首席）参謀高田利種大佐の個室がある。艦尾にむかって艦隊運用長、艦隊機関長、艦隊軍医長とつづき、防水区画をへだてて艦隊主計長、その後に各参謀の個室がならぶ。

この日から翌日にかけて、旗艦瑞鶴には新任の司令部幕僚たちを乗せた内火艇があわただしく往来した。先任参謀高田大佐をはじめ、作戦参謀長井中佐、砲術・戦務参謀末国正雄中佐、情報・通信参謀中島親孝少佐、機関参謀目黒孝清機関中佐、航空甲参謀内藤雄中佐と航空乙参謀吉岡忠一少佐それぞれが舷門に到着し、副直将校らによって各居室に案内された。

だが、新幕僚たちをむかえた長官南雲忠一中将は、意気ごんで乗り組んできた彼らをさっそく失望させることになった。

ふつう参謀交代の場合、司令長官にあいさつすると「しっかりやれ」と儀式的に激励されるだけですんだが、南雲長官の場合、思いがけず長広舌で話が長い。要するに「事務室」のこまごまとした注意が主なのである。

戦務参謀に抜擢された末国中佐の場合、前任の第五戦隊では司令官高木武雄中将は水雷学校上がりで潜水艦長、潜水戦隊参謀を体験した実戦派。福島県出身。東北人気質の豪快な将官で、この若い砲術参謀が着任したさいにも黙ってうなずくのみであった。

だが、いったん実戦となるとスラバヤ沖海戦では、満を持して「全軍突撃！」を下令する決断力をみせる。「寡黙だが、太っ腹で信頼できる司令官」と高く評価する将官である。

南雲中将は同じ東北人ながら出身は山形で、正反対の性格だ。瑞鶴に着任した直後、末国新参謀はさっそく南雲中将から長々とした説教の〝洗礼〟をあびる羽目となった。

「長官がお呼びです」

従兵にうながされて、同中佐は反対舷にある南雲中将の長官公室を訪れた。海軍の大先輩だが、艦隊経験を共にしたことはなく、初対面の緊張感がある。

ドアをノックすると、「入れ！」と野太い声がした。

眼前の南雲中将は少しいかつい強張《こわば》った表情で佇立していて、敗北の名誉回復を期して気負い立っているようにみえた。

「戦務参謀とは、新しい任務だ」

と、南雲長官は口をひらいた。戦務参謀は、従来一航艦が攻撃訓練のみを中心とし、艦隊として各幕僚間の思想統一がなされていなかったところから、これを艦隊命令として一本化するために各幕僚間の意見調整をはかる——その役割を負うものである。

なぜ、その戦務参謀として彼を呼びよせたのか。任務のために何を為さなければならないか。その理由を南雲長官はくどくどと説明しはじめた。

はじめは緊張に身を固くしていたが、話が進むうちに（こんな細かい事柄は先任参謀が指示すべきことじゃないか）と、天《あま》の邪鬼《じゃく》な気持がこみあげてきた。

「今後は、心して任務にはげむように」

長い訓示から解放されて長官公室を出ると、末国参謀はやれやれと肩を落とした。腕時計をみると、優に〝説教〟は三〇分を超えていた。

——これから先が思いやられるナ。

と、新戦務参謀はため息をついた。

同じ体験をした新参幕僚はほかにもいた。翌十五日に着任した情報参謀中島親孝少佐である。

中島少佐は前任が第二艦隊の通信参謀で、つい先日まで旗艦大和の司令部でＦＳ作戦の攻略計画を立案していただけに、第三艦隊への人事異動は寝耳に水のおどろきであった。

二艦隊長官は近藤信竹中将。幕僚たちの信頼も篤く、発想も杓子定規《しゃくしじょうぎ》ではない、いわゆる〝頭の柔らかい〟人物である。近藤信竹という将官には、大阪出身という関西人特有の合理性、気さくな雰囲気があった。

その上官の気やすさにくらべると、東北人の南雲長官は固苦しく、野暮ったい。水雷戦の大家であり、勇猛な武人というのが真珠湾攻撃いらいの評価だが、じっさいに会ってみると、ショボンボリと、打ちしおれた老将官ではないか。

「ミッドウェーでは、通信と戦務で失敗した。そのために情報参謀を新しく設けた。しっかりやってくれ」

というのが、南雲中将の指示であったが、末国参謀との場合と同じようにボソボソと話はくどくて、長い。

「恰好は勇敢そうに見えるが、評判倒れではないか」

という辛辣《しんらつ》な批評が、中島少佐の第一印象である。

こうした新任幕僚たちのグチ話は、ただちに首席参謀高田大佐の耳にはとどいてこない。それよりも軍務局第一課長の要職にあった彼は、機動部隊の新戦策、作戦用兵の計画立案に余念がない。

そのために、まず第一は司令部幕僚たちの心を一つにまとめる必要があった。

三日後、旗艦大和の連合艦隊司令部に着任のあいさつに訪れたさいにも、高田大佐は三和作戦参謀から山本長官の強い意志がつたえられ、南雲—草鹿両将の汚名をそそぐようにと新司令部の建て直しを懇願され、肩を叩かれたばかりであった。

大和の司令部から帰ると、さっそく長井純隆作戦参謀を呼び、今後の第三艦隊戦策立案について話し合いをはじめた。決断の早い人物である。

「おれの航空母艦経験は、蒼龍副長が一度あるきりだ。着艦も一度やったが、ヒヤヒヤものだったよ」

と、苦笑しながら口調をあらためていった。

「私は軍政畑が長いが、その点きみは四水戦参謀として実戦経験を積んでいる。この戦争をどうたたかうべきか、熟知しているはずだ。司令部幕僚たちを動員して、早急に新戦策を立案してほしい」

長井参謀も、すぐさま反応をしめし、こう回答した。

「そのためには、まず戦艦中心の兵術思想をあらためる必要があるでしょう。ミッドウェー海戦での敗北は、航空母艦を機動的に使い、主力部隊の戦艦を後方に下げ、あくまでも温存する戦法をとったことによって起こった。まずこの兵術思想を改革する必要があります」

「承知した。さっそく連合艦隊司令部と打ち合わせして、新戦策を詰めてもらいたい」

第三艦隊司令部が旗艦を瑞鶴におくのは、呉に入渠中の僚艦翔鶴が修理を完了する七月二十日までの間である。電波探信儀《レーダー》を新装備し、対空兵器を強化した後に、代わって瑞鶴が呉海軍工廠にドック入りする予定だ。そのため長井参謀に、

「新司令部が本格的に始動するまでに、大和に行って来い」

というのが、高田首席参謀の指示である。

長井参謀の新戦策は、航空参謀内藤雄中佐の意見を体したものでもあった。

「航空決戦を主目的とし、空母が中核に徹し、水上兵力はこれに協力する」

という機動部隊の建制化は彼の兵学校同期生、源田実中佐が一航艦参謀時代から強く主張していた。

この思想には、海軍部内での大いなる抵抗勢力がある。

艦隊決戦は戦艦戦隊が主力である――という兵術思想は日本海軍の伝統であり、このために機動部隊が誕生しても他艦隊からの戦艦、重巡、駆逐艦部隊の臨時の寄せあつめで、部隊としての統一、訓練ができない状況におかれている。

「航空主兵」は、ハワイ作戦で日本海軍が実証した新しい兵術思想である。

だが、ミッドウェー敗戦にいたるまで、戦艦主兵の兵術思想が転換されたとは言いがたい。

長年培《つちか》われてきた艦隊決戦思想が一朝一夕にして葬り去られるものではない。

人間は急激な変化を好まぬものだ。

「山本長官ですら戦艦主兵主義で、柱島の戦艦大和に腰をすえて、少しも動かないではない

か」

というのが、機動部隊司令部側の口惜しがり方である。

とまれ、第三艦隊新司令部は旧来の兵術思想を大転換させるべく動き出した。航空母艦を主力とし、戦艦、重巡洋艦、駆逐艦を加えて航空戦隊を建制化する。この新戦策のために三人の主要幕僚を大和に派遣することが長官、参謀長の決済をへてきまった。長井作戦参謀、内藤航空参謀、末国戦務参謀の三名である。連合艦隊側の当事者には、渡辺安次戦務参謀が相手をすることになった。

旗艦大和行きに先立って、末国中佐はとくにミッドウェー作戦での敗戦から教訓として何が活かせるか、調査するよう長井参謀から命じられた。まず作戦中枢にあった南雲長官から敗戦の実態をきき出そうとした。前職の高木武雄中将なら、朴訥《ぼくとつ》ながら敗軍の将としての弁を心おきなく語ってくれるだろうという体験からの思い入れもあった。

末国参謀は参謀長室を訪ね、草鹿少将にその主旨をつたえ、「長官によろしく取りついでもらいたい」と申し出た。

草鹿参謀長の顔色は一変した。

「ミッドウェー敗戦の件について、南雲長官から話をきくことはまかりならん!」

とりつくしまもない剣幕《けんまく》であった。末国中佐はあっけにとられた。

草鹿参謀長の剣幕に、末国戦務参謀はほうほうのていで幕僚室に引きあげた。問答無用の追いかえし方である。

2

末国参謀は途方にくれた。新機動部隊の戦務参謀となって一週間。再建された空母部隊の新戦策を立案しようとした矢先に、中心人物の参謀長から動きを封じられたのである。

草鹿参謀長の一喝は言外に、

「ミッドウェー大敗北の責任をあれこれと探ってはならない」

という同少将の強い意図を明確にしめしていた。

あれこれと原因を探れば、主力四空母の喪失は最高指揮官——南雲忠一中将の不決断にたどりつく。では、その補佐役である草鹿参謀長は何をしていたのか。長官が決断できないのであれば、参謀長の草鹿少将は適切な助言役をはたすべきではなかったのか？

この当然すぎる疑問を、草鹿参謀長も封じこめてしまったのだ。

指揮官の責任として、二人は同罪なのである。新司令部発足にあたって、まず敗戦の真相究明を禁じる、これはいったいどうしたことだろうか。

末国参謀は知らなかったが、ミッドウェー沖からの帰投直後、六月二十日、二十一日と旗艦大和において「空母改良意見研究会」がひらかれている。

主力空母喪失による特設空母（商船改造）の急速増勢をはかる目的でおこなわれたものだが、それが実質的な戦訓研究会となった。

その主宰者が草鹿参謀長であり、研究会の結果、席上で海戦生存者からの証言が細部にわたってつづき、一航艦司令部の後手、後手の手ぬるい対応が明るみに出たのだ。草鹿参謀長としては、屈辱的な思いであったろう。

出席者は軍令部から鈴木義尾第二部長、航空本部から大西瀧治郎部長、艦政本部から江崎岩吉技術少将をはじめとし、各部員も多数参加している。

場所は旗艦大和の前甲板で、連合艦隊側から山本大将、各長官、司令官、各幕僚たちも加わった。残念ながら詳細な資料は現存していないが、唯一記録として残されているのは以下に記す、江崎造船少将の戦後回想「造船官の記録」である。

——海戦参加者が語る証言とは、凄絶の一言につきた。

この席上、空母赤城、加賀、蒼龍、飛龍の各科士官たちはそれぞれに持ち場での悲惨な体験をあからさまに語った。すべては米機動部隊発見後の、第二次攻撃隊発進前に起こった惨事なのである。

その悲劇は、つぎのような事実を明らかにしていた。六月五日、一航艦の利根索敵機が、

「敵ラシキモノ一〇隻見ユ」（〇四二八＝日本時間）

と打電してから米軍急降下爆撃機によって急襲投弾されるまでの約三時間（同日〇七二四）、

艦隊内に待機中の艦攻、艦爆群はなぜ即時発進できなかったのか？

各出席者の証言は、江崎造船少将に息をのませるものであった。——すなわち、燃料、爆弾、あるいは魚雷を満載した各機は最悪の状態で爆撃を受けたため、引火、誘爆がつぎつぎと連鎖的に起こり手の下しようもなく、艦内は火の海と化してしまった。

ただし、各艦は水線下に直接の被害がなかったため十数時間浮かんだままで、火焔は全艦をおおい、格納庫から機関室通風筒の破孔をつたわり機関室内に燃え広がり、塗料も燃えつくすにいたった。このため、機関部員は少数をのぞき機関室内で全員が焼き殺された、という悲惨な状況がつぎからつぎへと語られた。

若い機関科士官は悲憤のあまり、こんな直言までしたと、江崎回想は記している。

「現今の空母はまったく役に立たん！　目下建造中の各空母も防御、防火装備を大々的にほどこして大改造しなければなりません！」

艦政本部員としての江崎造船少将は、味方空母が先制攻撃を受けた場合、今まで想像もしなかった脆弱性《ぜいじゃく》があることがわかり、

「艦本部員として、まことに重大な責任を感じている」

と、悄然として立ちつくすのみであったが、山本長官から完成時期に影響のある改造はできない、「私はいかなる脆弱な空母でもこれを使いこなす自信がある」との取りなしがあって、いちおう研究会は終了した。

「空母改良意見研究会」の実態は、そのままミッドウェー海戦における最高指揮官南雲忠一

中将の不決断をあらわしていた。

その間、同じ艦橋にいながら草鹿参謀長はまったくの無為、無策の状態であり、それゆえにこそ米空母部隊への反撃にむかったのは山口多聞少将の二航戦空母飛龍一艦のみで、残る赤城、加賀、蒼龍三隻は燃料、爆弾を満載したままむざむざと被弾炎上したのである。

「兵ハ拙速《せっそく》ヲ聞ク」

とは、孫子の兵法として古来説きつがれた摂理である。兵を用いる最良の途は「神速」であり、『三国志・魏志』にも「兵ハ神速ヲ貴ブ」との言葉がある。

ぐずぐずと優柔不断な対応が、もっとも兵の運用を危うくするのである。南雲中将——草鹿少将の両指揮官コンビは、そのもっとも拙劣な兵法を用いたのだ。

3

だが、奇妙なことはミッドウェー海戦の敗北の事実を糊塗《こと》することは、「一般国民の士気に影響をあたえる」という名目で、全海軍にまでおよんだのである。

その主導者は、軍令部では第一(作戦)課長富岡定俊大佐、海軍省軍務局では第一課長山本善雄大佐らである。手段としては、以下の方法がとられた。

国民にたいする大本営発表は、

「航空母艦一隻喪失、一隻大破 巡洋艦一隻大破」

として損害軽微と偽り、これと辻褄《つじつま》をあわせるために海軍部内では新編成の第三艦隊に空母赤城、飛龍の二隻を現役として追加した。米側がこれら二隻の沈没を確認していないという情勢判断からである。

したがって、七月十四日付戦時編制改訂には正式に第三艦隊につぎのように艦名が書きこまれている。

付属「鳳翔、赤城、飛龍、夕風」、第一航空基地隊

この戦時編制改訂は軍令部総長によって宮中で天皇に奏上、裁可されるのだが、皮肉なことに統帥権によって「天皇の軍隊」でありながら、〝股肱《ここう》の臣〟たちは国民だけでなく、天皇までもあざむいていたことになる。

海軍部内への秘密保持も徹底された。

もっと極端な例をあげると、末国参謀と同じく戦訓研究を企図した航空隊グループがこれを封じられた一件がある。

横須賀航空隊では、海軍作戦について戦訓調査委員会が設けられており、空母祥鳳の前飛行長杉山利一少佐が同年六月十日付で転任してきて、ただちに戦術科長としてミッドウェー海戦の調査を開始した。

証言者を集めるのに苦労しながらもようやく戦訓を完成し、八〇部を各方面に配布したと

ころ、一部が軍令部第一部長福留繁少将の目に止まった。

「だれにたのまれて、こんな研究をやったのか！」

と福留少将は烈火のごとく怒り、ただちに全八〇部を回収させたという。この調子では、戦訓研究どころの話ではない。海軍中央は、作戦の失敗から教訓を学ぶどころか、失敗を隠すことのみに狂奔《きょうほん》しているのである。

末国参謀は大いにあせった。新戦務参謀として何をすればよいのか具体的な指示がなく、首席参謀高田大佐も軍務局から海上勤務に出て連合艦隊との打ち合わせにいそがしく、作戦参謀長井中佐も一航艦司令部との引きつぎに大わらわである。

「大和へ行ってこい」

と命じられても、肝心の南雲中将から具体的な指示がいっさいないままで、放っておかれている。草鹿参謀長からも、またしかり。

末国参謀は困り果てた。

「とにかく二人とも口をつぐんで、ミッドウェー海戦については何も話されない。これでは新しく機動部隊を編成しても、何を、どう改革すればよいのか、皆目見当がつかない。とにかく大和へ身柄をあずけられた、という恰好でしたね」

頼みの綱は〝山本長官の懐刀《ふところがたな》〟渡辺安次戦務参謀である。

渡辺中佐は兵庫県生まれ。兵学校では一期上の五十一期だが、末国参謀は同じ剣道仲間で気やすく「安さん」と呼びかけるのが常であった。

二人が学ぶ剣道場は文京区小石川にあり、師範は中山博堂。腕前は渡辺が五級で、末国が四級と一級差がある。大日本武徳会の段位でいえば、五段と四段の差といったところだろうか。

旗艦大和へは、長井純隆作戦参謀、内藤雄航空参謀と末国戦務参謀の三人が派遣された。幕僚室に案内されると、さっそく末国中佐は渡辺中佐の居室を訪ねて、いままでのいきさつを率直に語っている。

渡辺参謀はじっと耳をかたむけていたが、「安心しろ」と声をはげましていった。

「山本長官から、第三艦隊の言い分は何でもきいてやれ、と直接命じられている。艦隊編成、戦策についてどんどん意見をいってくれ。できるだけ希望はかなえるつもりだ」

力強い返事であった。その言葉通り、作戦室に場所を移すと、さっそく渡辺中佐は三人の幕僚たちを前にして連合艦隊側の私案を披露した。

これらはミッドウェー海戦の敗北後、三和作戦参謀を中心として軍令部側とも調整し、第三艦隊新戦策の土台として立案された戦法である。その内容は、水雷戦隊の首席参謀をつとめた長井中佐も意表をつかれる画期的なものであった。

「航空主兵」の新戦策

1

「まず第一に、われわれは兵術思想の大転換をはからねばなりませぬ」

と、渡辺参謀は口火を切った。

「航空決戦を主力とし、空母はその中核に徹し、水上部隊がこれに協力する。従来の戦艦部隊が艦隊戦闘の主力である、という発想は捨てねばなりません。これが、第三艦隊新戦策にたいする連合艦隊側の要求です」

作戦室の背後にある黒板にふりむき、彼は新戦策による接敵配備の大要を描いてみせた。

「第三艦隊新編制は従来の二隻編制をあらためて、一個航空戦隊の空母を大型二隻、小型一隻の三隻とする。攻撃力の重点を艦爆隊におき、敵空母の飛行甲板を爆破したうえで艦攻隊の雷撃によりこれを撃沈する。小型空母は艦戦を主力とし、味方上空の防衛にあたる」

この機動部隊建制化は、一航艦の源田航空参謀が提唱したものである。それまでの機動部隊は臨時編制で、警戒部隊としての兵力も第八戦隊(重巡利根、筑摩)、駆逐隊一隊にすぎず、部隊としての思想統一もままならなかった。

これを第三艦隊では、高速戦艦二隻(比叡、霧島)、重巡二個戦隊、駆逐艦戦隊一個戦隊を警戒兵力として強化しようというもので、開戦後はじめての海軍兵術思想の大転換といえる。

渡辺参謀はいくつかの水上艦艇の艦形を横一列に描き、「これらを前衛部隊として、たがいに視界限度内まで距離をおきます」といい、はるか後方に空母部隊を書きこんだ。

「前衛部隊を遠く広く散開させるのは、まずこれら各隊に搭載の水上偵察機により敵を早期に発見できるためである。それゆえ本隊空母が敵索敵機に発見される機会も少なくなり、帰投する飛行機も前衛のいずれかの艦を発見し、誘導されて容易に所属艦に帰ることができます。また、前衛部隊は航空攻撃に策応して突撃を敢行し、航空攻撃による敵損傷艦を捕捉して戦果を拡充することができる」

さらに、「これは公然と口にすることはできないが……」と前おきしてつづけた。

「この隊形では、前衛部隊に敵の攻撃兵力を一部吸収させうることも考えられる」

つまり、本隊の前方に遠く広くひろがった前衛部隊に米軍機の航空攻撃を吸収し、空母部隊への被害を最小限にとどめる究極の戦法というのである。

――これはエライことになったぞ。

と末国参謀は、とっさに第五戦隊時代の司令部同僚の表情を思い浮かべた。

「水上部隊に敵空母機の攻撃を集中させておいて、空母本隊だけが甘い汁を吸うのか」

「おれたちは、空母部隊の犠牲になるのか」

と口ぐちに不満の声がわき立つのにまちがいがない。彼らの不満に、何と言いわけが立つだろうか。

長井参謀も苦渋の表情を浮かべていた。航空決戦の大胆な兵術転換はさすがに海軍大学校のエリート甲種学生だけに即座に対応できたが、やはり夏潮駆逐艦長、第四水雷戦隊参謀と水上部隊を歩んできただけに、彼らを自隊の身代りに犠牲を強いることにためらいがあった。

だが、「新戦策を考えてこい」とは首席参謀からの厳命である。長井参謀は覚悟を決めたように、顔をあげていった。

「よくわかった。新戦策はこれらの基本計画にそって立案しましょう」

第三艦隊新戦策は、完成までに約一〇日間かかった。画期的な新戦策だけに議論も多かったらしい。

水上部隊を前衛に配する戦法にも甲論乙駁《おつばく》があったし、そのために警戒兵力が手薄になり、サンゴ海海戦と同様に空母本隊が孤立するおそれが指摘された。

この不安には、途中から参加した第三艦隊の中島親孝情報参謀が、

「前衛部隊を配備することで、ミッドウェー海戦時のような奇襲攻撃を受けることが少なくなり、小型空母の直衛戦闘機増強により上空警戒がしやすくなる。また新設の電探が効果を発揮するでしょう」

と助け舟を出したことで、いちおうの結着をみた。電探とは、僚艦翔鶴に新設された二一号電波探信儀《レーダー》のことである。

この電探は二一号と二二号の二つのタイプがあり、開戦後に完成し、ミッドウェー海戦時には戦艦伊勢、日向両艦にそれぞれ装備されたものである。伊勢に設置された二一号電探は、対航空機については高度三、〇〇〇メートルにおいて五五キロ、水上目標にたいしては二〇キロに目標発見という性能を発揮している。

さて、

「長井さんは熟慮型の参謀。人の話をじっくりきいて、全体をまとめる円満な人柄でしたね。頭の良い人だな。しかし、ネチっこい」

というのが中島参謀による人物評だが、この長井作戦参謀により新戦策が、内藤航空参謀によって航空戦新規程が、それぞれまとめられることになった。

すなわち、新たな第三艦隊司令部は南雲―草鹿コンビでなく、高田首席参謀を中心とした作戦参謀たちが集団指導する形で作戦指揮にあたることになったのだ。

ところで、内藤雄中佐といえば末国参謀と兵学校同期生で、海軍大学校では一期下。広島一中出身で、兵学校同期生のひとり源田実が戦闘機専修を選んだのにたいして、昭和三年、偵察学生として航空畑に進んでいる俊秀である。

内藤中佐は航空戦指揮について、つぎのように建言している。

すなわち、今までの飛行機隊が艦に所属し、艦長の指揮下にはいるのにたいし、これを大改革し旗艦の飛行隊長の指揮にしたがうものと変えた。

ミッドウェー海戦時までは新たに総隊長職をもうけ、これに旗艦赤城の淵田中佐をあてるという苦肉の策をとったが、この改革により旗艦の各飛行隊長が統一指揮できるようになった。

したがって、旗艦翔鶴の飛行隊長として、

艦攻隊長　村田重治　海兵五十八期
艦爆隊長　関　衛《まもる》　〃　〃
艦戦隊長　新郷英城　〃五十九期

の三名が赴任することになった。

瑞鶴隊各指揮官は兵学校の後輩たち、それぞれ後任者が配されることになる。

長井参謀たちが旗艦大和作戦室で新戦策の立案に頭を悩ませているころ、同じ柱島沖に呉海軍工廠での修理をおえた僚艦翔鶴が進出してきた。七月十九日のことである。

碇泊中の瑞鶴艦橋からは、面目一新した翔鶴がゆっくりと近づいてくるのが見えた。

「何だ、あれは！　妙なモノを載せているぞ」

艦橋の直上、防空指揮所背後に取りつけられた鋼鉄の大櫓《ヤグラ》のことである。

砲術長伝令西村肇一水がその声にふり返ると、声をあげた見張員をたしなめる砲術科分隊士の叱言がきこえた。

「あれは電探といってな、夜でも遠くが見えるという最新兵器だ。だが、まだ実験段階でモノの役に立たんそうだ」

ついで語調をあらためて、「そんなことより、艦首を見てみろ！」と、分隊士がつづけた。

「対空機銃も多数増設されて、頼もしいぞ」

見ると艦首と艦尾に二五ミリ機銃三連装二基ずつ、艦橋の前後にも二基が増設されているのに気づいた。これらは、いずれも近いうちに瑞鶴にも搭載され、米空母との対決にあたって対空武装強化の一助となるにちがいない。

翌日、第三艦隊の旗艦は翔鶴に変更され、南雲司令部とともに中将旗も瑞鶴を離れた。いよいよ母艦は呉海軍工廠入りである。

「艦長、艦内防禦の対策をご報告します」

運用長戸次敏郎少佐が、翔鶴福地運用長からの引きつぎ事項を報告にきた。

「サンゴ海、ミッドウェー両海戦の戦訓にかんがみ、
一、艦内の壁、天井などの塗料をすべてはがす。
二、格納庫を中心とした化学消火剤の撒布装置を装備する。
——以上です」

「よし、わかった。徹底してやれ！」

と、野元艦長は力強く命じた。

（柳本の二の舞いはせぬ）

というのが、ミッドウェー海戦で炎の中に散った級友、柳本柳作蒼龍艦長への誓いであった。そのためにも、翔鶴の有馬艦長とともに防空、防火対策に専心せねばならぬ。

七月二十四日、瑞鶴の新飛行機隊幹部の陣容が発令された。海軍省人事局からの電報によると——。

艦攻隊分隊長

（先任）今宿滋一郎　海兵六十四期

（後任）椪原《ゆずはら》正幸　〃六十六期

艦戦隊分隊長

（先任）白根斐夫《あやお》　〃六十四期

（後任）日高盛康　〃六十五期

艦爆隊は、すでに発令ずみの高橋定—大塚礼治郎のコンビである。

——これで陣容はそろったな。

報告にきた源田飛行長にむかって、野元艦長は大きくうなずいた。

2

第三艦隊旗艦翔鶴に中将旗がひるがえると同時に、南雲司令部一行が瑞鶴から移って行った。総勢四七名という大世帯である。

翔鶴の乗員は士官七五、特務士官五六、准士官七一、下士官四三四、兵一、〇二六、軍属八、合計一、六七〇名という陣容で、そのうち飛行科士官は髙橋赫一少佐以下が戦死もしくは転勤によってほとんど入れ替り、下士官搭乗員も半数が新顔という変貌ぶりであった。

新任の飛行隊長兼艦爆隊長として、髙橋少佐より兵学校二期下の関衛《まもる》少佐、同艦攻隊長としてその同期生村田重治少佐、同戦闘機隊長として彼らの一期下、兵学校五十九期の新郷英城少佐が赴任してきた。

士官室の雰囲気が変わり、中、少尉たちのたむろする第一士官次室《ガン・ルーム》、准士官室の空気も一変した。とくに多数の下士官搭乗員が寝起きする居住区では、転入者の多くがミッドウェー海戦の敗残兵たちだけにどこか復讐心に燃えた、殺気だつ空気がただよっていた。

鹿屋基地に軟禁状態になっていた一、二航戦の生き残り搭乗員のうち、空母赤城、加賀の第一線パイロットの多くが旗艦翔鶴、僚艦瑞鶴に分散配置され、とくに村田少佐以下の赤城搭乗員たちは主として旗艦乗組となって転勤してきたのだ。

(何となく取っつきにくいやつらだな)

と、敏感に異和感を感じとったのは艦攻隊生えぬきのベテラン下士官、石川鋭一飛曹であった。

先任分隊長市原辰雄大尉とともに、五航戦艦攻隊の発足当初から乗り組んできた古参組の一員である彼は、〝雷撃の神様〟村田少佐とも中国戦線でなじみがなかったし、一航戦の花形を自認する〝元赤城乗組〟搭乗員たちのエリート意識も、鼻もちがならなかった。彼らは敗残の身をことさらに意識してか荒々しく、何か都落ち気分になったかのように、傍若無人にふるまっていた。

サンゴ海海戦までは、艦内は、——春風駘蕩《たいとう》のような雰囲気だったのである。

兵庫生まれの市原大尉は豪放果敢で、「田舎の百姓みたいな顔をして人懐っこい分隊長」だったし、後任分隊長の萩原努大尉は鹿児島県人。「いかにも誠実そのもの」の上官だったが、海戦前夜の薄暮攻撃に出撃し、帰還するも母艦を発見できずに洋上不時着、戦死。先任分隊長市原辰雄大尉も転出していて、今はいない。

広い搭乗員室を見渡しても新顔が目立って、今さらながら米空母レキシントンへの雷撃行から、奇跡的によくぞ生きて帰れたなとつくづく思う。

急降下して乱戦になると、愛機九七艦攻のエンジン音が耳に入らなくなり、きこえるのは米空母の対空射撃音ばかり。耳に破《わ》れ鐘のような音が鳴りひびき、事前に想像した騒音の限界をこえていた。帰途に米戦闘機に追いかけられなかったのが唯一の幸いといえるだろう。

石川一飛曹は悪夢のような雷撃行を思い出すたびに、ゾッとして飛び起きた。

気がつくと身体は汗まみれになっていて、帰途の航海ではそんな日々がくり返され、寝不足となっていたのだ。

帰投してしばらくたったある日、呉海軍桟橋で思いがけない負傷兵の集団を見かけた。彼が艦攻隊員補充のために各航空隊に派遣されたり、要員の再訓練にあたったりしているさなか、母艦在港中の呉に立ち寄った折のことである。

短艇からおびただしい負傷者の群れが降ろされ、担架をかついだ看護兵たちがあわただしく行きかう。

「どこで、やられたんか」

と、その内のひとりをつかまえて声をかけると、「教えられません!」と首をふる。短艇の艇尾に所属の艦名が片カナで書かれているはずなので探してみると、どこにも記されていない。

いったいどの艦がやられたのか。一計を案じて、「では、どこでやられたのか、場所だけでも教えろ!」と小声できくと、「ミッドウェー」と反射的に答が返ってきた。

「ああ、連中がやられたのか」

と、柱島から入れちがいに出撃して行った南雲機動部隊の敗残の深刻な事態をはじめて知ったのである。

だが、その詳細はまったくわからなかった。鹿屋基地にもどると、彼らが収容されてきた隣接の兵舎に出かけて行った。

ところが、番兵が立っていて搭乗員の誰にも接触ができない。夜、ふたたび出かけて行き、窓からのぞいて見知った顔を捜すうちに菊地哲生の四角いヒゲ面の顔がみえた。昭和九年海兵団入りの同年兵で、赤城の戦闘機搭乗員である。

手招きすると、窓ぎわに寄ってきた。中から密閉されていた窓を開けてくれたので、こっそり入る。「ミッドウェーで、どうだったのか、教えろ」とささやくと、「いや、口止めされているから、教えられん」と、菊地一飛曹はしかめ面をした。

それでも、こんな話をポツリポツリとしてくれた。

「ミッドウェー島空襲から帰ってきて、腹ごなしのメシを食っているさなかにドカンと爆弾が一発、やられた。夢中で窓から身体を脱け出して、命からがら逃れたよ。よくぞ助かったもんだ」

おかげで身体ひとつ、衣嚢《いのう》ともども身の回り品はみな海に沈んでしまったよと、菊地一飛曹は悄然としていた。

後日になって石川一飛曹は母艦の居住区にもどったさい、彼の脱出行がどれほどの苦難にみちたものであるかを知ろうと、実際に舷窓を開けて身体をもぐりこませてみたが両肩がつかえて入らない。

何度試みてもムリだったので、必死の気持だと思いがけないことができるものだと、あらためて感じ入ったことであった。

〝元赤城乗組〟搭乗員の手荒い洗礼をうけた者は、ほかにもいた。医務科の渡辺直寛軍医中尉である。

翔鶴が呉軍港に碇泊中に、医務科の人事異動があり、京都大学出身の短現士官と司令部付の二人の軍医中尉が新たに乗り組んできた。いずれもはじめて洋上に出る新米士官たちで、軍装も帽章もピカピカの新品である。

渡辺軍医中尉は乗艦して七ヵ月余、先任者らしく艦内作業用の事業服も潮風にさらされてうす汚れている。

「艦内旅行に出かけようか」

新入りの軍医中尉たちをうながして士官室を出た。中、少尉は二、三人が相部屋となり、彼らも自室で新品の事業服に着がえて後にしたがう。艦内配置を知るためのはじめての巡視――艦内旅行である。

艦橋に登り、海図台や操舵関係、防空指揮所との通信設備を説明しながら、先輩らしく得意であった。つづいて艦内各科を回わろうと上甲板へのラッタル（階段）を降りかけたところで、

「待て！」

と階下から声がかかった。ラッタルに足をかけていた新軍医中尉二人がビクッと足を止める。ラッタルの下から勢いよく駆け上がってきた長身の海軍大尉がいきなり彼らの頬にビンタを食らわせた。

（しまった！）

と渡辺軍医中尉は心の中で舌打ちをした。海軍士官心得に、上官がラッタルを上がるときは下級者は遠慮すべし、という項目があることを思い出したのである。

——何を乱暴な。

と一瞬、不満の気持がうずまいたが、相手は見知らぬ海軍大尉である。一歩後におくれた彼は自分も頬を一発殴られるかな、と覚悟したが、さすがに翔鶴乗組の古参者と気づいて手は出さなかった。

相手が赤城から転勤してきた艦爆隊の後任分隊長山田昌平大尉と知ったのは、渡辺軍医中尉がおわびのあいさつに士官室を訪ねた折りのことである。

「何しろ母艦勤務に慣れてないものですから……」

と頭を下げると、関衛少佐や新参の先任分隊長有馬敬一大尉らが事情を知ってゲラゲラと笑った。山田大尉もさきほどの一件はさっぱり忘れたかのように、「べつに気にするな。これからよろしく頼むよ」と会釈してくれた。

山田昌平大尉は麻布《あざぶ》中学出身。兵学校六十五期生で、〝ショッペー〟のアダ名があり、赤城時代は積極果敢な艦爆乗りとして勇名をはせていた。

この一件のおかげで渡辺直寛とは意気投合する親しい間柄となったが、それにしても鼻息の荒い彼——元一航戦搭乗員との最初の出会いには意表をつかれるものがあった。

山田大尉の転入と同時に赤城艦爆隊の古田清人一飛曹も、鹿屋基地から転勤命令がきて、ようやく新任の翔鶴入りをした。関少佐の指揮小隊三機につづく、第一分隊長有馬敬一大尉（偵察）機の操縦員である。

これで有馬分隊、山田分隊、吉本一男大尉の分隊、計三個分隊の艦爆隊が誕生した。

赤城艦攻隊の徳留明一飛曹も、翔鶴乗組に転じた。ミッドウェー沖で味方駆逐艦の魚雷により旗艦赤城が処分される姿を目撃した彼は、（今度の母艦《フネ》で仇を取ってやるぞ）との復讐心にもえていた。

旗艦翔鶴の艦内は広く、居住性も快適でその期待にふさわしい大型艦であった。戦艦改造型の赤城にくらべて格納庫に断然ゆとりがあり、離着艦に苦労することもない。敗残の身にもめげず大いに意気盛んに新天地入りをはたすのだが、ここで彼らは石川一飛曹たち古参組と思わぬ軋轢《あつれき》を生むことになる。

3

翔鶴では、飛行隊長髙橋赫一少佐の戦死にともなって〝髙橋一家〟ともいうべき艦爆隊が解体され、下士官搭乗員の一部が瑞鶴へ、逆に瑞鶴からも翔鶴へと、員数合わせともいうべき人事がおこなわれることになった。

前者が鈴木敏夫一飛曹であり、後者が菅崎正生《まさお》二飛曹の場合である。

鈴木一飛曹は指揮官機に引きつづき、米空母レキシントンへの投弾に成功した急降下爆撃機の操縦員である。

昭和十年、横須賀海兵団入り。操縦練習生として同十六年九月、翔鶴乗組。真珠湾いらいラバウル攻略、インド洋機動作戦、サンゴ海海戦と翔鶴ひとすじに歩んできた。

米空母へは山口正夫大尉の第二中隊機の一員として攻撃参加した。偵察員は特練出身、ベテランの国分豊美飛曹長。

「おどろいたのは、サンゴ海海戦での米海軍の輪型陣でしたね。米機動部隊の回りを巡洋艦、駆逐艦がグルリと取りまいて猛烈な対空砲火の弾幕を射ち上げている。日本海軍の場合だと逆だ。重巡部隊が味方空母を放り出して自分の身を護ることに精一杯のありさまだ。急降下して突っこんで行く。そのスキがないんです。たとえ突入に成功しても、あの輪型陣から脱出することはできないと、とっさに思いましたね」

それでも、一〇機目に投弾した。照準器のなかに青や赤の光の束が見える。恐るべき弾幕の厚さである。やっとのことで投下索を引き、予定通り右翼側に避退して行くと、背後から「おい、鈴木！　当たった、当たった！」と国分飛曹長の歓喜する声がきこえた。

待ちうけていた米グラマン戦闘機が、眼前に不意に姿をあらわす。そのまま直進して、夢中で機首の七・七ミリ機銃弾を発射する。一撃でグラマンが火を噴き、右翼方向に墜ちて行く。

——こんどはおれが射ち落としてやる！

と、追尾してきた新たなグラマン戦闘機を発見して国分飛曹長が伝声管に怒声を吹きこんできたとたん、「ドーン」と機体を揺るがすような破壊音がした。背後から一三ミリ機銃弾をあびたらしい。

九六式無線電信機が壊され、側面レバーが使いものにならなくなっていた。機首側の七・七ミリ機銃の弾倉に一三ミリ機銃弾が食いこんでいる。危ういところであった。

反転する途中で同期生の池田清二飛曹の操縦する九九艦爆がエンジンを射ぬかれたのか、不意に高度を落として海上に墜落して行った。急降下する途中で一機火を噴いて墜ちて行く味方機も目撃しており、他に帰投して行く機影も見当たらなかった。

国分飛曹長の指示にしたがって、海面すれすれを這うように逃れて行く。不安と絶望感が二十四歳の操縦士に襲いかかった。沈黙をつづけて、単機で飛びつづけること一時間半、

「おお、母艦だ！」

国分飛曹長のはずんだ声がした。片手で操縦桿をにぎりながらもう一方で無線機の修理を手がけていた鈴木一飛曹が顔をあげると、遠くに小さな黒点が見えた。近づいて行くと何と島影ではないか！　ここは、いったいどこなんだ？

「分隊士、どうしたんですか！」と、思わずグチが出た。

「航法の指示された通りに飛んできたら、このザマだ。敵地かも知れんし、こんな島に不時着じゃあ、死にきれんですよ」

「すまん、すまん。グラマンに追われて、泡くってしまった。航法をまちがえた」

「まちがえたじゃ、すまんでしょう。特練出身のくせに……」

特練とは特修科航空術練習生のことで、横須賀航空隊で特別訓練をうけた艦隊内のエリート偵察員を指す。

「まあ鈴木、待て、待て。そう怒るな。おれの話もきいてくれ」

国分飛曹長があわてて言いわけをした。米グラマン機への応戦に夢中になっているうちにパニック状態となり、日ごろの冷静さを見失って航法を誤まってしまったらしい。ベテラン偵察員とも思えぬ失態である。

とにかく真東に三〇分飛ぶことにした。いずれにしても、五航戦部隊のどの艦かに接触できるかも知れない。もう逡巡は許されなかった。

「あと三〇分しか燃料がありません。燃料がつきたら、後は死ぬだけです」と、悲壮な気持で鈴木二飛曹は後部座席につげた。

奇跡的に第六戦隊の重巡古鷹、衣笠両艦を発見したのは、燃料が切れる寸前のことであった。気がつくと制空隊の零戦二機も付近に旋回しており、彼らとともに洋上に不時着水して古鷹に収容された。

もう一機、九九艦爆が帰投してきて同艦に収容されたが、毛布にくるまって救出されたペアを見ると小隊三番機の大川豊信一飛と大浦民兵二飛曹であった。彼らは国分飛曹長を見出すと、

「何だ、分隊士たちもこんなところにおったんですか!」

と、すっ頓狂の声を出して駆けよってきた。

彼らも九死に一生を得てほうほうのテイで輪型陣を脱出し、心細い飛行をつづけてきたのだろう。「よかった、よかった」と四人はたがいに手を取り合って奇跡の生還を祝った。

呉に帰港すると、新任艦長有馬大佐のはからいで直ちに休暇が出た。鈴木二飛曹は汽車で故郷静岡に帰り、インド洋いらいの休日を家族の歓迎につつまれて心ゆくまで愉しんだ。

唯一の思い出に残るのは、父親に誘われて出かけた鮎釣りである。

六月一日が解禁日となり、夕暮から釣竿をかついで夜釣りに出かけた。ガスランプを灯し、川面に灯影がゆらゆら揺れるなかを鮎が勢いよく水を撥ねて飛沫が夜の闇に飛ぶ……。戦場とはあまりにもかけ離れた、夢のような一瞬である。

帰隊すると、さっそく現実にひきもどされた。「瑞鶴乗組を命ず」と辞令は六月三日付で、有無をいわせず艦爆隊員補充のため衣嚢を担いで瑞鶴搭乗員室へ。新任のあいさつもそこそこにすぐさまアリューシャン作戦出撃を命じられたのである。

逆に瑞鶴艦爆隊の操縦員菅崎正生二飛曹の場合は、翔鶴への転属を命じられている。同年七月初旬のことである。

ハワイ作戦いらい、葛原丘分隊の三番機として各作戦に出撃参加したが、サンゴ海海戦時には対潜哨戒に出て機位を失し、トラック泊地の木曜島に不時着したため作戦不参加となっている。

海防艦によって救出され、内地帰還。九九艦爆の新機材受領のため名古屋の愛知時計電機に出張を命じられた途次、故郷の岡山に立ち寄っている。両親と兄弟姉妹にかこまれたその一夜が、家族との最後の帰郷となった。

菅崎二飛曹は岡山藩池田侯が創設した元藩校、閑谷《しずたに》中学出身。甲飛四期生を志願して昭和十六年三月、飛行練習生（飛練）を卒業。宇佐航空隊から瑞鶴乗組となった生えぬきの搭乗員である。夜を日につぐ猛訓練で「飛行服を脱ぐ間もなく夜になった」と手紙に書き、家族を心配させた。乗艦時の飛行時間二七〇時間。

とつぜん、菅崎二飛曹が和気《わけ》郡山田村にある実家に姿をあらわしたのは五月二十六日のことである。

中学二年の弟昭敏がいそいで帰宅すると、兄が夜汽車で帰ってきて疲れたのか、眠りっぱなしだと母親が小声で教えてくれた。眼がさめると、「戦地では、生の野菜が貴重なんだ」と、すっかり元気を取りもどして活発にいい、夏大根をガリガリとそのままかじって食い、家族をおどろかせた。

その夜は久しぶりのつもる話で、夜更けまで兄の独演会となった。ハワイのホイラー飛行場爆撃のさい、「母艦にもどってみると機体に弾痕が一三ヵ所もあり、危ういところだった」と首をすくめ、英空母ハーミスを撃沈した後は、洋上に浮かぶ「英水兵たちを片っ端から機銃掃射してやったよ」と戦意をむき出して語った。

「かわいそうに。(機銃掃射を)こらえてやればええのに……」と母親がタメ息をつくと、

「いや、彼らに戦友がやられたんだから」と怒るように言い返した。

翌朝の一番列車で発つというので、両親と弟の昭敏が最寄りの山陽本線和気駅まで見送った。駅預けのひとまとめにした飛行服をぶら下げた兄の姿が、最後の姿として弟の脳裏に深く残った。


一方、瑞鶴編入組の鈴木二飛曹は鹿屋基地に到着すると、申告のため兵舎内の隊長室を探していた。ようやく見つけ出して部屋に入って行くと、いきなり大声がした。

「何だ、お前！　ここに来たのか」

眼を上げると、見なれた顔が目前にあった。中国戦線の第十四航空隊で分隊長をつとめていた高橋定大尉である。

「分隊長でしたか！」

こんどの飛行隊長はどんな男かと内心であれこれと思いめぐらせていた鈴木二飛曹は、一瞬おどろきの声をはなったが、安心して急に肩の力がぬけた。気を取り直して、転勤辞令を受け着任したことを報告する。

「そうか。よかった、よかった」

と高橋大尉も相好をくずし、

「ここに来たんだったら、おれの二番機にこいや」

と、くだけた口調でいった。

（二番機とは重荷だな）

と一瞬思ったが、相手は隊長で人事権を持っているんだから止むをえない、と心に決めた。

そして、偵察員の国分飛曹長は隊長機のペアに、鈴木機には藤岡寅夫二飛曹が偵察員と決まった。昭和十二年五月、偵察練習生三十九期入り。四国出身のベテランである。

両親への悲壮な手紙

1

瑞鶴艦長野元為輝大佐は源田飛行長に命じて、新編なった飛行機隊の急速錬成をはかることにした。

何しろ、寄せ集められた搭乗員のレベルに差がありすぎるのである。南雲機動部隊からの旧一航戦転入組は夜間の雷爆撃、編隊飛行のできる世界のトップクラス級の技倆であったし、瑞鶴居残り組は超一流のレベルには達しないまでも、戦場経験は豊富。これに反して転入組のなかには、着艦訓練も未熟、基地航空部隊から直接母艦乗組といった新参者も混在し、すぐさま統一チームが組めない有様だった。

「やっかいな問題だが、短期間で実現可能かね？」

源田飛行長はさっそく新任の高橋定大尉をよんで、そう問いかけた。

口調は〝カミソリ参謀〟時代の切り口上ではなく、あくまでも柔らかい。旧一航戦参謀時代の自信過剰な、高飛車な物言いはすっかり影をひそめている。

「仕方ありませんな。荒療治でやるしかないでしょう」

と、高橋定大尉はしばらく腕組みをして、着任いらい考えつづけてきた緊急対策を口に出した。

「着艦訓練、擬接艦《ぎせつかん》（注、「タッチ・アンド・ゴー」の意）、接艦といったまだるっこしい初歩訓練は、いっさい省《はぶ》きましょう。いきなり応用訓練よりはじめたいと思います」

ミッドウェー海戦に勝利した米海軍は、その勢いを駆って南東方面から攻撃をかけてくるにちがいない。この情勢急変に対抗するためには、基礎訓練に時間をかけている暇はない。

「そのために、まず着艦訓練はやらない、急降下訓練もやらない。次期航空戦の主役は艦爆隊だから、投下高度をぎりぎりまで下げれば確実に命中する。この決死の急降下爆撃訓練のみをやりましょう。

そのほか、射撃訓練も省きましょう。あんな七・七ミリ機銃弾のような〝豆鉄砲〟じゃあ、物の役に立ちませんよ」

高橋定大尉は昭和十四年に空母龍驤で艦爆分隊長をつとめ、日華事変では南京空襲いらい南支戦線での実戦体験も豊富である。新任とはいえ、源田中佐にとっても軽視できない存在であった。

「正規の訓練で叩き上げてやりたいところだが……。やむをえん、事態は急を要する」

源田少佐は異論を差しはさむことなく、あっさりと同意した。

「——君の案で行こう」

高橋大尉が飛行機隊再編成にあたって極端な応用動作を優先した背景には、隊務引きつぎのさい、前任の嶋崎重和少佐からつたえられたいくつかの教訓があったからだ。

嶋崎少佐はアリューシャン作戦をおえ、大分沖から佐伯基地にもどってきたばかりであった。ハワイ作戦いらいラバウル攻略、インド洋機動作戦、サンゴ海海戦と半年にわたる作戦参加で、ふっくらとした頰はそげ落ち、眼窩《がんか》はくぼんで、眼つきが鋭くなっている。

「北方作戦、ご苦労さまでした」

なぐさめ顔で声をかけると、

「いやあ、大したことはないよ。北の海を水すましのようにぐるぐる回わっていただけさ」

と、自嘲するように笑った。

そして高橋大尉が新任の飛行隊長を命じられたとつげると、開戦いらい七ヵ月の転戦をふり返り、「キツい作戦行動で、みな疲れ切っておるよ」と、嶋崎少佐は心配げな表情をした。

インド洋作戦では搭乗員戦死の数こそ少なかったものの、彼らの疲労は極限を超えていた。出撃前のケンダリー基地では疲労の極に達していて、戦果を語るときには妙に力が入ってい て、「きく耳が持てないほどに異常な昂奮状態が目立った」という。

米英軍操縦士の技倆を罵倒し、よその目には驕《おご》り高ぶった口調にみえるが、「実際は彼らの思い上がりなんかじゃない。極端な疲労のせいだよ」と、少佐はかばうような言いかたをした。

サンゴ海海戦のはじめての母艦同士の対決にふれて、こんな体験を洩らした。

「突撃後、海面を這《は》うようにして敵空母に突入して行き、つづいて艦爆隊が急降下して行くのをこの眼で見たが、真っ黒い防禦砲火の弾幕が立ちふさがり、大乱戦となった。戦果がよくわからない、というのが実情だ。多くの部下を死なせてしまったよ……」

同じ席に艦爆隊先任分隊長江間保大尉がいて、嶋崎少佐のしんみりとした口調に大きくうなずいた。俗称〝エンマ大王〟こと江間大尉は、飛行学生時代三期下の後輩で、同じ艦爆乗りとして顔なじみの仲だ。

江間大尉は嶋崎少佐の話を引きついで、自分の体験をこう話した。雷撃隊突入後、瑞鶴艦爆隊がヨークタウンをめざして急降下に入った折のことだ。

「先頭の翔鶴隊は打ち合わせ通り、突入後は右に、私たちは左に旋回して海面スレスレに這って逃れた。たまたま敵戦闘機群が右側に待ちかまえていて翔鶴隊に襲いかかり、私の方には一機も来なかったので助かった。

ただ敵の防禦砲火は私の隊ばかりねらっていたようで、三機やられました」

二人の指揮官がこもごも語る航空母艦同士の凄絶な戦いは、新任の飛行隊長を戦慄させるに充分であった。大陸戦線での泥沼のような一進一退の日常航空戦とは異なり、一瞬のうちに総力をあげて決戦をする。その結果、サンゴ海海戦では九〇名の搭乗員を失い、艦爆隊では一五組、三〇人の精鋭たちが海底の藻屑と消えた。

さらに一ヵ月後のミッドウェー沖では主力四空母全滅という大災厄が生じている。

——米海軍は容易ならぬ敵だ。

という感懐があらためて心に刻みこまれた。

とにかくも、二人の体験談から得られた教訓は二つある。その一は、右翼側海面に逃れた高橋赫一少佐隊に被害機が多く出たのは、海上〇メートルで編隊を組むほどの技倆にとぼしく、各個バラバラに散開、避退してしまったため、米軍戦闘機の餌食《えじき》にされたのであろう。

この危険を防ぐためには、まず緊密な編隊を組み七・七ミリ機銃の防禦砲火を集中させて、グラマン戦闘機群を撃退するほか途はない。

その二は、江間隊長機の後続三機に被害が生じたのは米軍輪型陣が対空砲火の弾幕を布くのではなく、いまだ精密照準射撃をおこなっていることを意味する。あらかじめ突入高度を想定し、それにむけて弾幕を形づくるように米輪型陣から一斉射撃を加えられれば、突入する味方機はたまったものではない。

だが、個々の機をめがけての照準射撃であるならば、生還の可能性は充分にあるはずだ。

取りあえずの成案を得て、呉鎮守府付に転出する嶋崎少佐に礼をのべると「後のことはよろしく頼むよ」といつものおっとりとした笑顔にもどって、ポンと肩を叩かれた。

「おまかせ下さい」

高橋大尉は立ち上がって踵《かかと》をそろえ、後は大丈夫だというようにしっかり挙手のあいさつをした。あとは新たな訓練開始すべく鹿屋基地にむかうばかりだ。

2

艦爆分隊の飛行科整備班に配属された新入りの三等水兵百合武一はアリューシャン作戦参加後、帰投した呉軍港から引率されて列車に乗り、下関、門司、都城と乗りついで鹿屋駅にむかった。

午後一時すぎに呉駅を出発すると関門海峡で連絡船待ち、翌日午後一時すぎに到着するという一日がかりの長旅である。

途中で同行してきた戦闘機整備班は分かれて大分県佐伯基地にむかい、七月十四日、艦爆、艦攻整備班は鹿屋基地に集結した。総数、整備科下士官兵一八〇名。

鹿屋基地には、新旧搭乗員たちによってテストされ、名古屋愛知電機から空輸されてきた新機材の九九式艦上爆撃機が飛行場の列線にならべられている。

昭和十四年に制式採用となり、真珠湾攻撃でフォード島基地に第一弾を投下したのがこの九九艦爆である。速力三八九キロ／時と低速だが、頑丈な機体で信頼性も高く、機首に二梃、後席に一梃の七・七ミリ機銃をそなえる。乗員二名。

百合三水の配属された飛行班は、艦上にあって離着艦の整備作業いっさいを取りあつかう職務だが、下級の三等水兵は「まあ、皆のやることを見ておれ」と、先任下士官から声かけられただけの雑用が主である。

それでも呉海兵団入りして六ヵ月、一六名の分隊員のうちひとりだけ艦隊勤務に抜擢された百合三水は、航空戦花形の空母に乗り組み、「搭乗員に負けない一流の整備兵になりたい」と意気ごんでいた。

鹿屋基地入りしてまもないころ、

「総員集合、格納庫前！」

の号令がかかった。いそいで駆けつけると、格納庫前の壇上に整備長原田栄治機関少佐が立ち、「ただ今より新着任者を紹介する」と大声をあげた。

七月二十四日付の人事異動で鹿屋入りしてきた飛行機隊幹部が、はじめて基地員、整備科員たちの前に姿をあらわすのである。

飛行隊長高橋定大尉はすでに基地入りしていて顔なじみだったが、次席の艦爆新任分隊長はどんな風貌の人物かと、新参の整備兵は興味津々《しんしん》である。

「石丸大尉だ。よろしく頼む」

少し面長の、口元の引きしまった青年が短くあいさつし、表情も変えずに壇上から降りた。物怯《ものお》じしない、堂々たる体軀の青年士官である。

前任は霞ヶ浦航空隊分隊長兼教官で、石丸豊大尉は兵学校卒業成績は五番。「恩賜の銀時計」組のエリート将校であることは、隊内にたちまち知れわたった。しかも瑞鶴着任直前に結婚式をあげ、新妻は女学校を卒業したばかりの十九歳。新郎は二十五歳という初々しい新婚コンビである。

新任分隊士に、空母加賀から転入してきた中村五郎中尉、兵学校一期下の米田信雄中尉などが紹介されて、瑞鶴艦爆隊主要幹部の陣容が固まった。

ただひとり壇上に立たなかったのは、真珠湾攻撃いらい生えぬきの分隊長、滋賀県出身の大塚礼治郎大尉である。

「分隊長、われわれのペアは解消ですか」

ハワイ作戦いらいの艦爆隊コンビ、操縦員の堀建二一飛曹が不平をいった。発表された搭乗割では大塚分隊長の操縦員はベテランの福永政登飛曹長で、堀機には偵察員として根岸正明二飛曹が乗りこんでくる。

「まあ、そう文句をいうな。仕方ないさ」

不平を鳴らす堀一飛曹に、大塚大尉はやんわりと応じた。

急降下爆撃機のペアは一朝一夕に呼吸が合うというわけではない。五、〇〇〇メートルの上空から徐々に高度を下げ、突入高度五〇〇メートルぎりぎりで二五〇キロ爆弾の投下索を引く。その絶妙のタイミングには阿吽《あうん》の呼吸が必要であり、よほどペア同士が訓練を積まなければ成功はおぼつかない。

根岸二飛曹は昭和十四年九月、偵練四十六期卒。堀一飛曹よりは下級だが、海軍でのメシの数では上。むずかしい操縦―偵察ペアの誕生となった。

こうして瑞鶴艦爆隊は高橋隊長の指揮小隊を中心として石丸大尉の第一中隊、大塚大尉の第二中隊の新陣容が決まった。

3

高橋隊長が、大塚大尉のハワイ作戦いらいの乗艦歴から四次にわたる大作戦の戦訓を感じ取ったのは、「九九艦爆の七・七ミリ機銃三梃では米海軍のグラマン戦闘機を撃墜できない」という衝撃的な事実であった。

「零戦は、いまだに圧倒的な優位に立っていますが」

と、大塚大尉は浮かぬ表情をした。

乗艦時には「願います」と陽気なあいさつを交した分隊長が、戦訓に話がおよぶと急に表情を暗くした。そして四ヵ月前、コロンボ上空で瑞鶴艦爆隊が一挙に五機撃墜された被害を語り出した。

「帰ってきた部下たちの話によると、上空から英ハリケーン戦闘機の一群に急襲され、反撃する余裕もなく一気にやられたようです。反撃しても七・七ミリ機銃では命中弾があっても火を噴かない。とにかく逃げるのに精一杯というありさまでした」

歯に衣を着せぬ、率直な物の言い方であった。相手の新隊長が兵学校の先輩にありがちな「泣きごとを言うな」とか、「与えられた武器で戦って、斃《たお》レテ後止ムだ」とかの精神論を振りまわすような上官でないことを見ぬいたのだろう。

九九艦爆の武装は機首に九七式固定機銃二、偵察席に九二式旋回銃一梃を装備しており、もともとは地上銃撃用である。

中国戦線は戦闘機なみの空戦性能を誇ったが、真珠湾攻撃ではズラリと並んだ石油タンクめがけて銃撃しても、「七・七ミリ機銃弾ではハネ返されるばかりだった」と堀建二回想にある。

「とにかく一三ミリ機銃を装備したい」

というのが、艦爆分隊長としての大塚大尉の必死の懇願であった。

大塚礼治郎は、高橋大尉にとって忘れ得ぬ部下搭乗員の一人である。

大正六年、滋賀県生まれ。二十五歳。両親の赴任先の朝鮮・京城中学から兵学校六十六期生となり、飛行学生では七期下。ハワイ作戦から乗り組んだ兵学校同期生は一〇名だが、サンゴ海海戦後、すでに六名が鬼籍に入っている。

現在、滋賀県長浜市在住の弟信行の手もとには開戦前から戦死までの書簡が遺されているが、それぞれの文章に瑞鶴乗艦時より各地へと転戦する苦難の青春を、「検閲済」とスタンプを捺《お》されているものの、ひそかに読みとることができる。

大塚中尉（当時）が瑞鶴乗組を命じられたのは昭和十六年九月のこと。在京城の父治三郎、母しかあての手紙では、練習航空隊と異なって「訓練は或ものを目標においてやって居ります」と書き、

「時局は益々切迫して来ました。時が時ですから、我々の現在の状況に関しては一切申し上げません」

と、健気な決意を記している。

両親が冬着用の丹前《たんぜん》を送ってくれると知り、送り先は「呉郵便局気付、軍艦瑞鶴第一士官次室」にしてほしい。十一月十五日ごろまでの手紙なら、「宇佐海軍航空隊内横川部隊士官室」あてとするよう念を押している。

真珠湾作戦出撃を目前にして、猛烈な急降下爆撃訓練に入っていたころのことだから、それ以降は「もう居所は不明です」と基地を離れ、乗艦が洋上任務につくことを暗示している。

艦出発前にもう一度便りをしますと約束した通り、十一月初旬になって両親あての便りがきた。

「秋冷の候、皆々様には益々御壮健の事とお察しします」

と堅苦しい儀礼的な季節のあいさつにはじまり、つぎに遺書とも見まがう文章がつづく。

「……郵便物、小包等もう一切出さないで下さい。私の方と致しましても、もう出さない事に致します。それから、私が今迄に出した手紙一切は大した記事はないと思いますが、焼き棄てて下さい。

尚書いてあった事一切を絶対お忘れ下さい。銃後国民の務めとして、絶対守って下さい。

では、皆様どうぞ御機嫌よく」

ハワイ攻撃にむけて南雲機動部隊が大分湾を出撃したのは十一月十九日のことだから、その直前に書かれたものと思われる。機動部隊特別訓練をおえた同月六日ごろか、内地や家族との訣別の思いを切に秘めた一文である。

文中で瑞鶴乗組のことを知らせ、訓練状況などにふれたことから、「機密保持を破ったかも知れない」と、青年中尉なりに己の不注意を危惧したのであろう。

だが、この思いつめたような文面をみて、両親はどのように感じたであろうか。息子を海軍軍人として送り出したときから覚悟していたそのときが、ついに来たのだろうか。

日米開戦してより五ヵ月目、消息不明であった息子礼治郎から京城の母あてに、無事を知らせる手紙がきた。

「御地では桜も過ぎ、日増し木々の緑も濃くなって来る頃と存じます」

と、まずは落ち着いた気分で文章がはじまり、真珠湾作戦ではホイラー飛行場を爆撃し、内地へ帰ったあとビスマルク諸島方面空襲（注、ラバウル攻撃）に参加。その後、インド洋方面に敵を求めて行動し「熾烈《しれつ》な敵の防禦砲火を蒙り、又優速な敵戦闘機群とも空中戦闘を交えました」と三度の大作戦に参加したことを淡々と記した。

むしろ手紙の力点は、しだいに苛烈になりつつある戦場の実相におかれている。同時にハーミス撃沈時の英国海軍への敬意も忘れない。

「しかし其時、敵ながら天晴れな水兵がありました。もう殆ど沈みそうになって居る艦から、微力乍《なが》ら我々の飛行機に高角砲を撃ちかけて来るのです。英国海軍も相当な伝統精神があります。

……印度洋を去る日、夕日が静かな洋上に沈みかける頃、私達は飛行甲板に暫く黙禱を捧げましたが、あの印度洋の果てに友の屍を残して去る我々の心境は、略《あらまし》お察しがつくことと思います」

五月一日、海軍大尉に進級致しました――と昇進を知らせる便りが父への最後の近況報告となった。そして丁寧に彼の書簡を読んで行くと、大塚礼治郎大尉の悲壮な最期の瞬間を暗示しているかのようである。

「私は急降下中、雨と降り来る（原注＝実は上って来るのですが）敵防空銃火にエンジンを貫かれましたが、それから味方までの長い洋上をどうにか帰って来ました。時々エンジンが止まるので駄目か、駄目かと思ったことが四回までありましたが、天佑か、とにかく艦に帰れました。……敵戦闘機の数や防空砲火は実にものすごい程でした。大きな損揚を受け、燃え上がる飛行機を駆って敵艦めがけて自爆して行く姿は実に壮絶であり、又神の姿でもあります。そしてこれが、我々飛行機搭乗員全部の心の中にも通って居るのです」

これ以上、くわしい事は書けないとしながらも、この海戦に多数の戦死者が出たとして、そのなかには「私の教官であった人」、兵学校同期の「クラスの人」、「飛行学生の同期の者」とごく身近な先輩、同僚に戦死者が出て、その数も無視できないほどであったことを父につたえている。

そして自分の将来も、「敵弾のあたる場所が、一寸か二寸違った者がとにかく生死の分れ目です」と書き、米側の熾烈な対空砲火から逃れることは難しい、と告白している。

こんな不吉な将来を暗示する手紙を京城あてに送ったあと、別便で内地の浅井郡下、虎姫《とらひめ》中学で勉学にはげむ弟信行にはそんな気配をおくびにも出さず、

「俺も今迄かすり傷も受けずに元気で勤務して居る」

と意気軒昂たる様子を書きつづってみせた。

弟に心配をかけまい、とする兄の気遣いであったろう。

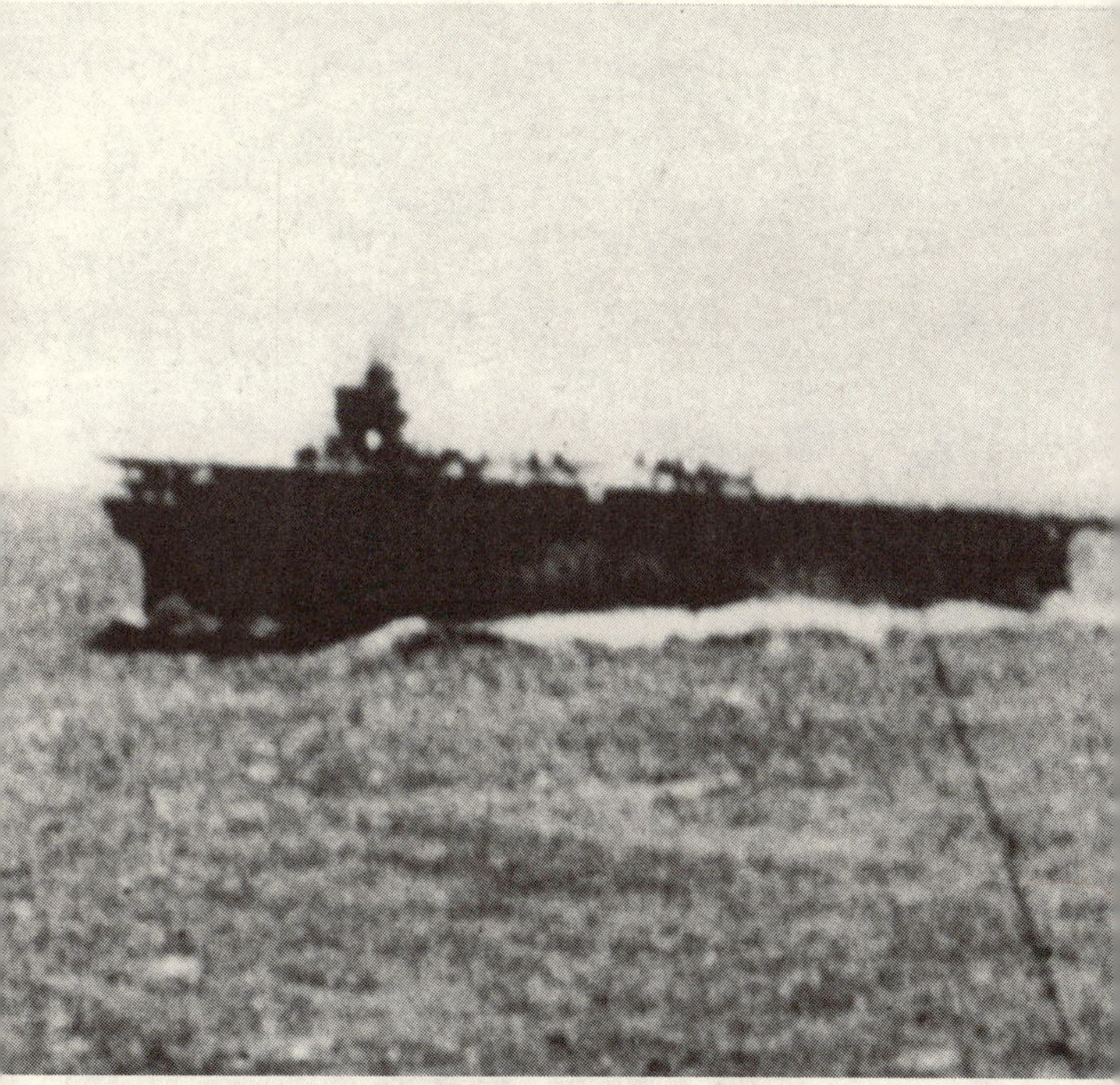

作戦行動中の空母瑞鶴。あまり鮮明な写真ではないが、ミッドウェー海戦の戦訓から艦首に機銃が増設され、艦橋上に21号対空レーダーが装備された状況がわかる

出撃直前の戦闘機隊。甲板に整然と並べられてエンジン始動、発艦合図を待つ零戦

一糸乱れず一斉回頭をおこなう金剛型戦艦

作戦会議をおこなう参謀たち

軍令部外観。作戦立案、用兵の運用をつかさどった

補給物資を搭載してガダルカナルに急行する駆逐艦

ヘンダーソン飛行場に駐機中の米軍機

ガダルカナル攻防のカギは補給、輸送の確保だった

出撃直前のラバウルの零戦隊。第１航空戦隊の所属機

突入態勢の九九式艦上爆撃機

零式艦上戦闘機二一型

九七式艦上攻撃機

ヘンダーソン飛行場。ルンガ川が左手に見える

空母から発艦して哨戒
任務につくＳＢＤドー
ントレスの２機編隊

撤収作戦のため舟艇を曳航して
カミンボ泊地に向かう駆逐艦

ガダルカナルをめぐる海戦は昼夜おこなわれた。夜間に砲撃する日本の艦艇

重巡鳥海。第１次ソロモン海戦で損傷

空母エンタープライズの飛行甲板に爆弾が命中した瞬間を捉えた一枚

損傷復旧のため真珠湾に向かうエンタープライズ

1942年8月24日、エンタープライズに肉薄攻撃する日本機。重巡ポートランドから臨む

空母エンタープライズは日本機の攻撃により損傷を受け１ヵ月の修理を要した

チェスター・
ニミッツ提督

ウィリアム・ハル
ゼー提督（中央）

ツラギ島では日本軍守備
隊と第１海兵師団との間
で激戦が繰り広げられた

第二部　「戦闘旗掲ゲ！」

第五章　新「瑞鶴一家」の男たち

艦爆隊長の大胆な戦術

1

再建された第三艦隊の機動部隊新飛行機隊がいよいよ動きはじめた。真珠湾攻撃いらいの嶋崎重和飛行隊長以下の〝嶋崎一家〟は解隊され、代わって艦攻隊では、新先任分隊長として今宿滋一郎大尉が着任してきた。

滋賀県生まれ。浦和中学校出身で、嶋崎少佐よりも七期若返って兵学校六十四期生。前任は宇佐航空隊分隊長兼教官で、このように新転入者には内地で飛行学生たちの教育に当たっている者が多い。

——まじめな分隊長らしいぞ。

というのが、鹿屋基地入りした艦攻隊分隊士金沢卓一飛曹長の第一印象であった。

日華事変いらい中国戦線で活躍した彼は、瑞鶴での索敵偵察のベテランだが、北方作戦に参加した後体調をくずし、寄港した大湊基地の海軍病院へ三週間あまり入院。汽車を乗りついで七月十四日、ようやく鹿屋駅にたどりつき、新任分隊長に初の申告をおえたのだった。

今宿大尉は新婚早々で、基地の近くに一軒家を借り受け、新妻照子を呼びよせていた。宇佐空時代でもそうだったが、大尉以上は隊外居住が認められている。部下の青年士官たちは〝奇襲〟と称して新婚家庭に押しかけるのを常としていたが、さすがに前任の嶋崎少佐のように下士官とつるんで小料理屋通いをするようなざっくばらんな、気やすい〝瑞鶴一家〟の上下関係はない。

それが、かつての〝嶋崎一家〟の古強者、艦攻隊分隊士八重樫春造飛曹長には面白くないのだ。

「よォ、金田《きんだ》サンよ」

と、彼は准士官の金田数正特務少尉をつかまえて、不平を鳴らした。

「こんどの分隊長は、ちょっとお固いな。あんな調子で雷撃は大丈夫かな」

自分は先の海戦で、米空母レキシントンに突入雷撃したという自負がある。あれだけの対空砲火をあびながら、真一文字に火の玉となって突進する。それだけの胆力を、この新任分隊長は持っているのかどうか。

「嶋崎〝おへんこ〟さんなら太っ腹で、おれたちゃ後からついて行くだけで良かったが、初参者の大尉サンにそれだけの芸当ができるかい？」

「できるさ」

金田特務少尉が、取りなすようにいった。

「生まじめな性格のお人らしいから、いざという場合には思いがけないでっかいことをやるもんさ。なまじ大口を叩く奴こそ、いざとなれば卑怯なマネをするさ」

皮肉っぽい口調には、サンゴ海海戦前日、自傷事故を起こして肝心の雷撃出動には参加しなかった指揮官がいたことを指しているのは明らかだったが、金田特務少尉は、

「ウチの分隊長だってマジメ一本槍さ。でも、一生懸命やっているぜ」

とつけ加えた。後任分隊長椨原《ゆずはら》正幸大尉のことである。

椨原大尉も七月二十四日付で新任分隊長となり、鹿屋基地で金田、八重樫、金沢たち瑞鶴生えぬきの気むずかしい准士官たちを統率する役どころとなったばかりだ。

こうした内地勤務の分隊長たちは、教官配置につきながら開戦以来の飛行機隊の活躍に歯がみしながら腕を撫《ぶ》していたわけだが、いざ実戦配置となると、八重樫たち戦塵をくぐった口うるさいベテランといきなり顔をつき合わせる、という困難な舵取り役に追いこまれることになるのである。

椨原大尉は、兵学校では今宿分隊長の二期下。高知県出身で、海南中学から昭和八年四月、海軍兵学校六十六期生となった。二人の分隊長の下に、伊東徹、佐久間坎三両中尉の兵学校

六十七期組が分隊士として着任してきた。

こうして八重樫飛曹長が案じていた通り、三ヵ月後の南太平洋海戦で今宿大尉を指揮官とする彼ら雷撃隊が米空母ホーネットをめざして突入攻撃する運命となるのである。

2

一方、整備科戦闘機飛行班の川上秀一二等整備兵曹（二整曹）は、大分県佐伯《さいき》基地で新任の戦闘機分隊長の到着をひたすら待っていた。

佐伯基地は日豊本線佐伯駅を基点とし、豊後水道をのぞみ、西に山岳地帯をひかえた旧城下町にある。

昭和七年、海軍航空隊が新設され、翌年に海軍防備隊が併設されたことから軍事都市として発展した。東方に望む佐伯湾は波おだやかな良港で、南雲機動部隊の碇泊地としてもしばしば利用されている。

川上二整曹は俗称〝整備の神様〟と呼ばれるベテラン整備員で、呉海軍工廠入りした瑞鶴から一足先に柱島沖を発ち、列車を乗りついで佐伯基地に出向いて来たのだ。

「新機材の補充が間に合わんから、できるだけ故障機を出すなよ」

出発前、整備科分隊士から注意を受けた一言が耳に残っている。戦闘機整備の先任班長が彼の役割で、零式戦闘機二一型の量産機が川上二整曹の担当となる。

だが、ミッドウェー海戦の四空母喪失により艦上機二八五機――うち零戦一〇五機が全機海没した。これを補充すべく戦闘機生産が三菱重工業、中島飛行機両社でいそがれたが、昭和十七年五月に九四機、六月に七四機と、一ヵ月あたり一〇〇機にみたない生産量でしかない。

瑞鶴整備長原田機関少佐の回想によると、海軍航空本部へ要請に出かけた折の補充可能機数は（注、カッコ内は機動部隊の要求搭載機数）――。

零戦	九八	（不明）
九九艦爆	四八	（五八）
九七艦攻	五〇	（四一）

艦攻隊は航本側にストックがあり、何とか新機動部隊の編成に間に合うが、艦爆隊ではぎりぎりの補充枠。戦闘機隊は他に陸上基地部隊側からの要求もあり、全面的に即戦力回復というわけには行かない窮状なのである。

また原田整備長から新たな指令が出されていて、それは従来、栄一二型エンジンの分解、修理などを専一におこなっていた整備班と、艦上での飛行作業一切をまかなう飛行班とを統合して一本化せよ、という組織改変であった。

（こりゃあ、エライことになった）

と〝整備の神様〟は大いにうなったことであった。

横須賀の空技廠へ高等科整備練習生として、初期の零戦一一型の徹底分解作業を研修した成果が役立つことはまちがいないが、六月の大幅な新人事異動により新米整備員たちが大勢入隊してきたのも事実である。

彼らを一人前の整備員たちに育て上げるのと同時に、機体整備の神わざも実地に発揮して見せてやらねばならない。ミッドウェー海戦での大量のベテラン整備員たちの戦死が、こんな新局面にも深刻な影響をあたえているのだ。

佐伯基地に到着してみると、すでに僚艦翔鶴の戦闘機隊が飛行隊長新郷英城大尉を中心として猛訓練を開始している最中であった。その新郷分隊では訓練とは思えない緊迫した雰囲気がみなぎっていた。

新郷大尉は「鬼の新郷」とひそかに呼ばれて、海軍部内の士官、下士官兵を問わず恐れられた隊長である。佐賀県出身、三十一歳。

三灶島《さんそう》は　鬼よりこわい
新郷大尉の声がする

日華事変当時、海軍基地のあった三灶島でうたわれた戯《ざ》れ歌である。猛訓練のきびしさと、上司でも平気で食ってかかる剛毅さとで一躍海軍部内で有名な存在となった人物だが、日米開戦が間近になり情勢が緊迫してくると、もうひとりの名前が加わった。

「鬼の新郷、蛇《じゃ》の岩城」

である。同じ海兵五十九期生の岩城邦広大尉のことだ。鹿児島県出身で、兵学校時代の別名は「頑徹《がんてつ》」、性格が頑固一徹なところから名づけられたものだ。

麻布中学から兵学校へ。水上機畑出のがむしゃら精神で、勇猛果敢。中国戦線では九五水偵を駆って大暴れし、あまりに被弾数が多かったので彼の機が靖国神社遊就館に展示されたことがある。終戦時、七二一空「神雷部隊」副長をつとめ、戦後も航空自衛隊でジェット機を駆った。

両者いずれも多彩なエピソードを欠かせぬ人物だが、新郷大尉自身によれば、きびしい訓育も「生半可な訓練では、部下の飛行学生を一人前の立派な指揮官に育て上げることはできない」という理屈からである。

昭和十五年秋、新郷大尉が岩国航空隊の教官配置についたことがあった。赤トンボの飛行訓練をおえた兵学校六十六期生六人が実用機訓練のためにやってきた。

訓練期間は一〇日間。六人の飛行学生たちの飛行時間は赤トンボの練習機で三時間あまり、実用機の零式艦戦ははじめてだ。

下士官の教員を後部座席に乗せて一回目、二回目と基地上空を場周する。三回目の途中で、新郷大尉は訓練中止を命じた。

「ただいまより単独飛行を実施する。全員、かかれ！」

きいていた岩国空司令、飛行長たちがおどろいて新郷大尉を詰問した。

「もし事故が起こったら、責任をどうするんだ？　新郷大尉、ただちに中止したまえ」

教官として、彼ら飛行学生たちが実戦で役に立つかを実地に見たいだけなのである。「責任は取ります！」と〝鬼の新郷〟は、司令の忠告を無視して単独飛行を強行した。

その結果、四名が合格。二名は不合格となった。

「それでいいんですよ。指揮官たる者、即戦力として臨機応変に対応する。そうでなければ、戦争の修羅場に役に立たない」

新郷大尉自身に、こんな経験がある。昭和十二年夏、渡洋爆撃で話題になった海軍中攻隊が南京空襲で相ついで被害を出し、洋上行動中の空母加賀に増援のため新鋭の九六艦戦部隊が六機、派遣されることになった。

大村航空隊で、九六艦戦のデータを頭にたたきこんで初搭乗。新郷中尉（当時）はそのまま部下機をひきいて東シナ海を飛んで上海沖の加賀へ初着艦——という放れわざを演じてみせた。

加賀乗員たちが飛行甲板に降り立った彼らをかこんで、思わずバンザイの歓喜の声をあげたという秘めたるエピソードがある。

「いやァ、あのときほどキモを冷やしたことはありません」

と、のちに翔鶴艦上で語りかけたのは岩国時代の飛行学生のひとり、六十期生の重松康弘大尉の回想がある。

重松大尉は開戦いらい空母飛龍に乗り組み、ミッドウェー海戦時には同基地空襲に参加。第二次攻撃隊では小林艦爆隊の直掩に任じた。第三艦隊発足に当たっては、二航戦隼鷹の先任分隊長を命じられている。

第二次ソロモン海戦では、列機とともに翔鶴に乗艦。関衛少佐指揮する艦爆隊の制空隊長として参加することになった。

また翔鶴戦闘機隊の先任分隊長指宿正信大尉は、空母赤城からの転入組。後任分隊長宮嶋尚義大尉は大分航空隊教官の内地待機組である。

そんな翔鶴組士官たちがたむろする基地の指揮所に、陽に焼けた上背のある青年士官が姿をあらわした。

「お久しぶりです」

と、まず飛行隊長に海軍士官特有のあいさつ――「願います」の挙手の礼をしたのは、七月二十四日付で瑞鶴先任分隊長の辞令を受けた白根斐夫《あやお》大尉である。

この人物も元赤城乗組で、ミッドウェー沖から救出されて九死に一生を得た戦闘機分隊長である。

白根大尉の父、竹介は岡田啓介首相下での内閣書記官長。山口県出身で、当時貴族院議員。斐夫は、その四男坊。府立四中（現・戸山高校）から兵学校六十四期生となり、昭和十五年九月十三日の重慶攻撃では零戦の初デビューとなった「中国軍二七機、全機撃墜」ヒーロー役の一人となった。

瑞鶴艦攻隊の今宿大尉とは、同期生に当たる。

「なかなかスマートで、ハンサムな男でしたよ」

と新郷大尉が評するように、遺された兵学校時代の制服姿を見ると、眉目《びもく》秀麗で、端正な顔立ちの好青年である。

戦地の部下だけでなく「S」（Singer《シンガー》の略、海軍隠語で芸者の意）プレイでも、芸者たちの人気者だった。こんなエピソードがある。

中国戦線でともに戦った戦闘機同士のよしみもあって、佐伯基地で新郷大尉が一夜彼をさそって基地外に飲みに出かけたことがある。

なじみの料亭なので大いに飲んでいると、呼びもしない芸者が次からつぎへと顔を出して白根大尉にあいさつをする。入れかわりに別の芸者が飛んできて、あら白根さん、いつ鹿屋に来ていたのと大騒ぎである。果ては、女将が「差し入れ」と称して酒をサービスしてくれる。

「キミはモテるんだなァ……」

と、さすがの〝鬼の新郷〟も一本参った格好であった。

3

一方の川上二整曹は、着任した先任分隊長が自分の整備した零戦にどのような反応をしめすかが、大いに気がかりであった。

瑞鶴初代の佐藤正夫大尉、二代目の岡嶋清熊大尉など分隊長クラスはすべて彼の受け持ちで、零戦二一型の整備完了をつげると「ご苦労！」の一言でさして試運転もせずに発進してくれる。エンジン整備、ブレーキの利き具合など、不平をいわずに全幅の信頼を置いてくれるのだ。

「零戦の整備は、むずかしいものでした」

と、川上二整曹はしみじみと語っている。飛び立てば性能は超一流だが、発進前に手を焼いたのは「栄一二型」発動機の調整である。

九五〇馬力の小型エンジンで大馬力を――モットーに、二列星型一四気筒エンジンで高速力、高性能の第一線機を目指したために、機体の極端な軽量化をはかるという必要が生じた。その発想が発動機開発にまで影響をおよぼしたのである。

エンジンの前部シリンダーと後部シリンダーの嚙み合わせがうまく行かず、零戦二一型量産機は震動問題で絶えずトラブルを起こした。それを微妙に調整するのが、〝整備の神様〟

の役割なのだ。

翌日、特設空母春日丸からやってきた荒木茂、第一航空隊付の吉村博両中尉ら新入分隊士たちが見守るなかで、白根大尉を中心に瑞鶴戦闘機隊の新たな応用訓練が開始された。

早朝から指揮官機の整備にかかっていた川上二整曹は、最後の調整としてレバーを全開し、瞬間的に燃圧、油圧、シリンダー温度計に異常がないかを確かめた。そのうえで発動機を停止し、整備分隊士の松本忠兵曹長に報告する。

「試運転終わり、結果良好！」

新任分隊長の白根大尉が代わって乗りこみ、試運転にかかる。あっさり左手を挙げて「異常なし」の合図をした。それを見て、川上先任班長はホッと一息ついた。〝整備の神様〟は何とか面目を保てたらしい。

――白根大尉以下新幹部の着任をもって、瑞鶴飛行機隊の艦戦、艦爆、艦攻各科の陣容がすべて固まった。すなわち、飛行長源田実中佐、艦爆隊の高橋定、艦攻隊の今宿両大尉以下の新分隊長連も鹿屋基地に顔をそろえて、再起のスタート地点に立ったのである。

僚艦翔鶴は呉工廠での改装工事をおえ、柱島沖に回航。七月二十一日から徳山沖に出て、着艦訓練にはいっている。

二航戦の空母龍驤も出動して、交互に訓練艦を交代した。

「高橋大尉、君のいう急速練成訓練が完成するのはいつごろのことかね？」

源田飛行長がいら立ったように指揮所の天幕の下で、高橋大尉に声をかけた。攻撃隊新編成に当たって初期訓練をはぶき、いきなり応用訓練からはじめて大幅な期間短縮をはかる、という提案をしたばかりである。

「さあ、約一ヵ月はかかるでしょうか」

高橋大尉は首をかしげながら、夜間着艦、夜間攻撃まで完成している一流パイロットと昼間着艦ですらはじめての初級搭乗員が混在していますからと、率直な感想をのべた。

「司令部から、八月十五日までに着艦訓練完成、二十五日には総合訓練をおえろといってきているんだ」

源田中佐は切羽つまったような表情をしていた。上級司令部の内藤雄航空参謀は兵学校同期生で、新任早々の張り切りぶりから急速訓練のような拙速な手段でなく、「基礎訓練から叩きこめ！」と強硬なのである。

「わかりました。何とかやってみます」

高橋大尉はとっさに頭のなかで、（成算あり）と判断していた。そんな技術的な問題は大型空母を母艦とすれば何でもないことで、それよりも彼は飛行隊長としてミッドウェー敗北の復讐を遂げねばならぬ、と考えていた。

同期生として兵学校をともにすごした空母加賀艦爆隊の小川正一大尉は、中国戦線の南翔で、「敵中着陸」を敢行し在地の中国軍機を焼き払ったという伝説を持つ猛者である。

彼はミッドウェー沖で加賀艦橋で待機していたとき、米軍機の急降下爆撃を受けて、岡田次作艦長らとともに吹き飛ばされて爆死した。鹿屋基地で、その無念の最期を耳にしたとき、

(小川正一の仇を取ってやる)

と、心に誓ったものだ。

離着艦訓練については、高橋大尉に大いなる成算があった。その理由は、運動場を思わせるような広い飛行甲板である。飛行甲板は横幅が二九メートル、甲板長は二四二・二メートルあった。

瑞鶴が北方作戦から帰投し柱島沖に碇泊していたとき、着任のあいさつで、高橋大尉がはじめて甲板上に着艦したときの印象が強く脳裡にある。

鹿屋基地を発ち、佐多岬から平群島《へいぐん》にかけての瀬戸内に入って行くと、洋上に駆逐艦を随伴している大型空母の艦姿が望見された。近接して艦尾から回りこみ、艦橋の右舷正横を飛ぶと、

「着艦ヨロシ」

の旗旒信号が見えた。艦首を横切ってふたたび艦尾から進入を開始する。

飛行甲板がせまり、着艦フックを下げて着艦態勢にはいる。近づいてくる甲板を見た第一印象は、

——でかい飛行甲板だな!

というおどろきであった。

昭和十四年、空母龍驤の艦爆分隊長時代、彼は七七回の着艦回数を誇っていたが、旧式の九四艦爆や八九艦攻なら着艦は容易だが、九九艦爆や九七艦攻の新鋭機登場のさいには着艦指揮官の場合、ハラハラと冷や汗モノであった。

（こんな広い甲板があるのなら、訓練はきわめて簡単で、龍驤とは雲泥の差がある）

と、思わず胸をなで下ろした心境であった。

飛行隊長室は艦橋下、上甲板右舷にあった。当直将校に案内されて中にはいると、寝台と備えつけの小机、洗面台がある。寝台は回転式ソファーベッドである。

ついでに書けば、艦底から飛行甲板まで艦内は七層あり、艦内をくまなく歩きまわる「艦内旅行」には三日もかかりそうで、新任飛行隊長としては、「瑞鶴には生活できることの誇りと喜びで一杯になった」ことであった。

米軍ガダルカナル大反攻

1

ガダルカナル島。——この舌をかみそうなソロモン諸島の小さな島が、日米攻防の天王山となった。

海軍側でも、連合艦隊司令部では米軍のとつじょ攻勢は寝耳に水のおどろきであった。第一報が柱島泊地にある旗艦大和にとどいたのは、八月七日午前四時三〇分のことである。ツラギ海軍通信基地からの飛電で、

「敵猛爆中」

とあり、さらに二〇分後、つぎの報告電が相ついだ。

「敵機動部隊見ユ」

「敵機動部隊二〇隻『ツラギ』ニ来襲空爆中、上陸準備中、救援頼ム」

連合艦隊の宇垣参謀長は、前日に就任一年目の記念日をむかえ、あれこれ激変の身辺に思いをはせ、しみじみと感慨深い一日をすごしたのだが、そんな感傷は一気に吹きとばされた。この南東方面の小さな島が地図上のどこにあるのか。陸軍側の作戦当事者、参謀本部作戦課長服部卓四郎大佐も知らず、いそいでソロモン諸島要図をのぞきこんだくらいである。事態は容易ならぬものと思われた。ツラギには水上戦闘機九、二式大艇七機を擁《よう》する横浜航空隊が駐留しており、司令宮崎重敏大佐から、米軍が夜明けとともにツラギに上陸し、その兵力は戦艦一、巡洋艦三、駆逐艦一五隻、その他輸送船部隊と報じてきた。ついには、

「敵兵力大、最後ノ一兵迄守ル　武運長久ヲ祈ル」

の訣別《けつべつ》電報を最後に、通信がとだえたのだ。
「なぜ、敵が上陸するまで気づかなかったのか」
旗艦大和の作戦室では、三和作戦参謀が横浜空全滅の悲報を耳にして大いにくやしがった
が、これは予想もしていなかったソロモン諸島への米軍攻勢にうろたえていたにすぎない。
宇垣参謀長以下司令部幕僚たちも、意表をつかれる出来事が起こったのだ。
連合艦隊司令部の関心は太平洋方面でなく、信じられないことに西のインド洋へと途方も
ない夢を抱いていたのである。

宇垣参謀長は東京霞ヶ関の軍令部に出頭したさい、永野総長に新編成の機動部隊第三艦隊
が九月中旬には訓練を完了し、
「同月末にはシンガポールに到着。十月初旬から次期作戦が可能になります」
との見通しをのべている(七月十七日)。
では、ミッドウェー海戦敗北後、フィジー、サモア攻略作戦を中止した新機動部隊はどこ
にむかうのか。
「次期作戦には、三案ある」
と、宇垣参謀長は自信たっぷりに、居ならぶ軍令部員たちを前にして、おもむろに口を開
いた。

「第一案はアラビア海方面に進出するものであるが、進入が可能であるかに難点がある。第二案はマダガスカル南方に移動する案であるが、バタビヤから四、三〇〇カイリの大遠征となる。第三案は東経一八〇度以西（注、セイロン以西）には出ないでその以東に作戦するものだが、効果は多く望みえない」

視線の先は、米海軍が攻勢をかけてきている南東方面ではなく、はるか西のインド洋にある。この的《まと》はずれの戦略観は、どこから来ているのか？

その根本原因は、陸海軍作戦主務者たちが集まった政府大本営会議で、連合軍の本格的反攻は昭和十八年以降との「世界情勢判断」を下してしまったことにある。この三月七日の判断にもとづいて、参謀本部も軍令部も次期作戦構想を起案していたのだ。

日米開戦より九ヵ月後、破竹の進撃はミッドウェーの敗北で中断したものの、まだ戦勝気分に浮かれていたと言っても過言ではない。

軍令部作戦課長富岡定俊大佐も、市ヶ谷の参謀本部を訪ね、宇垣提案にそった形の作戦案をしめしている。

「八月上、中旬　ベンガル湾作戦
十月以降　アラビア海作戦
　マダガスカル南方作戦
　印度洋南方洋上作戦」

このとほうもない作戦案が現実味をおびているのは、同盟国イタリアのムッソリーニ首相から、日本海軍のインド洋進出を要請する機密電報がとどいていたからである。

ムッソリーニ首相の要請は、アフリカ西端の港フリータウンに英米輸送船団三〇隻が入港し、さらに一〇〇隻、約五、六個師団の兵を満載した輸送船団が同地にむかっている。それゆえに、

「イタリアはエジプトでの戦勝を着々と重ねつつあり、その側面援助を乞《こ》う」

という内容であった。

同様に、ドイツのリッペントロップ外相からも、独ソ戦は決戦段階にはいり、日本がウラジオストック、バイカル湖に達する地域まで攻略成功したならば、

「二方面からする攻撃を受けてロシアはきわめて困難な立場に追いこまれ、かくて戦争はその帰趨が決せられるであろう」

と、日本の対ソ参戦をうながす極秘電報が飛来してきている。

陸軍側は、さすがに独伊の求めにおうじて対ソ進攻やインドに地上作戦をおこなう側面援助の大風呂敷は広げなかったが、対中国への約一〇個師団をもってする四川省重慶政権への攻略作戦に没頭していた。

この日午前一〇時、軍令部から駆けつけてきた佐薙《さなぎ》毅部員の連絡ではじめて米軍によるソロモン諸島来攻を知らされたが、田中新一作戦部長、服部作戦課長以下が「どこだ？」とあ

らためて地図をのぞきこむ始末であった。

井本熊男作戦課員の回想によれば、

「太平洋は海軍の担当で、（陸軍側は）なんら関心をもっていなかった」

のである。

2

野元為輝艦長は、ドック入りしていた呉海軍工廠の瑞鶴内で、この第一報を耳にした。

通信長小山重人少佐があわただしく艦長室に駆けこんできて、

「艦長！　ツラギに敵襲です」

と、携えてきた電報綴《つづり》をひろげて見せた。

つづく第二報に横浜空司令の「通信室ヲ死守ス」との電文があり、蒼龍艦長柳本大佐の戦死に引きつづき、宮崎司令の指揮官としての悲壮な覚悟に思いをはせた。

宮崎重敏大佐は高知県の人で、兵学校では二期下。日米開戦時には佐世保航空隊司令で、この五月にツラギの南方基地に進出したとたんに戦死したのだ。

予想していたとはいえ、米軍のソロモン諸島上陸はとつぜんの出来事で、これが果たして本格的反攻の前ぶれか、それとも偵察上陸なのかは判然としない。

（とにかく時間がほしい）

と、暗い艦長室で野元大佐は腕を組んだ。

池田副長から「入渠《にゆうきよ》作業が完了するのは十二日です」との報告をうけている。とすれば、あと五日後か。戦艦一、巡洋艦三隻の上陸大部隊なら、ツラギ基地壊滅後のガダルカナル島設営隊の防備態勢はひとたまりもあるまい。「敵機動部隊」とあるからには、米空母が何隻参加しているのだろうか。

飛行長源田実中佐は戦闘機隊の訓練基地、大分県佐伯に出向いているが、途中の訓練報告によれば、「若い搭乗員は、まだまだ技倆不足。素質不良ですなあ」と渋い顔つきである。だが、「八月十五日までに着艦訓練完成、二十五日には飛行機隊の綜合訓練をおえる」という最低スケジュールには注文のつけようがない。一人前の艦隊搭乗員として胸を張るには、それだけの時間が必要なのだ。

さらに源田飛行長はけわしい表情で、こんな条件をつけた。

「出撃前、少なくとも三週間の三艦隊合同訓練をおえなければ、充分な作戦はできません」

第三艦隊としての出撃準備完了は秋九月中旬以降となるわけだが、もはやそのような悠長な訓練を、切迫したソロモンの戦況は待っていてくれないのだ。

「運用長を呼べ」

野元艦長はさっそく従兵長に命じて、新任の稲田進少佐を艦長室に呼びよせた。稲田運用長は鹿児島県加治木中学出身。源田中佐と兵学校同期生で、二日前に着任したばかりだ。

「前任者との引きつぎは無事終わったかね」

「いやァ、何しろ広い艦内ですから、とてもとても……。『艦内旅行』もまだやっていない始末でして――」

「『艦内旅行』は後まわしだ」

と、野元大佐はきびしい口調でいった。

「君も知っての通り、先の海戦では本艦は多数の戦死者を出したが、艦は無傷だった。その逆に、僚艦翔鶴は損傷し、いまは修理をおえて洋上訓練の真っ最中である。本朝未明の電報により、いよいよ本艦の出動が近い」

そのために、新運用長として瑞鶴の防禦、防火の応急処置に万全を期してもらいたい――というのが、あらためて艦長命令としてつたえたかった緊急の要望であった。

稲田運用長は、米軍ガダルカナル上陸の戦況をまだ知らされていない。着任早々の軽い気持で答えたつもりが、思いがけない艦長の鋭い一声にたじろぎ、身を固くした。

稲田少佐は豪華であるはずの艦長室がガランとだだっ広くて、調度品のいっさいが取り払われ、壁の白い塗料もはぎ取られて机と椅子がむき出しになっていることにおどろいている。

異変は乗艦時から気がついていた。舷梯《げんてい》をのぼって艦内に一歩踏み入れると、通路の両側はセメントむき出しの壁面である。サンゴ海海戦時の教訓で、白いペンキは燃えやすく消火に手古ずったので、すべてはがしてセメントを塗りたくってしまったらしい。

（これは大変な艦《フネ》に乗ってきたぞ）

というのが、稲田運用長の実感であった。

艦長の指示通り、すべての応急装置を予定のドック工事完了の八月十二日までに完成しておかなければならない、と彼は決意する。

ドック入り工事では、翔鶴被弾のさい前甲板の航空用ガソリン庫が炎上し一万リットルの燃料が燃え出し手がつけられなかったので、それらの教訓から防火対策、漏洩ガスの爆発防止対策を充分にほどこされていた。また、格納庫の天井一帯に自動炭酸ガス消火装置が取りつけられた。

翔鶴運用長福地周夫中佐のアイデアで、煙突の冷煙装置（注、発着艦のさい煙突の周囲から海水を放出して、煙を飛行甲板に流さない）を利用して、海水を消火用に転用するシステムを瑞鶴にも応用された。

こうした防禦、防火対策をすべて期間内に完了できるのかどうかが、新運用長の乗艦直後の任務となった。

――その福地運用長の乗艦する旗艦翔鶴は、いま大分沖で第二回目の着艦訓練にはいっている。

第一回訓練は七月二十一日、三十一日の二日間。八月五日が第二回で、一航戦の三空母のうち可動中は翔鶴一隻という有様だ（三番艦瑞鳳は八月十日完成予定）。

「何としても、本艦が沈まぬように努力してもらいたい」

福地運用長も、翔鶴艦長有馬正文大佐から同じような激励のことばを受けている。だが、「乗員すべてが艦と運命をともにする覚悟で戦うのだ」と、艦長みずからの死生観を説かれてふるい立った運用長の眼前で、その〝がっかりするような〟事故——が起ったのだ。

八月五日、飛行甲板上では、佐伯基地から飛来してきた戦闘機隊各機が擬接艦《ぎせつかん》をおえ、着艦、つづいて発艦の訓練に移っていた。

新郷飛行隊長、指宿《いぶすき》、宮嶋両分隊長らが発着艦指揮所に待機して、零戦二一型の離着艦を見守っている。翔鶴隊につづいて、臨時に加わった二航戦龍驤戦闘機隊の順番になった。

「発艦ヨロシ」

旗旒信号が上がり、着艦指揮官の合図で整備員が脚止めのチョークを外すと、待機していた零戦隊の一機が滑走をはじめた。

速力を上げ、飛行甲板上を突っ切ると、いったん機体の重量で飛行機は沈む。それから浮力を増して機体は上昇に転じるのだが、零戦は沈んだままの姿勢で一直線に海中に突っこみ、飛沫を上げた。

「あ、零戦が転落しました！」

見張員の絶叫に指揮所にいた福地少佐があわてて眼を転じると、海上に零戦の姿は見えず、飛行甲板上の整備員たちが後方に流されて行く小さな波紋を眼で追っているばかりであった。

随伴駆逐艦がいそいで〝トンボ釣り〟に駆けつける。

日に飛行学生を卒業した新参分隊士である。
龍驤戦闘機隊加藤俊夫中尉、殉職。宮崎中学から兵学校六十八期生となり、この六月三十日に飛行学生を卒業した新参分隊士である。

速成教育のため、訓練不足のまま発着艦訓練に駆り出されたものか。いずれにしても源田飛行長がなげいたように、次期作戦に参加するにはまだ技倆不足であることはまちがいない。

翌日、掃海隊が派遣されてきて、潜水夫たちが海底に沈んだ零戦と加藤中尉の遺体引き揚げ作業に取りかかった。水深五〇メートル。さすがに水圧が高く、もぐった潜水夫が蒼い顔で船上に上がってくる。

引き揚げ作業は夜遅くまでかかった。救護班の一員として看護兵とともに乗船した渡辺軍医中尉は、出撃の前に揺れる波に身をゆだねながら不吉な気持に駆られている。

（乗艦いらい、訓練で事故死した搭乗員を見るのははじめてだ。それだけ、連中の技倆が低下しているのか……）

3

ツラギ空襲の報を耳にするや、ただちに有馬正文艦長は艦橋にいた南雲忠一中将に、

「長官、本艦はただちに着艦訓練を中止して呉工廠にむかいます」

と申し出た。ソロモン海域へ出撃するには翔鶴から海軍省当局に願い出ていた対空機銃装備の増強が必要で、すでに軍務局から許可電報がとどいている。ついで、防火装備も完了し

ておきたいという要請であった。

草鹿参謀長が、いつものように取りつぐ。

「よし」

南雲長官は短くいった。南雲—草鹿コンビは、さすがに米海軍の素早い攻勢に当惑の色を隠せないでいる。

彼らもまた、連合艦隊司令部の当初の分析のように、米軍の攻勢はオーストラリアまたはポートモレスビーへの兵力増強のための単なる哨戒上陸であり、彼らの反攻は昭和十八年度以降という思いこみがある。その楽観的予測にとらわれて、戦局の見通しが立てられないでいるのだ。

翔鶴は大分沖を発ち、いそぎ呉軍港にむかった。待機していた工廠作業員が二五ミリ三連装機銃を艦首と艦尾に増設し、また福地運用長考案の移動消火ポンプ——自動車部品を改造して、自在に飛行甲板の消火にあたる装置——を取りつけた。

後者はのちの南太平洋海戦で、思わぬ大活躍をすることになる。

有馬艦長は艦橋をめまぐるしく出たり入ったりして艦内を歩きまわり、

「しっかりやれ！」

と督励の声をかける。個室で眠らず、昼夜コマねずみのように汗だくになって防禦、防火対策に駆けまわる艦長の必死の形相を見て、同じ艦橋内にいた第三艦隊首席参謀高田利種大佐は、

——この男は死ぬ気だな。

と、気づいたことだった。

第三艦隊新戦策研究のため、旗艦大和に派遣されていた三人の作戦主務参謀たちも、いそぎ旗艦にもどってきた。長井純隆、末国正雄、中島親孝の作戦、戦務、情報各参謀である。

「新戦策の成案はできたか」

さっそく艦橋作戦室に集まってきた三人に高田首席参謀が問いただした。

「はあ、何とか原案までこぎつけました」

と、長井作戦参謀が落ち着いた口調で答えた。連合艦隊側の三和、渡辺両参謀とのまとめ役がこの人物の役割である。激論にも動ぜず、冷静な理論家で懐《ふところ》が深い。

長井参謀が新戦策を説明した。——われらは敵艦隊と会敵が予想される海面では前衛部隊を配し、前方一〇〇カイリから一五〇カイリに横列にこれを展開させる。接敵配備は第一から第十一までさだめる。

「前衛の飛行索敵により、遠方かつ早期に敵を発見できるのが利点です」

と、長井中佐が自信たっぷりにいった。

「このため、われわれ本隊は敵空母への攻撃準備に時間的余裕が生じるばかりでなく、本隊が敵索敵機に発見される機会も少なくなる。前衛部隊の索敵機には、距離の長い三座水偵を多くします」

高田大佐が就任して一ヵ月もたたないうちに新戦策としてまとめ上げられた、航空戦主体の画期的な戦法であった。さすがにおれが作戦参謀として引きぬいてきた甲斐があった男だと思い、ニヤリと笑っていった。

「太平洋〝手さぐり作戦〟だな」

三人の参謀たちから満足したような笑い声が起きた。その明るい声に、新戦策成案までに連合艦隊側との交渉でずいぶんの苦労があったらしいなと、高田大佐は気づかされた。

「現地からの情報は、どうなっているか」

ついで、首席参謀として気がかりだったことを中島情報参謀にきいた。

「第八艦隊は目下ガダルカナルにむけて航行中です。明晩あたり夜戦になると思いますが、ただいまの情報はこれだけです」

第八艦隊とは七月十四日付の戦時編制改正によって誕生した新部隊で、三川軍一中将を司令長官とし、旗艦は重巡鳥海。第十八戦隊の軽巡天龍、龍田を中心とし、潜水戦隊、根拠地隊、敷設艦津軽、駆逐艦四隻から成っている。

これらは南東方面（外南洋）のソロモン海域の守備にあたり、従来の内南洋方面は井上成美中将の第四艦隊が担当する。

第八艦隊はツラギ空襲の第一報を耳にして、ただちにラバウル港を出撃した。

目的は日本海軍お得意の夜戦で、カビエンに出撃中の第六戦隊（司令官五藤存知少将）重巡四隻を加えて、ガダルカナル島沖にむかう。すなわち、旗艦鳥海を先頭に軽巡天龍、夕張、駆逐艦夕凪。つづいて重巡青葉、加古、衣笠、古鷹の八隻である。

「また、ラバウルの二十五航戦がツラギ方面の敵攻略部隊にむかって航空攻撃をかけています」

と、中島少佐がつけ加えた。現地の航空隊は第十一航空艦隊の所轄《しょかつ》で、第二十五航空戦隊の一式陸攻二七、零戦一七、九九艦爆九機をもって即座に攻撃にむかうよう下令されている。ラバウル海空部隊の対応は素早いのだ。

「取りあえず戦果は期待できますな」

旗艦の南雲司令部に残っていた内藤航空参謀が、海図をのぞきこみながら声をかけた。瑞鶴の源田飛行長とも同期生である彼は、切れ味の鋭いカミソリ型参謀としても類似性がある。

4

米軍のガダルカナル島上陸を、日本側はなぜやすやすと許してしまったのか。連合艦隊司令部では三和参謀がはげしく怒り、宇垣参謀長も、

「之《これ》を被発見迄、発見探知せざるしは誠に迂濶千萬《うかつせんばん》と思ふ――前々日来相当の警告ありしに関らず、何としても後の祭りなり」

と、『戦藻録』で慨嘆している。

米海兵隊の上陸部隊は一八、〇〇〇名。第一海兵師団長A・バンデグリフト少将にひきいられた三一隻の大輸送船団は米空母サラトガ、エンタープライズ、ワスプ三隻をふくむ六〇隻の艦艇群に護られて八月七日午前七時一三分（日本時間）、テナル川東方海岸に着岸した。フィジー基地を出発して真北に転針、一昼夜四〇〇カイリの洋上を、水陸両用船団が攻撃開始の早朝までゆうゆうと航行して来たのである。なぜ、日本側哨戒機がこの大部隊の接近を発見できなかったのか。

じつは、これらの情報は日本側外交官が正確にキャッチし、事前に霞ヶ関の外務省電信課を通じて陸海軍情報担当者に送られてきているのだ。

発信人は、スペイン公使須磨《すま》弥吉郎。秋田の人で、中央大学を卒業後外務省入り。広東領事、南京総領事をへて、日米開戦の年一月にスペイン公使となった。

「須磨機関」のことはここでは多くを記す紙数はないが、対米開戦の有事にそなえてアメリカ本土内で旺盛な諜報活動をおこなったみごとな手腕は、日本外交官として賞賛のほかはない。

選んだ相手はアルカサール・ベラスコ。元闘牛士という変りダネで、スペイン内乱のさい人民戦線に加わり、フランコ政権に捕えられ死刑を宣告されたが、獄中転向したという暗い過去を持つ。

ロンドンでスペイン側スパイとして潜伏中に、同国政府高官の紹介で須磨公使と知りあった。フランコ独裁政権は中立で、日米いずれとも交戦相手ではなかったからだ。

ベラスコは三十三歳。須磨公使から提供された豊富な資金を元手に、米国内で西海岸に六人、東海岸で六人、太平洋に面した米海軍基地に二名、合計一四名の対米スパイ網を築き上げた。

これらの情報は極秘裡に「東《とう》」情報とよばれ、マドリードの日本大使館から東京の本省あてにひそかに打電された。ガダルカナル上陸部隊に関する「東」情報は、在サンディエゴのベラスコ・スパイがキャッチしたものである。

八月上旬、軍令部作戦課が入手した電文。

「七月二日サンヂ《ママ》エゴを出港せる輸送船団（原注＝三七隻）及び七月十四日米西岸を出港せる輸送船団（四五隻）は八月上旬豪州東方海面に到着すべし」

これは、「須磨機関」がつかんだ太平洋戦争初期最大の軍事機密ということができる。単純に計算しても一隻あたりの輸送兵員を五〇〇名と見積もれば三〇、〇〇〇名余の大兵力となり、彼らの上陸作戦の規模が半端《はんぱ》なものでないことがわかる。

米海兵隊の上陸作戦は「ウォッチタワー（望楼）作戦」とよばれ、日本側の予想に反してすでに八月一日を期して「サンタクルーズ諸島、ツラギ島およびその接続要点の攻略ならびに占領」を、合衆国艦隊司令長官アーネスト・キング大将によって命じられていたのだ。

日本側は五月三日にツラギを占領、六月末からガダルカナル島に飛行場を建設していたが、第十三設営隊長岡村徳長少佐は米軍機からの発見をさけるためにジャングルで偽装し、スコップ、ツルハシ、鉈《ナタ》などの原始的装備で八〇〇メートル×六〇メートルの滑走路を一気に完成させてしまった。〝土佐っぽ〟岡村少佐の神わざに近い努力である。

岡村設営隊の人数は二、五七一名、守備隊員はわずかに二四七名。ツラギに横浜空隊員三四二名、警備隊員約四〇〇名。そして、同方面の装備は八センチ高角砲六門、一三ミリ機銃六基という貧弱なものでしかない。

七月五日、連合軍B17機がガダルカナル島に日本軍飛行場建設中なのを発見するや、ただちに米海兵隊の攻略目標はツラギおよびガダルカナルと変更された。作戦実施日は南太平洋部隊司令官ロバート・L・ゴームリー中将によって八月七日にくりのべられたが、「東」情報はこれら米軍大反攻の動きをいち早く察知し、東京に打電してきたのである。

すなわち、サンディエゴにあった米攻略部隊は実際の出発日が七月一日で、兵力の詳細はゴームリー中将を総指揮官とする戦艦一、重巡一四、駆逐艦三一、給油艦五、輸送船三一隻、フランク・J・フレッチャー中将麾下の空母サラトガ、ワスプ、エンタープライズ三隻の大勢力であった。

だが、この貴重な「東」情報も、軍令部作戦課による豪州増援、あるいは東部ニューギニアのポートモレスビーへの直接上陸と見る判断をくつがえすことにはならず、宇垣参謀長以下の連合艦隊司令部も、次期作戦構想のインド洋、ベンガル湾方面通商破壊作戦に気を取られて、南東方面への関心が薄い。

もし、ツラギ駐留の横浜空大艇によってこれら米大攻略船団が発見されていたら、洋上での日本機による船団攻撃がくり返され、その後のソロモン海域の攻防戦は様相を異にしていただろうが、哨戒機による発見報告はなかった。

「何としても米軍の反攻は食い止めねばならない」

この願いは内藤航空参謀ならずとも、連合艦隊の宇垣参謀長とも共通する思いであった。もし米軍がそのままガダルカナルを占領し、設営隊が建設した飛行場を奪取すれば、ここを拠点として日本側のポートモレスビー攻略作戦どころか、ラバウル基地まで米側に奪回される恐れがあった。

ツラギ守備隊もガダルカナル設営隊もいまは密林に逃れて、各地で猛烈な抵抗をつづけているにちがいない。なにしろ、「帝国陸軍は不敗」なのだ。

三和作戦参謀は、次期作戦にそなえて内地で整備訓練中の第二、第三艦隊の南方進出をいそぎ建策した。すなわち近藤信竹中将の第四戦隊（直率）重巡愛宕、高雄、摩耶、第五戦隊（高木武雄中将）の重巡妙高、羽黒、戦艦陸奥、第四水戦（高間完少将）の軽巡由良、および駆逐艦九隻、計一五隻をトラック基地に進出させる（陸奥をのぞく）。

これに新編成の第三艦隊を加えて、当然出撃してくるはずの米機動部隊を叩くのだ。

「敵兵力は、空母をふくむ一個師団。敵はガダルカナル方面に居すわるつもりで、思い切った兵力を使っている。この上陸兵力を護るために敵機動部隊はかならず出現する。わが連合艦隊はこれをとらえ、すみやかにやっつけねばならん」

その日夜半、呉軍港から柱島の大和へ駆逐艦で打ち合わせに駆けつけてきた高田首席参謀にむかって、宇垣参謀長はこう息まいた。ついで、おごそかな口調でいった。

「山本長官は大和とともにトラックに進出、陣頭指揮をとられる」

いよいよ、「柱島艦隊」が動き出すのだ。開戦いらい、どっしりと構えていた山本五十六大将がミッドウェー海戦に引きつづき、最前線で指揮をとる。それだけ、ガ島奪回はなみなみならぬ決意だと思われた。新編成の機動部隊を山本長官、連合艦隊司令部が直接指揮下におく、というのだ。

「本職大和、第七駆逐隊、春日丸ヲ率《ヒキ》ヰ、八月十八日頃内地発、南洋方面　進出ノ予定」

（電令作一九八号）

駆逐艦に乗りこみふたたび呉軍港にもどると、旗艦艦橋にすでに命令文がとどいていた。その電報符に受領サインを書きこみながら、高田首席参謀は事あらためての指示に、思わず感情が激してくるのをおぼえた。

――連合艦隊司令部は、おれをシロウトあつかいするのか。

という憤りである。首席参謀は〝赤レンガ組〟のシロウトであり、作戦参謀は駆逐艦上がり。このコンビに、新機動部隊の航空作戦はまかせられんというのか。

「何が、陣頭指揮だ！」

と、高田大佐は歯ぎしりをして口惜しがった。いまさら巨大戦艦をトラックに引っ張り出して莫大な重油を消費する——。いまや海軍にとって、なけなしの油ではないか。長官みずから、何という無駄なことをするのか。

（今にみておれ！）

高田首席参謀は、はげしい闘志が身体にみなぎってくるのを感じた。

「見敵必殺」の精神

1

飛行隊長高橋定大尉は瑞鶴艦爆隊の猛訓練のさなかに、ツラギ基地急襲の悲報をきいた。米海兵隊上陸より二日後のことである。

九日早朝、さっそく鹿屋基地の隊長室に地図を運びこみ、南東方面のソロモン諸島を目で追った。ラバウルからブーゲンビル島、ニュージョージアからラッセル島をへてガダルカナル島がある。その北の対岸がツラギだ。

（ずいぶん遠い島だな）

というのが、第一印象であった。ラバウル基地から約五六〇カイリ（一、〇三七キロ）。東京から下関ほどの距離だが、これは片道だけのことで、同島上空での攻撃終了後ふたたび同じ途を帰ってこなければならない。陸攻隊の一式陸攻なら充分の航続距離はあるが、単座の零戦では空戦時間を三〇分とみると、往復約七時間余の飛行時間となる。

いずれにしても途中に中継基地はなく、苛酷な戦場だ。

在ラバウルの第二十五航空戦隊司令部はさっそくツラギ沖の米攻略部隊に航空攻撃をかけて、以下の戦果をえた。現地からの報告電によれば――。

「軽巡二、運送船一〇撃沈、大巡一火災、中巡一大破傾斜、駆逐艦二火災、運送船一火災、飛行機四機撃墜」

これは七日の航空攻撃（四空の一式陸攻二七、台南空零戦一八、二空の九九艦爆九機）と、翌八日の再攻撃（四空、三沢空の低空雷撃機二七、台南空零戦一四機）によってあげられた成果で、宇垣参謀長も、

「偉大なる戦果と云ふべきなり」

と大満足であった。

九日未明には、ツラギの西岸、サボ島沖に突入した三川軍一中将の第八艦隊は連合国重巡部隊と会敵（午前一時三一分）、おどろくべき戦果をあげた。

「ケント又はオーストラリア型甲巡一撃沈、一撃破、サンフランシスコ型甲巡二撃沈、同大火災沈没確実と認む。駆逐艦四撃沈」

これにたいし、味方被害は、

「鳥海一番砲塔使用不能、作戦室破戒。戦死三四、青葉一、二番砲発管使用不能、其他軽微」

という日本側の圧倒的な夜戦の勝利であった。

前線部隊から相ついで送られてくる戦勝報告は、ミッドウェー海戦の大敗北で意気消沈していた海軍部内にふたたび「米英おそるに足らず」の気運を復活させた。

三日目、在ラバウルの二十五航戦の航空部隊がガダルカナル沖の米軍艦船をもとめて出撃したが、同海域にはわずかに小舟艇二〇隻ほどが見えるだけで、米上陸部隊は密林に逃げこんでいるものと報告された。

支援の戦艦、重巡などの米艦艇群も日本側の反撃を恐れて撤退したらしい。トラック進出を前にした宇垣参謀長も、「暑さも吹き飛ぶくらい、うっとおしい気分も晴れた」と上機嫌である。気分よく、日記にこんな一文を書く。

「珊瑚海海戦、ミッドウェー海戦を以て極上の勝利と見做《な》しつけ上れる英米茲《ここ》に顔色なかるべし」

高橋大尉も、「一週間後には訓練を切り上げて母艦に帰れ」と源田飛行長からの緊急連絡をうけている。いよいよ、ソロモン海域に避退している残敵米空母と味方第三艦隊との母艦対決が近い、と心に決めた。

だが、米海軍は「残敵」などではなく、無傷のまま同海域に遊弋していたのである。すなわち、前掲の米上陸部隊の多大な戦果は、日本側各隊の戦果誤認によるもので、実際の戦果はわずかに駆逐艦シーヴィス一、輸送艦バーネット一隻沈没にすぎず、日本側が「ソロモン海戦」と呼称した三川艦隊の夜戦（米側は「サボ島沖海戦」）の結果も、米重巡アストリア、クインシー、ヴィンセンス、豪重巡キャンベラの四隻撃沈という大戦果をあげたにもかかわらず、肝心の最重要目的である米上陸船団の攻撃を放棄して、三川中将はラバウルへの帰投を命じた。

旗艦鳥海艦長早川幹夫大佐が「長官、もう一度引き返しましょう」と米輸送船団への反転攻撃を進言したエピソードは戦史に名高いが、三川中将はきき入れず、そしてこの退却命令の判断については、終生沈黙をまもり通した。

九日午前六時、すでにツラギ、ガダルカナル島上空に支援戦闘機群をはなった米空母部隊は戦場近海を離れ、遠く南下をおえている。

米側戦史に、このフレッチャー中将の決断を、台南空零戦の抵抗により空母ワスプの艦上機九九機のうち、二一機までも喪失したためであったとしている。慎重な性格の提督は、サンゴ海、ミッドウェー両海戦でレキシントン、ヨークタウン二隻を喪い、これ以上の損失を出したくなかったのだ。

これら支援艦船群の引き揚げにより、ガダルカナル島に上陸した米海兵師団の兵たちは孤立した。日本軍の反撃により、資材の揚陸もままならず、八日夕刻までに積荷の二五パーセントしか荷揚げしていない船もあった。そして彼らが頼りにする上陸船団の艦船は、海岸からすっかり姿を消していたのである。

残されたのは一ヵ月分の食料と資材、弾薬のみ。それにしてもこの好機に、日本側がなぜ徹底的に反覆攻撃を加えなかったのだろうか？

この追撃問題については、ハワイ作戦で海軍工廠、重油タンク等の補給施設に再攻撃を加えなかった発想にも相通じるようである。三川艦隊も輸送船攻撃を軽視し、逆に米空母機の空襲をおそれた。目先の戦術的勝利にこだわって、戦争の大局を忘れた。

在ラバウルの航空部隊も、二日にわたる大被害で主力の陸攻三三機を喪い、攻撃兵力の大半を喪失した。このような航空攻撃の反覆は、兵力を一挙に消耗するおそれがあり、また荷揚げ後の空船を雷撃するのは考えものとの意見が出て、目標を周辺の米艦隊に変更することになった。またしても、軍事目標優先の思想である。

2

「風上に立てて下さい」

瑞鶴羅針艦橋の横、発着艦指揮所にいた源田飛行長が艦橋にむかって声をかけた。

「おう」

短く答えて、航海長大友文吉中佐が正面の海を見すえた。四日前の八月十日、新任の航海長として転入してきた瑞鶴幹部最後の一人である。

野元艦長以下、池田副長、小川砲術長ら旧幹部をふくめて源田飛行長、小山通信長、大鈴機関長、白川主計長、池本軍医長、大友航海長らの新陣営も加え、ここで野元体制のすべてが決まった。

航海長大友中佐は前任が海軍省水路部員で、千葉県出身。明治三十二年生まれ、四十三歳。源田飛行長より二期上の兵学校五十期生である。

着艦作業は新航海長の腕前の見せどころであった。まず、飛行甲板前部の蒸気噴《ふ》き出し孔から流れ出す白い蒸気を、甲板に描かれた風向標識に合わせて一直線にする。風向と正対したあと、艦の合成風速を二四ノットに調整する。すなわち、風速九ノットであれば、艦の速力一五ノットである。

「発着配置よろし」

「飛行機収容はじめ!」

源田飛行長が低空で進入してくる飛行機の一群を見つめ、大声でさけんだ。

八月十四日、大分湾沖の洋上である。瑞鶴は呉工廠でのドック工事をおえると、そのまま大分湾にむけて航行をはじめた。二日後には、柱島沖から旗艦翔鶴、僚艦龍驤とともに出撃予定だ。

この日、鹿屋基地からまっ先に帰艦してきたのが飛行隊長高橋定大尉のひきいる九九艦爆隊二七機である。出発前、指揮所前に隊員たちを集めて、高橋大尉はこんな激越な訓示をしている。

「いいか。どんなことがあっても瑞鶴に着艦しろ。苦手だと思う者があったら、接艦して進入角度を調整してくり返し、挑戦しろ。失敗したら、出撃に間にあわん。細心の注意をはらって飛んでこい！」

一機たりとも、今回の出撃に欠かすことはできない。赤城、加賀両空母を喪失した今は、瑞鶴、翔鶴の正規空母だけが頼りである。ソロモン海での米空母対決に、部下の一機もおき去りにはできないのだ。

「ただいま、帰艦いたしました」

発着艦指揮所に駆けあがると、手短かに源田飛行長にあいさつをすませ、すぐさま折椅子に腰かけて持参の搭乗割をひらいた。

気がかりなのは、先任分隊長石丸豊大尉のことである。霞ヶ浦航空隊教官からはじめて実戦参加となる彼は、出撃の知らせを耳にするとさすがに頰を紅潮させていた。

後任分隊長の大塚礼治郎大尉の艦爆分隊は瑞鶴生えぬきの古参搭乗員ぞろいで一安心だが、石丸分隊では初顔合わせの小隊編成、操縦―偵察コンビが多く、分隊員の呼吸を合わせるのに分隊長も一苦労しているからである。

しかも、二十五歳の石丸大尉には五月末に結婚したばかりの新妻がいる。相手は、長野県飯田市の実家に帰った折に紹介された遠縁の少女である。一目で気に入って結婚の申し込みをし、女学校卒業を待って華燭の典をあげた。新妻は十九歳の若妻である。
そんなエピソードを若者らしく快活さで話し、また、
「自分には弟がいて、いま霞空で飛行学生をやっています」
と嬉しそうに家族自慢をした。石丸大尉の旧姓は岩下といい、兵学校では三期下に岩下邦雄少尉がいる。

岩下少尉は飯田中学出身。海兵卒業後の昭和十六年十一月、第三十七期飛行学生となり、戦闘機専修。のち局戦「雷電」戦闘機隊の一員として本土防空戦に活躍し、横空分隊長で終戦をむかえた。

兄は弟の戦闘機志願を強く反対したらしい。だが、弟はいっさい耳をかさず「あいつは言うことをきかん奴でねえ……」と士官室でグチをこぼしていた。

その話をきいて、高橋大尉は思わず苦笑した。いったん飛び立てば、苛酷な戦場では艦爆隊も死の危険は同じだ——と、心に決していたからである。

石丸分隊の一番機石丸大尉、二番機酒巻秀明一飛曹、三番機角田光威一飛の第一小隊が慎重に着艦態勢にはいる。つづいて村井繁飛行特務少尉の第二小隊、岡本正人飛曹長の第三小隊と列機がつづく。一機あて二分、ふつうの倍以上の着艦収容時間がかかっている。約五〇分かかって、高橋艦爆隊の着艦が終了した。

午後にかけて、今宿滋一郎大尉の九七艦攻二七機、白根斐夫大尉の零戦一八機がそれぞれの基地から飛来して、全機無事に収容された。

これで、飛行隊長としての最初の任務が果たされたわけである。

「準備不足ではあったが、とにかく三週間。中途半端ではない形の訓練がいちおうできたと思う」

というのが、高橋大尉の実感であった。

旧赤城、加賀の古参組、瑞鶴の生えぬきのベテランたち、基地からの転入組など、それぞれの呼吸はまだピッタリと合ってはいないが、取りあえずは艦隊搭乗員としての面目は保てたというのが、隊長としての誇りだ。

飛行機士官たちが到着したことで、艦内は一気ににぎやかなものとなった。

士官室では、高橋定大尉のほか、石丸豊、大塚礼治郎、今宿滋一郎、梼原正幸、白根斐夫ら各大尉の新顔幹部が顔をそろえ、中少尉のたまり場である「ガンルーム」には、荒木茂、中村五郎、伊東徹、佐久間坎三ら海兵六十七期。吉村博、米田信雄ら六十八期の新参分隊士がさっそくとぐろを巻いている。

第二士官次室も同様である。石井誠助、村井繁、金田数正らベテラン飛行特務少尉、東藤一、岡本正人、国分豊美、佐野進、金沢卓一、八重樫春造、重見勝馬、小山内末吉、住田剛といった飛行兵曹長たち……。

艦内乗員にとっては新顔、旧顔あわせてじつににぎやかなかぎりだが、これよりわずか十日後には、クシの歯が欠けるように彼ら搭乗員の姿が消えて行くのである。

——事態は急速に動いて行く。

旗艦翔鶴の南雲司令部では、ガダルカナル方面の戦局展開に大わらわで対策をせまられていた。

長井作戦参謀起案の第三艦隊新戦策は、まだ完成していなかった。艦隊行動、接敵基準配備などの基本計画のほか、航空戦、通信などの細則がまだ出来上がっていなかったのである。

「やむをえん、出撃日に間にあわなくても、途中で艦隊内に配備しよう」

首席参謀高田大佐がそう決断し、草鹿参謀長に申し出た。草鹿少将がそのむねを南雲中将につたえると、南雲長官は渋い表情をした。規則や書類に厳密なこの〝水雷戦の大家〟は、新戦策がととのわないままの臨機応変の出動は苦手であったからだ。

じっさい新編成の機動部隊といっても、兵力は充分ではない。

七月十四日の編成替えによって第一、第二航空戦隊の空母六隻が配備されたが、第一航空戦隊の瑞鳳はアリューシャン作戦をおえて広島湾に帰投したばかり。佐世保に回航して小修理中のため、空母龍驤が代わって作戦に参加する。

第二航空戦隊の隼鷹は五月三日完成直後、アリューシャン作戦に参加。二番艦飛鷹は七月三十一日完成したが、両艦とも整備、訓練の必要があって内地に留めおかれた。

したがって、一航戦主力といっても翔鶴、瑞鶴、龍驤の急ごしらえの戦力で、司令部幕僚たちにも不安の色が濃い。

「一航戦の搭乗員はかろうじて作戦可能の程度に達したとはいうものの、なお訓練を要することが多かった」

というのが、情報参謀中島親孝少佐の率直な告白である。

だが、中島参謀の手もとには現地を偵察中の潜水部隊からの報告がとどいていて、呂号第三十三潜水艦長栗山重志少佐からガ島南東にあるハンター岬日本軍見張所との交信に成功し、米軍はルンガ岬、ツラギ付近以外には進出していない。陸上基地、水上基地は未使用——との報告をうけていた。

これが十二日のことで、同日夕刻には強行偵察にむかった第二十九駆逐隊の追風《おいて》、夕月二隻がタイポ岬に一部乗員を上陸させ、また奪取されたルンガ飛行場に照明射撃を加えたことが、情報としてつたえられた。

（ガ島奪回は陸軍がやってくれる）

中島参謀からの報告をうけ、首席参謀高田大佐は一安堵し、残る米海軍兵力のソロモン海域からの掃討を心に誓った。

そして八月十六日、いよいよ柱島の瑞鶴に出撃のときがきた。

「ヤンキー魂を侮るな」

1

八月十六日午後一時、ソロモン海への出撃をひかえての艦長訓示が第三艦隊各艦でおこなわれた。

「総員集合！」

瑞鶴の艦内スピーカーから、さっそく当直将校による呼集の声が流れている。曇りがちの空で風はなく、うだるような暑気が艦内各居住区に立ちこめている。柱島泊地はまだ夏の盛りであった。

野元艦長が飛行甲板の小さな壇上に立った。池田副長はじめ艦首脳、各科長、飛行隊幹部を背後にしたがえて、艦長は声をはげまして言う。

「いよいよ米空母部隊との決戦の秋《とき》がきた。諸士の一層の奮励をのぞむ」

型通りの激励の訓示がはじまった、とだれもが思ったとき、艦長は意外な言葉を口にした。

「日本人には大和魂があるが、敵にも〝ヤンキー魂〟といわれるものがある」

戦っている相手国のアメリカ将兵について、そんな国民性の評価を耳にするのははじめての経験であった。下士官兵たち、とくに新入りの若き整備員たちは意外なことをきくものだなど思い、耳をそば立てた。

「ヤンキー魂を侮ってはならない」

と、野元大佐はつづけた。

「日本人は、真珠湾作戦での特殊潜航艇の功績をたたえて軍神〳〵と喝采しているが、アメリカの南北戦争時代、同じように決死の潜水艇攻撃を企てて見事に成功した例がある。そのように敵アメリカにも立派なヤンキー魂というものがあり、決して彼らを軽んじてはならない」

野元大佐が兵学校生徒時代、もっとも感銘を受けたのは、この南北戦争のころの南軍秘話であった。一八六四年、明治維新の三年前という昔に、アメリカの南軍潜水艇が北軍の軍艦ハウサトニック号に決死的攻撃を敢行。乗員九名は相手艇を爆沈した後、艇とともに沈没。全員壮烈な戦死を遂げた。

日本では、日露戦争時の旅順港封鎖作戦での広瀬中佐の英雄死が有名だが、米国海軍にも同じような勇士がいたものだと、若き兵学校生徒時代に彼らのヤンキー魂を心に刻みこんだものだ。

「敵は、このように日本人に劣らぬ闘志を持っておる。決して油断してはならない。敵空母との航空決戦は相討ちだと言われるが、そんな生ぬるいことでは戦《いくさ》に勝てない。

互角の勝負では、物量にまさる敵が勝つ。負けてはならぬということだ。何としてでも勝つ。諸士の大いなる奮闘をのぞむ」

総員一、六〇〇名余。池田副長の「解散！」の声がかかり、乗員たちがいそぎ足で各持ち場にもどる。新入りの整備員小田一整も整備員待機所のポケットにもどりながら、(あの艦長はエライもんだな)と舌を巻いていた。

「海兵団教育でも、途中乗艦の艦隊でも、『米英おそるに足らず』とか、『アメリカなんかイチコロさ』などと敵を罵倒する声ばっかりきかされていたが、ちゃんと相手国の実力を評価し、みずからを戒める艦長訓示を耳にし、緊張もしたし、感銘も受けました」

前任の横川市平大佐が寡黙な艦長で、訓示も短時間でおわったが、野元艦長は弁が立ち、むしろ雄弁家というべきか。引きつづき士官室に移って、大佐は一時間あまり、長広舌を振るった。

「艦を一つにまとめ上げねばならない」

というのが、新任艦長としての第一のつとめである。艦人事の異動がはげしく、出撃前日に新任主計長白川次主計少佐が着任し、寺井正士軍医中尉が転出した。これでようやく艦の全人事異動が完了したのだが、予期せぬトラブルも生じていたのだ。

海軍用語で「芋《いも》掘り」という言葉がある。古くからの言いつたえで、夜タコが砂浜に上がってきて好物のイモを掘る——ことから転じて大暴れするの意味だが、前日夕刻、士官室での壮行祝杯の折に、砲術長が酔ったあげく「大芋掘り」をやらかしたのだ。

野元艦長の着任早々にも、同じような出来事があった。アリューシャン作戦が終了し、連日の〝水すまし〟作戦行動で退屈しきったせいもあったろうが、七月七日の「南下、軍港へ帰レ」との命令が下ると士官室では一転、大芋掘りとなった。

「士官室の鏡は割れ、天井の扇風機は士官室、ガンルーム共にめちゃくちゃに破壊」（宮尾直哉軍医日記）というありさまである。

あげくのはては士官たちの私室に押しかけ、戦闘機隊長みずからが消火栓のホースで泡をまき散らせた。半年にわたる戦闘任務で、疲労と不満のうっ積もあったのだろう。

呉軍港にもどり、彼ら搭乗員の大半が転勤で士官室を去り、また幹部も大幅に交代すると、居残り組の航海長がムシの居どころが悪かったのか、こんどは舷門に立つ副直将校を部下たちの前で殴りつけるという事件を起こした。

士官が士官を殴る。海軍では、あってはならないルール違反である。副直将校は大学出の予備士官で、理由は艦出発の定期便（内火艇）の発進をおくらせたという他愛のないものだったが、部下水兵たちの眼前で指揮官たる将校が殴られるという光景は、統率上好ましくない出来事であった。

航海長は転出したが、ガンルームの若手士官たちに不満が残った。

小川砲術長の場合は秋田生まれの酒豪で、艦長が「しっかりせい」と頬に一発食らわせると、「つい、酒に呑まれすぎました」と後で反省してわびて事なきをえたが、その心の奥底にはなぜ自分だけが転勤できないのか、という不満がうず巻いていたにちがいない。頼みの源田飛行長、大友航海長は乗艦したばかりの新参組。飛行隊長高橋大尉も鹿屋基地から到着したばかりで、じっくり話し合う機会がない。

これら艦橋幹部の不協和音を耳にするにつれ、

——決戦前に、全艦乗員の心を一つに。

というのが、野元大佐の出撃に当たっての心づもりである。

八月十六日午後五時、羅針艦橋の左側高椅子の定位置——「猿の腰かけ」に腰を下ろすと、野元艦長は大友航海長に満を持し声をかけた。

「出港用意、錨をあげ」

いよいよ発進のときがきた。めざすはガダルカナル島沖に遊弋する米機動部隊である。静かな闘志をみなぎらせて、野元大佐は艦出撃を下令する。

「両舷前進微速！」

2

「おれは、哨戒任務に出るぞ」

翌早朝、高橋定大尉が搭乗員待機室に姿をあらわすといきなり搭乗割の変更を命じ、周囲をおどろかせた。飛行隊長の早朝哨戒任務は前代未聞の話である。

「どうしたんですか」

けげんな面持ちで艦爆隊の整備分隊士西村泰中尉が問いかけると、「いや、久しぶりの航海で船酔いしたんだ」とテレ臭そうに言いわけをした。

「母艦乗組は三年ぶりのことでね。瀬戸内から豊後水道に出ると、うねりが出て少々船酔いをした。面目丸つぶれさ。こういう場合は、対潜哨戒に出るのが最高の妙薬だよ」

そうか、と納得して西村中尉が九九艦爆の交代発進準備を整備員たちに命じる。ポケットに待機していた飛行科の機付整備員、車輪止めのチョーク要員などがバラバラと駆けよってくる。整備完了、異常ナシで「発艦はじめ！」の白旗が振られた。

機速を増して、機は豊後水道上空に出る。遠くに九州の山並みが見え、内地の光景ともしばらくはおさらばだと思っているうちに船酔いはすっかり収まっていた。眼下に、南雲機動部隊各艦の華麗な陣形が見える。

旗艦の空母翔鶴、瑞鶴を中心として、前衛部隊に第十一戦隊司令官阿部弘毅少将のひきいる戦艦比叡、霧島、第八戦隊の重巡利根、筑摩、第十戦隊の軽巡長良、および随伴駆逐艦一五隻が点在している。トラック泊地で、これに第七戦隊の重巡熊野、鈴谷が加わる予定だ。

だが、高橋大尉は一抹のさびしさも禁じ得ない。南雲機動部隊といえば、本来なら赤城、加賀のどっしりとした艦容が遠くにのぞいているはずなのに……。

一方、眼下を往く旗艦翔鶴では、有馬艦長が気ぜわしく艦橋を出たりはいったりしていた。一刻もじっとしていない、気忙《きぜわ》しい艦長である。

発着艦指揮所で根来飛行長に声をかけたあと、いつのまにか艦内を歩き、格納庫の整備兵や搭乗員待機室の飛行兵たちに声をかける。かと思えば、艦底の機関科に顔を出す。副長亀田寛見中佐の仕事を横取りした形で、いつのまにか、

「亀田艦長、有馬副長」

の名がついた。そんなカゲ口をきかれているとはつゆ知らず、有馬大佐は汗みずくになって艦橋を出入りする。

ご当人は英国の英雄ネルソン提督を理想としていた。ソロモン海への出撃にあたって、こんな感懐を日記に書きつけている。

――トラファルガー海戦でフランス艦隊と戦火をまじえたさい、ネルソン提督は銃弾を身にうけて斃《たお》れた。そのとき提督は、「I have done my duty（私は責務を果たした）」とさけび、この言葉を「平素ヨリ好愛シ」ていた自分もかくのごとく斃《たお》れたい、と。

その有馬艦長をさっそく悩ませる事故が、出撃直後に起こった。柱島出撃とともに艦を出発した前路哨戒機の一機が、帰投して母艦に着艦しようとしたさい、左脚を降ろしてロック・オン（固定）しなければならないところを忘れて、脚を破損してしまったのである。

「あ、いかん！　舵を右に取れ！」

と発着艦指揮所にいた根来飛行長が大声でさけび、何とか哨戒の九七艦攻は半回転したま

ま飛行甲板上に止まったが、危うく貴重な攻撃兵力が一機喪われるところであった。

南雲長官以下、第三艦隊司令部幕僚たちの目前に起こった、未熟な搭乗員による事故である。これら艦隊搭乗員の練度不足を痛感していた中島情報参謀は、出撃前から企図していた「戦務通信訓練」をさっそく実行に移すことにした。

これはサンゴ海海戦時に、翔鶴索敵機が米タンカーの平型甲板を見誤り、「敵空母見ユ」と打電したまま、第二電まで二時間も雲の中にとどまり詳報を送らなかった失敗への反省に基づいている。この索敵機の失敗を二度とくり返してはならない、というのが中島参謀の決意であった。

そのために、索敵任務の艦攻隊、艦爆隊全員が飛行甲板上に集められた。艦のリフト上に、工作科で造った米空母の模型を置き、その外周に卓上送受信練習機を並べ立てる。そしてリフトを上下動させて、艦影が少しでも眼に映ると、ただちに米艦隊の艦形、隻数などを打電する訓練なのである。

たとえば、艦攻隊電信員松田憲雄三飛曹の場合、機長の偵察員中村勇哲二飛曹とペアを組んで、中村兵曹が「敵空母発見！　敵空母はエンタープライズ型なり」と声をあげると、即座に松田三飛曹が打電する。

鷲見《すみ》五郎、岩井健太郎両分隊長、分隊士たちが監督官として控えていて、「いや、あれはワスプ型だ」とか、「ほかに戦艦、巡洋艦はおらんのか」と訂正のチェックをする。何よりも早く発見して、正確な敵艦報告電を打つことを第一として訓練がくり返された。

「短時間だが、効果があがったようだった」

と、中島参謀は回想している。

最初の報告で「敵大部隊見ユ」と打電すると、一安心してつぎの報告電まで時間がかかる。「大部隊」とは空母部隊なのか、戦艦・巡洋艦などの水上部隊なのか。敵艦隊の内容によって、味方の態勢は航空決戦なのか、夜戦なのかと大いに対応は様変わりする。

「念を入れて、確実に報告せよ」

と、中島少佐はあらためて監督官たちに叱咤の声をかけた。

このとき日本側は気づかなかったが、ガダルカナル島に上陸後、反撃を受けて「ルンガ岬とツラギに一部残留し潜伏している」はずの米海兵隊第一師団は、ひそかに戦力が補強されていたのだ。

南雲艦隊出撃前日の八月十五日には、早くも補給第一陣がガダルカナル島に到着していた。駆逐輸送艦コルホーンほか三隻によって、航空機用ガソリンのドラム缶四〇〇本、爆弾二八二発、大量の弾薬およびC・H・ヘイス少佐にひきいられた整備兵一二〇名が運びこまれた。日本軍より奪取した飛行場を一日も早く完成し、陸上基地として活用するためである。

そして飛行場名を、ミッドウェー海戦時の彼らの海兵隊英雄にちなんで「ヘンダーソン基地」と名づけ、二日後には応急整備を完了し使用可能、と報告した（注、じっさい八月二十日には航空機が進出した）。

米側は上陸部隊の支援に必死だが、日本側は相変わらず戦局の見通しに楽観的である。その甘い観測を助長させたのは、つぎのような参謀報告である。

八月十二日のこと、在ラバウルの第八根拠地隊司令官金沢正夫少将は、ガ島飛行偵察にむかう一式陸攻三機に先任参謀松永敬介中佐を同乗させることにした。

その偵察報告——。

「ガダルカナル島飛行場付近に若干の敵兵あるも、その動作は萎縮して元気がなく、又海岸付近の舟艇は頻繁《ひんぱん》に航行しつつあるも、敵主力は既に撤退せるか、撤退せんとしつつあり」

上空から見下ろすと、集落に人影をみとめたが味方識別信号はみとめず、地上は平穏であり、「残存敵兵および舟艇は取残されたもの」というのが、松永参謀の判断であった。

その報告が、現地の十一航艦司令部、海軍中央を希望的にさせた事実はいなめない。連合艦隊司令部でも、「此際速《すみやか》に一部隊にても進出し、清掃救援飛行場整備を急務とす」と、またしても宇垣参謀長も強気である。

3

この楽観的な見通しの上に立ってガ島奪回にむかうのは、陸軍の第十七軍一木支隊である。

第十七軍は、ＦＳ作戦実施のために編成された開戦後はじめての作戦軍で、基地をラバウルにおいた。といっても三個大隊基幹の寄せあつめ部隊で、離島攻略作戦のための航空支援部隊を持たないという欠陥がある。

開戦後、陸軍の戦線があまりに拡大しすぎたために陸軍機の補充、転用がきかず、航空支援は「海軍機に依存する考えであった」といい、陸軍中央は上陸作戦を人頼みにした、という安直さ（戦史叢書『南太平洋陸軍作戦〈1〉』）。米軍相手の離島攻略戦を、このていどに手軽に考えていたのである。

一木支隊長、一木清直大佐は静岡の人。ミッドウェー島上陸のために派遣された部隊だが、同作戦中止によって一部はラバウルに待機中である。陸軍歩兵学校教官をながくつとめ、夜襲の白兵戦を得意としていた。

「ガ島上陸後は態勢をととのえたのち、上陸第二日の夜、銃剣突撃をもって一挙に飛行場に突入占領するつもりだ」

と、一木支隊長は自信満々である。

もともと陸軍側は、ガ島奪回をさほど困難事とは考えていない。一木支隊二、四〇〇名の派遣をきいて、連合艦隊の渡辺安次戦務参謀が「上陸兵力が少なすぎるのではないか」と懸念をしめすと、参謀本部側は、

「この兵力で自信がある」

と突っ張ねた。そして準備したのは――ミッドウェー作戦時の歩兵部隊各自小銃弾五発、糧食二日分の軽装ではなく――携帯弾数二五〇発、糧食七日分というわずかな装備補強であった。

上陸部隊は第一、第二梯団の二手に分け、第一陣九〇〇名は海軍側の高速駆逐艦六隻による輸送上陸であったため、目標のガ島タイポ岬へは上陸用の大発駆動艇を使用することができない。
そのため歩兵部隊を、駆逐艦で装備している内火艇と支隊所有の約四〇隻の折畳舟で送りこむしか方法がなかった。これも、三隻の折畳舟をつなぎ合わせ、それを内火艇で曳航するという原始的な戦法なのである。当然のことながら、対戦車用の速射砲中隊はこれに加えることができない。
米軍の装備は、七・五センチ榴弾砲三六門、一〇・五センチ同一二門、一五・五センチ一二門、計六〇門で、ほかに機関銃、小銃などの火器多数、M3型スチュアート軽戦車などである。
日本側はわずかな火器と銃剣突撃だけで、これらに対抗できるのだろうか?
「八月十七日　月曜日　半晴
対潜哨戒を行いつつ南方に向う」
「八月十八日　火曜日　快晴
昨日と同じ」
「八月十九日　水曜日　快晴
昨日と同じ」

瑞鶴艦攻隊の金沢卓一飛曹長も、退屈な一日をもて余している。「戦務通信訓練」をおえると、対潜哨戒のほかは何もすることがなく、日記に書く出来事も起こらない。航海中は飛行訓練ができないからだ。

南下するにつれ気温も上昇し、艦内では室温も上がって搭乗員待機室は缶室（エンジンルーム）の上なので、坐っているだけで汗が吹き出す。待機がとけると、すぐ発着甲板横のポケットに飛び出して、金沢飛曹長たちは海風に火照《ほて》った身体を涼ませた。

整備員たちも同様で、居住区は夜の暑さで眠れず、格納庫にあるゴザを手に入れて機銃甲板の涼風を寝床にした。

「南下行動中、この暑さには全員すっかり食欲をなくした」と、松田憲雄三飛曹が手記に書いている。――私たち食卓番がせっかく準備した食事もほんの少し箸をつけるだけで、大部分はスカッパー（屑捨て）に放りこむというもったいないことをしていた、と。

だが、そんな退屈な日々でも夜になると南十字星がかがやき、若い搭乗員たちを南方ロマンの夢に遊ばせてくれた。そんな希望を托していたトラック泊地寄港が中止され、第七戦隊各艦と洋上で合流することになった。そのきっかけとなったのは、一通の飛電である。

八月二十日朝、艦橋のテレトークがあわただしく「敵見ユ」の報告電をつたえてきた。

つづく第二電を、小山通信長が駆けこんできてつたえた。

「敵巡洋艦一、駆逐艦二基地ヨリノ方位一一八度五〇〇浬、針路五〇度速力一八節」

これはショートランド基地を発進した横浜空大艇からの索敵報告で、発信時刻は午前八時二〇分となっている。

「敵空母はいないのか」

野元艦長は首をかしげた。ミッドウェー海戦時のときと同様に、米海軍は、いまや水上艦艇単独で航行することはありえない。

果たして、午前九時四〇分発の新たな索敵電がとどいた。

「敵の兵力空母一、巡洋艦一、駆逐艦二其ノ他」

ついに姿を消していた米空母部隊が動きはじめたのだ。

その地点は、発進基地よりの方位一一六度五二〇カイリ、針路三五〇度、速力一四ノット。ガ島より南東二五〇カイリの洋上で、針路は北をめざしている。

「敵空母が出てきたぞ」

野元艦長は闘志をみなぎらせて、源田飛行長にいった。

第六章　第三艦隊機動す

1　司令部参謀たちの決意

一九四二年（昭和十七年）八月二十日、日本海軍の空母グループ、いわゆる南雲機動部隊と山本長官直率の連合艦隊旗艦大和、それにガダルカナル島逆上陸の陸軍一木支隊第二梯団《ていだん》グループ——三つのグループは、それぞれガ島をめざして南下をつづけていた。

機動部隊はトラック泊地の北三〇〇カイリ（約五五五キロ）を、旗艦大和はサイパン島の北西四八〇カイリ、一木支隊第二梯団一、五〇〇名を乗せた船団は米空母発見の報により一時北に避退したが、ふたたびガ島再上陸にむけ反転南下している。

機動部隊（第三艦隊）はトラック泊地で前進部隊（第二艦隊）各艦と合流し、作戦打ち合わせの後ガ島北方海面に進出する予定であったが、これも米空母の発見報告により中止。翌二十一日、洋上合同することになった。

第二艦隊は旗艦愛宕を中心とした重巡六隻よりなる部隊で、司令長官は近藤信竹中将。南雲中将より兵学校一期上の先任で、この近藤中将が前進部隊、機動部隊あわせて支援部隊全般の指揮をとることになる。

これが、いわゆる日本海軍の「ハンモック・ナンバー」の悪弊である。水上部隊の指揮官が航空戦の指揮を執《と》るという前近代的な命令系統は、サンゴ海海戦での第五戦隊（高木武雄中将）と第五航空戦隊（原忠一少将）とのいびつな関係に前例があった。二人は同期生で、しかもスラバヤ沖海戦等の功により、一方は中将に進級している。

このとき、高木中将は「航空戦の指揮は五航戦司令官に」と一歩譲って一件落着したが、事前の作戦会議をふくめ徹底的な協力体制が出来上がらないまま、両戦隊は海戦当日をむかえることになった。近藤長官は、果たしてどのような作戦指導をしてくるのか？

第三艦隊首席参謀高田利種大佐は、そのことが気がかりでならなかった。旗艦翔鶴の艦橋では、南雲中将が相変わらずニガ虫を嚙みつぶしたような渋面をつくっているし、背後に立つ草鹿参謀長はどっしりと構えて動かない。

「泰然自若《じじやく》」

といえば聞こえは良いが、早い話、長官―参謀長コンビは何も動こうとしないのである。

近藤長官の部隊はトラック泊地で待機状態にあり、第三艦隊司令部で長井作戦参謀たちがまとめ上げた「新戦策」および細則については何も知らされないままでいるのだ。二人の上級指揮官同士の話し合いが、まず必要ではないのか。

「とにかく、一刻も早く南雲長官の決裁をいただこう」

高田大佐が出来上がったばかりの第三艦隊新戦策および細則を草鹿参謀長にとどけて許可をもらい、南雲長官の承認を得ることにした。

これら軍機書類の配布は、戦務参謀末国正雄中佐の役割であった。だが、中佐はこの文書が水上部隊の指揮官たちにどれほどの反発をもたらすものか、スラバヤ・バタビア沖海戦の第五戦隊砲術参謀であっただけに、彼らの猛烈な怨嗟《えんさ》の声がきこえてくるような気がしている。

何しろ、米艦隊との水上艦隊決戦を夢見る彼らに、航空戦を第一としてみずからは前衛部隊としてはるか前方に進出。敵機の攻撃を犠牲となって一部吸収し、航空撃滅戦のあと水上戦闘で戦果を拡大する、というのが新戦策の眼目なのである。

「重巡部隊を前衛に出して、空母本体を駆逐艦だけでまもれるのか」

戦務参謀として、末国中佐にも疑問がある。一航戦の翔鶴、瑞鶴、龍驤三隻にたいし、随伴駆逐艦は八隻にすぎない。空母一隻あたり駆逐艦一隻ないし二隻の直衛だけで、米軍機の急降下爆撃を避けることができるだろうか。

サンゴ海海戦では、第五戦隊の重巡妙高、羽黒二隻は自分たちを護ることに精一杯で、翔鶴を丸裸で洋上に放り出し、三発の直撃弾をあびさせたではないか。

「いや、空母防御の弱体化は新戦策実施のため止むをえんでしょう」

と、航空参謀内藤雄中佐が落ち着いた口調でいった。新戦策の航空作戦を決めた当事者としての内意はこうである。

「前衛部隊を広く遠く張り出すことで、彼らの水上偵察機の捜索範囲が一段と深くなり、奇襲攻撃を受ける機会が少なくなります。また、直衛戦闘機も二個中隊から三個中隊にふやした。新しく電探《でんたん》（電波探信儀）も装備しましたしね」

旗艦翔鶴に装備された二一号電波探信儀のことである。二一号対空電探は、対航空機にたいして五五キロ、対戦艦には二〇キロ探知という性能だが、まだ実用段階の初歩期にすぎず、誤作動、故障もしばしば起こしがちである。実戦ではどのように活躍するのかは、未知数であった。

長井作戦参謀も、新戦策にたいする批判は覚悟の上であった。

「連合艦隊司令部でも、新戦策によって航空決戦に徹するとのわれわれの主張に同意している。この作戦を機会があれば、二人で手分けして説明に歩こうではないか」

と、末国中佐に取りなすように声をかけたが、結局のところは、それが実現したのは海戦後、トラック泊地に帰投してからであった……。米軍の攻勢は、日本側の準備を待っていてはくれないのだ。

南雲長官の最終決裁をおえた新戦策および細則は、さっそく上甲板前部の司令部事務室で謄写版刷りにされた。各艦ずつ二冊。第二艦隊の旗艦愛宕はじめ全艦一七隻、機動部隊本隊、前衛あわせて二一隻すべてに一挙に配りおえねばならない。

「洋上では、配るのが大変だな」

高田大佐が戦務参謀を見やって意見をもとめると、内藤中佐が横から口をはさんだ。

「九七艦攻を一機出して、洋上から全艦に投下しましょう。熟練搭乗員なら、うまく甲板上に投げ落とせますよ」

「それ以外に方法はないですな。ただ、万が一にも海に落ちた場合をどうするか……」

末国参謀にも、とにかく新戦策を一刻も早く全艦に配布して、作戦方針を理解してもらいたい、という焦りがあった。その軍機書類を水に濡らしては元も子もないからだ。

司令部職員は四七名という大世帯である。ベテラン下士官が集まって何やら相談したかと思うと、従兵が呼ばれ、酒保への買い出しを命じられた。末国参謀が後で知ったことだが、彼が買い求めたのは何と、

「エスエイ（海軍隠語でSACKの意）」

コンドームである。酒保では「ハート美人」という名で売られている。海軍用は、非常に厚くて丈夫だったというから、防水用として書類を包むのに最適である——というわけだ。

「従兵が上陸でもないのに、どうしてこんなに大量に必要なんだと不思議がっていましたね」

とは、末国元参謀の回顧談である。

二十一日午前五時、機動部隊の前方に第二艦隊の前進部隊――第四、第五戦隊、第二、第四水雷戦隊各艦の姿が見えた。ただちに旗艦翔鶴から新戦策を積みこんだ九七艦攻が発進し、各艦あて無事に配布をおえた。

書類を受けとった近藤中将麾下の各艦は、ふたたび機動部隊と離れ、前進部隊の配置につく。無線封止のため交信は信令（発光信号、旗旒など）でおこなわれたが、支援部隊の作戦について先任の近藤長官からは格別の訓令は出されていない。

（航空戦の指揮は、われわれにまかせる気だな）

さすがに太っ腹な長官だな、と高田首席参謀はホッと一息つく思いであった。

2

第三艦隊新戦策の主務者は長井純隆作戦参謀だが、航空作戦の中心は内藤雄航空参謀である。山形県生まれ。広島一中出身で、三十九歳。

兵学校では、瑞鶴の源田飛行長と同期生。一方が「源田サーカス」の戦闘機乗りなら、一方は海軍草創期の偵察学生である。大正十三年、兵学校五十二期卒業の、いわゆる「恩賜の短剣組」。

成績優秀で、将来はいずれ大艦の艦長にと衆目を集めていたところ、海軍航空隊の幹部が彼の才能に目をつけた。少尉で砲術学校にいたころ、霞ヶ浦で航空実習があり、内藤少尉は運動神経にもすぐれ、航空適性検査にも高得点でパスした。

航空当局はさかんに海軍航空隊入りをすすめるが、硬骨漢の彼は頑として受けつけない。

「内藤君、君は飛行機に乗る希望はあるかね」

検査官が問いかけると、「いいえ、希望しません」と、きっぱり断わる。

「どちらでもいいだろう」

「いいえ、絶対に希望しません」

「君は飛行機乗りに適している。そういうわけで、ひとつ飛行機に乗ってみてはどうだ」

「どんなにいわれても、私は絶対に希望しません」

この逸話を紹介しているのは同じ兵学校同期生、翔鶴運用長の福地周夫中佐で、「砲術科のエリート学生だったから、抵抗するのは当然のこと」と同情的だ。

だが、海軍航空の将来を予見した幹部がいたものか、内藤少尉の抵抗にもかかわらず定期異動で第六期偵察学生となった。同期生に、真珠湾攻撃の総隊長淵田美津雄がいる。

ここでも実力を発揮し、卒業時には恩賜の銀時計組となっている。海軍大学校甲種学生卒業後、木更津航空隊が彼の海軍航空の第一歩であった。

第三艦隊新戦策は、内藤参謀が起案した画期的な航空戦術となった。すなわち、ミッドウェー海戦敗北の戦訓により索敵の重視、航空戦での奇襲予防の二つが重要ポイントとなった。

その第一は、水上部隊に多くの索敵用水偵を搭載し、これを空母部隊の前方一〇〇カイリ（一八五キロ）ないし一五〇カイリに散開させ、索敵機を発進させること。これによって、遠方かつ早期に敵を発見できるという利点がある。

第二は、洋上を進撃する攻撃隊は帰路、母艦が無線封止をつづけている場合、水上部隊の誘導により無事帰投の方向を判断できるという便法もある。

こうして遠距離接敵配備は、第一接敵配備から第十一項まで定められた。この戦法に、同期生源田実飛行長の助言が大いにはたらいていたことは言うまでもない。

瑞鶴艦内では、前一航艦航空参謀としてミッドウェー敗戦の原因についてはほとんど語ることはなかったが、兵学校級友には腹蔵《ふくぞう》なく己の失敗を語ったのだ。そのために、源田中佐の攻撃第一主義がまたしても色濃く反映されることになった。

――たとえば、こんな風である。

第三艦隊新戦策は瑞鶴飛行甲板上にもとどき、野元艦長直披のあと、源田飛行長の手に渡った。一通り見おえると源田中佐は大いにうなずき、ただちに高橋飛行隊長、艦戦、艦爆、艦攻隊の各分隊長以下を士官室に集めた。

「昨日、山本長官より米艦隊撃滅命令が出て、諸君の士気は奮い立っていることと思う」

源田中佐は、いつもの鋭い眼光で一同を見渡した。山本長官命令は二十日午後三時二〇分発信の支援部隊電令作で、

「支援部隊ハ速ニ『ソロモン』諸島方面ニ進出、南東方面部隊ヲ支援敵機動部隊ヲ捕捉撃滅スベシ」

とあり、艦内スピーカーで全乗員に知らされて、陣頭指揮に立つ山本大将の意気ごみにふれて艦内からどっと歓声がわき上がったものだ。

「諸君は、はじめて体験する新戦策でさぞかしとまどうことだと思う。だが、米国海軍にくらべてわが方は、航空攻撃に絶対の自信がある」

源田中佐は指揮官先頭、攻撃第一主義の航空参謀として、開戦いらい南雲機動部隊の華として縦横に腕をふるってきた。ミッドウェーでの敗戦後も、その強気の猪突猛進ぶりは変わっていない。

「新戦策の特徴をいえば、まず第一は制空権を獲得することである。そのために、戦訓にかんがみて迅速、かつ効果的な航空攻撃を可能ならしむことが肝要だ」

新しく航空戦規程が改訂され、各艦攻撃隊の指揮官は旗艦の飛行隊長となることが決められた。艦戦隊の指揮官は翔鶴の新郷英城大尉、艦爆隊は同艦の関衛少佐、艦攻隊は村田重治少佐である。いずれも、瑞鶴、龍驤飛行隊長よりは先任者が配属されている。

「攻撃隊の主力は艦爆隊である」

と、源田飛行長は高橋定大尉の表情を見つめながら、攻撃実施要領の説明にはいった。

「まず艦爆隊の攻撃により敵空母を破壊、炎上させる。彼らの艦上機を飛び立たせないようにした上で、雷撃隊が突入。あるいは遠く前方に張り出した前衛水上部隊の砲撃によりこれを撃沈、止めを刺す。これで、味方の大勝利はまちがいなしだ」

高橋大尉は、米海軍が三ヵ月前のサンゴ海海戦ですでにレーダーを活用している事実を耳にしていた。これで日本機の襲来をキャッチし、迎撃のグラマンF４F『ワイルドキャット』戦闘機群が待ち伏せているはずで、熾烈《しれつ》な空中戦が展開されおそらく味方に甚大な被害が生じるだろうなと、そのときとっさに思った。

初陣の分隊長連はどうかと眼を走らせたが、石丸豊大尉は実感がわかないのか頬を紅潮させたまま。一方、米海軍との空母対決を体験ずみの大塚礼治郎大尉は視線を一点にすえて身じろぎもしない。

艦攻隊の今宿滋一郎、椿原正幸両大尉ははじめての雷撃戦参加だが、攻撃順序の後まわしを知って、心なしか気持にゆとりが出来ているようである。雷爆撃同時攻撃なら、サンゴ海海戦のように艦攻隊は壊滅状態となってしまうにちがいないからだ。

源田飛行長は、そんな分隊長たちの心の動きを見すかしたように、「味方戦闘機隊は三個中隊あるから、これで充分対応できる」と自信たっぷりに言葉をついだ。

今次艦隊編制の改訂により、零式戦闘機の母艦搭載機数を一八機から二七機に増強したことを指すのだ。

「零戦は一騎当千」

が、源田中佐の口ぐせである。

ミッドウェー海戦のさい、来襲した米海軍雷撃機をことごとく海上に射ち墜とした旗艦赤城の零戦隊の活躍を目撃しているだけに、「源田サーカス」の戦闘機乗り元航空参謀の自信は揺るがない。

同じ一航艦航空乙参謀の吉岡忠一少佐は、残務整理と任務継承のため旗艦翔鶴に乗り組んでいるが、艦隊図演での日米航空機の戦力比は一対六で計算されていた、と証言している。すなわち零戦一機で、米海軍機六機と対抗し得るという勘定になる。

したがって、日米空母対決にあたって攻撃隊の護衛戦闘機の数も、母艦上空の直衛機数も、この数字を基礎に配備された。その大甘で、楽観的な戦力比がどのように無惨な結果をもたらすかは、間もなくわかることである。

3

ガダルカナル島タイポ岬に上陸した陸軍の一木支隊先遣隊九〇〇名は、第二梯団の上陸予定日二十四日を待たずに即日攻撃開始することを決意した。上陸直後の十八日二四〇〇、ただちに前進を開始している。

一方、ラバウル基地から発進した海軍側の索敵航空攻撃は陸攻三六機、零戦一三機をもって二十一日、同兵力で二十二日と実施されたが、発見報告の米空母部隊は陸攻機の到達圏外であり、また天候不良などでいずれも成功しなかった。

こんな状況下、一木支隊長一木清直大佐以下先遣隊員が擲弾筒《てきだんとう》の支援射撃を受けながら、海軍側の報告で〝すでに撤退している〟はずの米海兵隊陣地にむけ突撃して行ったのである。

二十一日午後三時、一木支隊は猛烈な米軍の砲火によって突進を阻止され、背後を戦車六輌に蹂躙《じゅうりん》され壊滅の憂き目にあった。一木清直大佐は軍旗を奉焼して自決。戦死者七七名、戦傷者約三〇名。残る一二八名がかろうじて戦線を離脱し、味方の来援を待っていた。

危機の予兆はすでにあった。前日、ガ島守備隊より「敵陸上機内戦闘機五機、飛行場ニ着陸セルガ如シ」との報告電があり、米軍が「撤退」どころか、戦力を補強しつつある状況に海軍側を動揺させていたのである。

「敵の飛行場使用を不可能ならしむ如く空襲夜間砲撃等、現下の急務なり」

と、連合艦隊の宇垣参謀長も、その不安を日誌に記している。

これが八月二十日、米海軍の護衛空母ロングアイランドによって運ばれてきた海兵隊二個中隊であり、チャールズ・L・ファイク中佐の指揮下にグラマンF4F『ワイルドキャット』一九機、ダグラスSBD『ドーントレス』一二機を、造成されたばかりの新ヘンダーソン飛行場に着陸させることに成功したのである。同日付で、日本側索敵機が発見した「艦橋のない平型空母」とは、このロングアイランドを指す。
と言って、これら上陸機が全機活躍したというわけではない。米側のモリソン戦史によると、ラバウルから長駆飛来した日本側零戦の攻撃により「海兵隊航空機は到着して五日以内に三分の一が使用不能となり、月末にはF4Fグラマン戦闘機の可動機数は五機に減少した」とある。

だが、天候不良のためラバウルからの陸攻機の攻撃がとだえ、その間隙をぬうようにして米側は着々と戦力の補強を推し進めた。同月二十二日には、陸軍のカーチス・ホーク戦闘機五機。同二十四日には、空母エンタープライズの艦上機がヘンダーソン飛行場に着陸してきた。

これらの基地建設には米軍第六建設部隊が当たり、三八七名の隊員と五人の将校とで二台のブルドーザーを使い、飛行場を整備し、穴あき鉄板《マースト・マット》で滑走路を補強し、常に飛行可能状態にした。飛行場周辺には、さっそく九〇ミリ高角砲を装備し、日本機に八、〇〇〇メートル以上の爆撃高度をとらせることに成功した。

「もし、ヘンダーソン飛行場を確保できればガ島も保持され、日本軍の最大基地ラバウルへも進撃することができる」

これが米建設大隊T・P・ブランドン中佐の目標であった。

同じように、ガ島奪回をめざす一木支隊第二梯団一、五〇〇名も、ぼすとん丸、大福丸二隻に分乗して八・五ノット（約一六キロ）の速力で南下している。直衛は田中頼三少将の坐乗する旗艦神通と駆逐艦六隻である。

第二梯団はガダルカナル島北方三九〇カイリ（七二三キロ）の地点に達した。南雲機動部隊はその北東二〇〇カイリにある。


「うるさい連中だ」

1

機動部隊は無線封止をつづけている。

二十二日早朝、トラック泊地で合流するはずの予定であった第七戦隊の重巡熊野、鈴谷が水平線上に姿をあらわした。指揮官は西村祥治少将で、ただちに第三艦隊の隊列に加わった。いよいよ戦場が真近い。

前日は、第一補給隊のタンカー東邦丸、東栄丸二隻が来着し、全艦隊への終日補給作業がおこなわれた。瑞鶴へも燃料が満載された。後は戦うのみである。

艦長野元為輝大佐のもとには、小山通信長からの敵情報告がつぎつぎと寄せられている。まず早朝に、ガダルカナル島守備隊より「敵駆逐艦ルンガ泊地ニ在泊中」との報告があり、ラバウル基地発の索敵機報告で「巡洋艦二、駆逐艦二隻」より成る敵部隊の発見を報じてきた。米海軍の動きは活発で、占領されたガ島ヘンダーソン基地からの航空攻撃もどのていど増強されているのかと、不安の暗雲がひろがるばかりである。

わずか八・五ノットの鈍足で、水雷戦隊の護衛のみで南下する一木支隊第二梯団の陸兵たちの不安も頂点に達していた。

「艦長、こんな電報が来ております」

通信室から駆け上がってきた通信長が、第三艦隊あての機密電の一通を取り出して艦長に手渡した。それはラバウルの第十一航艦司令部からの要請電で、明二十三日のガ島攻撃の成果ならびに敵情によって、

「二十四日輸送船団ノ上空警戒方特ニ御配慮ヲ得タシ」

という悲痛な訴えであった。味方機動部隊に護ってほしいと、陸上戦に満々たる自信の陸軍側もようやくのことで不安を覚え、海軍側に訴えてきたのである。

陸軍兵力一、五〇〇名のガダルカナル島逆上陸を、第二水雷戦隊の旗艦神通と駆逐艦六隻の海上護衛兵力だけで充分可能だと海軍中央は考えていたのだろうか。陸軍兵力——一木支隊第二梯団の船団速力はわずかに時速約一六キロの鈍足である。

これだけの小兵力の上陸作戦に、連合艦隊司令部は空母三隻の南雲機動部隊、近藤中将の第二艦隊という大艦隊を派遣した。陸軍側は「米軍相手の戦闘なら、この兵力で自信がある」という楽観論であるのにたいし、海軍側もまたガ島攻防戦を機に米国艦隊を誘い出し、

海上で一大決戦を挑むという機動部隊同士の対決を夢見ていた。いずれも、ガダルカナル島攻防戦を一局地戦で、戦局の重大な一大転回点だと考えてはいない。

連合艦隊司令部では、第二艦隊の内地出発直前の八月十日、同艦隊と第三艦隊の各長官、幕僚を集めて作戦打ち合わせをした。宇垣参謀長『戦藻録』の記述によると、ガ島上陸の米軍兵力を日本陸軍の上陸部隊によって「清掃救援」して追い払い、「飛行場の整備を急務」とすることを大前提とした。

同じ席で三和作戦参謀も、

「わが方が再攻略すれば、敵はこれを妨害する手段に出てくるにちがいない。これを好機として米機動部隊を捕捉撃滅し、戦果の拡大を期すべきである」

とのべ、両艦隊の幹部たちを鼓舞している。

その結果、両艦隊は「予定の通り行動し、モレスビー、ナウル、オーシャン攻略の完遂および敵戦力の減殺に進むべし」との連合艦隊大方針を命じられている。連合艦隊司令部の参謀連は、一致してガダルカナル島ではなくニューギニア島東南岸ポートモレスビー攻略へと強い関心を抱いていたのである。

だからこそ、第二梯団の船団上空直衛を基地航空部隊の十一航艦司令部が要請し、もしこれに第三艦隊が応じることになると、ポートモレスビー攻略前に機動部隊に損害が出る可能性があり、連合艦隊の目論《もくろ》見《み》は大いに外れることになる。

宇垣参謀長は、あわてて以下の指導電報を打った。

「敵機動部隊の位置不明、我機動部隊は之に備ふるを要し可成《かなり》其の所在を秘匿するの要あるに依り、ガダルの基地は基地航空部隊を以て二十三日に攻撃すべし。若《も》し右にして効果少なき場合は二十四日機動部隊を以て攻撃す。此の場合輸送船団は要すれば二十四日の進入を延期する様取計《とりはから》ふべし」

旗艦大和は、無線封止をまもって南下している。それを破っての「指導電」だから、よけいなお世話と知りながら「放ってはおけぬ」と心配のあまり、次つぎと指導電を打つのだ。第三艦隊だけでなく他の作戦部隊にも同様の出来事があり、そのたびに無線封止を破ってお節介電報を打たねばならない。

「毎日毎日数通の放屁余儀なし」

まるで屁のようなムダな電報と、宇垣少将は自嘲気味に自分たちのお節介ぶりに苦笑している。

この指導電を受け取った第三艦隊司令部では、長官と幕僚たちの間で微妙な反応のちがいがあった。南雲長官はミッドウェー敗戦いらい連合艦隊司令部の方針に盲従し、草鹿参謀長は電文の中の「其の所在を秘匿するの要ある」という個所に敏感に反応した。

高田首席参謀は、「つまらぬ電報をパカパカ打ってきて、細かいことまで指図する。うるさい連中だ」とうとましく思っている。

じっさい、山本長官の陣頭指揮声明いらない、航空作戦を現場にまかせてくれない、首席参謀としての自分の手腕を認めてくれない、という連合艦隊司令部への鬱積《うっせき》した不満がある。その憤りをとにかく腹におさめて、いまは我慢のときだ。

2

八月二十三日、機動部隊はいよいよ米艦隊との会敵予想海域にはいる。明二十四日は第二梯団のガ島上陸決行日だ。

米軍占領下のガ島ヘンダーソン飛行場にむけ、機動部隊の航空攻撃をどう実施すべきか。船団の上空直衛問題もふくめて、司令部内では長井作戦参謀が中心となって作戦計画を立案した。

同日午前四時二五分、旗艦翔鶴より前衛部隊をふくめ各艦あてに発光信号が点滅する。その作戦要領とは、以下の通り(「機動部隊信令第三号」)。

「第一法(特令ナケレバ本法トス)

全軍東方ニ対スル警戒ヲ厳ニシツツ、二十四日〇四〇〇概《おおむ》ネ南緯八度三〇分東経一六四度一〇分付近ニ進出『サンクリストバル』南東方ノ敵艦隊ヲ捕捉撃滅ス

第二法　利根、龍驤、時津風、天津風ヲ以テ支隊トシ第八戦隊司令官指揮下ニ増援部隊ノ

支援及『ガダルカナル』島攻撃ニ任ジ、爾余《じよ》ノ部隊ハ第一法ニ依リ作戦ス
第三法　支援部隊ハ直チニ第二法ニ依リ作戦ス、爾余ノ部隊ハ概ネ南緯四度三〇分東経一六一度五〇分付近ニ機宜行動シ、敵ノ行動ヲ見テ第一法ニ転ズ
第四法　全軍東方ニ対シ作戦ス」

この作戦案のポイントは機動部隊を二つのグループに分け、軽空母龍驤を中心とした支隊をガ島飛行場攻撃にむけ、本隊の翔鶴、瑞鶴二隻の正規空母はあくまでも隠密行動をとり、米艦隊との会敵にそなえるというものである。

いわば、機動部隊による決戦が最大目的であり、空母龍驤中心の部隊は「囮《おとり》」なのだ。

むろん、第二梯団上陸前にガ島飛行場制圧という戦術目的があるが、龍驤の搭載機数は零戦二四、九七艦攻九機、合計三三機にすぎず、これだけの航空小兵力で何ほどのことができようか。

長井参謀の作戦立案も、連合艦隊司令部で宇垣参謀長たちが指示した「敵を釣り出し大物をたたく」という持論に影響されてのものにちがいない。

この古典的な決戦主義が、のちの空母龍驤の悲劇を招くことになるのである。

瑞鶴艦橋の直上、防空指揮所からは南下する機動部隊の全容がながめられる。

夜明けとともに、第三艦隊は「第十一警戒航行序列」をとった。針路一五〇度、速力二〇ノット。各艦は新戦策にもとづいて、相互に遠く広く距離をひらいて展開して行く。

「ずいぶん遠くに張り出したな。前衛の比叡、霧島は見えなくなったぞ」

小川砲術長の背後にひかえた伝令西村肇二水は、かたわらの見張り員が思わずつぶやく声をきいた。ふだんは前後方視界内に占位するはずの前衛部隊がはるか前方水平線上に一〇、〇〇〇メートルと距離をひらき、右方向に軽巡長良、戦艦比叡、重巡筑摩、左方向に戦艦霧島、重巡熊野、鈴谷と、これも距離一〇、〇〇〇メートルの横列を組んで航行している。これが旗艦翔鶴からの配置で、後続する瑞鶴はさらに五、〇〇〇メートル離れている。翔鶴、瑞鶴には、それぞれ二隻ずつの直衛駆逐艦が配されていて、母艦を防衛、防空する対策はこれだけである。

——こんな状態で敵襲を食らったら、ひとたまりもないぞ。

とサンゴ海海戦での翔鶴の被弾を思い出し、西村二水は心細い気持になった。

この日の索敵は、前衛部隊の第七、第八戦隊各艦から水偵五機が発進しておこなわれた。旗艦翔鶴、瑞鶴、龍驤の飛行甲板には第一次攻撃隊として艦爆隊全機が発進準備を完了している。瑞鶴飛行甲板には二七機が一機ずつ、チャン、チャン、チャンと警報音を鳴らしながらリフトで運び上げられてくる。

そのとき、防空指揮所の空気が一変する出来事があった。直下の羅針艦橋から野元艦長が姿をあらわして、見張長の背後に立ったのである。

本来ならその位置から小川砲術長が対空砲火の指示をするのだが、今朝は艦長みずからが天蓋のない空の下に身をさらし、艦の指揮をとるのだ。

小川砲術長の表情に緊張感が走った。艦長の防空指揮所での戦闘采配は、その後も欠かさずつづき、艦長は夜間は艦橋の高椅子に腰かけたまま眠り、夜明けとともに露天艦橋の防空指揮所に陣取る。

——この場所で艦長と一緒に死ねるなら、本望だ。

上背のあるがっしりとした野元大佐の後ろ姿を見上げながら、西村二水は熱い思いがこみあげてくるのを感じ、新たな決意に奮い立った。

第一次攻撃隊の艦爆隊全機の指揮は、翔鶴の関衛少佐がとることになっている。制空隊の零戦は一〇機。戦闘機の直衛は第二次攻撃の艦攻隊、母艦防空戦闘にも必要とされるから、飛行隊長高橋定大尉にとって艦爆隊の護衛戦闘機の機数が少ないなどとぜいたくは言えない。だが、新戦策により母艦直衛目的に零戦二四機を積んでいる龍驤の支隊分派は、手痛い。

高橋大尉は源田飛行長から敵情説明を受け、艦橋下の搭乗員待機室にむかった。石丸、大塚両分隊長が顔をそろえ、搭乗員それぞれが三々五々、手持ち無沙汰な待機時間をつぶしている。

指揮小隊二番機の鈴木敏夫一飛曹は屈託なく、攻撃隊の大川豊信一飛とサンゴ海海戦での失敗体験を語りあっている。二人とも帰途不時着水して、駆逐艦に拾い上げられた体験をもっている。

「おい、大川。お前も航法まちがえたのか」

「いや、あれは自分じゃないですよ」

と、大川一飛は偵察員大浦民兵二飛曹を名指しした。

「鈴木兵曹の場合はどうですか」

「いや、おれの場合は……」

と言いかけて、自分の偵察員藤岡寅夫二飛曹が近くにいるのに気づいて語尾を濁した。当時の偵察員国分豊美飛曹長はいま高橋隊長機の乗り組みで、いまさらそんな機長の失敗をむし返しても仕方がないことだ。

「とにかく、早く飛びたいな」

三度のメシより飛行機が好きと、子供のころから空にあこがれていた男である。米空母へ突撃する死への恐怖よりも、母艦を飛び立つ爽快さのみが、いま鈴木一飛曹の心を占めている。

ところで、比島ゲリラの捕虜となった安田幸二郎一飛曹の秘密は、ついに艦内で知られることはなかった。

艦爆隊の人気者で、北国出身者らしく酒豪。酔った上での特技は「ガラスをバリバリと嚙みくだくこと」である。これを、外出先の小料理屋でじっさいに目撃した堀建二一飛曹は、「バリバリと嚙みくだくだけでなく、そのまま飲みこんだのにはおどろいた」という。

ウソのような本当の話で、そんな元気闊達《かったつ》な隊員生活を回復した安田一飛曹を見聞きして、隊長高橋大尉も一安堵したことだった。

——とにかく、艦爆隊員たちの士気は旺盛。

と、はじめての米空母との対決で飛行隊長としての第一関門を通過した気分だった。

午後二時五分、二度目の索敵機が発艦した。翔鶴艦攻八機の分担で、機動部隊の東方より南方海面にかけて進出距離二三〇カイリの索敵任務についた。そのいずれの機からも、

「敵情ヲ得ズ」

の報告が返ってきた。捜し求めている米機動部隊は出現しないのである。

3

八月二十三日未明、米空母エンタープライズ、ワスプ、サラトガの三隻はガダルカナル島沖、東方一五〇カイリの洋上にあった。空母三群の指揮官はフランク・J・フレッチャー中将。

彼は南雲機動部隊の南下に気づいていない。一八〇カイリ遠方に放った索敵機からは日本の水上艦艇発見の報告は来ず、ハワイの太平洋艦隊情報部からは別に「日本空母部隊はトラックの北方にあり」との情報を得ていた。

フレッチャー空母部隊は、ガ島上陸作戦後は日本軍の反撃をさけて南方に下がり、ソロモ

ン諸島とエスピリットサント島周辺海域の哨戒、海上交通路の保護に当たっていたものである。それが、護衛空母ロングアイランドの支援のため、ガ島近海に北上した。

二十三日、フレッチャー提督はこの数日間、日本艦隊との大きな戦闘は起こるまいとの判断から、午後になって燃料不足を訴えていた空母ワスプの駆逐艦群を本隊のワスプとともに南下給油させることにした。これが、米海軍戦史に致命的な判断ミスと非難される選択の一つとなった。

慎重な性格のフレッチャーは、サンゴ海海戦の直前にも同じ過ちを犯している。九一日、晴天下に空母群への燃料補給をおこない攻撃の好機を逃したばかりか、逆に味方機動部隊を日本機来襲の危険にさらすという失態を演じた。この場合も、駆逐艦の燃料不足は実態とかけ離れていて、提督の心配性ゆえに肝心の第二次ソロモン海戦当日、米海軍は手持ち空母三隻のうち二隻だけで、日本艦隊と戦わねばならなくなったのだ。

二十三日午前九時五〇分、サンタクルーズ島ヌデニ泊地を発進したコンソリーデーテッド機から「敵巡洋艦二、駆逐艦三隻、輸送船を護衛しつつガダルカナルに向かう」との報告があり、これはフレッチャー部隊を刺激するのに十分であった。

空母サラトガより、ただちにSBD急降下爆撃機三六機、TBF『アベンジャー』雷撃機六機が発進した。TBFは旧式のTBD『デヴァステイター』に代わる新型機である。

ガ島ヘンダーソン基地からも、さっそく進出したばかりの海兵隊機二三機が来攻する日本輸送船団をもとめて出撃している。同日は天候が悪く曇りがちの空で、時どき降雨があった。

サラトガ隊は目標を発見できず、ヘンダーソン基地に帰着した。夜からはPBY飛行艇五機による攻撃隊が索敵出撃したが、これも無駄足におわった。

ガダルカナル島より三〇〇カイリ。米軍機の触接に気づいた一木支隊第二梯団は、北方に反転し、米空母機からの空襲をさける偽装航路をとった。

この日、ソロモン海域に散開する伊十七潜、十一潜と相ついで「敵艦上機発見」の報があり、前者では米艦上機三機による銃撃を受けている。このため、付近海域には米空母部隊が遊弋していることは確実と思われたのだ。

南雲司令部では、上陸船団が米軍機により発見され、さらに前進部隊の第二艦隊水上偵察機が索敵線端末付近で米PBY飛行艇を視認したことから、米空母部隊との会敵はまぢかだと予測した。

旗艦翔鶴の艦橋で、南雲中将は右側の高椅子〝猿の腰かけ〟に坐って、相変わらず沈黙したままである。

高田首席参謀が、ラバウルの第十一航艦司令部が新たに「一木支隊ノ上陸日ヲ八月二十五日ニ延期ス」と命じた報告電を打ってきたことをつげると、長官の背後に立つ草鹿参謀長が、

「わが方が発見されなかったのは、幸いだった」

と、満足そうにうなずいた。前進部隊の近藤中将麾下の各艦は機動部隊の南西二〇カイリ

の位置にあり、発見されるとすれば彼らの方が先だ。

草鹿参謀長はミッドウェーの敗戦にこりて、味方空母部隊の米軍機による被発見をおそれ、極度に神経質になっていた。

この日早朝、索敵機の出発にさいしても、

「隠密を主とし、敵大部隊または空母を発見した場合のほかは帰艦後報告せよ。潜水艦には敵味方とも近寄るな」

との厳令を下していた。命令は南雲長官名の信令だが、じっさいは草鹿少将が内容を細かく指示したものであった。

宇垣参謀長による連合艦隊指導電「機動部隊はその所在を秘匿する必要あり」の、米側に行動を知られることなく有利に事を運び米機動部隊との決戦にそなえ――という艦隊決戦思想は、ミッドウェー敗北の汚名をそそぎたいという草鹿少将の復讐心とまさしく合致している。

そのために、空母龍驤の支隊派遣も同日午前七時四五分には、早くも、

「……本日『ガダルカナル』ニ対スル基地航空部隊ノ攻撃成果大ナラザル場合ニハ、明日第二法ヲ令セラレルコトアルベシ」

との内命として発せられていた。

すなわち、空母龍驤の分派は当然のごとく、南雲司令部では折りこみずみのことなのだ。ラバウル基地からの航空攻撃は陸攻二四機、零戦一三機でおこなわれたが、この日もガ島

飛行場は密雲がたれこめて目的を達成できなかった。

南雲司令部ではこれらの報告により、ガ島基地を「二十四日機動部隊を以て攻撃す」との連合艦隊指導電にしたがうことに決めた。

といって、あくまでも一航戦翔鶴、瑞鶴の主力に空母を温存し、二航戦の軽空母龍驤のみを派遣するのである。

4

首席参謀高田利種大佐は、龍驤一隻によるガ島基地制圧を危ういものと感じていた。

「長井参謀、君はどう思うか」

艦橋下の作戦室に降りて行くと、長井純隆作戦参謀にこう問いかけた。

「まともに敵飛行場に航空攻撃をかけるのだから、艦攻九機では兵力不足だろう。零戦隊が機先を制して基地を制圧してくれれば、安心なのだが……。とにかく、空襲に行けば敵機動部隊が出てくるからな」

「まずは航空第一撃をかけて基地を殲滅《せんめつ》し、龍驤はサッと逃げ出すことでしょう。あとは、われわれがやっつける」

「その通りだ。敵情もふくめて、龍驤に知らせておく必要があるな」

高田大佐は南雲長官に願い出て、参謀の一人を龍驤に派遣することにした。航空参謀内藤雄中佐がその役目となった。

　旗艦翔鶴から龍驤の飛行甲板へ。九七艦攻なら一っ飛びである。出発前、高田首席参謀は龍驤艦長加藤唯雄大佐の表情を思い浮かべながら、こう念を押した。

「いいか、加藤艦長にかならずつたえてくれ。敵はレーダーを使っている。こちらの動きは手に取るようにわかるだろう。攻撃隊を発進したら、電波のとどかない距離まで離れろ。どんな島影でもいい、母艦の位置を隠せ。この高田が強く言っていたと、かならずつたえてくれ」

　加藤大佐は兵学校同期入学。高田利種が一年留年したため一期上の先輩になるが、顔はよく見知った仲だ。長野県出身で、前任は航技廠飛行実験部長の職にあった。

　内藤参謀がもどってくると、午後七時四〇分、南雲司令部から各艦あて信号が発せられた。

「本日敵艦隊ニ関スル情報ヲ得ズ、且何等ノ命ナケレバ今夜反転、明朝更ニ南下ノ予定」

　明二十四日、予定通り行動をつづけて行けば被発見のおそれありとして、いったん北上し、あらためて南下に移るという〝バリカン運動〟である。あくまでも本隊は隠密行動を保つという慎重さだ。

　夜明け前の午前四時、軽空母龍驤は分離行動をとり、西方海面より南下をはじめた。

　直衛するのは第八戦隊の重巡利根、第十六駆逐隊の時津風、天津風のわずか三隻である。

指揮官は前瑞鶴艦長の原忠一少将。

龍驤の艦橋には艦長加藤唯雄大佐、副長貴志久吉中佐、砲術長秋田芳男少佐、航海長住山勝美少佐らが顔をそろえていた。飛行長は吉富茂馬少佐、飛行隊長は納富健次郎大尉である。

加藤艦長の手もとには、敵情として「ガダルカナル基地に敵艦上機三〇機進出しあるがごとし」との情報があり、念を入れて攻撃隊は発艦後「飛行機は陸上基地に帰投せしめられ差支えなし」と、新たに造成されたソロモン諸島の北端、ブカ島飛行場に帰着させるよう指図してあった。

だが、加藤大佐は「北上して避退し、補給せよ」との司令部命令を断固としてこばむつもりでいた。

「攻撃隊はあくまでも母艦に収容する」

高田首席参謀の忠告も、無視する肚《はら》づもりであった。

第七章　第二次ソロモン海戦

風に鳴る戦闘旗

1

明日はいよいよ米空母部隊が出動してくるにちがいない。八月二十四日午後、空母龍驤の支隊がガダルカナル島飛行場への航空攻撃を加えたら、米側はただちに反撃に出てくるだろう。そうなれば、第三艦隊の新機動部隊と米空母部隊との洋上決戦になる。

――へその緒を切っていらい、はじめての航空作戦指揮だ。

高田首席参謀は、身ぶるいするような昂奮を感じていた。〝赤レンガのシロウト〟と連合艦隊司令部から子供扱いにされていた鬱憤《うつぷん》を晴らす絶好の機会が、ついにやってきたのだ。

だが同時に、機動部隊同士の戦闘指揮を一身に負わされたような空恐《そら》ろしさも感じていた。日本海軍唯一の正規空母翔鶴、瑞鶴の運命が自分の采配に託されたのである。もはや今、その重大な責任から逃れることはできない。

頼みの綱の〝水雷戦の大家〟であるはずの南雲長官は、緊張した表情をその渋面にただよわせていたにもかかわらず何も指示をしてくれなかったし、介添え役の草鹿参謀長は艦隊演習の訓練時にはいつも口うるさいほどにガミガミと注文をつけてくるのだが、作戦指揮となると、すべて幕僚まかせとなる。

神経質なほどに「攻撃計画はでき上がったのか」、「索敵範囲に遺漏《いろう》はないか」などと事前の計画には注文をつけるが、肝心の戦術場面での――攻撃隊をいつ、どこで、あるいはすぐ発艦させるか否かなどの――とっさの判断では口を閉ざす。

「長井参謀、きみの考えはどうか」

と作戦参謀に意見をただすばかりで、みずからは決断しないのである。いや、出来ないのだ。

(こんなはずではない)

と、高田大佐は慄然《りつぜん》とする気持となった。

艦隊勤務では、兵学校卒業時に一時連合艦隊司令部付となり、司令長官山下源太郎大将の下に仕えていた経験がある。艦隊参謀長は吉岡範策少将で、熊本の人。

山下長官は山形県出身の東北人だから、口が重い。反対に吉岡参謀長は九州人の明るい性格で口が軽く、おしゃべりである。寡黙と饒舌《じょうぜつ》、まことにこの二人は相性で、陰と陽との好一対。取り合わせの妙に、艦隊司令部とはこういうものかと納得したものだったが、長官と参謀長がともに沈黙を守るというのは初体験である。

海戦が終わり、機動部隊がトラック泊地へ引き揚げる段階ではじめて高田首席参謀は、南雲長官と草鹿参謀長のコンビはいわゆる平時型の指揮官たちで、なるほど海軍部内でのエリートたちだが、平和時に年功序列型にエスカレーター式に選ばれた将官にすぎず、いざ戦争となった場合、新時代を予感させる航空戦に適応できないのではないか、との疑念を抱いた。

これも後で知ったことだが、ミッドウェー海戦で戦死した前二航戦司令官山口多聞少将が戦闘の局面で、「一航艦司令官は〝億劫屋《おっくうや》〟ばかり」となげいたことがある。

一刻をあらそう航空戦の局面で長官、参謀長に決断をためらう優柔不断さが数多くみられ、そのために事態が急変してもとっさに対応することができず、作戦指揮は後手、後手にまわった。

――ミッドウェー海戦敗北の原因は、これだったのか！

と、高田参謀は目の覚める思いがした。

前任の大石保首席参謀は敗北の責任に打ちしおれてろくに引きつぎはできなかったが、彼が立案した作戦計画も結局はタナざらしにされたのだろう。〝お気に入り〟の源田航空参謀一人が司令部内で活躍する「源田艦隊」のカゲ口のナゾも、これで解けた。

二ヵ月半前の六月五日、運命の海戦当日におそらく長官、参謀長は米軍機の波状攻撃にうろたえ何らの対抗策も出さず、航空参謀ひとりが空母赤城艦橋内を走りまわっていたのではないか。

——いま自分は、そのときの源田参謀と同じ立場におかれている。

二人の指揮官たちは「ミッドウェーの仇を討ちたい」という一念にこり固まっているようであった。とくに草鹿参謀長は、米海軍への復讐の一念に燃えていた。だが、具体的にそのための戦略観、戦術眼があるのだろうか。

——おれの責任は重いぞ。

高田首席参謀は心を引きしめた。

第三艦隊の作戦室は、いま南雲長官、草鹿参謀長、幕僚たち、有馬艦長がつめかけている旗艦翔鶴の羅針艦橋の真下、下部艦橋の一室にある。

前部は操舵室で、後部の三畳敷ほどのせまい部屋にデンと大きな机が一つおかれている。作戦室はそれだけの殺風景な一室だが、張りつめた氷のような緊張感のただよう艦橋とは別次元に、ムンムンとした熱気にあふれていた。

テーブルの両側に六、七名の幕僚たちが腰かけるソファーがおかれていたが、主要幹部の長井作戦参謀、内藤航空参謀、中島情報参謀の三人は立ちっぱなし。彼らの報告がすぐ艦橋にとどくように、天井から艦橋に通じる伝声管が大きく口を開けている。

はじめての航空作戦を計画、立案する航空参謀内藤雄中佐は、前衛部隊水偵との偵察計画も立てねばならず、海図上に定規やコンパスを当てて計画に大わらわである。

「明日の攻撃計画はどうか」

高田大佐が艦橋から階下の作戦室にはいって行くと、「目下作成中です」と内藤参謀が少しどもりながら、汗だくの表情で答えた。内藤中佐は気がせくと少しどもるクセがあり、計画立案に手一杯ということがわかったが、それ以降、彼は一度も艦橋に報告に上がってこない。

航空参謀の任務は基地航空部隊からの戦闘報告および情報、前衛部隊からの索敵計画および、それに応じての機動部隊側からの偵察計画など、輻輳《ふくそう》する情報処理を一人でこなさなければならない。

——これはいかんな。

と、高田大佐は思わず吐息をついた。長井作戦参謀も中島情報参謀もはじめての航空作戦で任務に夢中になり、末国戦務参謀もその熱気にあおられて艦橋への連絡、報告がなおざりになっている。

このままでは、ミッドウェー海戦時と同じ失敗をくり返すことになる。長官、参謀長を頼らずに、幕僚たちが心を合わせてこの米空母部隊との決戦にそなえなければならない。

(同じ轍《てつ》をふんではならぬ)

二度と敗北の汚名をあびたくないと、彼は思った。

2

機動部隊は無線封止をつづけている。主要な連絡は、大型信号灯の二キロ信号灯、六〇センチ信号灯などによって、旗艦から部隊各艦へつたえられる。

二十四日午前六時三〇分、内藤航空参謀が立案した攻撃計画が旗艦翔鶴から五、〇〇〇メートル後方に占位する空母瑞鶴へこの発光信号で送られた。

「敵発見ノ攻撃法」

として告知された内容は、以下の通り。

「第一次攻撃隊　制空隊　翔鶴隊九機、瑞鶴六機　攻撃隊（艦爆）翔鶴一八機、瑞鶴　艦長所定ニヨリ参加

第二次攻撃隊　制空隊　翔鶴三機、瑞鶴六機　攻撃隊　艦爆残リ全機

第三次攻撃隊　制空隊　各艦六機　攻撃隊　艦攻隊全機」

旗艦翔鶴では、夜明け前から飛行服に準備をととのえ待機していた搭乗員たちに、飛行長根来茂樹中佐が攻撃隊の編成を告示する。

第一次攻撃隊の艦爆隊長は関衛少佐。制空隊の零戦隊長は重松康弘大尉、第二次攻撃隊には山田昌平大尉以下の艦爆九機、安部安次郎特務少尉の零戦隊三機が参加する。

第三次攻撃隊は村田重治少佐の雷撃隊である。制空隊長には上空直衛隊長のいずれかが選ばれる予定だ。

瑞鶴では、梼原《ゆずはら》正幸大尉を指揮官とする米空母索敵の九七艦攻一二機がいままさに発艦しようとする直前の出来事である。発着艦指揮所に源田実飛行長が立ち、原田整備長からの「整備完了、異常なし」の報告を待っている。五分後、艦首に立つ発艦係が片方の手旗を前に振った。

「発艦はじめ!」

梼原大尉の索敵一番機が轟音とともに飛行甲板を突っ走って行く。二番機伊東徹中尉機、三番機河田忠義一飛曹……。引きつづき瑞鶴生えぬきの名物男たち、金田数正飛行特務少尉、金沢卓一、八重樫春造各飛曹長ら古参組の九七艦攻が飛び立つ。

六時一五分には、翔鶴からも鷲見《すみ》五郎大尉以下の九七艦攻七機が索敵行に発艦している。合計一九機。母艦の〇度から一九〇度まで、進出距離二五〇カイリ（四六三キロ）、東側海面全域の綿密な飛行偵察である。

索敵隊の発艦を見送ると、源田飛行長は野元艦長からの指示をうけ、さっそく攻撃隊の編成告示に取りかかった。といって、腹案はすでに出来上がっていた。兵学校同期生の内藤航空参謀には、事前に自分の考えをよくつたえてある。彼なら、自分の提言を取り入れてくれているにちがいない。

その要点は、航空攻撃を迅速、かつ効果的にするために指揮官を旗艦の飛行隊長に統一したことである。この航空戦規程の改訂により、航空戦の指揮がスムーズにおこなわれることが期待された。

その結果は、こんな形であらわれた。搭乗員待機室の黒板に、源田飛行長は第一次攻撃隊の搭乗割を手早く書き出した。

「第一小隊長大塚礼治郎大尉……第二小隊長中村五郎中尉……第三小隊長佐野進飛曹長……」

ついで第二次攻撃隊の編成に移り、

「第一中隊長高橋定大尉……」

以下一七機の九九艦爆隊員の名前を略称、略記で書き出した。艦爆隊を二派に分ける理由について、源田中佐は以下のような説明をした。

「第一次攻撃隊の指揮官は旗艦の関衛少佐が任じられた。大塚隊九機は第二中隊としてこれにしたがう。第二次攻撃隊は本艦の高橋大尉が統一指揮する。第二中隊長は翔鶴の山田昌平大尉。戦闘機隊の直掩は第一次が翔鶴隊、第二次が瑞鶴隊という担当となる。艦爆隊は指揮官先頭、よく敵空母を攻撃して徹底破壊、敵の息の根を止めてくれ」

止《とど》めを刺すのは艦攻隊の役割だから、それまでに波状攻撃で米空母を行動不能にせよ、というのが飛行長の眼目であった。

――飛行機隊の建制を破るのか！

飛行隊長高橋定大尉は書き出された搭乗割を見て、異和感をおぼえた。第三艦隊の新戦策も航空戦規程の改訂も、くわしく説明のないままに戦場に出てきたのである。

指揮官先頭、統一指揮とはきこえが良いが、せっかく瑞鶴艦爆隊としてまとまって訓練をつづけてきたのである。約一ヵ月間、猛訓練をして出来上がった飛行機隊をバラバラにして、果たして効果があがるものだろうか。

大塚大尉も、指揮官関少佐と充分に気心の知れ合った仲ではない。苛烈な戦場で、連係プレーがうまく行くだろうかと不安の色を浮かべていたが、すでに覚悟を決めていたのか、不満の言葉はのべないまま出撃準備に取りかかった。

一方、索敵線の扇形海面の南よりを受けもつ八重樫春造飛曹長は、雲の多いメラネシアの海をひたすら南下し、飛行しつづけていた。

この海域は南東貿易風帯に属し、夏季には雨が多く、熱帯低気圧もときどき発生する。その場合、海は大荒れになるが、幸いにして空は晴れ上がっており、視界がよく利く。

「おうい、姫石兵曹。何か見えるか」

「いえ、何も見えませんね。敵空母はおらんみたいですね」

偵察席の姫石忠男一飛曹が律義な口調で答えた。二人は真珠湾攻撃いらいのコンビで、サンゴ海海戦でも米空母レキシントン雷撃に参加したペアだ。

この朝、八重樫飛曹長は自分が索敵機任務と知らされて、ホッと安堵の吐息をついていた。二度と米空母への雷撃行はご免こうむりたいというのが、彼の率直な心情であった。

「恐くてこわくて、夜居住区の寝台の上でハッと目ざめることがありましたね。あんなに激しい対空砲火と弾幕に飛びこめば、こんどは生きて帰れないとうなされて、飛び起きたことが何度かありました」

正直な戦後の告白である。同じ索敵線に、雷撃戦を体験した〝飲み仲間〟金田数正特務少尉がいたが、二人でその恐怖を話し合ったことはない。

また機中で、八重樫飛曹長はこんなことも考えている。

――いま、母艦で待機中の艦攻隊員たちの中には、この一ヵ月でようやく着艦できるようになった未熟な搭乗員たちがいる。

雷撃機出動となった場合、何も知らぬ彼らは勇躍して出撃して行くだろうが、あの地獄の対空砲火の中に飛びこんだとき、何を感じるのだろうか、と。

「何も見当たらんな。そろそろ引きあげようか」

索敵線のぎりぎりまで南下したところで、八重樫飛曹長機は反転する。午前一〇時一〇分、索敵隊全機が母艦に帰投した。

同じころ、機動部隊のはるか西側に空母龍驤を中心とした支隊が進撃しつつあった。ガダルカナル島より距離約二〇〇カイリ（三七〇キロ）、攻撃隊の発艦直前の位置にある。前方に第八戦隊の重巡利根が立ち、両脇を時津風、天津風二隻の駆逐艦が固めているが、いずれにしても小兵力であることはまちがいない。

正午、飛行甲板には村上敏一大尉機以下の九七艦攻六機、直掩の重見勝馬飛曹長機以下の零戦六機、合計一二機が出撃をひかえて待機していた。ついで格納庫では、納富健次郎大尉のひきいる遊撃隊の零戦九機が第二波としての発進を待っている。

龍驤は軽空母のため、飛行甲板は一五六・五×前端一七メートルと狭く、一度に全機を発艦させることはできなかったのだ。

それにしても、白昼に米軍陸上基地に近づき、九七艦攻一機あて六〇キロ陸用爆弾六発、合計三六発の水平爆撃でどれほどの戦果を期待できようか。まるで中国戦線で、地上の機銃陣地を叩くようなのどかさである。

米軍は日本機の来襲にそなえて九〇ミリ高角砲を持ちこみ、必死になってガ島最前線基地の守りを固めているのだ。

「この作戦には無理がある」

と、重巡利根に乗艦していた第八戦隊首席参謀土井美二中佐が戦後回想に記している。

その要点は、機動部隊の南雲中将より、

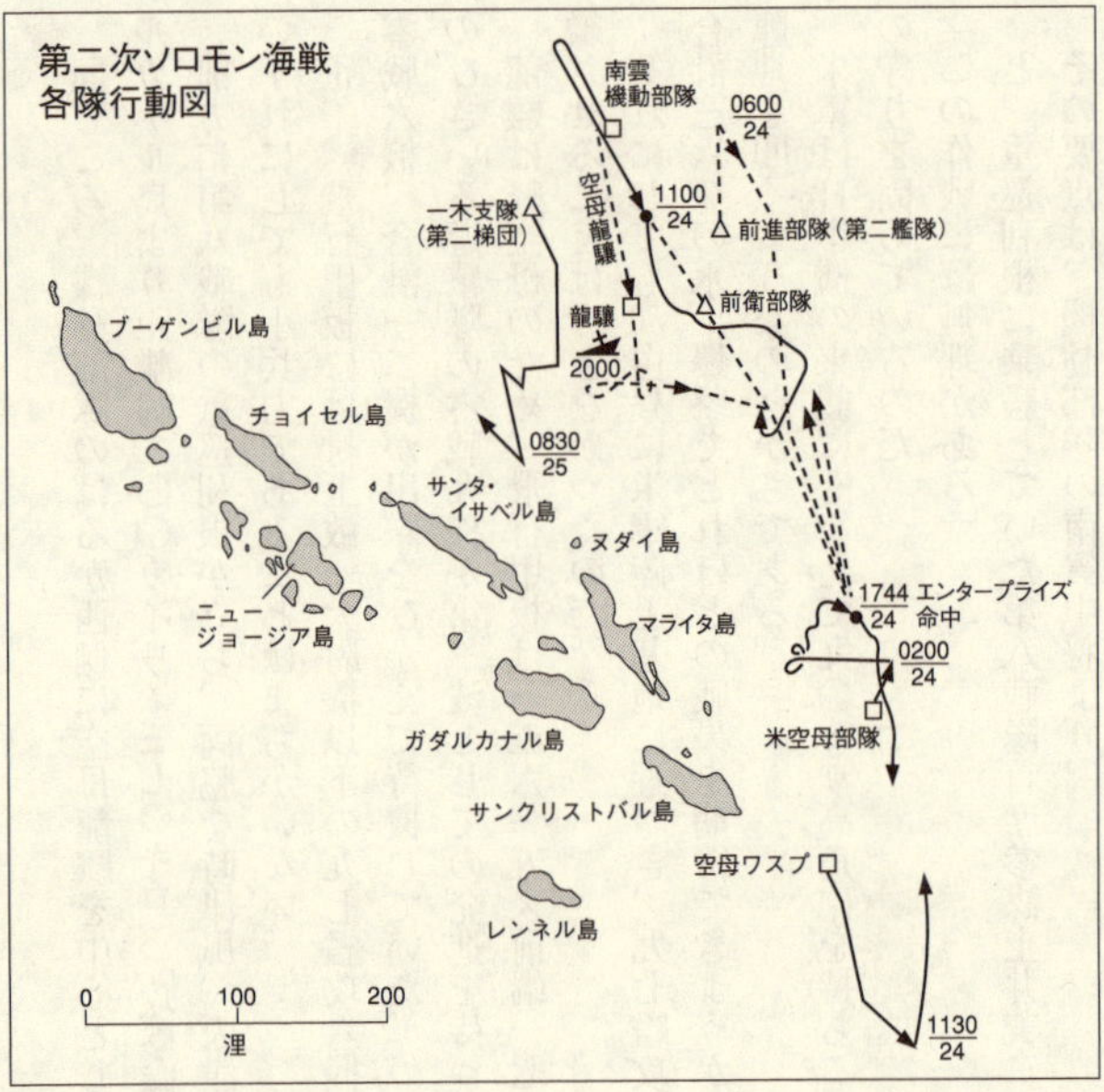

「『ガ』島航空基地を攻撃する飛行機隊の発進は午後」

とし、

「午前に敵機動部隊を発見した場合、原分遣隊（支隊の意）は『ガ』島空襲を取り止め、機動部隊本隊に復帰合同するものとす」

との制約を課せられていたため、白昼強襲を強行せざるをえなかったという戦術上の失敗を指す。

米空母部隊を発見した場合、翔鶴、瑞鶴、龍驤あわせて三艦の飛行機隊で合同して攻撃にむかうという、機動部隊にとって都合のよい肚づもりなのだが、あいにく発見報告がなく、支隊

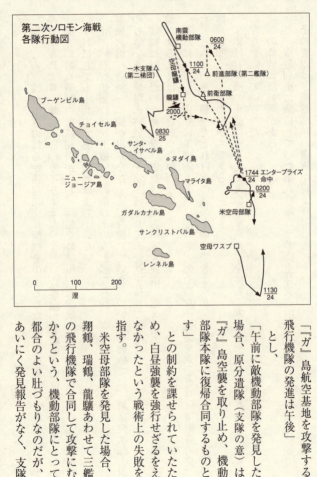

指揮官原忠一少将がやむをえず単艦による攻撃命令を下したのだ。

だが、もしもっと早く龍驤を分離し、二十四日未明、ガ島米軍基地への黎明《れいめい》攻撃を実施させていたら、「敵機動部隊をもう少し北西方に誘致し得て、我が機動部隊の攻撃を有利になしえたのではないか」と、土井参謀は悔やんでいるのである。

午後一二時二〇分、龍驤第一次攻撃隊がガダルカナル島米軍基地にむけ出撃。ついで同四八分、納富大尉の遊撃隊零戦九機がその後を追って発艦した。

午前八時、「戦闘旗ヲ掲ゲ！」の号令が下った。平時における「軍鑑旗掲揚」と同義で、戦闘開始の特別行事である。

戦闘旗が風に鳴っている。

この日、気象条件は良く、南方特有の強い陽差しが照りつけていたが、風が強く午後になって低気圧が発生し、積乱雲が張り出していた。米軍機が来襲してくれば、この厚い雲の群れは彼らにとってよき隠れ蓑《みの》になるにちがいない。

発艦後一時間二三分、指揮官機より「トトト……（全軍突撃せよ）」のト連送が打電されてきた。ついで午後二時三五分、艦内スピーカーから村上大尉の報告電がつたえられた。

「ガ島飛行場爆撃に成功せり」

その瞬間、艦内のいたるところからワァーと歓声がまき起こり、乗組員一同、血わき肉おどるの感が満ちみちたと、艦攻隊整備員斎藤義雄一整の回想記にある。

攻撃隊発進前、艦内では乗員たちが「ひょっとしたら、龍驤が囮《おとり》になって敵基地に接近するのではないか」といううわさが流れていた。彼らが最前線に立つことによって米艦隊をおびき出し、横あいから主力の二空母が航空攻撃をかけ、米空母部隊を撃滅する……。

そんな危険な任務のためにわが部隊は犠牲になる、と緊褌《きんこん》一番、ふんどしのヒモを固くしめ直したところが、予想外に第一次攻撃隊は成功をおさめたのである。

龍驤艦上でかたずをのんで戦況を見守っていた加藤艦長以下首脳陣に、喜びの表情が浮かんだ。それもつかの間、指揮官機からの戦況報告がまったく打電されて来なくなった。相当の激戦が、ガ島上空ではじまったらしい。

3

米機動部隊を指揮するフレッチャー中将は、ガダルカナル島東方海域にあった。

空母サラトガを中心とする第十一任務部隊（他に重巡二、駆逐艦五隻）は自分が指揮し、エンタープライズの第十六任務部隊（戦艦ノースカロライナ、重巡二、駆逐艦六隻）は前巡洋艦戦隊司令官のトーマス・C・キンケイド少将に采配をまかせた。

ちなみに、日米航空機の戦力を比較すると（上段より艦戦・艦爆・艦攻の順）――。

エンタープライズ　三六　三七　一五

サラトガ	三六	三七	一五
総計一七六（計）	七二	七四	三〇
翔鶴	二七	二七	一八
瑞鶴	二七	二七	一八
龍驤	二四	〇	九
総計一七七（計）	七八	五四	四五

機数においては互角だが、日本側は空母龍驤を分派したため、戦策で想定した母艦直衛の戦闘機数をへらされることになり、機動部隊本隊の上空直衛、攻撃隊の掩護にいちじるしく能力を欠くことになる。

二十四日未明、フレッチャー中将は索敵機をはなったが日本空母を発見することができず、全機が母艦にもどった。

午前九時、ガ島ヘンダーソン基地に着陸、攻撃待機していた空母サラトガの飛行機隊も母艦に帰着している。そのさなか、サラトガの西二〇〇カイリに日本軍の四発飛行艇をレーダーで発見。母艦直衛のグラマンＦ４Ｆ戦闘機四機で、これを撃墜している。横浜空の索敵機だが、彼らの発見報告は日本側にとどいていない。

九時五分、ヌデニ基地を発進した米ＰＢＹ飛行艇から貴重な第一報がフレッチャー提督のもとにとどいた。

「日本軍空母一、巡洋艦一、駆逐艦二隻発見」

一一時二八分、同じ基地発のPBY機から同様の発見報告があり、その位置は部隊の北西二四五カイリで、前者にくらべて三五カイリもの誤差があった。慎重な性格のフレッチャーは「日本空母部隊はトラックの北方にあり」との太平洋艦隊情報部からの報告を信じていたので、確認のためエンタープライズから索敵機二三機をあらためて派出することにした。

午後一二時二九分、発艦。第一報より三時間余のおくれがあり、しかも報告位置をめざしての攻撃行ではなく、当日朝振り出しにもどっての扇形索敵行である。軽空母龍驤は、フレッチャーの細心な性格によって第一の危機をまぬがれたのである。

だが、それもわずかな幸運でしかなかった。空母サラトガのレーダーは母艦の北一〇〇カイリをガ島めざして飛行する日本機の一団をとらえた。村上大尉ひきいる龍驤艦攻六、零戦一五、合計二一機の第一次攻撃隊である。

この発見報告により、戦闘の主導権はフレッチャー中将の手に移った。

「日本空母を攻撃せよ」

彼の命令により、空母サラトガからSBD『ドーントレス』爆撃機三〇機、TBF『アベンジャー』雷撃機八機が発進する。指揮官は第三飛行隊のハリー・D・フェルト中佐である。

龍驤の運命が決まった。

1

「敵機来襲！」

南雲長官は、相変わらずいらいらと落ち着きのないときをすごしていた。未明から出発した索敵機のいずれからも「敵空母発見！」の報告がもたらされて来ないのである。

索敵隊の指揮官鷲見《すみ》五郎大尉が艦橋に上がってきて、有馬艦長に「該当海面には何も見当たりませんでした」と報告するのをきき、「そんなはずではないのだが……」と草鹿参謀長も不安の声をもらした。すでに、米空母部隊がガ島近海に遊弋《ゆうよく》していることは確実なのである。

「まもなく前衛部隊から、第二次の索敵機が進発します」

南雲長官の背後にひかえていた中島情報参謀が、二人の指揮官の動揺を落ち着かせるように声をかけた。午前一一時、機動部隊の前衛各艦から一機ずつ、合計六機の水上偵察機が二段目の索敵行に出されるのである。

東方海域六〇度から一五〇度にかけて、進出距離三〇〇カイリ（五五六キロ）――ミッドウェー敗北の失敗にこりて、南雲長官からとくに念を押された索敵飛行の徹底化をはかったつもりである。

情報参謀として、中島少佐は翔鶴に新装備された二一号電波探信儀《レーダー》の使用法に慣れ、ようやく使いこなすことができたという自信がある。「何とか五五キロ以内なら、敵機を発見できます」と言い、南雲長官を安心させたばかりなのだ。

だが、慎重な性格の草鹿参謀長は気をゆるめない。内藤航空参謀が立案した前衛部隊の索敵計画についても、

「米海軍のこれまでの戦法からみて、敵は大胆にもっとガダルカナル島よりに接近、攻撃を加えてくるのではないか。南よりの索敵線をもう一本、追加したらどうか」

と不安がったのである。

内藤航空参謀は「それほど、米側は危険を冒《おか》すだろうか」と懐疑的である。また中島情報参謀も、同一海域に空母龍驤の支隊がおり、もし米空母がガ島近海に出現すれば、「味方の哨戒網に発見され、ただちに報告が来るだろう」と否定的である。

作戦参謀長井中佐が折衷案を出し、索敵線の南側一五〇度線を一六五度線に変え、本来の三〇〇カイリ飛行したところを右折するのではなく左折とし、ガ島東方海域をそれでカバーできるようにした。結果的には、この草鹿参謀長の不安が的中する。

——戦機は熟しつつあった。

機動部隊の前方一〇、〇〇〇メートルを往く前衛部隊が、米ＰＢＹ飛行艇に触接されたの

である。

上空直衛は空母瑞鶴が担当で、小山内末吉飛曹長以下三機が防空指揮所からの隊内無線でただちに追いかけたが、雲にまぎれ、捕捉できなかった。午前一〇時三七分と午後一時の二回、「敵機発見！」の報に第二直、第三直の上空直衛機が発進したが、PBY飛行艇はたくみに雲間にのがれた。

旗艦に新設されたレーダーは、物の役に立たなかったのである。

味方機動部隊の存在が米側に知られたことは確実、と思われた（注、米側に発見報告はなし）。第三艦隊司令部の幕僚たちに焦燥《しょうそう》の色が浮かんだ。高田首席参謀もじりじりとしながら拳を固くにぎりしめる。

雲は出ていたが、良く晴れ上がった空であった。風は止み、わずかに白い波頭が望まれる。暑熱のそんな日盛りの午後、ようやくのことで前衛部隊の重巡利根から発進した九五水偵から、待望の第一電がとどいた。

「敵大部隊見ユ　敵戦闘機ノ追躡《ついしょう》ヲ受ク」

電報はそれきりであった。肝心の米国艦隊に空母がふくまれているのか、その艦種、規模、発見位置についても報告はなかった。しかも、この電文は旗艦で受信せず、重巡利根からの発光信号で知らされたのである。

「その後、触接報告はきていないのか」

中島情報参謀がせきこんだ調子で、翔鶴通信長赤尾俊二少佐に問いただした。「まことに申しわけないことですが……」と赤尾少佐は緊張した面持ちで頭を下げ、「空中状態が悪く受信もれしたようです」と南東貿易風帯では通信障害が起こりがちになる、と戦場付近の気象条件の悪化を理由にあげた。

赤尾通信長は沈痛な表情でこうつづけた。

「利根水偵は消息を断ちました。どうやら敵戦闘機の攻撃を受けたらしく、電文から見て、とにかく第一報を打ってきたようです」

発信時刻をみると正午一二時（日本時間）、現地時間では午後二時である。重巡利根が受信して、それから転電してきたため、さらに時間を費やしている。

航空戦は、一刻も早く勝負しなければならない。

「すぐ発見位置を割り出してくれ」

長井作戦参謀に命じられて、内藤雄中佐が艦橋下の作戦室に駆けこんで行った。いそがしく海図台にコンパスと定規をあてる。

ただちに、推定位置の結果が出た。

「すぐ攻撃隊を発進させましょう。敵大部隊とあるからには、空母をふくむ大機動部隊と考えて差しつかえない。念のため、前衛部隊から触接の水偵隊を追加派遣し、格納庫待機中の第一次、第二次攻撃隊を即時発艦させるべきです」

高田首席参謀が長井参謀以下の幕僚たちの意見をいれ、草鹿参謀長に直言する。もはや逡巡することは許されないのだ。事態は、一刻を争う。

「ただちに攻撃隊を索敵攻撃にむかわせます」

　草鹿参謀長は自分の不安が的中したことに満足しながら、元の自信たっぷりな表情を取りもどして南雲長官に言った。

「よし」

　南雲長官はようやく渋面をとき、幕僚たちにむけ、大きくうなずいた。

2

　瑞鶴羅針艦橋の直上、防空指揮所にいた艦長野元大佐は、旗艦からの発光信号で司令部によるつぎの情勢判断を知ることができた。

「筑摩機担当ノ索敵線及ビ時刻ニヨリ敵ノ概位ハ我ガ一五三度方向二六〇浬《カイリ》付近ト推定ス」

　発光信号の具体的内容はこれだけである。「攻撃隊ノ編制ハ予定ノ通リ」とか、「発艦準備完了次第発艦セヨ」とかの督励信号は来るものの、米国艦隊の内容、位置についてはっきりとした通報がない。

「敵情はこれだけですか」

　搭乗員待機室に姿をあらわした源田飛行長に、高橋飛行隊長が問いかけた。

「相手は空母ですか。ほかに情報はありませんか」

「それがないのだ。どうも利根の水偵はグラマンにやられてしまったらしい。確認のため、触接機がまもなく飛び立つはずだ。敵艦隊の詳細はそれでわかるだろう」

新たに発進する索敵機は、前衛の戦艦比叡と重巡利根の九五水偵二機である。これは旗艦からの発光信号で知ったことなのだが、いそぎ発進準備中で、彼らは攻撃隊出撃と同時に一五三度線にむかう予定だ。

瑞鶴の第一次攻撃隊は大塚礼治郎大尉以下の九九艦爆九機と、日高盛康大尉の制空隊零戦六機である。全機は翔鶴艦爆隊関衛少佐の指揮下にはいる。

第二次攻撃隊は高橋定大尉の九九艦爆一八機と白根斐夫大尉の制空隊零戦八機で構成される。合計四一機。

これら攻撃隊に参加する六八名の搭乗員たちが、息を殺して源田飛行長の指示を待つ。

「いいか、目下わかっている敵情報はこれだけだ。手さぐりの攻撃行だが、やむをえん。戦《いくさ》は機先を制した者が勝つ。四周によく眼をくばり、敵発見！　と同時に即攻撃せよ。諸士の敢闘を祈る！」

つづいて味方位置、行動予定が黒板に書きこまれた。艦隊はこのまま無線封止をつづけるが、攻撃終了後の集合地点、被弾した場合の不時着機収容の方法について、さらに手短な説明があった。

艦内スピーカーが、最後の身支度をととのえている搭乗員たちの耳にとどいた。

「攻撃隊搭乗員、飛行甲板に整列」

大塚礼治郎大尉は、搭乗員待機室ですぐそばにいた日高盛康大尉に「じゃあ、行こうか」と声をかけ、立ち上がった。二人は兵学校同期生で、飛行学生では日高が一期上の先輩格となる。学習院中等科卒。

日高盛康は、明治の海軍で日露戦争時、常備艦隊長官の座を争った日高壮之丞の孫にあたる。山本権兵衛海相に説得され、涙をのんで長官の座を東郷大将にゆずった話は有名だが、日高盛康も兵学校在校中から〝日高男爵の孫〟としてその名を知られた。

日米開戦時、日高中尉（当時）は空母鳳翔分隊長の配置にあった。十七年四月まで三航戦所属の内地防空任務につき、髀肉《ひにく》の嘆《たん》をかこっていた。こんどは第一線の艦隊勤務とあって、大張り切りである。

大塚大尉は高橋隊長に歩みよると、両足をそろえて敬礼し、「お世話になりました」と律儀にあいさつをした。

「隊長、私の仇をかならず討って下さい。あとのことはよろしくお願いします」

仇を取ってくれ――とは、どういう意味だったのか。生還を期しえないという覚悟であることはたしかだが、出撃前のあわただしい時間帯であったから、その言葉の意味を隊長として深く受け止めたわけではない。

それよりも、旗艦にいる航空参謀が机上プランでようやくまとめ上げた艦爆隊を、バラバラにする腹立たしさのほうが先に立った。（大塚を一緒に連れて行ってやりたい）という口惜しい思いだけが、高橋大尉の頭の中をうず巻いた。

大塚大尉は、待機室を出るころには元の快活な、いつもの屈託のない、明るい表情にもどっていた。彼なりの覚悟を決めたのだろう。

艦橋に上がるラッタルの途中で、原田整備長は飛行甲板に駆け上がって行く大塚大尉とすれちがっている。

「よろしく頼みますよ」

とはげましの声をかけると、

「いい（戦果）写真を撮ってきますよ。楽しみに待っていて下さい」

と明るく答えた。これが、大塚礼治郎が遺した最後の言葉となった。

機動部隊の上空直衛は、旗艦翔鶴の戦闘機隊が担当である。

艦橋下の搭乗員待機室にいた新郷英城大尉は、根来飛行長が息せき切って駆けこんできて、「すぐ上空直衛に発進してくれ」とせかせる声に、敵機襲来かとおどろいて立ち上がった。ついで根来中佐が戦闘機分隊長の指宿正信大尉に、「そのあとで、君もよろしく頼む」と声をかけるのをきいて、何だ、まだ戦闘がはじまったわけではないのかと一安堵する気持であった。

利根水偵からの第一電がはいった直後のことである。司令部幕僚たちが色めき立ち、有馬艦長もはやり立っていたのだろう。その緊迫した空気が、そのまま根来飛行長の身体からあふれていた。

（何もそんなにあわてなくても……）

という気持が新郷大尉にある。

根来飛行長が第一次攻撃隊の関少佐、制空隊長重松康弘大尉にあたふたと話しかける様子を横目で見ながら、（こんな場合、気を落ち着かせることが第一だ）と自戒する言葉を吐いていた。

前台南空戦闘機隊長として日米開戦時、マニラ空襲、スラバヤ上空戦など戦闘経験は充分にある。航空戦は即時対応が必須だが、あわててはならないのだ。

午後二時三〇分、上空直衛機発進。右に二番機菊地哲生一飛曹、左に三番機石田正志一飛をしたがえて、新郷英城大尉は四、〇〇〇メートルの機動部隊上空を飛ぶ。

味方水偵が発見され、撃墜された以上は米側も日本艦隊の出現に気づき、攻撃隊を放ってくるだろう。いや、すでに味方に向かってきているにちがいない。彼らがやってくるとすれば南方方向だろう。そう警戒しながら、新郷大尉は鋭い眼で雲の切れ間にあらわれるはずの遠くの黒点をさぐった。

眼下に、警戒航行序列を組んだ前衛部隊が横列となって航行しているのが望見される。西よりの方向から重巡筑摩、戦艦比叡、軽巡長良、戦艦霧島、重巡熊野、同鈴谷の順である。左右に等間隔一〇、〇〇〇メートルの海をへだてて進撃している。

その後方に翔鶴、瑞鶴の二空母が単縦陣となってつづく。両艦の距離は五、〇〇〇メートルだが、上空から見下ろすと豆粒のように小さい。

発艦して三〇分、機動部隊周辺では何事も起こらなかった。

第一次攻撃隊はすでに発艦をおえ、空中集合のあと、南方への進撃を開始していた。

攻撃隊総指揮官関衛少佐機を中心として、翔鶴艦爆隊は関少佐の指揮小隊三機、右翼に有馬敬一大尉の第一中隊九機、左翼に第二中隊吉本一男大尉の第二中隊六機を配し、堂々たる編隊を組んでいる。

その後方に、大塚大尉の瑞鶴艦爆隊九機が続航している。制空隊は両隊の直上にあり、日高大尉の零戦六機と重松大尉の四機が米軍戦闘機の警戒にあたっている。

二七機の九九艦爆にたいして、護衛の零戦は一〇機にすぎない。果たしてこれだけの機数で、米グラマン戦闘機群の猛攻撃から艦爆隊をまもり得るのか。

重松隊長の三番機で、サンゴ海海戦での母艦上空の攻防戦闘を経験している小町定二飛曹は、米空母部隊をなかなか発見できないところから「ミッドウェーの二の舞いになるのではないか」と恐れ、翔鶴より発艦後も、母艦が急襲されているのではないかと気がかりになっていた。大正九年、石川県生まれ。

母艦の危機が去ったいま、この二十二歳の若者の心に占めるのは、

——とにかく、一機たりとも味方攻撃隊に近づけてはならぬ。

というはげしい闘志である。

そのはるか前方、関少佐の第一中隊長有馬大尉機の操縦席には元赤城の古参搭乗員、古田清人一飛曹がいる。

彼が部下思いの、まじめな偵察席分隊長とのコンビを組んで二ヵ月余、ようやく爆撃降下の呼吸も合うようになった。前任の偵察員は偵察将校の草分け的存在であった千早猛彦大尉であったから、比較するほうが無理ではあるのだが、気がかりなのは有馬大尉が中支戦線で重慶爆撃に参加していらい、戦場経験に三年間もの空白があることである。

熾烈《しれつ》な日米航空戦ははじめての体験であろうし、よほど覚悟して米海軍の対空砲火にはのぞまねばならないと何度も進言してある。いよいよ今日こそはその正念場だと、古田一飛曹はあらたな決意を固めていた。

3

上空直衛の新郷英城大尉は、第一次攻撃隊の黒い集団が遠くに南下して行くのを見送っていた。

母艦と上空直衛の零戦との通信は、隊内無線を通じておこなわれる。三式空一号無線電話機がそれで、五〇カイリ圏内が通話可能という性能を持つ。航空機相互の連絡は感度不良のため、編隊内では使われることがないが、母艦との交信は防空指揮所の無線電話を使って頻繁におこなわれた。

この日、新郷大尉の耳には母艦からの通信が明瞭にはいった。雑音もなく、レシーバーからはっきりとした指示の声がききとれる。

午後三時近く、その声がとつじょかん高い声に変わった。われんばかりの絶叫である。

「敵襲！　上空直衛機は南方上空にむかえ！」

とっさに南方に視線を転じ、目をこらして見たが、何の気配も感じられない。いそいで両翼をバンクし、南の指示された方向へと全速で進む。

味方翔鶴が米軍艦上機の攻撃にさらされたのだろうか。いや、米海軍お得意の急降下爆撃にやられたのか、それとも雷撃機をともなっているのだろうか。今まで自分の視界にはいってこなかったのは、どういうわけなのか。

全速で列機とともに南の空に急行しながら、新郷大尉はふと航空図板に書きこんであった旗艦翔鶴の位置からしだいに離れて行っていることに気づいた。小隊は西に引きつけられていて、眼下にあった前衛部隊の各艦の艦影も見えなくなっている。

つぎの瞬間、空母龍驤の支隊がガダルカナル島空襲に向かっていることに気づいた。この指示は龍驤の上空直衛機にたいするもので、緊急事態のためコールサインを省いて、矢つぎ早やの命令を出したのではないか。とすれば、いま機動部隊上空はガラ空きの状態である。

新郷隊は大いそぎで母艦上空へと反転する。無線電話が明瞭にはいったため、翔鶴とききまちがえたのだ。あせってはならぬ、と自戒したはずなのにと、後悔の念が肚《はら》の底からこみ上げてきた。

午後三時一〇分、ようやく機動部隊が遠くに見えてきてホッと一息ついたとき、旗艦翔鶴の上空に二機の米軍機が急降下爆撃の態勢にはいって行くのが見えた。

（しまった！）

もはや制止することはできない。新郷大尉は息が止まる思いがした。

新郷大尉機を呼びよせた空母龍驤の警報は、米陸軍B17型爆撃機の空襲をうけている最中のものであった。

二時五八分、B17二機来襲せるも命中せずと日本側記録にあり、彼らはエスピリッサント島に進出した米第十一爆撃大隊所属の『空の要塞』で、はるばる二、九〇〇キロの距離を飛んでガ島周辺海域の空爆に向かったのである。日本軍とちがって、米側は陸海軍一致してガ島防衛に当たっていた。

空母龍驤への攻撃が本格的にはじまったのは、それより約一時間後となる。

加藤唯雄艦長が放ったガダルカナル島空襲部隊は、村上敏一大尉を中心とする九七艦攻六機、重見勝馬飛曹長以下の零戦六機、第二次発進組として納富健次郎大尉をふくむ九機、合計二一機をもって米軍占領下のルンガ飛行場に殺到した。

重見隊、納富隊の零戦が先行し、迎撃してきた米グラマン戦闘機を蹴散らして、「ガ島飛行場爆撃に成功せり」と村上大尉からの報告電がはいって龍驤艦内をわかせたのは、既述の通りだ。

加藤大佐は大喜びで、北方に避退中の艦を予定通り西に転じ、さらに南下して帰投してくる攻撃隊を収容しようとはかった。ところが、村上隊長機からその後の報告電がとどいてこないのだ。

空母龍驤の戦闘行動調書によると、

「ルンガ飛行場の高角砲陣地並に機銃陣地を爆撃し命中弾多数、飛行場施設炎上」とあり、その後、敵戦闘機約二十機と交戦との記述がある。米グラマンの迎撃第一陣はしのいだが、引きつづきガ島上空での大混戦となったことがこれでわかる。

米モリソン戦史によると、日本機は米海兵戦闘機第二二三中隊の反撃をうけ、「二一機を喪い、飛行場の損害は軽微」とあるが、実際には九七艦攻の喪失四（内不時着水一）、零戦三機（同一）が正確な数字である。

空母龍驤はフレッチャー中将が放った索敵機により発見され、二機のSBD『ドーントレス』機に爆撃されたが被害はなかった。前方を往く重巡利根にも同様の攻撃が加えられたが、住山航海長のたくみな転舵でこれをかわした。

午後三時五十四分、艦攻隊整備員斎藤一整が見上げると、断雲の切れ間から急降下爆撃機、雷撃機の一群が集結しつつあった。彼らはつぎの瞬間、一団となって襲いかかってくるのだろう。

——これが嵐の前の静けさというのか。

と、斎藤一整は思った。

フェルト中佐のひきいる空母サラトガの攻撃機三八機が到着したのだ。三分後、雷爆同時攻撃が日本の軽空母にたいして加えられた。米海軍はサンゴ海海戦の日本側戦法を見習って、急降下爆撃と同時に新鋭の『アベンジャー』雷撃機が二手に分かれて、右舷と左舷側への同時攻撃を加えたのである。

攻撃は龍驤一艦に集中しておこなわれた。至近弾が林立し、艦橋にいた戦闘記録係の窪田俊彦中尉の戦闘記録によると、直撃弾二発。その他至近弾により「艦橋にいた副長ら一七名のうち一四名が至近弾でやられ」、残った三名も爆風と爆撃後の機銃掃射で二人が戦死。「艦橋で生き残ったのはわたしだけ」という有様であった。

致命傷となったのは、左舷中部に命中した魚雷一発であった。午後四時、帰投しつつあった味方攻撃隊にブカ島基地への着陸を命じたが、大部分は支隊周辺に不時着水した。

一方の南雲機動部隊本隊の翔鶴へ急降下爆撃を加えたのは、エンタープライズから放たれた哨戒機二機であった。米フレッチャー提督は戦いのイニシアティブを取ったのだ。

翔鶴身代わり被弾

1

旗艦翔鶴にとつぜんの急降下爆撃を加えたのは、エンタープライズを飛び立った哨戒爆撃機SBD『ドーントレス』二機である。(昭和十七年)八月二十四日午後三時一〇分、レイ・デイビス大尉とロバート・C・ショウ少尉のコンビが飛行甲板に攻撃機をならべている日本空母に接近し、五〇〇キロ爆弾を投下したのだ。

米海軍機は哨戒機でも九九艦爆の二倍の爆弾を携行し、〝行きがけの駄賃〟とばかりに投下して行く。翔鶴では第二次攻撃隊の発艦準備中で、山田昌平大尉の九九艦爆隊九機、直掩の安部安次郎少尉の零戦三機が格納庫から運び出されている最中であったから、完全に不意をつかれた。

「敵機急降下!」

防空指揮所にいた見張員が絶叫する。一瞬のおくれがあれば、投弾は飛行甲板で炸裂し、ミッドウェー海戦時と同じく飛行甲板が猛火にさらされていたにちがいない。

この日も、艦長有馬正文大佐は未明から防空指揮所に詰めていて、四周への警戒をおこたらなかった。見張員が声を発したと同時に、羅針艦橋の塚本朋一郎航海長にさけびかける。

「面舵一杯!」

「おもかーじ、いっぱーい!」

塚本中佐も裂帛《れっぱく》の気合いをこめて復唱する。万事休す、と思われた。艦橋にいた塚本航海長は一瞬の隙に急降下した米軍機の姿に気づかず、見張員の報告ではじめて艦の危機を知ったのである。

艦は右に大きく回頭する。右舷側一〇メートルの海面に、五〇〇キロ爆弾のすさまじい水柱が立つ。つづいて二〇メートル先にもう一つ。急速回頭のため、米軍操縦士は目測を違え、投下角度をあやまったのだ。

（助かった！）

塚本航海長は危うく被弾をまぬがれたことに感謝しながら、対空砲火の轟音のなかでいそいでつぎの攻撃にそなえて四周を警戒する。それにしても、新設された二一号対空電探の操作員たちは何をしていたのか？

艦橋の下、作戦室にいた中島情報参謀はさっそく赤尾通信長に問いただしたが、たしかに第三艦隊初のレーダーは「目標をとらえていた」という。すぐさま艦橋に報告されたが、対空戦闘の騒音にまぎれて声がとどかなかったらしい。

この問題は緊急時の連絡に課題を残したが、中島参謀にとっては「日本海軍で実用化された最初の発見例」であり、米軍機の急襲をさける意味で貴重な、ありがたい新兵器の登場であった。

サンゴ海海戦での被弾の後遺症もあって、艦上では全乗員あげての必死の対空射撃が実施されていた。米軍機の急降下を見るや、有馬艦長とともに防空指揮所に立つ砲術長富川憲三

少佐はとっさに大音声で、

「撃《う》ち方はじめ！」

の命令を下す。両舷にある一二基の二五ミリ三連装機銃、八基の一二・七センチ高角砲がいっせいに火を噴いた。

第二艦隊司令部付信号員橋本廣一曹の日記。

「轟音、砲声、硝煙の臭いがあたりに漂い、飛行甲板上は一瞬にして噴火山のごとき有様となる。まるで船体がバラバラになってしまうような砲撃の振動は、まことに恐ろしいばかりである。……ズズーンと一大音響とともに真っ黒い水煙が噴き上げ、やがてそれが艦橋を蔽《おお》った。一時、天地が晦冥《かいめい》となる。

敵爆弾の破片や付近の破壊物と一緒に海水が瀧のごとくに艦橋に降り注いできて、まわりは水浸しになった」

だれでも同じだろうが、不意の爆撃を食ったことで一時ぼう然とし、本音をいえば「じつに恐ろしい思いがした」そうである。

塚本航海長が上空に気をとられているさなか、飛行甲板では思わぬ悲惨な出来事が起こっていた。

艦が急速に右回頭すると、艦船の性能上、外側に――列車や自転車とは反対側に――大きく傾くのである。そのため、甲板上の一機がズルズルと左舷側の海中に転がり落ちたのだ。

翔鶴は三〇ノットの全速で突っ走っていたため、飛行甲板に運び上げられたばかりの零戦は、整備用に両翼をワイヤーの繋止索で固定するいとまもなく、急回頭ですべり落ちたのだ。艦橋から飛行甲板を見下ろしていた運用長福地中佐は、あっという間の出来事で手を差し出すすべもない。

「戦いは危急を告げている。転落した整備員六名を見ながら助けようもなかった」

と、彼らの最期を悼《いた》んでいる。転落する零戦にしがみついていて阻止しようと努めた整備士官は、東大工学部出身の技術将校で、未来を嘱望されていた森武治予備少尉。ほかに松浦要整備兵曹長以下五名の整備員たちが、海の藻屑と消えた。

上空直衛の新郷英城大尉は、急降下爆撃した米軍機の投弾が外れたのを見て、胸を撫で下ろしていた。

「これで助かったわい、と思いましたね。龍驤のラジオ（無線）に引きずられて上空を離れてしまい、米軍哨戒機の追撃もかなわなかった。台南空時代いらい、隊内無線には苦労しました」

上空直衛には、当時第二直、第三直の零戦六機が当たり、新郷隊をふくめ計九機の零戦が上空にあった。この日、B17隊四、双発陸上爆撃機四、SBD哨戒爆撃機二機との交戦で、戦果は、撃墜一機。被害は岩城芳雄一飛曹の零戦一機が自爆戦死となっている。

2

野元為輝艦長は、瑞鶴の艦上からはるか五、〇〇〇メートル前方で展開されている旗艦翔鶴の対空戦闘を、かたずをのんで眺めていた。

右舷前方に大型爆弾を投下した米軍機が二機、たくみに海上を逃れて行くのが望見される。直衛の零戦が全速で追って行くが、二機とも雲にまぎれて見えなくなった。

(やれやれ、また本艦が助かったぞ)

と、四十七歳の新任艦長は安堵の吐息をついた。第十一警戒航行序列によって前衛部隊が横列となり、空母部隊が単縦陣となって後方にしたがうという逆三角形の隊形は、攻撃終了後の母艦機に帰投目標を指示し、彼らの収容を確実にすべく内藤航空参謀が発案したものだが、同時にまた、米軍機の攻撃を吸収するという役割をも果たした。

今回は翔鶴が危うく犠牲になりかけたが、瑞鶴は幸運なことに無傷でおわった。

「油断するな！　また敵機がくるぞ」

防空指揮所の前面に立つ小川砲術長が鉄兜のひもをしっかりとのど元でしめ、声をからしてさけんでいた。艦長が艦橋天蓋《てんがい》に来るようになってから、砲術長は長期前線勤務への不満を口にしなくなったようである。全乗員とともに戦うという艦長の覚悟の烈しさに感動し、心を引きしめたのだ。

野元大佐は四周の空を見上げながら、とりあえずは最初の艦の危機が去ったのを知った。幸い気象条件は悪化していなかったから、見張りをしっかりしておけば米軍機の来襲は事前に予知することができる。

だが、艦隊司令部幕僚たちは旗艦にあり、いま周辺を見渡せば砲術長と見張長、見張員と信号員の下士官兵ばかりである。最高指揮官としてたった一人、天蓋に自分がいるのみだ。

「飛行長か整備長、どちらか一人でもいい、自分のそばにいて助けてくれたら、とつくづく思いましたね。どちらも忙しくて発着艦指揮所を出たり入ったりしている。結局、頼りは艦長の自分ひとりなのだと覚悟しました」

二五、六七五トンの大艦と一六〇〇名余の乗員の運命が、野元艦長の指揮に託されていた。だが、戦いはまだほんの序章にすぎない。

第二次攻撃隊の総指揮官となった高橋定大尉は、司令部からつたえられてきた「一五三度方向三六〇浬」に疑念をいだいている。それがどの地点をさすのか、さっそく艦橋に駆け上がって作戦室の海図台で位置をもとめた。

大編隊をひきいての、はじめての洋上攻撃行である。途中に何の目標もなく、風に流されての偏流《へんりゅう》修正をおこないながら、索敵飛行をつづける。米空母部隊は刻々と移動し、味方部隊も同じく位置を変えて行くから、攻撃を成功させての全機帰投が無事にできるのか。

正確な位置がほしいと切実に思ったが、索敵の利根水偵が撃墜されたとあってはぜいたくは言えない。

「第二波の水偵からの報告がかならずあるから、注意して連絡を待つように」

源田飛行長から念を押されて、高橋機の偵察員国分豊美飛曹長が航空図板の白図にまず自艦の位置を記入していた。彼の航法ひとつで、攻撃隊三三機の運命が決まるのだ。

「搭乗員整列！」

艦内スピーカーの声が流れている。待機室にいた搭乗員たちがざわざわと立ち上がった。隊長機の二番機、鈴木敏夫一飛曹と藤岡寅夫偵察員のペア、第二小隊長米田信雄中尉、第三小隊長佐藤茂行飛曹長がそれぞれ列機搭乗員に最後の指示をする。

佐藤小隊長の偵察員は、すっかり自信を取りもどした安田幸二郎二飛曹である。

艦橋下に第二次攻撃隊員四二名が整列する。第二中隊長は初陣の石丸豊大尉で、第二小隊長村井繁特務少尉、第三小隊長岡本正人飛曹長らベテラン組が顔をそろえる。直掩機の戦闘機分隊長は白根斐夫大尉、第二小隊長は住田剛飛曹長。

上部艦橋から降りてきた野元艦長が全員の前に立った。

「全力をあげて攻撃せよ。諸士の健闘を祈る！」

短い訓示だったが、それで充分だった。発着艦指揮所にいた源田飛行長が矢つぎ早やの命令を下す。

「風上に立て！」

大友航海長が艦首を風上に立てると、合成風速で発艦可能なように速力を上げた。やがて飛行甲板上に流れる風向を示す蒸気が、一直線になった。

「発艦はじめ！」

午後四時ちょうど、高橋大尉の一番機が瑞鶴を離れた。つづいて二番機鈴木一飛曹機、三番機重近勇三飛曹機が飛び立って行く。

前方の翔鶴では、山田昌平大尉と偵察員前川賢次飛曹長の一番機がすでに発艦をおえ、瑞鶴隊との空中集合にそなえていた。

3

米フレッチャー中将は、早朝のPBY飛行艇による日本艦隊発見の報告にもとづき空母エンタープライズからの索敵機二三機の発進を命じたが、その期待通り、彼らはつぎつぎと重要な報告を打電してきた。

すなわち午後二時一〇分に、日本の「空母一、巡洋艦一、駆逐艦二」を発見（注、龍驤支隊の意）。同三〇分、「空母二、巡洋艦四、軽巡六、駆逐艦八」（翔鶴、瑞鶴）、同四〇分、「巡洋艦三、駆逐艦三～五その他の艦船」を発見（前進部隊）などである。

だが、前二電は不運にもフレッチャーの坐乗する旗艦サラトガには到着しなかった。米軍戦史は、その理由を「通信不良が指揮官を混乱させた」として受信漏れを指摘し、「無線受信はひどい状況であった」と、日本側も悩まされた気象悪化による通信障害を理由にあげている。

エンタープライズは、戦艦ノースカロライナと二隻の重巡、六隻の駆逐艦で輪型陣を組んでいた。他艦からの通報でフレッチャーが二隻の大型日本空母出現を知り、龍驤グループをめざして進撃中のサラトガ隊フェルト中佐あてに、

「味方からの方位三四〇度一九七カイリに向け、転針せよ」

と命じたが、当時は南東方向から強い風が吹いており、フェルト隊のSBD爆撃機三〇、TBF雷撃機八機は北西に押しもどされて龍驤隊発見にいたるのである。

これらサラトガ機の大編隊は、じつは南雲機動部隊の先頭を往く翔鶴艦橋から望見されていたのだ。

塚本航海長の回想によると、米空母部隊の発見電報が来ず第一次攻撃隊がまだ飛行甲板上にあったとき、右舷前方はるか四〇、〇〇〇メートル付近に、小さな黒点を発見した。よく見るとその黒点は多数あり、米軍機の大群が反航の態勢で進撃してくるのだった。飛行甲板には、発艦準備中の九九艦爆、零戦が燃料、弾薬を搭載して待機している。

（いかん！　これでは、ミッドウェーの二の舞いになる）

艦橋には塚本航海長のほか、草鹿参謀長が一人いるだけで、長官や幕僚たちは階下の作戦室にいて、他にだれもいない。

塚本元中佐の証言。

「さすがに、ガク然としましたね。一刻も早く飛行機を空中に上げねばならない。草鹿参謀長も大あわてでみずからメガホンを取り、『搭乗員整列！　いそげ！』だの、『発艦用意！』

などの指令を、飛行科士官たちにあたえていました。その様子が、いまでも目に浮かびます」

米軍機の大編隊は刻々と近づいてくる。約一五、〇〇〇メートルぐらいにまで接近したと思われたころ、ちょうど前衛部隊の重巡から対空砲火を射ち上げるのが見えた。

（馬鹿者め！　何をするつもりだ）

思わず塚本航海長が舌打ちする。効果もないのに発砲してしまうのは爆撃への恐怖に駆られてのものなのか。味方の布陣を相手に教えるだけで、利するところはない。

「しっかり見張ってくれ！」

防空指揮所の見張員たちにも、きびしく警戒をつづけるよう命じる。天蓋にいる有馬艦長にもつたわり、見張長以下、必死で右舷方向の上空を注視しているにちがいない。

どうしたことか、米軍機の集団は味方空母部隊の存在に気づかないまま、艦橋右舷のはるか遠い上空を飛び去ってしまった。機影は雲に没したが、その方向に支隊の龍驤がいたのだ。

空母エンタープライズの艦長アーサー・C・ダヴィス大佐は、フレッチャー提督に命じられてF4F戦闘機八、SBD爆撃機一一、TBF雷撃機七機の発進を準備したが、この命令をうけとったのは午後二時であり、帰投は夜間着艦となるため、幕僚たちの意見具申により、発艦を中止した。

これで、フレッチャー中将は戦いの主導権を日本側に手渡すことになった。午後一二時五〇分までに、日本軍飛行艇一、索敵機二機の撃墜が報告されており、いずれは米側も日本機の猛雷爆撃にさらされるであろうことは自明の理といえた。

それでも、充分な対抗策がある。

ミッドウェー海戦で、空母ヨークタウンを日本機によって撃沈された経験を持つフレッチャー中将は、上空直衛のF4Fグラマン戦闘機群を強化し、この日も、戦闘機五四機を周辺上空に配置していたのである。

二隻の空母はそれぞれ輪型陣を組み、エンタープライズはサラトガの北西一〇カイリ（一八・五キロ）を航行している。午後四時二分、彼らの北方三二〇度八八カイリ（一六三キロ）に、接近してくる大編隊をレーダーがとらえた。日本機がやってきたのだ！

関衛少佐がこれら米空母部隊を発見したのは、それより一八分後である。晴れ上がった空で視界がよく、波間から白いウェーキの輪が見えた。

「トツレ、トツレ……（突撃準備隊形作レ）」

指揮官機の電信員、中定次郎特務少尉の打電するモールス信号が各機偵察員のレシーバーにつたえられる。関少佐の指揮小隊三機につづいて、第一中隊長の有馬敬一大尉ひきいる九九艦爆九機、第二中隊長吉本一男大尉の六機が突撃態勢にはいるために、ぐんぐんと高度を上げて行く。

後続の瑞鶴隊九機をひきいる大塚礼治郎大尉は、関少佐が（あれを攻撃せよ）と指さしている前方の空母グループに自隊の目標をさだめることにした。

白いウェーキを曳く輪型陣は二つあり、手前のやや大型の空母を翔鶴隊が、その先の空母を瑞鶴隊の九九艦爆が単縦陣となって突入して行くのだ。

両空母の距離は一〇カイリ、相当の距離を開いているが、接近して行く途中でグラマン戦闘機群が幾重にも待ち伏せているのではないかと、大塚大尉は不安に駆られていたにちがいない。

彼らの上空を重松康弘大尉の翔鶴隊零戦四機、日高盛康大尉の瑞鶴隊零戦六機がたがいにスウィープ（交差）しながら護っている。

午後四時二五分、エンタープライズのレーダーは日本機の接近をはっきりと映像でとらえた。

「敵爆撃機三六機、一二、〇〇〇フィート（三、六六〇メートル）、その上下に多数あり」

艦長ダーヴィス大佐からの指示により、上空警戒の戦闘機群はいっせいに北西方向にむかった。だが、艦上の戦闘機指揮官レオナルド・J・ドウ少佐の声が、グラマン機群の小隊長たちにとどいたかどうかは疑わしかった。

レーダーの映像は敵味方を識別することがむずかしく、その直前に接敵した相手が帰投中の米軍哨戒爆撃機グループであったりするミスが起こっていたからである。

これら艦上からの戦闘指示ミスはパイロットたちを失望させたし、また彼ら自身もむだな会話やあやまった「敵機発見」報告で、上空警戒機の無線通信回路をふさがりっぱなしの悪条件にしてしまった。

「敵急降下爆撃機は、零戦によってしっかりと護られていた」

と、米側戦史は初期の上空戦闘について日本軍戦闘機の活躍に賛辞を贈っている。五四機もの防空用グラマン戦闘機群を配置しながら、米空母部隊が日本機の猛烈な降下爆撃を防ぎきれなかったことはたしかなのだ。

最初に日本機の大編隊に取りついたのは、エンタープライズ隊アルバート・O・ボース少佐以下のＦ４Ｆ四機である。高度二、五〇〇メートルから三、〇〇〇メートルにかけて、関少佐の艦爆隊が上昇態勢に移ったころ、直衛機の重松大尉が彼らを発見、小きざみのバンクをして合図を送った。

——敵発見、攻撃セヨ。

二番機村中一夫一飛曹、三番機小町定二飛曹、四番機林茂一飛の零戦が解列し、それぞれの目標にむかう。小町一飛曹にとってはトリンコマリー空襲いらいの洋上航空作戦だが、突撃命令が下る前にこんなに早く邀撃されるのは予想外で、艦爆隊には何としても目標にたどりついてもらいたいと願った。

グラマン戦闘機の群れが遠くから接近しつつあるのが見えた。右前方に十数機、さらに前下方から九機がせまってくる。

混戦になり、入り乱れて、小町機は「右も左も、上も下も、敵だらけのなかに一人で奮戦している」状態であった。

関少佐の右翼側、指揮小隊三機で三角隊形を組み、その後方に進撃している第一中隊長有馬機は、ちょうど九機編隊の最先頭の位置にある。

後部偵察席の有馬敬一大尉は戦況偵察用のアイモ撮影機をまわしていたが、操縦席古田一飛曹からの「敵戦闘機！」の声にあわててファインダーから目を外した。

目前を、グラマン戦闘機の機影が突っ切って行く。ボース少佐隊のグループ四機である。F4F－4型戦闘機は戦力強化されて一二・七ミリ機銃六梃の多銃多弾方式となっていた。

つるべ射ちの火箭で、防弾、防火装備を持たない九九艦爆はたちまち火を噴き、三番機加藤政也二飛曹の機体が火だるまとなる。

操縦席の古田清人一飛曹は、グラマン戦闘機の追撃をさけて途中の雲間に出入りし、二番機秋元保一飛曹機も必死になってついてくる。出撃前、古田一飛曹から「かならず後についてこい。そうすれば、母艦に無事に連れて帰ってやる」という言葉を信じて追いすがってくるのだ。電信席の小板橋博司一飛曹が夢中で七・七ミリ機銃で応戦している姿が目の端にはいった。

元赤城乗組の古田一飛曹は九九艦爆の操縦には自信をもっていた。だが、腹下に投下前の二五〇キロ爆弾をかかえていては思うように速力が出ない。（あと少し、あと少しの辛抱だ）と、じりじりしながら指揮官機の突撃命令を待つ。
午後四時三八分、ついに関少佐からの命令が下った。
「トトト……（全軍突撃せよ）」

1

「隊長！　無念です」

関衛少佐機を先頭に指揮小隊、第一中隊と各機が単縦陣となり、一本の棒となってつぎつぎと降下を開始する。その第二中隊末尾に前下方から突き上げてきたグラマン戦闘機が襲いかかってきた。

白井五郎一飛曹の九九艦爆が燃え上がり、爆発する。同じグラマン戦闘機はそのまま上方からまわりこんで、三井勇二飛曹機を炎上させる。

大塚大尉のひきいる瑞鶴隊九機は右急旋回して突入して行く翔鶴隊を横目に見ながら、さらに直進して先頭の空母グループをめざす。その上空に、日高大尉の零戦六機がぴったりとかぶさって護衛の位置につく。

瑞鶴隊はわずか九機の小兵力だが、これで米空母の飛行甲板を破壊し、母艦の反撃能力を奪ってしまえば、待機中の翔鶴、瑞鶴の雷撃機隊全機が飛び立って止めを刺してくれるにちがいない。これが第三艦隊の新戦策による戦法である。

「がんばれ、もう少しの辛抱だ！」

大塚大尉は必死になって、列機の部下たちに呼びかけていたと思われる。はるか前方の敵戦闘機一〇機あまり。彼らの攻撃をかいくぐって、何としてでも急降下爆撃の態勢にはいらねばならない。ミッドウェー海戦敗北の汚辱を、われら旧五航戦組でいま晴らすのだ。

高度三、五〇〇メートル。先頭の関少佐の翔鶴隊が右急旋回でつぎつぎとエンタープライズに殺到しつつあったとき、すでに米海軍のグラマンF4F戦闘機各グループは日本機にむけて一二・七ミリ機銃六梃のつるべ射ち攻撃の態勢にはいっていた。

午後四時三八分、「トトト（全軍突撃せよ）……」命令が関少佐より発信された直後、まっ先に後方の瑞鶴隊を急襲したのは空母サラトガのハイデン・M・ジャンセン大尉のF4F戦闘機小隊三機である。

彼らは米空母の北東一〇カイリの地点で、五、〇〇〇メートルの上空にあり、母艦によるレーダー探知の通報により日本機の進入方向にむかって駆けつけてきたのだ。

「左方向に匪賊《バンディット》（注、日本機の意）だ！　ただちに攻撃せよ」

ジャンセン大尉は列機のジョン・M・クレイマン少尉とカールトン・B・スタークス中尉

両機に警告を発し、すぐさま接敵行動に移った。

大塚隊は、小隊三機ずつのV字隊形を組んで飛行していた。すなわち、中村五郎中尉の第二小隊は大塚小隊の右翼側後方、佐野進飛曹長の第三小隊は左翼側やや後方の位置につく。突撃命令が下れば第一小隊、第二小隊は順々に一本の棒状となり、指揮官機を先頭に急降下態勢にはいる。

全機が二群の米空母部隊を視界にとらえ、関少佐以下の全隊員たちは奮い立っていた。新艦隊が編成されて一ヵ月余、待望の空母決戦の火ぶたがいま切られようとしているのだ。だが、各小隊が編隊をとき、単縦陣に移る局面がもっとも九九艦爆隊にとって危険な、もろい瞬間であった。緊密な編隊を組み、後部の七・七ミリ機銃を集中させて防禦を固めるのが唯一の戦法だが、編隊がくずれて単縦陣に移ろうとすれば単機の戦いとなる。

重い二五〇キロ爆弾をかかえて九九艦爆お得意の空中戦闘に持ちこむこともできず、ひたすら直進し、米グラマン機の銃撃に耐えるしかない。

「射て、射ちまくれ！」

各機の操縦員たちは、それぞれ後部座席の全機銃手に声をからしてさけんでいた。中村五郎中尉も同様に偵察員市川隼一一飛曹に懸命な声をかけていた。ジャンセン隊が入れかわり立ちかわり、彼の機を襲ってきたからだ。

米側記録によると、サラトガ隊は「第二小隊の真ん中の機に突入して操縦席を破壊し、日本機を炎上させた」とある。これが中村中尉機の最期であったろう。同機はたちまち焰につつまれて編隊から脱落し、海上に墜ちて行った。

ジャンセン大尉機は中村機を射ち墜とした後、単縦陣に移りつつある第二小隊の三番機の背後にまわりこんだ。操縦員石丸要二飛と偵察員川口俊光一飛の〝若輩《ジャク》〟コンビである。彼らは必死になって防戦したが、有効な反撃の効果をあたえることができない。

九九艦爆には燃料タンクに防弾、防火対策の装備がほどこされていない。逆に後部座席の七・七ミリ機銃の〝豆鉄砲〟では、米グラマン戦闘機操縦席の防弾ガラスを貫通させることは不可能である。

このため、川口機もまたジャンセン大尉機の連射によりたちまち火を噴いた。これで、第二小隊で残るのは之常《これつね》吾一二飛曹の一機のみとなった。

サラトガ隊に引きつづき、エンタープライズの戦闘機隊も日本機攻撃に加わった。ドナルド・E・ランヨン最先任兵曹長以下のF４F四機である。彼らは太陽を背にして、先頭の大塚大尉機にねらいをさだめた。

大塚礼治郎大尉はこのまま直進すれば、米グラマン戦闘機群の波状攻撃により全滅のおそれがあると、とっさに判断したのだろう。ランヨン隊の銃撃をさけると、機首を右に振って翔鶴隊が攻撃中のエンタープライズにそのまま急降下の態勢をとった。

「日本の指揮官機はあきらかに方針の変更を決意した」

と、ランヨン兵曹長の報告はのべている。彼は大塚機を追撃し白煙を噴き出させたが、目標が急降下をはじめたので、つづく二、三番機に照準をさだめた。

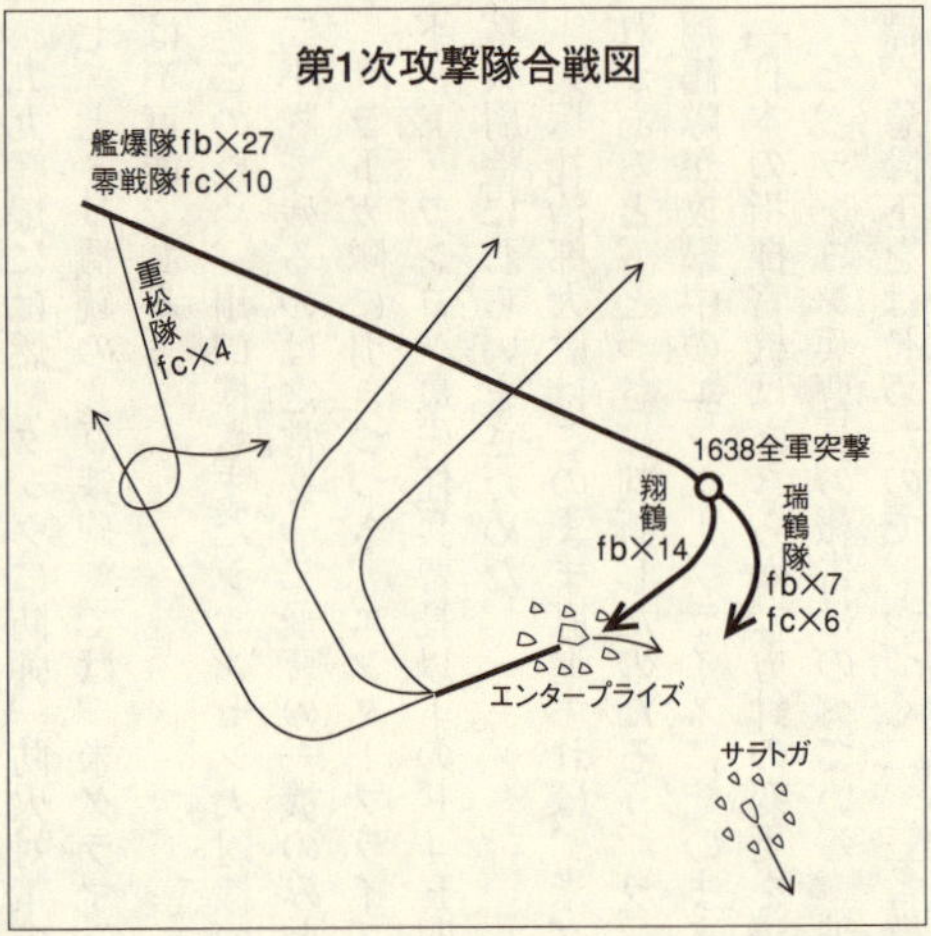

二番機白倉耕太一飛曹、三番機前野廣二飛曹は隊長機の目標変更に気づかないまま、米グラマン戦闘機への防戦に夢中になっていた。空は晴れ上がり、米軍機から射ち出される一二・七ミリ機銃の無数の曳痕弾が白く日本機をつつむ。

第三小隊長佐野進飛曹長以下三機は、距離をおいて隊長機の急降下を見て、ただちに機首を返してその後を追った。

彼ら三機には、ランヨン隊と同時にサラトガ隊のもう一隊、リチャード・グレイ大尉のF4Fペア二機が襲いかかっていた。だが、日本機の動きは軽快で、右に左に機をすべらせて巧みに射弾を回避し、「すばらしい飛行術を見せた」（J・B・ランドストロム『Guadalcanal Campaign』）。日本機はおどろくべき技術で背後にまわりこみ、機銃弾を二連射したが外れ、グリーン大尉機は危うく難をのがれた。

大塚大尉は急降下の態勢にある翔鶴隊を追い、同じエンタープライズに目標をさだめた。

大塚機は被弾して機体から煙を噴き出していたが、何としてでも米空母に突撃したいと奮い立っていた。操縦席の福永飛曹長も猛烈な対空砲火を冒して、何としても輪型陣を突破したいと考えていた。

――あと一歩、あと一歩でたどりつく！

鬼神のごとき形相であったろう。だが、輪型陣の手前に達したところで、大塚機の力がつきた。エンタープライズにはたどりつくことができず、後方を往く戦艦ノース・カロライナに佐野小隊三機とともに突入する。

隊長として、無念の思いであったにちがいない。

「敵戦闘機に食いつかれたら、われわれ艦爆隊は笑って死ねということでしょうか」

士官室で、飛行隊長高橋定大尉にサンゴ海海戦での戦闘状況をきかれたさい、大塚大尉は真剣な表情でこう嘆いたことがある。そして、隊員たちの総意として「せめて米グラマンの風防を貫通させる一三ミリ機銃を装備してほしい」と、九九艦爆の後部銃座の改良を訴えた。

前海戦で投弾に成功し、海上に避退して行くさいに待ちうけていた米グラマン戦闘機と格闘戦になり、射弾が確実に命中しているはずなのに、いっこうに相手は火を噴かない。逆に味方機はつぎつぎに炎上して、海上に墜落して行く。

「隊長！　無念です」

と血を吐くような思いで語った言葉を、大塚大尉はいままた口にしていたにちがいない。

瑞鶴隊直掩の位置についていた日高盛康大尉以下の零戦六機は、散開して大塚隊各機に銃撃を加えている米戦闘機群の阻止にむかっていた。最初に出現したサラトガ隊のグループ、デヴィド・C・リチャードソン大尉以下の三機は撃退したが、第二陣のジャンセン隊とは猛烈な空中戦となり、つづくランヨン隊との巴戦《ともえ》で各機はバラバラになった。

このため、九九艦爆隊も単独で、米戦闘機群と戦わねばならなかったのだ。

初期の空中戦闘で、日本側は中村機と川口機の九九艦爆二機が喪われ、日高隊の零戦一機が未帰還となった。米側はランヨン隊のF4F一機を喪失。

――戦闘はまだはじまったばかりである。

大塚大尉の瑞鶴隊は米戦闘機群の猛攻撃によく耐え、巧みにグラマン戦闘機の射線をはずし、関少佐の翔鶴隊が突入するまで彼らを引きつけた。空母エンタープライズの戦闘報告によると、このため「敵爆撃機は妨害もうけずに、その目標にたどりついた」としている。

午後四時四一分、日本機の猛爆撃がはじまった。

2

米空母エンタープライズの艦上で、艦長ダヴィス大佐はじりじりとしながら日本機の接近を待っていた。

最初のレーダーによる発見報告より四分後、上空直衛機に警報を発し、在空の戦闘機を迎撃にむかわせたが、果たして無線通信回路が適切に緊急指示をつたえたかどうかは不明だった。

「つぎの一二分間、艦隊の安全は上空直衛機の引き金を握るパイロットたちの指にかかっていた」

と、米側戦史はのべている。

ダヴィス艦長も、最初に計画した戦闘機配備が正しかったことをただ祈るばかりであった。それほど上空直衛機にたいする艦上からの無線指示は、圧倒的な優勢を保つ一九四四年（昭和十九年）まで困難をきわめたのである。

同四一分、米軍の防衛戦闘機網を突破した日本機の群れが、一本の棒となって急降下を開始するのが目撃された。関少佐の突撃下命より、二分後である。

「敵機直上！　砲撃はじめ！」

砲術長オルリン・L・リヴダール少佐が対空砲火の一斉射撃を命じた。五インチ高角砲八基、増設された二八ミリ機銃、二〇ミリ機銃群が火を噴き、同時に輪型陣の各艦艇群からもおびただしい弾幕がエンタープライズの上空に張りめぐらされる。

同艦は二七ノットに増速し、風にむかって一三〇度の針路を取る。日本機の急降下爆撃をさけるために右に、左に大角度の転舵をはかって逃れるが、一機ずつ、七秒おきに突入してくる日本機の二五〇キロ爆弾の洗礼をまぬがれることは不可能に思われた。

「エンタープライズの艦橋や砲座では、対空見張りや砲の照準手は息を殺して投下された爆弾の行方を見守った」

と、米モリソン戦史は記録している。砲手や機銃手だけが狂気のように五インチ砲や機銃群にしがみつき、着艦指揮のQ・M・リンゼイ大尉は怒りと昂奮のあまり、降下する日本機めがけてピストルを抜いて射ちまくった。

日本の指揮官機が投弾すると、つぎつぎと降爆機の群れが二五〇キロ爆弾をはなって避退して行く。その急降下の途中で彼らは猛烈な弾幕を突破せねばならず、少なくとも三機が五インチ砲弾で破壊され、見上げていた米兵たちから「やったぞ!」と大きな歓声がわき上がった。

ほかに大破した二、三機が炎上したまま米空母への突入、体当たりを企図したが成功せず、海面に激突した。

関衛少佐の翔鶴隊一八機は、突撃命令までに三機が空中戦闘で犠牲となり、突入直前に一機が米グラマン戦闘機により二五〇キロ爆弾とともに爆発、炎上した。したがって、翔鶴隊は一四機が突入に成功したことになる。急降下の途次に九九艦爆隊の喪失六機。

関少佐隊についで、第一中隊長有馬敬一大尉の指揮する艦爆隊八機の順番となった。

空母エンタープライズの周辺は直衛の巡洋艦二、駆逐艦六隻の輪型陣によって固められ、最後尾には戦艦ノース・カロライナの林立する厚い対空砲火が待ちかまえていた。米空母との距離は二、五〇〇ヤード（約二、三〇〇メートル）しかなく、投弾後は海上を避退して行くさいにこの輪型陣の猛烈な弾幕を覚悟して切りぬけて行く必要がある。

急降下爆撃は太陽を背にして風を真後ろにうけ、最初は二〇度ほどの角度で侵入し、徐々に角度を深めて行かなければならない。当日午後は北東八〇度方向から風が吹いており、関隊に引きつづき、有馬機の操縦員古田清人一飛曹も定石通りに操縦桿を右に倒した。

「高度三、〇〇〇……二、〇〇〇」

偵察席の有馬大尉の声がレシーバーからひびいてくる。角度を三〇度、四〇度と深めて行き、最適の角度五〇度に達するまで傾斜を調整し、高速で移動する米空母をしっかりと視界にとらえながら小きざみに舵を修正する。

はじめての空母決戦に参加する有馬敬一大尉は、投下高度に達するまでの急降下を「なんという長い時間だ」と感じたことを告白している。ふだんの訓練よりもずっと長い時間に感じられて、周囲に射ち上げられる猛烈な弾幕は何百、何千というキラキラ光る小さな火の玉で、吸いこむように真正面から飛びこんできてはさっとすれちがって行く。

すばやく周囲を見まわすと、前後左右に味方機が火に包まれて墜ちて行くのが眼に映った。列機の堀江一充二飛曹機と第三小隊長荒金政喜飛曹長以下、三機の最後の姿であった。彼らは五インチ高角砲の照準が合いはじめた瞬間に急降下態勢にはいったため、被弾自爆したものだろう。

古田一飛曹は、照準器に映った目標がぐんぐんと大きくなって行くさまを見つめていた。

風向、風速を調整し、角度も五〇度と最適の急降下態勢である。米空母の艦上から射ち上げられる弾幕は、真っ赤な雲がかかったようにすさまじい。

「高度四五〇……四〇〇、撃《テ》ッ！」

有馬大尉の気合いとともに古田一飛曹は発射把柄を引き、そのまま海上を低く這って南に逃れる。射ち出される集中砲火が機体の前方に水柱を林立させる。

古田一飛曹の回想談。

「とにかく低空を、全速で避退しました。空母の高角砲で味方がやられて行くなかを何とか突っ切り、ふり返ってみると二番機がちゃんとついてきていて、ホッとしましたね」

秋元保一飛曹の九九艦爆機である。彼らも投弾に成功し、低空をぴったりと追いすがってきたのだ。

エンタープライズの艦上につぎつぎと投下された二五〇キロ爆弾が吸いこまれて行き、甲板より爆発する閃光が海上にきらめく。

吉本一男大尉の第二中隊も、一機ずつ急降下にはいっていた。二機が降下前に喪われ、突入したのは吉村大尉機に引きつづき、鈴木要一飛曹機、第二小隊長斎藤千秋飛曹長以下の二機、合計四機である。

海上を逃れて行く有馬大尉の座席からは、エンタープライズの艦影から不気味な黒い煙が噴き上げているのが見えた。

「やったぞ、古田！　あれを見ろ！」

有馬大尉は思わずさけんだ。

3

米空母エンタープライズは、翔鶴隊の攻撃により三発の命中弾をあびた。

午後四時四四分、第一弾は右舷後部エレベーターの前縁部に命中し、格納甲板を貫通して第三甲板で爆発した。爆風により甲板と側壁が破壊され、三五名の乗員が戦死。舷側が破壊されたため海水が浸入し、艦は三度傾斜した。

第二弾は三〇秒後、ほぼ同じ場所に命中した。この爆発により、右舷後部の五インチ砲の弾倉庫が破壊され、約四〇発分の装薬に引火、火災を起こした。砲員全部が戦死し、写真士リードが巻きぞえを食って死亡した。

第三弾は艦橋の反対側、左舷の中央エレベーター付近に命中したが、損害は軽微で、一〇フィートほどの破口が生じただけであった。機銃座の数基が壊れ、少数の負傷者が出た。

これらの日本機による命中弾により、米軍の被害は戦死者七四名、負傷者九五名を数えている。

――日本機の猛攻がつづく。

戦艦ノース・カロライナ艦長ジョージ・H・フォート大佐は、第二波の攻撃が自艦の直上にせまってくるのを見上げていた。五インチ高角砲の全砲門は前方に向けられており、上空は死角となっていた。乗員たちの視線は米空母の上空に吸いよせられていたのだ。

この〝重い戦車〟は、エンタープライズが二七ノットの高速で進航していたので後落し、単艦で輪型陣を追う形になっていた。日本の降爆機にとっては、恰好の獲物であった。

だが、被弾炎上している大塚機は急降下の途中で、すでに操縦不能となっていた。操縦席の福永飛曹長が機首を下げ、ノース・カロライナの黒々とした艦橋への体当りをめざす。四時四六分、大塚機は機位を失したまま大きく外れ、海中に転落、自爆する。

佐野進飛曹長以下の三機も投弾に成功せず、つぎつぎと舷側に水柱をむなしく林立させた。佐野小隊は全機帰還せず、「爆撃機は投弾後、付近の海中に没した」と同艦の戦闘記録にあるところから、すでに全機とも被弾していたのかも知れない。

中村五郎中尉の二番機、之常吾一二飛曹機は、隊長機の目標変更に気づかなかった。混戦となって編隊からはずれ、単独に目前のエンタープライズに急降下したが、攻撃は成功しなかった。

大塚小隊の白倉耕太一飛曹、前野廣二飛曹の二機は三番手のサトラガ隊のグレイ大尉の追撃を右に左にさけているうちに隊長機を見失い、直進してつぎの目標にむかったが、途中で反転し、エンタープライズ攻撃に変更した。そのまま直進して行けばグラマンに喰われるだけと、隊長機と同じ判断を下したのだろう。

白倉機に引きつづき、前野機もエンタープライズの艦橋めがけて突入を開始する。上空では、翔鶴の重松隊、瑞鶴の日高隊の零戦がそれぞれ格闘戦でグラマン戦闘機群を引きつけていたために、九九艦爆による最後の突入が容易になった。

だが、艦爆隊二七機の護衛としては、零戦一〇機はあまりにも数が少なすぎた。多勢に無勢——関少佐の第一波攻撃をはばんだ米戦闘機グループのうちの一機、エンタープライズ隊のロバート・A・M・ディブ少尉機が上空に残って翼をひるがえし、突入しつつある瑞鶴隊三機の阻止に急行した。

さらにサラトガ隊のグラマン一機がこれに加わり、そのうちの二機を四、〇〇〇フィート（約一、二二〇メートル）まで追いかけて行った。米海軍機の旺盛な戦闘精神《ファイティング・スピリット》はサンゴ海海戦時と同様に、このソロモンの海上でも発揮されたようである。

後続の前野廣二飛曹は帰投後、白倉機の投弾がエンタープライズ右舷の信号檣すれすれの舷側で爆発したことを報告している。おそらくは、追撃してくるグラマン戦闘機と交戦し、急降下突入時に操縦員との連携プレーがうまく運ばなかったのであろう。

前野二飛曹も、同様の体験をしている。偵察席の彼は、前方の操縦員大川豊信一飛にくり返し、

「おい大川、敵戦闘機追ってくる！」

と、何度絶叫したかわからない。執拗に追いかけてくるグレイ大尉の銃撃に応戦するのが精一杯のありさまである。

一二・七ミリ機銃六梃対七・七ミリ機銃一梃。被弾がいたるところに生じているが、燃料

タンクだけは無事なようだ。同機は隙を見て急降下にはいり、目標を右舷艦橋付近にさだめたが、爆弾は外れ、艦首前方三〇〇ヤード（二七四メートル）の海上で爆発した。

「敵戦闘機！　味方がやられた！」

大川一飛は海上を逃れて行くさいに、後部座席から前野二飛曹の絶叫する声を伝声管できいている。同じように避退して行く白倉機がグラマン戦闘機に追われ、輪型陣を突破できずに発火し、紅蓮の焔を曳きずりながら駆逐艦の左舷艦首付近の海上に転落、炎上したのである。

空母サラトガ「CV－3戦闘報告」によると、米駆逐艦名はグレイソンで、エンタープライズの北西方向を航行中であった。撃墜したのは戦闘機隊のグレイ大尉。


小町定二飛曹の零戦は、隊長機の重松大尉とともに関少佐の艦爆隊に襲いかかってきたエンタープライズ隊、アルバート・ヴォースJr《ジュニア》大尉以下四機の小隊との空戦にまきこまれ、そのまま混戦状態となった。

在空のグラマンF4F戦闘機は二四機。これが入れかわり立ちかわり攻撃位置をかえて、右も左も敵だらけのなかに独りで奮戦している状態となる。このままでは危ういと気づき、一気に急上昇に踏みきった。

「一か八かの賭けでしたね。それでもグラマンは追いかけてくる。それも八機か九機あまり。

しつこく追いかけてくるのをぎりぎりまで急上昇して、高度八、〇〇〇メートルからいきなりキリモミで落下して行った。海面ぎりぎりで立て直したが、もう敵機の姿は見えなかった」

小町二飛曹はわれに返り、いそいで戦場を離脱する。直掩の零戦隊は倍加するグラマン戦闘機群との交戦でバラバラになり、列機の姿はどこにも見えなかった。

古田一飛曹は集合予定地点の上空をめざして飛行していた。二番機秋元一飛曹がぴたりと後にしたがい、瑞鶴の前野二飛曹機の姿も見えた。集まったのは、わずかに三機である。

「よし、帰投しよう」

背後から有馬大尉の声がきこえた。関少佐以下の各機はすでに帰投線上にあり、彼らはそれを知らなかったのだ。古田一飛曹は翼を返し、北西の母艦を目標に針路を変えた。

同じころ、空母瑞鶴より発進した高橋定大尉以下の第二次攻撃隊は米空母部隊をめざして進撃南下中であった。

第八章　全機発艦せよ

さまよう指揮官機

1

第二次攻撃隊をひきいる飛行隊長高橋定大尉は、最大の試練の場に立たされていた。列機の九九艦爆二六機とともに、正確な位置さえつかめぬ米機動部隊の索敵攻撃に発進せねばならなかったのである。

米空母の位置は「旗艦の一五三度二六〇浬《カイリ》」とあるだけ。索敵に出た筑摩二号機による最初の発見報告いらい同機は撃墜されたためか消息を絶ち、続報はない。それだけの情報を頼りに、関衛少佐の第一次攻撃隊は発艦して行った。

——さぞかし不安があったろう。

と、高橋大尉は同じ立場に立って、つくづく思う。関少佐隊が出発して一時間余。まだ「敵空母見ユ！」の胸おどる発見報告はとどいてこない。彼らは、いまだに米空母部隊をもとめて洋上をさすらっているのだろうか。

午後四時、第二次攻撃隊の発艦予定がせまっていた。高橋大尉が機上に乗りこんで飛行長の発艦命令を待っていると、瑞鶴艦橋からあわただしく飛びしてきた源田中佐が、小さな紙片をふって整備員に手渡すのが見えた。

「機械発動！」

の命が下り、すでに九九艦爆隊全機が発艦にそなえてエンジンを轟々ととどろかせている最中である。全速回転するプロペラの合い間をぬって、整備員が隊長機に駆けのぼり、源田飛行長からのメモを手渡す。米空母部隊に関する新情報がはいってきたのだ。

このため、発艦予定が一〇分おくれた。高橋大尉が直率する瑞鶴艦爆隊の第一中隊九機が飛び立ち、石丸豊大尉の第二中隊九機がその後を追う。翔鶴からは、山田昌平大尉の一個中隊九機が発艦して、高橋大尉の指揮下にはいる予定だ。

直掩の戦闘機隊として、瑞鶴からは白根斐夫大尉以下の零戦六機、翔鶴から安部安次郎飛行特務少尉の零戦三機が随伴する。合計三六機の小兵力である。

第一陣として艦爆隊を先行させ、米機動部隊に被害をあたえた上で雷撃隊が出動。とどめを刺すという戦法は、第三艦隊の新戦策として採用されたものである。第一陣の艦爆隊による先制攻撃を第一次と第二次とに小分けし、兵力を二分割したのは、新航空参謀内藤雄中佐らしい慎重な判断である。米空母の正確な位置がわからなかったので、兵力の全投入をさけたのであろう。

その決断は理解できるとしても、翔鶴と瑞鶴の二分割した艦爆分隊をそれぞれ別の艦の指揮官にゆだねるという飛行機隊の建制を破っての配置は、いかにも優秀な参謀が頭のなかでこねくりまわした机上プランというほかはない。

わざわざ、何のための編成替えか。

——現場を知らないにもほどがある！

と高橋大尉は腹立たしい思いであった。

自分の指揮下にはいる翔鶴分隊長の山田昌平大尉にしても、居心地の悪さを感じていたにちがいない。元赤城乗組で、ミッドウェー敗戦後は翔鶴の関衛少佐とともに約二ヵ月間、新艦爆隊再建に血のにじむ思いを重ねてきたのである。いまさら瑞鶴飛行隊長の指揮下にはいっても、はたして両者の連携プレーがうまく運べるかどうかに不安があったろう。

その思いは、関少佐隊とともに出撃した第一次攻撃隊の大塚礼治郎大尉も同様であったと思われる。出発するさい、「あとをよろしくお願いします」と言い置いて行ったのも、この出撃が自分の最期と覚悟していたためで、そうであれば、一緒に連れて行ってやりたかったと、隊長として悔いが残る。

高橋大尉の思いとは、こうだ。

「第二次攻撃隊の全滅は覚悟していました。わずか九機の零戦で、われわれ艦爆隊全機をはたして護れるのか。米空母部隊の直前にグラマン戦闘機群と戦い、これを突破しても、ハリネズミのように武装した輪型陣に肉薄しなければならない。もし、この作戦が成功するとすれば、奇跡というべきですよ」

高橋大尉は攻撃隊の編成表を組みながら、この二七機のうちの何機が無事に帰投できるかと考えている。瑞鶴の零戦搭載機数は二七機。このうち二個中隊一八機を母艦直衛にまわせば、残る機数はわずかに九機でしかない。

このため、軽空母龍驤を第三の空母として新たに加えたのだが、司令部はガダルカナル島基地へ分派してしまった。ミッドウェー海戦敗北の例もあり、母艦の防衛にも戦闘機は必要で、「攻撃隊掩護の戦闘機数が足りません」と野元艦長に訴えることもはばかられた。

いずれにしても隊長機の機中にあって、米空母部隊の直上に達するまでは緊密な編隊を組み、守りを固め、一機たりとも余計な犠牲を出さぬことだと、心を奮い立たせた。

「国分兵曹長、しっかり見張ってくれ！」

後部座席の国分豊美飛曹長に声をかけ、四周への注意をおこたらないように命じた。

「いまのところ、何も見えませんね」

宮城県仙台市出身。東北人特有の生まじめな返事がかえってくる。特修科航空術練習生出の古参搭乗員。誠実さと几帳面さを評価して、隊長機の偵察分隊士に引きぬいた男である。

――発艦して、すでに一時間三〇分を経過していた。

「おかしいな。もうそろそろ、敵空母の艦影が見えてもよさそうなものだが……」

源田飛行長から手渡されたメモには、筑摩二号機の発見報告を知るや隣りの索敵線から駆けつけてきた戦艦比叡の水上機からの触接報告が記されていた。操縦席で開いてみると、

「敵の位置一五〇度、三〇〇浬、針路九〇度、速力三〇ノットで逃走中」

とあった。「逃走中」とは索敵報告には似つかわしくない表現で、どうやら強気の源田中佐が書き加えたものらしい。

文面から推測すると、関少佐の第一次攻撃隊は米空母部隊を発見。攻撃に成功した模様だ。針路九〇度とは真東で、米空母は攻撃をうけてガダルカナル島より東進し、避退しているのではないか。

発艦直後のことだったので、ここで高橋大尉は重大な決断をする。進撃針路の変更である。国分飛曹長に伝声管で、以下のようにつたえた。

「いいか、予定では針路一五〇度で二五〇カイリ南下するが、この針度を左に五度振って一四五度に変える。敵空母は東進しているから、計算上ちょうど真上にたどりつくだろう」

「了解!」

緊張した声で、国分飛曹長がおうじた。

高橋大尉としては左に五度振ったことで、もし予定地点に東進する米機動部隊を発見でき

なければ前方海面に行きすぎたことになり、元の針路一五〇度にもどして西側海面を捜索すれば、米空母と遭遇するにちがいない。そう考えたことで、のちに彼は思いがけない陥穽《ワナ》にはまることになる。

空は晴れ上がり、雲はなく、視界は三〇カイリ（約五六キロ）。風は一六ノットの向かい風で条件は良くないが、気分は昂揚していた。

飛行隊長として、わずか二個中隊の小兵力ながらミッドウェーの仇を討つ。

——友さん、見ていてくれ！

友さん——こと友永丈市大尉は、飛行学生時代の教官であり、兵学校では二期先輩である。空母飛龍の雷撃隊長としてミッドウェー沖で米空母に体当たり戦死した教官の、寡黙なありし日の姿を思い起こし、懐かしさに涙がにじんだ。

そして、彼は心を新たにして誓う。

——何としても、使命を果たさねばならぬ。

2

旗艦翔鶴の艦橋では、南雲長官、草鹿参謀長以下の幕僚たちがかたずをのんで、第一次攻撃隊からの飛電を待っていた。

待望の関少佐機からの報告電がとどいたのは、第二次攻撃隊の発進直前であった。

「指揮官機より、比叡機よりの通報で一六〇度に変針するとの報告がありました！」

下部通信指揮所からのテレトークで、赤尾通信長の声がひびく。関少佐たちは米空母の新たな艦位を知らされて、左に一〇度変針して南下を続行しているらしい。

「もうまもなく、敵空母の発見電がとどくことでしょう」

中島情報参謀がうめくようにいった。

高田首席、長井作戦両参謀は一言も発しない。二人の新作戦幕僚コンビにとっては、はじめての航空戦闘の指揮である。

艦橋中央の舵輪背後に立つ塚本航海長には、彼らの張りつめた緊張感が異様なものに感じられた。すでに、新戦策の混乱が第三艦隊内ではじまっていたのである。

事の発端は航海参謀東徹男中佐からの報告で、新戦策でははるか前方一〇カイリ（一八・五キロ）に遠距離展開しているはずの前衛部隊が、いまだ行動を起こさず、機動部隊の一〇、〇〇〇メートル前を航行しているにすぎないことがわかったのだ。

——新戦策が徹底されていない。

高田首席参謀は歯がみする思いであった。長井作戦参謀がいそぎまとめ上げ、出撃前、末国戦務参謀が各艦あて飛行機で投下した新戦策だが、前衛部隊指揮官阿部弘毅少将（第十一戦隊司令官）には、その主旨がまるで理解されていないのだ。

これでは、第一次攻撃隊発進後、

「今夜夜戦ヲ以テ敵ヲ撃滅スベシ」

と命じた作戦命令の意図が達成されないでおわってしまう（午後三時五〇分発電）。

前衛部隊は戦艦比叡、霧島、重巡利根、熊野、鈴谷、軽巡長良を中心とした戦艦二、重巡四、軽巡一、駆逐艦九隻、合計一六隻の大兵力である。これらをもって「航空攻撃に呼応し、敵艦隊に突撃して、戦果拡充を期待する」という作戦参謀苦心の布陣は、このままでは水泡に帰してしまう。

さすがに阿部少将は南雲長官命令をうけて、戦艦比叡、軽巡長良に夜間触接機各一機を派出し、麾下各艦あていそぎ南下するよう命令を発したが、この発令は一時間三〇分後のことになる。しかも、進撃速力は二〇ノットにすぎない。

この消極的な対応ぶりを知って、〝水雷戦の大家〟南雲中将のこめかみに青筋が走った。

それと見て、高田首席参謀が「長官、南下の督促電報を打ちましょう」と草鹿参謀長を通じて意見具申し、旗艦翔鶴より発光信号を送らせることにした。

「速《すみや》かに敵方に進出すべし」

まるで、グズをこねる子供を叱りつけるような内容である。これが午後五時五八分のことで、最初の夜間命令から二時間八分を経過していた。

前衛部隊の旗艦比叡以下各艦は、これでようやく目ざめたようになり、二六〜二八ノットに加速して急速南下をはじめた。

午後四時二〇分、待望の関少佐からの報告電がとどく。

「敵空母見ユ」

艦内からどっと歓声がわき上がった。いたるところで「バンザイ！」の声がまき起こる。

つづいて、指揮官機より各機あての突撃命令が傍受された。

「トトト……（全軍突撃せよ）」

作戦室につめかけている内藤航空参謀は緊迫した空気のなかで、席をあたためている暇はない。米空母部隊の出現は予期していても意外な近距離にあり、にわかに航空決戦の修羅場に放りこまれたのである。

「ラバウルからの航空索敵は、どうなっているんだ？」

忙しい作図のさなか、内藤中佐が思わず怒りの声をあげたことがある。ソロモン周辺海域の洋上索敵任務はラバウル、ショートランド両基地の担当である。

当日朝にはラバウルから四機、ショートランドから四機の索敵機が発進したが、それぞれ一機ずつ未帰還となっている。そのうち、ショートランド発の二式大艇がサラトガ機に撃墜された事実は、米側資料によって明らかにされている。だが、明らかに米空母部隊の存在が察知された後も、新たに索敵機が追加派出されることはなかった。

「あれくらいの海域で、基地部隊が索敵発見できないと、われわれ機動部隊は安心して戦争と高田元首席参謀も回想しているが、二段、三段索敵の重要性と同様に、ラバウルとガダルカナル島間に中継基地を建設しなかったことが、米空母の早期発見と基地部隊の作戦遂行に、重大な悪影響をおよぼすことになった。

突撃命令受信以降、関少佐からの戦果報告はなかなかとどかなかった。艦橋に佇立《ちょりつ》する南雲中将は強張った表情のまま、相変わらず身じろぎもしない。

同じ思いは、後方を往く瑞鶴の防空指揮所に立つ野元大佐も味わっていた感情であった。何としても吉報が欲しい。

（大塚大尉からの連絡が来ないようだな）

直下にある羅針艦橋から通じているテレトークは、瑞鶴隊指揮官大塚礼治郎大尉機からの電文をつたえてこない。野元艦長もはじめての洋上航空決戦で、米機動部隊上空での攻防がどれほど凄惨なものかは、天蓋にひとり立って想像するだけである。

「攻撃隊の戦果はどうか！」

通信長小山重人少佐を呼び出して、第一次攻撃隊からの戦況報告を問いかける。

「まだ、攻撃隊からの連絡がありません！」

通信指揮所から、どなるような小山通信長の声が返ってきた。

「一通も来ないのか」

「はい！」

攻撃後、米軍戦闘機との熾烈《しれつ》な空中戦闘がおこなわれて、戦果報告のゆとりさえないものか。何としても、この海戦は勝ちぬかねばならぬ——こみ上げてくる不安の黒雲を押し殺し、野元大佐ははげしい闘志を全身にみなぎらせた。

3

南雲艦隊のはるか南、スチュワート諸島の南東洋上を往くフレッチャー中将の米第六十一機動部隊では、日本機の被弾をうけた空母エンタープライズが最悪の事態をむかえていた。同艦が関少佐隊の九九艦爆により、二五〇キロ爆弾の命中弾をあびたのは三発である。投弾後一時間以内に、応急指揮官H・A・スミス少佐の懸命の努力により三度の傾斜を元にもどし、二四ノットの速力で風に立って上空直衛機の収容をはじめていた。

艦長ダヴィス大佐は、予期していた日本軍雷撃機の攻撃がなく急降下爆撃隊単独の攻撃だったので、サンゴ海海戦時のような空母レキシントンの二次的な艦内爆発が起こるまい、と考えていた。

艦内ではいまだに赤々とした火焰が燃えさかり、砲弾の誘爆が相ついで黒々とした噴煙が立ちのぼっていたが、いずれにしても艦の航行に支障はない。

「さあ、つぎの奴《ジャップ》らがやってくる前に片づけよう」

スミス少佐の叱咤の声で、三人の水兵が猛火につつまれた五インチ砲台の消火に飛びこんだ。彼らの決死の努力で火災はおさまり、中甲板でも同じように応急員たちが命がけの消火作業に駆けまわった。

日本機の爆撃により空けられた飛行甲板の破口には大きな金属板が釘打ちされ、飛行機の発着も無理なくおこなわれるようになった。

すべてが、順調に回復しつつあるように思われた。だが、ダヴィス艦長の期待もむなしく、艦内では〝見えない事故〟が起こりつつあったのだ。

日本機によって投下された第二弾が、第一弾とほとんど同じ個所に命中したため、右舷後部の破壊された通風筒から噴き出した黒煙が、下甲板の舵取機室に一気に流れこんだ。毒性ガスが、室内にいた操舵員のすべてをなぎ倒す。

当直員がいそいで通気口を遮断したが、間に合わず、応急用スイッチを切り替える直前に舵は右へ二〇度に切ったまま、固定された。エンタープライズの巨体は、そのまま右方向に回わり出す。

「取舵！」

ダヴィス艦長はおどろいて転舵を命じたが、舵取機室からは応答がなく、全員戦死と思われた。艦橋の舵輪は電導によって舵取機室につながっており、応急スイッチが作動しなければ、主舵は自由に動かせないのだ。

エンタープライズに危機がせまっていた。いま日本機の攻撃を受ければ、空母は二〇度の面舵を切ったまま身動きもならず、彼らの絶好の標的になるにちがいない。

輪型陣も乱れた。警戒駆逐艦バルチ艦長ハロルド・H・チェムロス大佐は、不意に目の前に進んできた空母の艦首を見てあわてて転舵を命じた。相手をさけようともせず、回頭をつづける巨艦を見送りながら、老練な艦長は思わずクビをかしげた。

「いったい、何が起こったんだろう？」


「隊長！　敵の予定地点が近いです」

偵察席で航空図板をのぞきこんでいた国分飛曹長が、伝声管に口をよせていった。発艦して一時間三〇分、すでに二五〇カイリを飛行してきている。視界は三〇カイリと良好だから、まもなく米機動部隊を発見できるはずだ。

「国分兵曹長、何か見えんか？」

念を押して、高橋大尉も油断なく四周に眼をこらす。米空母が第一次攻撃隊の爆撃により被害甚大であれば、噴き上げる黒煙が見えて発見しやすく、第二次攻撃を加えて撃破させることはたやすい。また、もし無傷であった場合は、事態はきわめて深刻となる。

上空直衛の米グラマン戦闘機群も無事で、彼らは五〇カイリ圏内で待ち伏せており、味方零戦九機と空戦。余力をもって、われわれ艦爆隊全機に襲いかかってくるであろう。

直衛の米戦闘機群を五〇機と見れば、われわれは全滅の憂き目にあう。彼らの攻撃を、どう切りぬければよいのか。

（それにしても敵の情報がほしい）

と、高橋大尉は痛切に思った。南雲司令部は無線封止をまもって、何の情報も打電してこない。関少佐の第一次攻撃隊からの戦況報告が打電されているはずだが、通信不良のせいか受信していない。

「敵情がわからんか？」

と偵察席にたびたび問いかけるが、国分飛曹長からは緊張し切った声で、「いえ、何もはいってきません！」と返事がかえってくるのみ。高橋大尉は途方にくれた。

不安が黒雲のように、心の裏にひろがってくる。第二次攻撃隊の九九艦爆二七機、零戦九機、合計六二名の部下の命が自分の判断に託されている。

コースをまちがえたのだろうか。いや、向かい風に押しもどされ、偏流修正を誤って別方向に進撃したのではないか。あれを憂い、これを思いながら心は千々に乱れた。

米機動部隊の発見を信じてひたすら南下をつづけるが、何ひとつ敵影は見えなかった。深追いすれば燃料が足りなくなり、母艦に帰りつけなくなる。

反転するか、そのまま方向を転じて周辺の海域を捜索するか。隊長として、最大の岐路に立たされていた。

――昭和十八年五月、横須賀海軍航空隊戦訓調査委員会がまとめた「大東亜戦争戦訓」

のうち「第二次ソロモン海戦に於ける航空戦通信」の項目に、こんな記述がある。

「指揮官機の通信は円滑なるを要す、特に二座機に於ては技倆抜群なるものを配員する要あり

(1)第一次攻撃隊は攻撃終了後敵兵力位置動静を報告せるも第二次攻撃隊指揮官機は之を受信しあらず

(2)機動部隊指揮官より敵の新位置に関する電報を発せられたるも、攻撃隊指揮官は受信せず列機は殆ど受信せり」(原文片カナ＝傍点筆者)

意外なことに、隊長機の受信洩れは作戦海域での通信不良のせいばかりではないというのである。第一に、戦訓委員会は偵察員の技倆不足をあげている。

高橋隊二番機の操縦員鈴木敏夫一飛曹の回想によると、国分飛曹長はサンゴ海海戦のレキシントン攻撃時にも帰途に針路を見失っている。投弾後、海上を避退して行くさいに米グラマン戦闘機と空戦になり、ようやく危機を脱出すると、ペアの偵察席から「鈴木、わけがわからんようになってしもうた」と国分飛曹長のうろたえる声がした。

「特修科練習生にもなった人が、どうしたんですか！」

と思わずどなりつけたが、戦闘の恐怖で一瞬のパニック状態におちいってしまったらしい。几帳面な性格だけに責任の重さを感じて、頭が空白になってしまったものか。

横須賀航空隊戦訓には、「列機の殆《ほと》んど大部は完全に受信し居りたるも」とあり、言外に分隊長山田大尉、石丸両大尉の偵察員（前川賢次飛曹長、東藤一飛曹長）が旗艦からの新情報を把握していたという事実を指摘している。南雲司令部が無線封止を解除して通報したものだが（時刻不明）、なぜこの重要情報を指揮官機が受信せず、また列機がそれを隊長機につたえなかったのか。

これが、艦固有の建制を無視した組み替え編成による欠陥ではなかったのか。翔鶴の山田昌平大尉には臨時編成のため指揮官への遠慮があったものか。直接の部下である石丸豊大尉は、なぜ針路に迷う指揮官機に意見具申しなかったのか？戦訓には「重要電報ハ列機ヲシテ報告セシムル要アリ」とし、「隊内無線ノ活用」を指摘しているが、いずれにしても列機と指揮官とのコミュニケーション不足があったことはまちがいない。

第二次攻撃隊は、舵を故障したエンタープライズの西方にせまっていた。午後五時四三分、予想到達地点に達したところで、高橋大尉は苦渋の決断をする。

針路一四五度に方向をさだめて南下したために米空母部隊の進路をはずれたので、針路を右に振り、西側海面を捜索することに決めたのだ。これが、運命の岐《わか》れ路となった。

彼は国分飛曹長に命じ、全機あての発信をする。

「よし、南へ四〇度変針する。隊形はそのままとする。いそげ！」

高橋隊は全機、機首を南に転じた。その逆方向——北側に転じていれば、距離八三カイリの地点で舵を故障した空母エンタープライズを発見することができたのだ。

逃した勝利

1

空母エンタープライズの危機は、目前にせまっていた。主舵が右二〇度に固定されたまま動かず、艦体はぐるりと大まわりに洋上を旋回するのみである。

「応急修理をいそげ!」

応急指揮官スミス少佐が声をからしてさけぶが、舵取機室は発生した悪性ガスとまき散らした消火剤の異臭が充満して、容易に人を近づけない。火災が発生していて、機関科員たちも必死の消火作業に走りまわる。

艦橋の艦長ダヴィス大佐には、レーダー室より日本軍の新たな攻撃隊が南下しつつあることが報じられていた。

「日本機接近中! 西五〇マイル(約九三キロ)方向に探知」

　これが午後四時五一分のこと。つづいて四分後、日本空母（注、龍驤）攻撃より帰投中のサラトガ隊ルイス・J・カーン少佐機より、「日本機の大群、南下しつつあり」との視認報告がよせられてきた。その後、レーダー上から機影は消えたが、彼らは必死になって捜索しているにちがいない。

　そんなさなかに、舵故障の大事が起こったのだ。

　艦内は、大混乱になった。艦上の戦闘機指揮官ヘンリー・A・ロウ少佐は、日本機の近接予想方向の西側にむけ、いそぎ上空直衛のワイルドキャット戦闘機群を集結させる。

「高度一二、〇〇〇フィート（三、六六〇メートル）付近上空にて、迎撃せよ」

　艦橋は、息づまるような重苦しい雰囲気となった。いま日本機の攻撃をうければ、急降下爆撃は思いのままに飛行甲板を破壊し、雷撃機は単機でも魚雷をエンタープライズの艦腹に命中させることができるだろう。巨大な艦体は、転舵して逃れることは不可能なのだ。

　破壊された舵取機室へは、機関長以下機関科員たちが必死の突入を試みていた。悪性のガスとともに、充満したガスが引火して爆発する危険もあった。

　機関科主任ウィリアム・A・スミス兵曹がリーダーとなって決死の隊員を募り、応急モーターに突進する。とにかく電源のスウィッチに入力し、電動モーターの機能を回復しなければ艦の操舵はできないのだ。機関員たちが突入したが、一度目は失敗した。

第二次攻撃隊三六機を指揮する飛行隊長高橋定大尉は、米空母にわずか五〇カイリに近接しながら何も気づかず、そのまま南下をつづけていた。

午後五時四三分、予想到着地点に達したところで機首を南に四〇度振って三〇分。さらに西に転じて一五分。索敵範囲をガ島方向海面に広げて、米空母部隊の行方を追う。

燃料の余裕は帰投の分をのぞいて、あと一五分あまり。日没は午後六時一二分だが、血眼になって薄暮の洋上に米艦艇群の白いウェーキを追う。

指揮官機として、選択肢は二つにかぎられていた。このまま索敵飛行をつづけるか、それともいさぎよく断念して再起に賭けるか。

もし索敵飛行をズルズルとつづけていれば、深追いとなり、燃料はつき、帰途は全機洋上に消えてしまう。攻撃兵力の四分の一は喪われる。また、もし途中で米空母を発見した場合でも、攻撃成果をあげて撃滅する自信はあるが、味方機の被害も甚大で、母艦への多数機の帰艦は望みえない。

一方、攻撃を断念して反転することはいさぎよく失敗を認めることになり、空母戦闘への初陣の隊長として何とも口惜しい。無念の思いが胸にこみあげてきて、心が乱れた。

（敵が見えるまで、予備燃料がなくなるまで飛ぼう）

高橋大尉は悲壮な決意をする。歯がカチカチ鳴り、全身に汗が流れた。出撃前、笑顔で激励して送り出してくれた野元艦長の顔が浮かんでは消える。

後方に占位する第二中隊長石丸豊大尉は、隊長機の苦悩に気づいていなかった。偵察員の東藤一飛曹長は真珠湾攻撃いらいのベテランで、関少佐機からの米空母発見電を受信している。隊長機も当然のことながら同じ情報を共有していると見て、高橋大尉の針路変更を、新たな米空母部隊の捜索行とうけとった。

翔鶴隊の山田昌平大尉も、同様の判断を下したものと思われる。隊内無線機として、九九艦爆には一式空三号無線電話機が装備されているが、性能不良で、ほとんど実用化されていなかったことが惜しまれる。

午後六時三〇分、ついに高橋大尉は攻撃を断念し、列機に反転命令を出した。

「全機、反転帰投する。爆弾は特令があるまでそのまま。基準針路三四〇度」

空母エンタープライズの艦橋へは、レーダー係から信じられぬ報告がとどいていた。

「艦長！　日本機が遠ざかって行きます」

その三分前、同艦レーダーは南西七〇マイルの地点に日本機の最後の機影をとらえていたのだ。その機影が北にむかって飛び去っていく。

同艦の舵故障が復旧したのは、六時五九分のことである。スミス機関兵曹の突入が二度目に成功し、応急用モーターの位置にようやくたどりつくことができた。これで、艦橋からの操舵コントロールが回復し、艦体は自由行動が可能になった。

「もう大丈夫。奴《ジャップ》らが襲ってきても、存分に撃退してやりますよ」

砲術長リヴダール少佐は安心したように、ダヴィス艦長に声をかけた。だがそれは、もはや気休めにすぎなかった。すでに日は沈み、海上は闇におおわれて日本機が来襲する見込みはなかったのだ。

2

第二次攻撃隊からの「敵空母見ユ」との発見報告がいっこうにとどかないことに、南雲司令部では長官以下幕僚たちに不安の色が隠せない。

「まだ報告は来んのか」

戦闘がはじまってからはめったに口を出さない草鹿参謀長が、いらだったように高田首席参謀に声をかけた。

高田大佐も、攻撃隊の行方に不審の気持がある。第一次攻撃隊の関少佐からは米空母部隊の発見電報と新艦位について報告電があったきり、何の戦果報告も打電されてこない。

当初は関少佐電により、米機動部隊は二群あり、

「第一群　スチュワート諸島の一四一度一六カイリ

第二群　同島一六七度二七カイリ」

と報じられてきた。

これにより、南雲長官名で機動部隊司令部より連合艦隊あて、「敵艦爆二機ノ攻撃ヲ受ケタルモ被害ナシ」としたうえで、

「第一次第二次攻撃ニ引続キ第三次攻撃夜間雷撃ヲ以テス　尚前衛ノ夜戦ニ依リ敵ヲ撃滅セントス」（午後四時四五分）

と高らかに報じたのである。

その背景には、関少佐の第一次、高橋大尉の第二次各艦爆隊が圧倒的な戦果をあげ、米空母を攻撃破壊してくれるにちがいないという思いこみがあった。

旗艦翔鶴にはミッドウェーの生き残り、旧赤城乗組の雷撃隊長村田重治少佐以下、真珠湾攻撃いらいの古強者が転任してきている。彼らベテラン搭乗員たちが追撃して、夜間雷撃で米空母を撃沈してくれるにちがいない。

搭乗員室で根来飛行長が、「どうだ、村田君、往ってくれるか」と打診すると、

「はあ、行きます」

と、あっさり答えてくれた。夜間に先頭機の尾灯と計器だけを頼りに、照明弾を投下しての至難の夜間雷撃行である。瑞鶴隊は午後八時三〇分、翔鶴隊は午後一〇時発進の予定。村田少佐の周囲には旧赤城組の岡崎行男一飛曹、行友一人三飛曹らの〝村田一家〟が取り巻いていて、「今度こそ、ミッドウェーの仇を討ってやる」と息巻いている。

そんな意気込みに反して、関少佐からの報告電はピタリと止んだまま。まして、高橋大尉からの第二次攻撃隊報告電も飛来してないのだ。

「戦況をたしかめてきます」

そう言って、高田大佐は階下の作戦室に降りて行った。相変わらず長井作戦参謀、内藤航空参謀、中島情報参謀は室内にこもりっ切りで、羅針艦橋に報告に上がってこないのである。これら新任参謀たちは、目前の職務をこなすのに精一杯のありさまなのだ。

「どうも、通信状況はきわめて悪いようです」

中島情報参謀は額に汗を浮かべながら、困惑した表情で顔をあげた。

じっさい機動部隊が無線封止を解除して発信した米空母の新位置情報は、関少佐の電信員中定次郎特務少尉も受信しておらず、また前進部隊の第二艦隊司令部にもまったくとどいていなかった。戦史叢書『南東方面海軍作戦〈1〉』では、「その原因は主として使用電波（注、甲電波）が当地方に適合しないためであることがあとでわかった」としている。

「龍驤が、いよいよいかんですな」

機動部隊の支隊として派遣されている空母龍驤の、被弾後の様子である。左舷中部の機関部に米軍機の魚雷が命中。傾斜二〇度となり、航行不能の状態となっていることを、長井作戦参謀が苦渋の表情を浮かべながら低い声でつたえた。

「攻撃隊は着艦不能。不時着水搭乗員は随伴駆逐艦が救出にあたっている模様です」

サンゴ海海戦に引きつづき、陸軍部隊護衛の軽空母がまた一隻、喪われるのである。離島上陸作戦のむずかしさがいまさらのように思われた。

「前進部隊の近藤長官が、全軍結集して『敵ノ一側ヨリ近迫適時突撃ヲ決行ス』との電文を発しています」

中島通信参謀がようやくとらえた第二艦隊近藤信竹中将名の夜戦命令を、気持を奮《ふる》い立たせるように高田首席参謀に報告した。

「今夜は、夜戦だな」

高田大佐は艦橋にもどると、手短に幕僚たちの情報をつたえた。南雲長官は水雷戦隊の夜戦を耳にするとようやく渋面をとき、大きくうなずいた。


第二次攻撃に失敗して反転しつつある高橋定大尉は、判断ミスでむなしく母艦に帰らざるをえない自分をはげしく責めていた。指揮官機として、何をまちがえたのか。どこに錯誤があったのか。

頭は混乱したままで、気持の整理がつかない。後悔と自責の念で、涙が頰を流れた。

「隊長、艦爆の機数が三機たりません!」

偵察席の国分飛曹長が大声でさけんでいた。伝声管の声でふり返ると、第二小隊長米田信雄中尉以下の小隊三機が、編隊のなかからすっぽりぬけ落ちている。

「うちの艦爆隊だな。よし、心配するな」

と、動揺する彼の気持を落ち着かせるように声をかけた。新参の若い米田信雄中尉が帰投反転を口惜しく思い、血気にはやって米空母の捜索飛行をつづけているのであろう。

鹿児島一中出身。薩摩っぽのきかん坊中尉の表情を思い起こし、彼の独断専行もやむなしと考えていた。むしろ、

(敵を発見して、爆弾を見事に敵の飛行甲板に三発ぶちこんでくれ!)

と願う気持がさきに立った。それほど無念の思いがたぎっていたのだ。

一方、関衛少佐ひきいる翔鶴艦爆隊は、三方向に分かれて洋上を反転、帰投しつつあった。かろうじて生き残ったのは九機で、集合予定地点に集まったのは有馬大尉機以下三機のみ。海上に目印の銀粉を五つ、めだつように散布したが一機も姿をあらわさなかった。

艦爆隊は直掩の戦闘機を収容し、誘導して帰る責任がある。だが、重松隊、日高隊の零戦は一機も姿が見えなかった。海上を二周してようやく収容を断念したとき、遠くから三機ほどの小編隊機が近づいてきた。

「味方機だ!」

操縦席の古田一飛曹が思わず喜びの声をあげると、後席の有馬大尉が「そうか。いや、何か変だぞ」と警戒する声をあげた。見なれた零戦の優美な流線形の機体ではなく、ずんぐりとした上反角の翼を切った特徴ある姿……。

「しまった。グラマンだ!」

古田一飛曹が切り返し、一気に急降下して海面すれすれに逃れる。後上方から射ちこまれる機銃弾の飛沫が、一直線に白くミシン目のように走る。グラマンとの空中戦は、古田一飛

曹の頭になかった。味方二、三番機も必死になって追いすがってくる。

晴れた空に、西陽が強烈な光を放っていた。とっさの判断で、そのきらめく光芒のなかに突入して行く。追ってくるグラマン機操縦員は日輪に目がくらみ、射弾を命中させられなくなるにちがいない。作戦はみごとに成功し、彼らは追尾をあきらめて去って行った。

これで助かったと安堵し、帰路につこうとしたとき、偵察席の有馬大尉が仰天するような事態を告白した。

「おい古田！　いまの戦闘で、地点がわからんようになってしもうたぞ」

前任の空母赤城では、偵察員は偵察将校の地位を確立した千早猛彦大尉。その位置もつねに第一中隊第一小隊一番機である。誇り高い旧一航戦の操縦員にとって、新参分隊長の初歩的ミスはじつに情ないかぎりといえた。

だが、そんなプライドなどは何の役にも立たない。幾度も海空戦に出撃した体験から、広い洋上に何か手がかりがないかと必死に模索する。

天啓のように、往路の右下方に白いサンゴ礁が波間に見え隠れしていたのを思い出した。あのサンゴ礁を基点にすれば、逆方向に一直線に進むと元の発艦地点にもどることができる。

「高度を三、〇〇〇メートルに上げ、しっかり目標を探してみましょう」

「おう、そうだ、そうだ。それがいい」

後席から生き返ったようにはずんだ声がした。針路をおよそ逆方向に取り、しばらく飛ぶと左下方に同じ白いサンゴ礁がみえた。

(これで、無事に帰還できる！)

古田一飛曹は歓喜に身をふるわせ、急に肩の力がぬけて行くのをおぼえた。

第一次攻撃隊のうち、直衛戦闘機の帰投は困難をきわめた。偵察員を持たないために自力で針路を計算。修正を加えながら、帰艦への方向をさだめなければならない。日高盛康大尉の瑞鶴隊零戦六機は、第一小隊の二、三番機が空戦により自爆戦死。第二小隊長も戦死して、日高大尉ほか二機がバラバラに母艦をめざすことになった。

重松康弘大尉の翔鶴隊四機は一機が自爆戦死。残る三機のうち、三番機の小町定二飛曹も単機となって集合予定地点にむかった。

激戦をくぐりぬけての避退であったから、集合におくれがあったようだ。見渡しても、洋上に誘導の艦爆隊機の姿がみえなかった。

(しまった！)

と思わず舌打ちをする。隊長機にはクルシー式無線方位測定機が装備されているが、列機にはまだ未装備のものもある。南太平洋の島影ひとつない洋上に放り出され、これからはひとりで波また波の海を渡って帰って行かねばならない。何を目印にして、飛べば良いのか。

西陽が赤く洋上を染め上げている。美しいたそがれがせまっているが、陽が落ちれば海上は闇である。何としてでも明るいうちに、味方母艦の直上にたどりつかなければならない。

思わず、時計を見た。発艦してから、すでに四時間を経過している。空が急速に暮れて行き、洋上が薄暗くなって行く。

（もはや、おれの人生もこれまでか）

胸をしめつけられるような、切ない悲哀の感情が小町二飛曹の胸にせまってきた。

3

そのはるか北方に、南雲機動部隊は南東方向にむけて進撃していた。上空直衛機を収容するために風上にむけて航走し、そのくり返しで発艦地点からの予定収容位置を大きくはずれ、帰投する関少佐隊各機を闇夜に迷走させたのである。

それに気づかないまま、しかし早朝から防空指揮所で陣頭指揮をとっていた旗艦翔鶴の有馬艦長は、画期的な意見具申をする。

「いそぎ南下して、攻撃隊収容のために探照灯照射をやりましょう！」

前任の艦長が米軍潜水艦の攻撃をおそれて、帰投する九七艦攻隊に照射しなかった大胆、危険な収容方法である。

艦の指揮は、艦長のものである。ただちに許可され、その旨が発光信号で後続する僚艦瑞鶴につたえられた。

「主舵！」

瑞鶴艦橋では、即座に野元艦長が太い声で大友航海長に指示を出す。同艦も探照灯による収容を決めたのだ。午後六時、日没一二分前に、両艦は急速南下をはじめる。

（一機でも多く、無事に帰ってくれ！）

祈るような思いで発着艦指揮所にいた原田整備長は、暮れて行く南の空を見つめている。やがて日が落ち、星がまたたきはじめた。煌々《こうこう》たる月夜である。随伴する駆逐艦からも夜空に探照灯が点じられる。

関衛少佐が二番機上島功一飛曹機とともに旗艦翔鶴にたどりついたのは、午後六時三五分のことである。

夜間着艦の急速収容作業がはじまると、関少佐は格納庫に運ばれて行く九九艦爆から飛び降りて、いそぎ艦橋に駆け上がって行った。有馬艦長はすでに天蓋から羅針艦橋に降りていて、その背後に南雲長官以下の司令部幕僚たちが顔をそろえている。

関少佐は息せき切って報告する。

「敵空母は二隻あり。一隻はエセックス級空母で、わが隊はこれを攻撃。二五番（注、二五〇キロ爆弾の意）三発以上、命中を確認しました」

「瑞鶴隊の戦果は、どうか」

「いや、くわしくは見ておりません。何しろ敵戦闘機が多くて攻撃前、急降下中、避退後とグラマンにはげしくやられました」

関少佐は生まじめな性格を象徴するかのように、緊張しきった強張《こわば》った表情で、艦長を見つめた。疲労の色が全身にただよっている。

「よし、わかった。しばらく休め」

有馬大佐がいたわりの声をかけると、関少佐はいそがしく飛行甲板に下りて行った。残る部下の帰投を、艦橋下で待つつもりらしい。

予想通り、海戦の第一歩は日本側が勝利を占めた。だが、味方艦爆隊の被害も多く、何機が無事なのかはまだわからない。瑞鶴隊の戦果も不明で、第二次攻撃隊からはすでに米空母を発見できず反転する、との報告電がようやくとどいた。頼みは、南下進撃する第二艦隊の水上部隊による夜戦のみである。

午後七時、原田整備長の祈りもむなしく、最後の一機が翔鶴甲板上に着艦、収容された。搭載燃料量からみて、大塚艦爆隊は全機未帰還と判断された（注、ただ一機生還の前野廣二飛曹機は、第八戦隊筑摩に収容）。

代わって同二八分、旗艦翔鶴から発光信号がでた。搭乗員による戦果報告である。

「翔鶴第一次攻撃隊成果、敵空母二隻中『エセックス』型ラシキ一隻ニ二五番三発以上命中其ノ他後報」

第一次攻撃隊の日高盛康大尉以下の制空隊零戦三機が帰投したのは、その直後のことである。艦爆隊より航続時間が長く、探照灯の光芒を頼りにようやくたどりついたものだ。

「敵の上空四、〇〇〇メートル付近に敵グラマン戦闘機二十余機を認め、直ちに戦闘開始。

各機とも奮闘、混戦にはいりました。三機の綜合戦果は撃墜四機。その他は戦果不明です」

日高大尉は疲れた顔色で、口惜しまぎれの口調でいった。彼にも大塚艦爆隊の戦果がわからないのだ。

野元大佐は、戦闘速報をつぎの旗艦からの信号に待つことにし、第三次の夜間雷撃準備をいそがせることにした。

指揮官は今宿滋一郎大尉とし、列機は旧五航戦の金田数正特務少尉以下のベテラン一個中隊が中心である。

格納庫内では、魚雷員が弾庫より魚雷を運びこんで投下器に取りつけ、操縦員が投下試験をくり返して最終調整に大わらわである。

「もうすぐ第二次攻撃隊が帰ってくる。帰投収容までに出撃準備を完了せよ」

野元艦長があらためて指示を出したとき、思いがけない命令が旗艦から指示された。

「第二次攻撃隊ヲ収容ノ上第三次攻撃隊ヲ取止メ適時北上ノ予定」

夜間雷撃隊は発進を取りやめ、機動部隊は戦場より反転、北上するというのである。


せっかくの米空母部隊への攻撃に成功しながら、なぜ第三次の夜間雷撃隊を発進させなかったのか。

瑞鶴艦橋の野元為輝大佐は無念の思いをかみしめながらも、攻撃中止命令に幾分救われたような気持になっていた。夜間雷撃行は、初陣の指揮官今宿滋一郎大尉には荷が重すぎる。前任の飛行隊長嶋崎重和少佐が去って二ヵ月余、ようやく新編成の瑞鶴艦攻隊としてのチームワークが出来上がったばかりなのだ。

まして第二次攻撃の艦爆隊が米空母を発見できずに反転帰投している現状にあっては、雷撃隊単独の夜間攻撃にどれほどの戦果が挙げられるものか。大して期待は抱けなかった。直衛の戦闘機隊も、攻撃終了後、はたして暗夜の海上を単機バラバラで帰ってこられるだろうか。

ただし、損傷した米空母への追撃効果は充分あるはずだ。午後八時四〇分、旗艦翔鶴から戦闘速報第一号として「新型空母一ニ対シ六発以上命中大火災」の発光信号があり、つづいて第二号に、

「敵第一空母ハ大火災、第二空母モ火災ヲ起セリ」

と報じてきている。

帰投途中で、重巡筑摩に不時着水、収容された瑞鶴前野二飛曹機からの戦果報告も加えた中身であったろうが、ともかくも「米空母落伍ノ算大ナリ」なのである。

案の定、翔鶴艦橋では艦長有馬正文大佐がはげしい口調で、機動部隊のさらなる南下進撃をせまっていた。直情径行の熱情家――生まじめな精神家として知られていた艦長だけに、歯に衣を着せぬ物言いである。

第三艦隊司令部の幕僚たちを前にして、草鹿参謀長に直接こう訴えかけた。

「艦隊の適時北上」なんて、とんでもない。いまこそ残敵を追撃して敵空母を殲滅すべきです。この好機をおいて、ほかに途はありません！」

艦長が艦隊司令部の作戦方針に関して意見具申することは、あまり例のないことである。有馬大佐の熱情に気圧されながらも、作戦参謀長井純隆中佐が一歩進み出て、北上の結論にいたるまでのいきさつをていねいに説明した。

「このまま南下進撃すれば、明朝にはガ島の敵航空基地の勢力圏内にはいり、味方は航空機による波状攻撃にさらされる危険があります。また、新たな敵の増援部隊が出現する可能性があり、いったんは北上して戦線を整理するのが得策だと思われます」

長井中佐の本音は、じつは別のところにあった。第一次艦爆隊の予想外の被害に、作戦参謀として衝撃をうけていたのである。

関少佐の九九艦爆出撃機数二七機のうち、自爆未帰還一七機、不時着水一機となり、収容機数は九機。保有艦爆三個中隊のうち、二個中隊を喪失したのである。瑞鶴艦爆隊も一個中隊を喪失し、艦攻隊全機は無事だが、新戦策の主力である艦爆隊の戦力が一気に衰えた。もはや先手を打つ手駒を欠いた状態なのだ。

また、こんな反省材料もある。高田首席参謀以下幕僚たちが集まって第三艦隊新司令部が誕生し、航空戦を知らないシロウト集団と揶揄《やゆ》されたりしたが、やはり実戦にあたっては不手際があった。

その一は、前衛部隊の南下がおくれて夜戦準備がととのわなかったこと。その原因は新戦策の周知徹底を欠いたためで、これは作戦参謀たる己《おのれ》に責任がある。

第二は、航空作戦の拙劣さである。「敵空母発見！」と同時に、主力の艦爆隊を小分けにして第一次、第二次と米空母の推定位置に発艦させたが、後手に攻撃失敗の艦爆隊が生じたこと。これをカバーするべく、内藤航空参謀は水偵の触接機をただちに連続派出すべきであった。

夜にはいり、米空母部隊への触接機は皆無で、夜間雷撃隊に正確な攻撃地点をしめすことができない。初陣の航空参謀内藤雄中佐は目先の任務をこなすだけで精一杯の状態なのだ。

「第二次攻撃隊を収容するには、夜間にわたってまだまだ時間がかかるでしょう。彼らを全機収容して、明早朝再攻撃をかけるにはどうにも無理がある。後は、水上部隊による夜戦追撃にまかせましょう」

長井参謀の取りなしに、有馬大佐が食ってかかろうとすると、草鹿参謀長が、

「それでよい。もう、いいだろう」

と、議論を制するようにいった。深追いは無用。あくまでも米空母部隊との決戦にこだわり、「ミッドウェーの仇を討つ」というのが慎重な草鹿参謀長の決意である。

だが、作戦目的は陸軍一木支隊第二梯団のガダルカナル島再上陸を支援することにある。期待の南雲機動部隊が北上を決意したことで、海軍側は在ラバウルの陸軍第十七軍司令部から猛烈な反発を受けることになる。

4

失意のうちに米空母部隊の捜索をあきらめ、反転帰投しつつあった第二次攻撃隊の高橋定大尉はちょうど二時間後、暗夜に探照灯の光芒を発見した。

「隊長！　母艦が見えます！」

偵察席の国分飛曹長がはずんだ声を出した。予定地点よりも近く、機動部隊が帰還機収容のために南下してくれたものか。ありがたい、と涙がにじむ思いであった。

搭載燃料の許すかぎり、南に西に米空母を捜索したのである。帰途に燃料が切れ、列機の大部分は海中に没するだろうと、絶望的な気分に駆られていたものだ。

後続の第二中隊、翔鶴隊それぞれの中隊九機は、指揮官石丸豊大尉、山田昌平大尉にひきいられて帰途についたものか、姿は見えない。麾下の第二小隊米田中信雄尉以下三機も、独断専行で別行動をとっている。高橋大尉が直率するのは二、三番機と安田幸二郎一飛曹たちの第三小隊二機のみ。途中、安田小隊二番機杉村敏雄二飛曹機は行方不明となっている。

まず、列機から着艦《こんぱい》させることにした。二番機鈴木敏夫一飛曹は、これでようやく母艦にたどりついたと疲労困憊の極致で肩の力がぬける思いでいた。暗夜に、隊長機の噴き出す排気ガスの青白い光を頼りにひたすら飛行しつづけてきたのである。月明の夜だったが、時折スコールもあり、油断すれば雲にまぎれて編隊からはずれ、または隊長機と接触、墜落する危険があった。

「脚よろし！」

着艦態勢にはいったのをたしかめて、偵察席の藤岡寅夫二飛曹が声をかけた。三番機重近勇二飛曹機が彼につづき、その後に高橋隊長機が飛行甲板にすべりこむ。

艦内は、にわかにあわただしくなった。

「おうい、また一機、帰ってきたぞォ……」

艦爆隊整備員横光二整曹の声に、飛行班の整備員たちが艦尾上空に視線をこらした。はじめての航空作戦参加で、彼らのような末端の整備員は丸一日、コマねずみのように飛行甲板を走りまわらされるだけである。

だが、甲板上で米軍機の空爆におびえるよりは、収容作業に汗をかくほうがまだマシだ。前甲板へ着艦機を押し上げる彼ら整備員たちの合い間をぬって、高橋大尉は羅針艦橋に駆け上がって行った。彼の姿を見て、源田飛行長も艦橋内に飛びこみ、夜間雷撃任務を解かれた今宿大尉も後を追って艦橋にはいる。

「艦長！　敵空母を発見できず、まことに申しわけありません」

声がつまって、言葉にならなかった。無念の思いがこみあげてきて、頬に涙があふれた。敗残の身ではなかったが、それ以上に期待を裏切ったという口惜しい思いが胸にこみあげてきた。

「残念だが、まだ戦いは終わったわけではない」

野元艦長は、言下にそういった。大塚艦爆隊が全機母艦に還らず、第二次攻撃隊も失敗におわった。また飛行機隊を一から再建せねばならず、目先の一海戦の勝敗にこだわってはいられない。戦争はまだまだ先が長い、というのが艦長の熱い思いであった。

旗艦翔鶴では、有馬正文艦長が山田昌平大尉の帰還を待ちわびていた。山田〝ショッペイ〟大尉は性格が明るく剽軽者《ひょうきんもの》で、謹厳実直な有馬大佐とは好対照の人物である。

この日、出撃にあたっても、「敵をチョイとやっつけてきます」と軽口を叩いて飛び立って行った。それが、瑞鶴隊よりも一時間、一時間三〇分たっても帰ってこない……。

「本艦の位置を探して、さ迷っているのかも知れません」

山田中隊九機は無事なはずだが、と根来飛行長がクビをかしげていった。日没後、新郷大尉以下の上空直衛の零戦一三機を収容するために、風上に立って相当の距離を北東方向に走った。一時は機動部隊の列線より五〇カイリもはずれてしまい、そのために帰投予定地点に母艦が見当たらず右往左往しているのではないか。

「よし、母艦の位置をできるだけ早く列線にもどせ」

「はあ……。でも、それはいいのですが……」

と、塚本航海長が気がかりなことをつげた。

「探照灯の光芒は、暗夜ではふつう七、八〇カイリまでとどきますが、この月夜ではせいぜい二〇カイリどまりでしょう。月が明るすぎて……。山田大尉が、探照灯に気づいてくれると良いのですが」

山田昌平大尉が、第三小隊長清水竹志飛曹長以下六機をひきいて母艦にたどりついたのは、午後八時二〇分のことである。

「いやあ、まいった。まいった」

と疲れ切った表情で、山田大尉は艦橋に帰還報告をした。だが、彼の第二小隊池田四蔵中尉以下三機がまだ闇に消えたままである。

「池田中尉は随《つ》いてこなかったのか」

「途中、スコールがあって、雨雲をさけているうちに見失いました」

「燃料はあとどれほどか」

「もう、ほとんど無いでしょう」

根来飛行長が横あいから口をはさんだ。艦橋と発着艦指揮所を出たり入ったり、未帰還機を憂えて根来中佐は落ち着かないのである。

瑞鶴艦橋でも、事態に変わりはなかった。石丸豊大尉の第二中隊九機が帰投してきたのは、九九艦爆機の燃料目盛がゼロを指す頃合いであった。別途、独断行動をとっていた米田中尉以下三機が収容されたのもはるかに遅く、燃料がほぼ尽きかけたころである。

「探照灯、照射止め！」

野元大佐が号令をかけると、一、三番の六〇センチ探照灯の光が消えた。随伴駆逐艦もそれにしたがい、洋上がふたたび月の明かりのみとなった。夜の闇がふたたび空をおおい、波が月光に白く光る。

「艦長、翔鶴はまだ照射を止めません」

耳もとで、副長池田福男中佐が小声でいった。見ると、はるか前方を往く翔鶴が探照灯を消さず、ぐるぐると闇の姿を探っている。必死になって、未帰還機を捜しているらしい。

（有馬さんらしいな）

と、野元艦長は思う。すでに、航続時間の限界をすぎてしまっているのである。それでも、有馬大佐は大胆に探照灯を照射しつづける。戦場では米潜水艦が潜伏している可能性があり、過去に夜間照射を断念した艦長の例もあった。

生まじめで、思いつめたような有馬正文大佐の表情が眼に浮かび、部下を思う艦長の心に頭の下がる思いがした。結局、池田小隊三機はついに還らなかった。一番機池田四蔵中尉、二番機川井裕二飛曹、三番機江上早太二飛曹。

同艦の戦闘行動調書には、「行方不明×3」とわずかに一行記されているのみである。

日米「失敗の教訓」

1

機動部隊の東方海面を南下進撃中の前進部隊、すなわち近藤信竹中将麾下の第二艦隊主力に前衛部隊の阿部艦隊が追いついたのは、午後七時二〇分のことである。

前衛部隊の第十一戦隊司令官阿部弘毅少将は旗艦比叡の艦橋にあって、ようやく前進部隊主力と合同できたと勇み立つ思いでいる。今夜の夜戦に参加すべく、南下のおくれを取りもどすために二八ノットの第三戦速で駆けつけてきたのだ。

一方、空母龍驤の護衛にあたっていた重巡利根の原忠一少将も、被弾損傷した同空母の最期をみとった後、近藤艦隊と合流すべく南下進撃をつづけている。

原少将は〝キングコング〟とアダ名された巨軀を利根艦橋の高椅子に沈めて、月光の照り返す青白い波の立つ暗い海上に眼をこらしている。阿部少将の意気込みにくらべて、この将官には敗残者のような重苦しい気分がある。

指揮官として、サンゴ海海戦では軽空母祥鳳を、今次海戦では同龍驤をみずからの統率下に喪失する憂き目を、二度も体験させられたのである。

にがい後悔の気持が心のうちに生まれていたことは、まちがいない。祥鳳はポートモレスビー攻略船団の護衛として機動部隊本隊と分離行動をして犠牲となり、龍驤はガ島米軍陸上基地攻撃のため別働隊となったことで、米空母機の猛攻撃をあびた。いずれも一艦で米軍機の反撃を囮《おとり》となって吸収した功績はあるものの、菊の紋章を戴いた艦を喪失する屈辱感には変わりはない。

前者は事前の作戦計画にしたがったまでの敗北だが、後者の場合は已の判断で沈没の危機をさけることができた。物にこだわらない、原少将の部下まかせの鷹揚《おうよう》な性格が逆に作用をしたのだ。

空母龍驤の被弾は、艦長加藤唯雄大佐の「何としても攻撃隊を収容したい」という熱意に引きずられて、発艦後、作戦命令では北方に避退しているはずの同艦を、ふたたび発艦位置にまでもどすガ島近海への接近行動を許したことにある。

そのため、日本空母を捜索中の空母サラトガ機の集中攻撃をうけ、至近弾数発。左舷中部に命中した魚雷が命取りになった。機械室より浸入した海水で艦の傾斜がはげしくなり、午後七時三〇分ごろには三〇度近くかたむいた。

原少将は当初、直衛駆逐艦による曳航を検討したが、断念。やむをえず、随伴の第十六駆逐隊の時津風、天津風両艦に乗員の救出、同艦の処分を命じて、夜戦参加のため同海域を離れた。麾下の艦を見捨てるのは戦場の常とはいえ、断腸の思いであったろう。

午後八時、龍驤は浸水のため沈没した。その地点、ガダルカナル島の北方二〇〇カイリ。乗員救助にあたった天津風艦長原為一大佐の目撃談によると、まず担架の重傷者、戦死者の遺骸遺品、重要書類、生存者全員を移しおわって横づけを解いて一分もたたないうちに、「艦尾から次第に沈下し、終《しま》いに永遠に姿を消してしまった」

という。天津風が救出した乗員は、加藤艦長はじめ三百数十名。龍驤とともに海没した戦死者は、貴志副長はじめ一二一名を数える。

艦長加藤唯雄大佐はのちに高田首席参謀に会ったさい、事前の忠告を無視してガ島近海まで接近したことを詫び、「すまなかった。少しでも偵察距離を伸ばしたかったからだ」と自分の短慮を恥じたという。

——事態は、急転回に動く。

前進部隊指揮官近藤信竹中将は南雲司令部側の期待に反して、もはや本格的な夜戦は望み薄だと考えていた。何しろ機動部隊側からの、索敵機報告、攻撃隊戦果などの通信連絡がいっさいつたえられてこないのである。近藤司令部の幕僚たちにも、闇雲《やみくも》に米艦隊にむけて南下、突入している不安がある。

午後五時三〇分、同じように敵情報告をうけていない連合艦隊司令部側からの督促電報「敵兵力ノ位置戦況等不明知ラセ」にたいし、機動部隊側の返電、

「空母二、戦艦二、巡洋艦六、駆逐艦一二カラナル敵艦隊『ツラギ』ノ七五度二〇〇浬」

を傍受して、はじめて米空母部隊の位置を知ることができた。通信情況はきわめて悪い状態のまま、敵情を知らずに第三戦速で南下しつづけるわけにはゆかない。

旗艦愛宕の艦橋で、白石萬隆参謀長以下参謀連が知恵をしぼった結果、

「一、昼間損傷した米空母が同一海面で残留している場合、これを攻撃処分する。
二、敵空母健在なる場合は燃料の関係もあり、二二〇〇（注、日本時間）までに夜戦実行できない場合はひとまず北方に引き揚げる」

との結論に達し、その旨を南雲長官あてに打電した（午後八時五分）。

近藤中将は南雲長官より先任の指揮官である。本来なら自分が機動部隊の作戦指揮にあたるはずの立場を、後任の南雲中将にゆずっていっさいの注文をつけなかった。

通信状況が悪かったという不可抗力の事態があったにせよ、南雲司令部側も無線封止にこだわって前進部隊の連携プレーを欠いたのも事実である。空母温存の大事を優先するあまり、水上部隊のみを夜戦突入させる慎重さには先任指揮官にたいする甘えの感情はなかったか。

一方、近藤司令部側では、旗艦愛宕を中心とする六隻の重巡部隊が午前中から米軍機の触接をうけていたことで、機動部隊側への不満はさておき、夜戦中止の判断へとかたむいたようである。

午前一〇時五分と一二時二五分、米軍PBY飛行艇が出現。午後二時四七分には、重巡摩耶が空母エンタープライズのSBD急降下爆撃機二機の攻撃をうけた。被害なし。

午後四時二〇分には第五戦隊の妙高、羽黒二艦にサラトガ発進の第二次攻撃隊TBF一〇機が来襲。うち六機が魚雷を投下したが、命中しなかった。

不運は、その直後に訪れた。サラトガ隊のSBD一二機が後続の特潜艇母艦千歳を発見、急降下爆撃を加えてきたのである。命中弾は回避したものの、至近弾二発をうけ、左舷機械室浸水。左舷機械使用不能となったほか、右舷にも小浸水、小火災を生じた。近藤長官の命により、同艦は人力操舵でトラック泊地に回航された。ガ島近海に接近すればするほど、未明からの米軍基地航空兵力の反撃が懸念された。

2

ソロモン作戦支援のため南下中の連合艦隊旗艦大和では、宇垣参謀長が落胆の色を隠しきれないでいる。

軽空母龍驤を囮とし、出現した米機動部隊を叩くという〝釣り出し戦法〟は彼の持論であったが、とうぜん絶大な収穫があってしかるべきなのに、かえって「龍驤を失ひて敵に与ふる損害の大ならざらし」ゆえんはどこにあるか、というのが宇垣参謀長の不満である。

とだえていた通信連絡が回復し、新たな情報がはいってくるにつれ、南雲司令部も第一次、第二次攻撃隊派出と対応も迅速で、作戦の渋滞も天象による通信連絡の不備、索敵機の位置誤認、第二次攻撃隊の反転など、案じていた新参幕僚たちの責任を問うまではいたらないことがわかった。

戦果報告も戦闘速報の詳細で、第一空母大破炎上「二五番（注二五〇キロ爆弾）六発以上命中」、第二空母誘爆大火災「二五番二発以上命中」と報じてきて、作戦参謀三和義勇大佐も、

「いちおう引き分けの態勢ですな」

と、ひとまず胸を撫で下ろしたような安堵感がある。連合艦隊司令部では血気にはやった第三艦隊司令部の新幕僚たちが、〝ミッドウェーの仇〟とばかりに米空母部隊を深追いするのではないか、という不安に駆られていたのだ。

深更になって、予告通りに前進部隊が夜戦を中止し、阿部弘毅少将の前衛部隊も「針路三五〇度、速力二四ノットで反転北上」に転じたむねの報告がとどいた。南雲機動部隊も北上し、米側のフレッチャー中将も燃料補給、損傷したエンタープライズの修理のため南下し、日米機動部隊の対決は一時お預けとなった。

だが、肝心の作戦目的――陸軍一木支隊第二梯団のガダルカナル島上陸は、翌日米軍航空兵力の手痛い反撃をうけて挫折するのだ。

3

八月二十五日早朝、ガダルカナル島タイポ岬をめざして進撃中の陸軍一木支隊第二梯団は、田中頼三少将の第二水雷戦隊旗艦神通、駆逐艦五隻、哨戒艇四隻に護衛されて金龍丸以下三隻の輸送船に分乗。同島一五〇カイリの警戒圏内にはいっていた。兵力は陸軍歩兵第二十八連隊一、五〇〇名と海軍横須賀第五特別陸戦隊六一六名である。

船団速力九・五ノット。時速でいえば、一七・五キロという鈍足である。たえず米軍ＰＢ

Y飛行艇が哨戒し、二十四日未明から一機が触接をはじめた。味方船団の行動は、すべて米軍守備隊に筒ぬけの状態となっている。

ガ島上陸を翌日にひかえて、金龍丸、ぼすとん丸、大福丸の攻略船団三隻は三度も反転北上をくり返し、第二次ソロモン海戦当日は被空襲をおそれて四度目の北上、南進行動をとった。

二水戦司令官田中頼三少将は、剛毅で鳴る指揮官である。山口県出身、五十歳。のちに同年十一月三十日のルンガ沖夜戦では、米重巡ノーザンプトン撃沈、重巡三隻大破の殊勲をあげ、米軍戦史に「不撓不屈《ふとうふくつ》の闘将」として名高い人物である。

田中少将は闘志旺盛な指揮官だけではない。航空部隊の援護を欠いた鈍足の攻略船団が米軍機の勢力圏内をノロノロと航行して行けば全滅の危機に遭遇する、とおそれていた。このままの状態では「上陸成功ノ算尠《すくな》シ」との意見具申をラバウルの上級司令部に打電したのも、猪突猛進型ではない、合理主義者らしい彼の発想からであったろう。

在ラバウルの第十一航艦司令部でも、天候不良のため基地航空部隊による第二梯団の上陸支援が不可能となったため、二十五日朝の機動部隊による上空警戒を要望する緊急電を発した。

だが、現地部隊からの要請をうけた連合艦隊司令部は、南雲司令部と同様に〝虎の子〟の機動部隊を米軍基地の勢力圏内に送りこむ危険をさけ、あくまでも空母温存の戦法に出た。

その回答として各隊司令部あての命令は、

「今夜徹底的ニ『ガダルカナル』基地ヲ破撃撃攘スベシ」との素っ気ないものである。前述の第三十駆逐隊三隻による夜襲、砲撃の下令である。第八艦隊へのこうした命令だけで、米軍航空基地の制圧は事足りたと判断したのだから、積極派で鳴る宇垣参謀長もずいぶん大甘な将官といわねばならない。

第三艦隊の南雲司令部でも、もう一度南下して米空母部隊と決戦を挑もうという意欲が失せていた。その理由は、味方艦爆隊にこれ以上の被害を出したくないと虞《おそ》れたのと、「ガダルカナル島米軍航空基地は壊滅状態にある」という奇妙な楽観論である。

「ガ島基地攻撃にむかった空母龍驤は撃沈されたが、同攻撃隊により「敵戦闘機約一五機ト交戦、概《おおむ》ネ全機撃墜」」と報じており、また八月二十四日夜の第三十駆逐隊の駆逐艦陽炎《かげろう》、磯風、江風三隻の艦砲射撃、ショートランド水上機基地の水偵五機による空爆により、「残存兵力微弱ナリ」とした連合艦隊司令部の判断にも影響を受けていたものと思われる。

「第二次ソロモン海戦」(米側呼称「東部ソロモン海戦」)の終止符を打ったのは長官南雲中将自身だが、その判断の中核で動いたのは参謀長草鹿少将である。米機動部隊との航空決戦で「ミッドウェーの仇を討つ」という目的で指揮官二人は共通しているが、作戦実施にあたって慎重、細心——臆病とも思われるほどに神経質となったのは草鹿参謀長のほうである。

二十四日夜、機動部隊が反転北上し、翌日補給点A点(南緯二度五分、東経一六〇度〇分)

をめざして北進をつづけたことで、すでに戦機は去った。米側指揮官フレッチャー中将も日本艦隊との水上戦闘をさけて南に下っていたから、翌日の両機動部隊会敵の機会は失われた。

フレッチャー提督も、日本側指揮官と同じく慎重で、臆病と指弾されるほどの用心深さをみせた。海戦の前日に米空母ワスプを南に下げ、燃料補給のため一日を費やして肝心の同艦の航空部隊は戦闘に参加できなくしたし、海戦後は空母サラトガをサン・クリストバル島一七五カイリまで下げ、やはり燃料補給と傷ついたエンタープライズを真珠湾に帰すための編成替えに丸一日を空費した。

米戦史家サミュエル・モリソンは、「アメリカの行動は敵情不安はあるものの、消極的にすぎた」と手きびしく批判している。

「フレッチャー提督が（近藤艦隊の）水上襲撃をさけて南方に下がったことは正しかった。だが、駆逐艦を燃料補給のために八月二十五日、サラトガと共に戦場の外に出してしまったことは、何と悪い判断であったことか。結果がはっきりしないあいだ、使用可能の母艦機はガダルカナルの弱い基地を護るために使用すべきであった」

モリソン戦史の指摘は、日本側指揮官の采配にも共通するものである。南雲中将は反転北上せず、そのまま南下して本来の作戦目的――敵艦隊ヲ捕捉撃滅ス――第一法の原点に立ち返るべきではなかったか。その場合、ガダルカナル島東端沖に遊弋している米空母ワスプとの航空決戦が生起したことはまちがいない。

まだ健在な日本側大型空母二隻と米空母部隊との対決。この決戦では、明らかに南雲艦隊側は優位に立っていた。

この米国戦史家は、つぎのような皮肉っぽい一文で「東部ソロモン海戦」記述の末尾をしめくくっている。すなわち、フレッチャー提督は日本空母龍驤の撃沈により、たしかに勝利を得たにはちがいない……。

「――だがそれは、日本のほうが彼よりも一段と臆病であったからである」

第九章　南十字星の輝く下で

高速船団突入の失敗

1

日本側がガダルカナル攻防戦を単なるソロモン群島の一争奪戦と安易にとらえているのにたいし、米国側はこの一島嶼を対日反抗の拠点として死守する覚悟でいた。その最前線に立って航空戦の指揮をとっているのが、ロイ・S・ガイジャー海兵少将である。

一八八五年、米フロリダ州生まれ。第一次大戦に参加した古強者で、司令部要員学校をへて陸軍大学校学生、第一海兵航空連隊長と進んだ。ガ島では、連日にわたって日本軍機の猛攻をしのぎ、水上部隊の接近、攻撃をつぎつぎと撃退する闘将である。

その増援航空兵力の中心となったのが、八月二十日、護送空母ロングアイランドによって運びこまれたグラマンF4F『ワイルドキャット』戦闘機一九機、ダグラスSBD『ドーントレス』急降下爆撃機一二機、合計三一機の海兵隊第二十三航空戦隊である。彼らは連日にわたって出撃したが、相つぐ日本機の空襲、駆逐艦による艦砲射撃などにより、作戦参加の可動機数は激減した。

ちなみに、空母龍驤機による航空攻撃により、グラマンF4F戦闘機の喪失機数は三機にすぎない。

ガイジャー海兵少将は苦境に立たされていた。雨は毎晩のように降り、マラリアが蔓延し、病原菌は腸を冒して赤痢が発生した。

「士官も兵隊も、地上部隊もパイロットも、防空砲台員も地獄には変わりがなかった」と海兵隊戦記はのべている。

ガ島に孤立した日本軍守備隊と同様の辛酸《しんさん》を、米国の海兵隊将兵も濃い密林のなかで体験していたのだ。だが、米軍パイロットたちは頑強に抵抗をつづける。

米軍側に思わぬ朗報があった。二十四日、日本空母攻撃に飛び立ったエンタープライズのターナー・F・カルドウェルJr《ジユニア》大尉のひきいるSBD一一機が、捜索のあげく未発見におわりヘンダーソン基地に着陸してきたのである。同艦損傷のため、彼ら全機が同基地の第二三二海兵隊捜索機中隊の指揮下にはいることになった。

翌日、日本軍攻略部隊が接近しつつあるとの情報により、海兵隊残存のSBD機、エンタープライズ隊あわせて同一機が夜明けとともに攻撃に飛び立った。指揮官はリチャード・C・マングラム海兵中佐。

田中頼三少将にとっては、予期せぬ米軍艦上機の増援であったろう。同日午前七時四〇分、ガ島砲撃をおえた夜襲部隊の駆逐艦三隻が合流し、旗艦の軽巡神通から「警戒航行序列の変更」「揚陸時の警戒配備」などが信号で伝達された。

八月十六日にトラック島を出撃してより一〇日目のこと。各艦とも寄せ集めの臨時編制で、図演、充分な打ち合わせもないままに集合してきたのである。

海上での、やむをえない長い命令伝達となった。田中少将以下、二水戦司令部幕僚たちに油断が無かったとはいえない。あいにく雲が出て、天候条件が良くなかったことも災いとなった。

「敵機、急降下！」

艦橋にいた見張員が絶叫する。断雲の切れ目からとつじょ姿をあらわしたSBD機のずんぐりした腹下から爆弾が投下されるのが見えた。米海兵隊のローレンス・バルディナス中尉機である。

不意をつかれた旗艦神通は回避することもできず、彼の一、〇〇〇ポンド爆弾を一、二番砲塔の真ん中に受けた。爆発、火災が発生し、艦長河西虎三大佐は「ただちに張水せよ」と命じ、前部弾薬庫の誘爆をふせぐ処置をした。火災は一時間後に鎮火。

エンタープライズ隊のクリスチャン・フランク少尉機は、攻略船団のもっとも大型の金龍丸（八、一二五トン）に照準をあてた。横五特の陸戦隊員を乗船させた貨物船である。八時七分、一弾が後部甲板に命中し、大火災。搭載していた弾薬類も誘爆して、同艦は航行不能となった。

八機のSBD爆撃機の乱舞で、被害がこれだけですんだのはまだしも幸いといえるかも知れない。上空直衛機を持たない攻略船団は、米軍機の為すがままのお手上げ状態である。

田中少将は将旗を駆逐艦陽炎に移し、駆逐艦涼風とともに神通を護衛して北西に転じ、残る輸送船二隻も避退させることにした。炎上中の金龍丸には第三十駆逐隊に救助を命じる。

不幸は、救助中の駆逐艦睦月《むつき》の艦上におとずれた。一〇時二七分、上空にエスピリット・サント基地を発進したB17型爆撃機『空の要塞』八機がはるばる飛来し、全弾を停止した金龍丸に投下したのだ。睦月艦長畑野健二少佐は救助活動を中断せず、回避行動も取らなかった。「B17の高々度爆撃では、当たりっこない」と確信していたからである。しかしながら、一弾は睦月機械室に命中し、約一時間後に沈没してしまった。

金龍丸も駆逐艦の魚雷によって処分され、横五特の陸戦隊員、睦月の生存者は駆逐艦弥生、哨戒艇二隻に収容され、船団も八・五ノットの低速で北西に避退した。

上陸支援の航空部隊は何をしていたのか？　この日、在ラバウルの一式陸攻二三機、零戦一三機、計三五機がガダルカナル島基地制圧のため黎明とともに飛び立っている。しかしながら、ガ島米軍飛行場までは五六〇カイリ（一、〇三七キロ）。上空に到達したのは、米軍機来襲後の午前一一時五二分のことである。

基地上空に米軍機の機影はなく、「在地機八機ヲ猛爆」したが、後でわかったことだが、日本側現地守備隊報告によると、「来襲一〇分前に九機が北西に避退し、午後一時ごろ、ふたたび一四機が帰着。その後、戦闘機一八機が上空にあって入泊艦船の警戒にあたっている」とのことである。

何のことはない。ソロモン群島各部のジャングルには豪軍沿岸看視員《コースト・ウオッチャー》が配置されていて、日本機がラバウル基地を発進するやいなや、群島上空を南下して行く攻撃隊の機数、方向を現地ゲリラの通報によって知り、逐一本国に打電するのである。転電された情報は米側に通報され、日本機がガ島上空に達したころには〝もぬけの殻〟となっていたのだ。

後になって十一航艦司令部もその事実に気づくのだが、濃いジャングルにひそむゲリラ相手では対策の施しようがなかった。

2

北上する瑞鶴艦橋では、野元為輝艦長が現地部隊からの要望電を傍受して、一木支隊第二梯団の苦境を思い知らされることになった。米機動部隊への第二撃を逃し、また空母龍驤沈没の犠牲によってもガ島米軍航空基地は壊滅していない。米軍機の空襲によって逃げまどう輸送船団の姿が目に浮かんだ。

「ミッドウェー作戦で基地攻撃にむかった一航艦四空母が惨敗した悲劇を思い起こしましてね。空母部隊による海上からの陸上基地攻撃がいかに困難なことか。現地部隊からの要望に心を動かされて、失敗はくり返してはならんぞとはやる心を戒めておりました」

野元大佐の気がかりは、先航する旗艦翔鶴の第三艦隊司令部が果たして上空直衛機派出に動き出すのかどうか、という点にあった。この日、米機動部隊捜索の索敵機も発進せず、また午後以降の行動予定も明示されてこないのだ。

こうした南雲司令部の動きを制するかのように、連合艦隊司令部から山本長官名で、第二梯団の「二十五日揚陸取消」の電報がきた。鈍速の輸送船団による正攻法の上陸作戦は取り止める、との中止命令である。

これにより第二梯団の残る輸送船二隻はショートランドに回航され、横五特乗艦の駆逐艦弥生、哨戒艇一号、二号は負傷者を収容してラバウルにむかった。護衛にあたっていた第二十四駆逐隊各艦も燃料補給のため、ショートランドに入港する。一木支隊増援兵力による再上陸は、仕切り直しとなった。

「艦長、連合艦隊司令部からの命令文です」

午後二時、宇垣参謀長名で打電されてきた作戦方針を最優先事項とみて、小山通信長が駆けこんできた。

機密暗号文は四項目に分かれており、陸軍部隊のガダルカナル島への輸送は「船団輸送」でなく「軽快艦艇」によるものとし、「基地航空部隊、軽快艦艇、潜水艦等ニ依リ、昼夜反覆シテ敵機竝ニ飛行場ヲ撃摧《げきさい》スル」などと相変わらず威勢のよい文言が散りばめられていた。

注目したのは、第四項である。

「前進部隊機動部隊ハ『ソロモン』群島北方海面ヲ機動シ敵機動部隊ニ備フ」

ソロモン群島北方海面ヲ機動――とは、ガダルカナル米航空基地の勢力圏内に近づくな、という意味である。「機動」とは言い得て妙で、適当に該当海面を遊弋せよ、という意味あいにもなる。あくまでも陸軍部隊の上陸支援に機動部隊は使用しない、という同司令部の厳命のように思われた。

「軽快艦艇」による輸送とは、水雷戦隊の各艦に分乗した第二梯団および増強の川口支隊の陸兵を、夜陰に乗じてガ島に上陸させる「急速輸送」を指す。俗にいう、「鼠《ねずみ》」輸送だ。

川口支隊はパラオ所在の歩兵第三十五旅団を指し、主力は川口清健少将麾下の陸兵三、六〇〇名。八月十日付でガ島派遣が決定しており、第一陣六〇〇名が一木支隊とともに基地奪回作戦に参加することになっていた。

宇垣参謀長からの命令文を受けて、南雲司令部からさっそく発光信号がきた。「瑞鶴は駆逐艦三隻と共に分れて、第二梯団の上空警戒にあたれ」との分派命令である。やはり現地部隊の要請を受け入れて、瑞鶴一艦のみを船団直衛に派遣するのである。

いくつかの細則が発光信号でつづき、それを了解した艦長命令で、源田飛行長がすぐさま艦橋下の搭乗員室に降りて行った。

「高橋大尉、上空直衛に三機ほど艦爆を出してくれ。第二梯団は北上中だから、もはや敵機に急襲されることはない。対潜哨戒に出てもらえばよい」

「三機でいいんですか」

早朝から待機態勢でいた高橋飛行隊長がきき返すと、「ああ、それで充分だ」と源田中佐が言った。

「陸軍の上陸部隊が敵サンに手ひどくやられてな。神通がやられ、睦月も沈んだらしい。陸上基地相手ではな、ＧＦ（連合艦隊）司令部でも、味方空母は三〇〇カイリ航空圏内に近づくなといってきている」

元一航艦航空参謀の誇りもあって、源田飛行長は口惜しそうに言葉をついだ。

「海上決戦なら、こちらはお手のものなんだが……」

高橋大尉はさっそく人選にかかった。分隊長大塚礼治郎大尉、分隊士中村五郎中尉が戦死、分隊長石丸豊大尉も昨夜の長距離索敵行で疲れ切っている。同じ帰投組でも、最若年の分隊士米田信雄中尉なら引き受けてくれるにちがいない、と彼は思った。

「米田中尉、すまんが対潜哨戒に出てくれ。君の小隊二機、一緒に連れて行ってくれればよい」

「わかりました」

疲れた表情も見せず、米田中尉は挙手の礼をすると、二番機西森俊雄二飛曹、三番機河村修一飛の待つ搭乗員待機室に駆け出して行った。第二陣は村井繁飛行特務少尉以下の小隊三機である。

米田中尉は翔鶴の池田四蔵中尉と兵学校六十八期の同期生で、艦隊勤務をおえ、霞ヶ浦航空隊、宇佐航空隊をへて昭和十七年六月三十日、飛行学生を卒業。ただちに艦隊搭乗員となった。艦爆隊の偵察将校として将来を期待されているが、池田中尉はすでに未帰還、戦死となり、その悲報はまだ同期生の耳にはとどいてこないのだ。

瑞鶴は旗艦翔鶴と分かれ、南下をはじめた。といって、飛行機隊搭乗員たちにとって米機動部隊との対決が期待されているわけではない。あくまでもソロモン北方海面を「機動」するだけで、米空母部隊の動静に鋭く聞き耳を立てるのが良い。

「金沢君、明朝の索敵任務は君が出てくれ。午前六時、発進予定だ」

米田中尉以下の九九艦爆三機が飛び立ったあと、搭乗員待機室にいた艦攻隊分隊士金沢卓一飛曹長が隊長今宿滋一郎大尉から声をかけられた。

一木支隊のガダルカナル再上陸は、二十七日夜と決められている。前日の空母対決では勝利を確信したが雷撃隊による追撃もできず、「落伍ノ算大ナリ」とした米空母部隊も引き揚げたのかどうかも疑わしい。

「敵空母は、まだガ島周辺から去ってはおらんようだ。しっかり見張っててくれ」

と、今宿大尉は生まじめな口調でいった。日華事変いらいのベテラン、古参の金沢飛曹長の眼から見れば、隊長の表情は緊張でこわばっているように見えた。無理もない。この日早朝から、二群の米空母部隊の発見報告が相ついでいるのだ。

すなわち、味方潜水艦の偵察により、ガダルカナル島南東三四〇カイリに「エンタープライズ型空母一、戦艦一、巡洋艦二、駆逐艦五、油槽船二隻発見」とあり（伊十五潜、午前九時一五分発）、また同島二五〇カイリに「空母一、巡洋艦二、駆逐艦六隻発見」と横浜空大艇からの報告電がとどいている。同機は午後二時三〇分、連絡を断ち、未帰還となった。

この二つの米空母グループが翔鶴隊、瑞鶴隊の第一次攻撃隊によって炎上した部隊がどうかは判然としなかったが、味方艦爆隊の戦果報告を額面通りにそのまま受けとって良いものかと、今宿大尉にも疑念が去らないのである（注、前者はハワイ帰投中のエンタープライズ、後者はサラトガ）。

索敵隊を指揮する偵察分隊士は、佐久間坎三中尉である。兵学校では米田中尉の一期上で、五月三十一日付で瑞鶴に乗り組んできた。千葉県成東中学校出身。

前任は軽空母祥鳳艦攻隊で、乗艦当時、「サンゴ海海戦で〝ボカチン〟を食らいました」と快活にあいさつした上官である。古参の金沢飛曹長には、いちおうの敬意をはらったのだ。

「進出距離一七〇カイリから二〇〇カイリ。索敵範囲は一〇七度から二四二度。機数は六機。索敵線の末端で発見できるかも知れん。油断するな」

偵察分隊士のきびしい表情にもどって、佐久間中尉は金沢飛曹長以下の隊員たちと天象、気象情況その他、細かい打ち合わせにはいった。

八月二十六日付、金沢飛曹長日記。

「午前四時発艦(注、日本時間)。予定索敵線を捜索したが、敵を認めなかった。敵飛行艇が触接して来たので無線で通知し、母艦の飛行機に誘いかけ、本艦の九〇度三〇浬で撃墜させた」

この日も、再上陸にそなえてショートランドに帰港する第二梯団の上空直衛に、対潜哨戒機三機が派出されている。といって、連合艦隊司令部はあくまでも南雲機動部隊を彼らの上陸支援に参加させるつもりはない。

相も変わらず、同司令部はガダルカナル島基地奪回作戦と同時にニューギニア東南岸ポートモレスビーの陸路攻略という「二正面作戦」実施にこだわっていたのだ。

3

瑞鶴艦内では、第二次ソロモン海戦戦死者の遺品整理がおこなわれていた。重巡利根に不時着水、救出された前野機一機をのぞき、艦爆隊八機未帰還、戦死者一六名。第一次攻撃隊はほぼ全滅にひとしい被害を受けた。

遺品整理は、海軍では通例同期生、同年兵の役割とされている。分隊長大塚礼治郎大尉の分は兵学校同期生の石丸豊大尉が、分隊士中村五郎中尉の士官室での私物は同期生荒木茂、伊東徹、佐久間坎三の三中尉が手分けして整理に当たった。

かつて大塚大尉とペアを組んでいた艦爆隊操縦員堀建二一飛曹は、甲飛予科練の先輩、後輩たちのいた居住区の前で立ちすくんでいる。甲飛一期の先輩小林忠夫、二期生の篠原一男各一飛曹、後輩の四期生鈴木昌三、大久保敏春各二飛曹の私物、官給品などの遺品整理はすでにおわっていて、上下二段ベッドの寝具がきれいに整頓され、主《あるじ》を失った空の寝台がそこかしこにポツン、ポツンと点在している。

とくに先輩の篠原一飛曹は翔鶴隊隊長の二番機として、鈴木二飛曹は艦爆隊偵察員として、ともに真珠湾作戦のホイラー飛行場攻撃に参加した甲飛仲間である。日米開戦いらい九ヵ月余、これまでの労苦をかえりみて、自爆戦死して未帰還となった彼らの無念が思いやられた。

海戦当夜は、艦爆隊が一機ももどってこないのを全滅とは気づかず、「燃料切れで不時着したものらしい」とのウワサが艦内では飛びかっていたものである。「せめて無電の一つ、無事だと位置ぐらい知らせて来てもよさそうなものだ」と、整備員たちが心配のあまり不満を声高に話すのを、攻撃隊不参加の堀一飛曹は耳にしている。

「飛行機隊の連中、どいつもこいつもなっとらん」

ミッドウェー海戦後の編成替えで新入り搭乗員がふえたせいか、彼らの訓練不足、錬度低下を憂える整備員たちの声が待ちくたびれてつい洩れたものか。その舌打ち声を、彼は耳の痛くなる思いできいていた。

——おれが操縦員であれば、大塚大尉を死なせずにすんだものを……。

という口惜しさと痛恨の思いが、堀一飛曹の胸の底をかけめぐる。

攻撃隊分隊長として出撃しながら米空母を発見できず、反転帰投した石丸大尉もまた、同期生の遺品を前にして自責の念に駆られていた。中、少尉たちの集まるガンルームでの微妙な非難の空気が、彼ら士官室にもつたわってきたからである。

宮尾直哉軍医中尉の日記に、この日のガンルームでの若手士官たちのやりとりが記録されている。それによると——。

「じつに今日は、後味の悪い戦争だったな」

と、彼は医務科の北條龍彦軍医中尉たちに語りかけた。その〝後味の悪さ〟とは、第一次、第二次攻撃隊の発進直後に起こった出来事である。

とつじょ「配置につけ、戦闘用意！」の号令が下り、米軍機の来襲かと一瞬、泡を食ったが、まもなく「対空戦闘！」と絶叫する声がきこえた。本物の戦闘がはじまったらしい。

ドカン、ドカン、バリ、バリ……と一二・七センチ高角砲、二五ミリ連装機銃群が射ち出され、耳をろうする銃砲弾の炸裂する音が腹にひびく。ところが、その大騒音が不意に止んだ。いったい、どうしたことなのか？

「何のことはない。味方直衛機を敵機とまちがえて、あわてふためいてぶっ放したらしい。気が動転したらしく、各指揮官とも艦長からこっぴどく叱られていた」

というのが、真相らしい。

砲術科には高角砲、機銃群、射撃管制・観測の三人の分隊長がいる。そのいずれの指揮官も冷静さを失い動転し、それを統括する砲術長も制止する冷静な判断を下せない。

「もし味方射ちで撃墜していたら、とんでもない不始末だぞ」というのが、艦長野元大佐の怒りであった。

艦長の怒りを代弁しながら、他科の若手士官連中が宮尾軍医中尉に「どうも新入りがふえて、艦内の空気がゆるんでピリッとせんな」と不平を洩らしたのである。

宮尾軍医中尉もその意見に同調して、「今日の第二次攻撃隊も暗くなってやっと帰ってきたと思ったら、こいつらは全然敵を見つけ出せず、開いた口がふさがらないよ」と悲憤慷慨《こうがい》する始末。

「こんどの飛行機屋連中も、何ともパッとしない連中ばかりだな」

と、彼は北條軍医中尉に話をつづけた。

「以前の飛行機屋分隊長は荒っぽさがあったけれども、頼もしかった。今は何ともねえ……」

こんなガンルームの他愛ない話も、自然と士官室の飛行隊長高橋大尉の耳にもきこえてくるものである。まして新任の分隊長、兵学校では"恩賜の短剣組"のエリート士官で、責任感のひときわ強い石丸豊大尉にとっては、居たたまれない心地がしていたことだろう。その屈辱的な思いが、のちの南太平洋海戦における彼の壮絶な戦死につながることになる。

4

瑞鶴は二日間の上空哨戒任務をおえて、八月二十六日夜、旗艦翔鶴の機動部隊本隊に復帰した。前衛部隊の戦艦比叡、霧島は随伴駆逐艦野分、舞風とともに分離して、トラック泊地にむかう。

翌日は終日、補給部隊の東邦丸、旭東丸による曳航補給に明け暮れた。赤道直下の強烈な日差しが海上に照りつける。

海の色は濃藍色へと変わり、遠く積乱雲が山の頂のようにそびえて勇壮だ。艦の位置、南緯二度、東経一六一度。

戦闘機整備班の先任班長川上秀一二整曹は、部下の整備員たちがあまりの暑さに上甲板の格納庫の床に直《じか》に寝ているのを見て、「油断をすると風邪を引くぞ」と注意するのを忘れなかった。居住区ベッドの毛布やキャンパス（麻布）を持ち出して床に敷き、防暑服をくるくる巻いて枕代わりにして眠るのである。

「艦内は灼《や》けつくように暑く、冷房もきかず蒸し風呂のような暑さで閉口した。居住区の鉄板の中で寝ろともいえず、南方の恵みのスコールだけを待ち焦がれていた」というのが、前部リフト横で待機する戦闘機整備班長の一日である。

その川上二整曹を失望させる出来事も、昨日起こっている。素敵飛行に出た金沢飛曹長機から母艦あて、「敵大型飛行艇発見！」の通報があったのは午前九時四三分のこと。二分後に甲板待機中の零戦三機が緊急発艦した。小隊長は空母赤城からの転入組小山内末吉飛曹長で、二番機長浜芳和一飛曹、三番機二杉利次一飛とともに飛行甲板を飛び立って行く。

第二陣は、瑞鶴生えぬきの清末銀治一飛曹以下の小隊三機である。ものの三分とはかかるまいと、一騎当千の戦闘機隊の活躍に期待をしていたところが、上になり下になり交互に銃撃を加えて行くが、PBY飛行艇は巧みに雲をぬって逃れて行く。「しっかりして頂戴よォ……」と、思わず激励のかけ声が出た。

これが「しっかりせい！」と、遠くの空中戦闘をやきもきしながら眺めていた部下整備員の痛罵の声に一変するのに、それほどの時間はかからなかった。

旧一航戦の小隊長と五航戦出身の清末一飛曹との連携プレーがうまく運ばないのだろうか。午前一〇時になって、ようやくPBY飛行艇が海上に墜落するのが遠望された。「初陣みたいな奴らばかりで、心もとないなあ」と整備分隊士松本忠兵曹長が渋い表情でつぶやいたのを、川上二整曹も合槌を打ちながら心細い思いできいた。

八月二十七日、南雲機動部隊の旗艦翔鶴、瑞鶴二隻の空母は、ソロモン北方海上で戦闘航海をつづける。同方面に遊弋しているはずの米空母部隊の出現に備えるのである。

この日、第二次ソロモン海戦以降のモヤモヤした艦内の雰囲気を吹き飛ばすような正式の戦果発表がおこなわれた。

「不時着水せる本艦搭乗員の報告によれば……」

と、艦内スピーカーで池田副長の声が流れる。重巡利根に救出された艦爆隊の操縦員大川豊信一飛、偵察員前野廣二飛曹のペアが瑞鶴に帰艦してきたのだ。

「本海戦の戦果は、サラトガ型空母一隻に二五〇キロ爆弾六弾命中。火焔は二〇〇メートル以上立ちのぼり、沈没確実。他の一隻には本艦艦爆隊が突入。中央部に二弾命中、誘爆するのを見たり。さらに敵戦艦一隻にも大火災を生じせしめたり」

この正式戦果を耳にして、米空母二隻ともに撃沈できなかったが、「これで一応、溜飲《りゆういん》が下がった」というのが艦内乗員たちの率直な感想である。ただし、「味方被害は小型空母一隻大破、駆逐艦一隻沈没」と発表されていて、軽空母龍驤の沈没は公表されていない。

前野機の視認報告はすでに見てきたように、大塚大尉とともに米空母サラトガに向かったものの、迎撃してきた米軍戦闘機との混戦に巻きこまれて反転。翔鶴隊と同じエンタープライズを目標とした誤認である。命中弾も、関少佐隊のそれと重なり合っている。

そんな事とは露知らず、戦勝気分の横溢した瑞鶴ガンルームの若手士官たちは「味方空母一隻大破じゃ、割に合わんぞ」などと意気軒高である。

同日夜になって、川上二整曹は分隊士松本兵曹長から「明朝、本艦からブカ島へ戦闘機を一五機、派遣することになった。いそいで分隊長機の整備をやってくれ」との命令を受けた。指揮官機の零戦二一型は、川上先任班長の受け持ちである。（ブカ島とはきき慣れぬ名だな）と思いながら、彼は部下とともに前部リフト下の戦闘機格納庫に駆けて行った。

ブカ島はブーゲンビル島の北方にある小島で、西岸にあるクインカロラ港は大船舶の入港に適した良港である。ラバウルよりガダルカナル島までは五四〇カイリと遠く、途中に何ら中継基地もないので八月十日いらい基地建設をいそぎ、不時着可能な飛行場を整備完成させたものである。

旗艦翔鶴でもブカ島への戦闘機派遣命令が出て、艦内ではにわかにあわただしい動きとなった。根来飛行長が艦橋からいそいで降りてきて、士官室で戦闘機隊長新郷英城大尉を見出すと、

「新郷君、明早朝ブカ島へ発ってくれ、連合艦隊司令部からの命令だ。機数は一五機。指宿君も一緒だ」

と口早に言った。午後八時をすぎるころになって、山本長官名で「戦闘機ノ大部（原注＝三十機程度）ヲ成ルベク速ニ『ブカ』基地ニ派遣」との緊急命令が入電したからである。

山本長官名による連合艦隊命令は有無を言わさぬ強制力を持っている。南雲長官はただちに内藤航空参謀に命じ、翔鶴、瑞鶴それぞれ一五機ずつを派遣することを決意し、その内容

はただちに後方を往く瑞鶴につたえられてきたのだ。

「『ブカ』島基地ニ派遣基地航空部隊ニ協力『ガ』島所在敵航空兵力ヲ撃滅スベシ」

この連合艦隊作戦命令は、「一木支隊第二梯団の「鼠輸送」上陸に南雲機動部隊は使用しないが、ラバウルの十一航艦基地航空部隊とブカ島派遣の戦闘機隊でガ島基地の米航空勢力は制圧できるとみた甘い見通しの上に立っている。宇垣参謀長も八月三十日には「今一押しと云ふ処《ところ》なり」とまで楽観的に考えている。

だが、空母龍驤機による航空攻撃でも、第二次ソロモン海戦の結果によっても、ガ島米軍航空基地の抵抗は衰えることがない。いっそ南雲機動部隊の全航空兵力をつぎこんで一挙に基地を壊滅させる大胆な攻撃法が考えられるが、その間、横あいから米空母部隊の攻撃を受けてミッドウェー惨敗の二の舞いを演じるおそれがあった。

そのために、作戦命令として「機動部隊はブカ島北辺海面に行動せよ」といった、中途半端な命令を出すにとどまっている。

5

「もしこの時期（八月中旬ないし九月第一週まで）に日本海軍がガダルカナルに全力を投入していれば、米軍を同地から掃蕩することができたであろう」

と、米海軍戦史家サミュエル・モリソンが指摘している。

ガ島周辺では、昼間は米軍が海上を支配して輸送をおこない、夜にはいると日本軍がそれに代わるという奇妙な戦況がつづいた。米陸軍も海兵隊も本格的な戦力補強はおこなわれず、タイポ岬への米軍逆上陸が実施されたのは九月八日のことである。だからこそ、米国側は日本海軍が全力投入すれば、確保したガ島基地などは一たまりもないという現実に恐怖していたのだ。

だが、彼らの相手——肝心の南雲機動部隊はソロモン北辺海域を遊弋するばかりである。

日本側は、絶好の機会を見逃しつつある……。

ラバウルの陸軍第十七軍司令部では、海軍側が上陸支援の空母部隊を派出せず、水上艦艇による「鼠輸送」と完全支援に協力的でないとし、参謀長二見秋三郎少将は百武晴吉軍司令官にこんな不満をぶちまける。

「空母三隻を有する連合艦隊が、基地未完成で大型機も飛びえないガ島の敵にたいし、上陸掩護の能力がないとは、まったくあいた口がふさがらない……」

二見少将の憤懣《ふんまん》とは、海軍側のやり方に「任務遂行より自己艦船の保存をはかるところがある」点であった。第一次ソロモン海戦で三川艦隊が圧倒的勝利を得ながらも、米軍輸送船団に一指もふれず逃げ帰ってきたことは、海軍が「肉を切らせて骨を斬る」気概がまったくないことの表れである。そして、戦況如何にかかわらず、「海軍の目標はいつも空母と戦艦ばかりだ」。

陸軍側がこのように強い不満を洩らすのも、ガダルカナル島基地奪回とは別に、「ポートモレスビー陸路攻略作戦」（通称「レ」号作戦）を同時進行させていたからである。

米軍側がガ島を拠点とする一大反攻作戦を企図しているのにたいし、大本営は手持ち兵力を二つに割き、ニューギニア東岸からジャングルを越えポートモレスビーに達する陸路攻略という遠大な作戦計画を立てていた。

海軍側もこの二方面作戦に同調して、陸路ポートモレスビー攻略に関する陸海軍協定を結んでいた（七月二十八日）。一木支隊のガ島上陸失敗後も、連合艦隊司令部は米海軍の戦略意図を見ぬけず、この「攻略作戦」を完遂するよう指示を出している。

すなわち八月二十六日には、ナウル、オーシャン島の占領が成功し、ニューギニア島北東岸のブナ近郊、パサヴァには南海支隊八、〇〇〇名が上陸。ココダからオーエン・スタンレー山系越えのポートモレスビー攻略をめざしている（同月二十四日現在）。

ただし、壊滅状態にあるはずのガ島基地の米航空兵力は絶えず補強され、米軍戦闘機および哨戒爆撃機の制空権内一五〇カイリ（約二七八キロ）内に日本軍艦船は近づくことができない、という不気味な戦況は相変わらずつづいている。

「現状はガダルカナルの確保が先決にして敵艦艇の撃破を次等的と為すの要あり」（『戦藻録』八月二十六日付）

と、さすがに危機を予測した宇垣参謀長の編み出した戦法が「機動部隊の戦闘機三十機ブカ島派遣」なのである。

総指揮官は翔鶴飛行隊長新郷英城大尉。部下の分隊長は旧一航戦、空母赤城乗組の指宿正信大尉。当時の源田実航空参謀好みのエリート艦隊搭乗員である。台南航空隊の基地航空畑を歩いた新郷大尉とは肌合いがちがうコンビである。

配下の小隊長は、翔鶴生えぬきの安部安次郎特務少尉。その列機には、元赤城乗組の菊地哲生一飛曹、一二空から翔鶴転入組の小平良直一飛曹など、一匹狼の戦闘機乗りとしての経歴はさまざまな連中がいる。

多士済々《せいせい》——といえばきこえは良いが、新郷隊長にとっては、「訓練期間が短くて、完璧なチームワークには未《いま》だし」といった錬成途次の艦隊戦闘機隊ということになる。

ガ島上空の航空攻防戦

1

翌二十八日午前九時三〇分、翔鶴より新郷大尉以下零戦一五機、九七艦攻二機がブカ基地めざして飛び立った。彼らに加えて瑞鶴からも同様に日高盛康大尉以下の一四機、艦攻一機が続行する。合計三二機。

この日は、未明から五機の索敵機がはなたれた。指揮官は松永寿夫特務中尉、かつての嶋崎飛行隊長の偵察員である。列機に金沢飛曹長が加わった。

対潜哨戒には、小隊長としてベテランの金田数正特務少尉が派遣されている。コンビはいつもの列機、八重樫飛曹長。指揮官は伊東徹中尉。

艦戦隊は隊長白根斐夫大尉をのぞいてほとんどがブカ島にむかい、艦攻隊も索敵、対潜哨戒へと駆り出されると、格納庫内はがらんと空虚な空間となった。整備員たちも酷暑のなか、何となく手持ち無沙汰である。

艦内乗員たちの慰労のために、池田副長の提案で「瑞鶴新聞」が再刊されることになった。「君が手つだってくれ」と、宮尾軍医中尉が呼び出されて、編集長役の医務科分隊長の主筆付となった。社長役は工作長芦谷武雄少佐が命じられている。

だが、平穏な航海でさっそく苦労する。宮尾軍医中尉はウンザリした様子で、日記にこう書きつける。

「材料が無いので閉口する」

夜にはいって、ブカ島から瑞鶴電信室に最初の戦闘概報がきた。源田飛行長に、通信科よりのテレトークが以下の戦況をつたえる。

零戦二九機、艦攻三機、午前一〇時四五分までにブカ島到着。明日の使用可能機数、在ラバウル木更津航空隊一式陸攻一二機、木更津航空隊同一一機。第六空襲部隊（基地航空部隊）の兵力は陸攻三三機、艦戦一六機にすぎず——。

「どうも、兵力が足りんようですな」

と、源田飛行長は顔をしかめて野元艦長に言った。在ラバウルの基地航空隊はポートモレスビー攻略作戦のため、ニューギニア島東岸ラビ攻撃にも零戦隊を派遣しなければならない。そのために、ガ島攻撃に全機を投入することはできないのだ。

「なに、ウチの戦闘機隊がガ島に出て行けば充分ですよ」

と、源田中佐は表情をあらためて、自信ありげに大きくうなずいて見せた。

この強気の元航空参謀は、零戦の格闘性能の高さにゆるぎのない自信を持っている。戦闘機の能力は日米で一対六——一機の零戦で、六機の米軍戦闘機に対抗し得るという、満々たる自信である。

だが、源田中佐の期待に反して、ブカ島派遣の戦闘機隊の成果は振るわないものとなった。まず、着陸時に「翔鶴戦闘機一、失速墜落即死（注、高須賀満美三飛曹）、瑞鶴一大破、人員異状ナシ」との損害を出し、翌二十九日の戦闘概報一一三号でも、ガダルカナル飛行場攻撃にさいし、「大中型機三機、小型機二機以上全部撃破、滑走路全地域ヲ破壊、三ヵ所ニ大火災ヲ起コサシム」としたものの、「木更津空一機自爆、翔鶴零戦一機自爆（井石清次二飛曹）」と、パッとしない戦果となった。

一木支隊第二梯団、川口支隊のガ島上陸作戦にそなえて、上陸支援の航空部隊を派遣している在ラバウルの第二十六航戦司令部では先任参謀柴田文三中佐がこの報告を目にし、ブカ島派遣部隊を「戦意不足」とみた。さっそく叱りつけるような電文を打電させる。

「本日ノ戦闘機隊ノ戦果少シ」

ブカ島基地は完成したばかりの、砂ぼこりの舞う砂礫の多い飛行場である。粗末なバラック小屋の宿舎に泊まり、劣悪な条件の下でのガダルカナル往復攻撃行である。距離にして四〇〇カイリ（七四〇キロ）を飛び、空戦後、ふたたび同じ距離を飛んで帰る。疲労の極でいた新郷隊長に、この非情ともいえる電文は誇り高い彼の心をいたく傷つけた。

「そんなに戦果がほしいのか、と腹が立ちましたね。鈍足の陸攻機に被害が続出するので、士気が低下している。何とか無事に任務を成功させてやりたいと、上空直掩に必死になったわけですよ。おかげで、陸攻機の自爆一機ですんだ。司令部に喜んでもらえると思って帰ってきたんですが……」

台南空戦闘機隊長時代いらい、新郷隊が直掩任務についたなら無事に帰ってこれる、と陸攻隊員たちに感謝された隊長である。だが、その行動が上級司令部のお気に召さぬなら、思い切って彼らをギャフンと言わせてみせる、と生来の天邪鬼《あまのじゃく》の精神がムラムラとよみがえってきた。

新郷大尉は明三十日の攻撃を二手に分け、第一次攻撃隊をガ島飛行場制圧とした。参加は零戦隊一八機のみとし、第一中隊を自分が、第二中隊を指宿大尉が指揮することにした。他に日高隊。第二次攻撃隊は陸攻一八機、ブカ島零戦隊六機、ラバウル隊七機の混成である。

「敵を相手に思う存分、暴れまわってこい！」

出撃に当たって、剛毅な隊長の戦闘命令が下った。

その結果、深更になってからブカ島基地から旗艦あてに打電されてきた戦果報告は、前日に比して「撃墜一三機、内不確実三機」という華ばなしいものであった。ただし、以下のような悲痛な事態も、電文の末尾に付け加えられていた。

「我方、新郷大尉外計八機未帰還、指宿大尉機ショートランド不時着」

2

瑞鶴飛行長源田実中佐は、八月二十九日、三十日の二日にわたる攻撃で、ブカ島派遣戦闘機隊の三分の一の兵力が喪われたことに衝撃を受けていた。

とくに三十日のガ島への第一次攻撃では、指揮官新郷英城大尉以下八機が未帰還となっている。幸いにも瑞鶴隊の日高盛康大尉は無事だったが、翔鶴分隊長の指宿正信大尉は空中戦闘で被弾し、ショートランド基地に不時着している。前々日、着陸時からの事故機をあわせて喪失、計一二機。

——このままでは航空消耗戦になる。

というのが、とっさに胸に浮かんだ焦燥感であった。

ガダルカナル島米軍基地への航空攻撃をくり返して行けば、予想外に頑強な米海軍機の反撃によって格闘戦では勝利を得るものの、一機ずつ被害を重ねて行けば恐るべき消耗戦となる。

この兵力逐次投入を止めて熟練搭乗員を育て、一気に航空決戦で勝負をつけようという彼の航空決戦主義が、のちの作戦中枢、軍令部員への転身の契機となる。

艦長野元為輝大佐は、「敵ノ技倆良好ナリ」とは思うものの、源田中佐ほどの不安感は抱いていない。在艦の先任分隊長白根斐夫大尉をはじめとして、荒木茂、吉村博の若い両分隊士、ベテラン下士官搭乗員をふくめて戦闘機隊は健在であったし、艦攻隊は今宿滋一郎、梼原正幸両分隊長のもと緊密なチームワーク作りに専心している。懸案は八月二十四日の海戦で喪われた艦爆隊一個中隊分の補充、再建であった。

士官食堂での夕食後、飛行隊長高橋大尉が艦長室を訪ねてきて、「艦長が敵にむかって突進してきてくれたおかげで、夜間の不時着水から助かり、母艦に着艦することができました」と感謝の言葉をのべるのを、武骨な艦爆隊長にしては率直な気持のあらわれだと感じながら、「なに、搭乗員と飛行機があっての母艦だ」と応じ、意気消沈せぬようはげました心算《つもり》だった。

やはり「敵ヲ見ズ」と第二次攻撃隊を無駄に帰投させてきた隊長としての責任の重さに、耐えかねていたのだろうか。隊長の思いつめたような沈んだ表情が少し気になった。

——さて八月三十日、ブカ島上空での新郷隊 vs.グラマン戦闘機の戦いは、以下のようなものであった。

南雲機動部隊の二隻の空母はソロモン北方海域を遊弋中であり、対潜警戒機を放ちながらガ島米軍基地の北方三〇〇～三五〇カイリを行ったり来たりする戦闘航海をつづけていた（二十七日現在の位置＝南緯二度五七分、東経一六一度四九分）。

夜明け前に梼原《ゆずはら》正幸大尉以下の九七艦攻三機が前路対潜警戒に飛び立ったが、二時間後に「異状なし」として母艦にもどってきた。戦場から遠く離れた濃藍の海上は微風も渡らず、酷暑の太陽が鋼鉄の艦体を白く灼《や》きつけるのみである。

瑞鶴艦橋では、野元艦長以下艦首脳がじっとりと汗ばむ暑気に耐えながら、ガ島方面各部隊からの戦況報告に一喜一憂している。

機動部隊の零戦主力がガダルカナル基地を叩けば、米海軍機を一掃できると期待して送りこまれた精鋭である。これら艦隊零戦部隊が、米グラマン海軍機とどこまで太刀打ちできるのか。その実力が問われる八月三十日の、零戦単独の航空戦であった。

飛行隊長新郷英城大尉、総機数は零戦一八機で、翔鶴隊は第一中隊長新郷大尉以下七機、第二中隊長指宿正信大尉以下六機。瑞鶴隊は日高盛康大尉以下五機の編成である。

既述のように、いずれも第三艦隊から選りすぐった搭乗員たちで、新郷隊の二番機菊地哲生一飛曹は元赤城乗組。操練三十九期出身という古参搭乗員で、真珠湾攻撃からミッドウェー海戦までを存分に戦いぬいた強者である。

第二小隊長安部安次郎特務少尉、二番機小平好直一飛曹のコンビもまた、第二次ソロモン海戦では山田昌平大尉の艦爆隊直掩として参加したベテランコンビだ。
一木支隊第二梯団、川口支隊の軽快艦艇による輸送は駆逐艦、哨戒艇によって第一次から第五次にかけておこなわれ、陸海軍部隊の総兵力四、七八〇名。だが案の定、八月二十八日に実施された第一次上陸作戦では、イサベル島北方海域からガ島にむかった第二十駆逐隊の駆逐艦四隻がインデスペンサブル海峡で警戒の米海兵隊SBD二機に発見され、攻撃を加えられた。

途中航海の被害はなかったが、通報されて駆けつけてきた米海兵隊リチャード・C・マングラム中佐指揮の『ドーントレス』急降下爆撃隊により、駆逐艦朝霧沈没、白雲航行不能、夕霧小破という大被害を受けた。ショートランドを発した第二十四駆逐隊の駆逐艦三隻、陸兵約一、〇〇〇名はその報をきき、兵力を引き揚げてしまった。

米軍機の喪失はわずか一機で、米側戦史は「マングラム中佐たちは、みごとな名人芸をやってのけた」と彼らの素早い反撃を賞賛している。

この悲報に、さすがに高をくくっていた連合艦隊司令部でもあわてたようである。すぐさま宇垣参謀長名で現地部隊に、「陸兵輸送の駆逐艦は分散行動し、昼間はガ島の一五〇カイリ圏外にあって、日没後揚陸せよ」との警告電を発した。

安部特務少尉は昭和四年、飛行予科練習生（予科練）制度が誕生したときの第一期生で、いわゆる少年航空兵募集に応じて乙飛予科練入りをした。空母鳳翔、加賀、赤城と艦隊搭乗員の経験も古く、中国戦線では十二空に在隊した。霞空教員を長くつとめ、開戦前に翔鶴乗組となった。

真珠湾攻撃では先任分隊長兼子正大尉に選ばれて、二番機としてカネオへ飛行場銃撃に参加している。トリンコマリー攻撃、サンゴ海海戦での母艦直衛など翔鶴転戦とともに戦った艦隊搭乗員だが、さすがにブカ島進出時の粗末な宿舎、まずい現地食には閉口し、「疲れが取れないうちに連日、往復四時間あまりの飛行距離と空戦で、疲労困憊《こんぱい》の状態」であったようである。

小平好直一飛曹も、下士官搭乗員として昭和十七年四月、翔鶴乗組となった。大正七年、長野県生まれ。海兵団入りをして主計兵となったが、航空兵に転科できると教えられて一念発起。昭和十三年、念願の第四十三期操縦練習生となった。

初陣は中国戦線で、第十四航空隊入り。ここで早くも「鬼の新郷」こと、新郷大尉の雷名を知ることになる。ある日、新任分隊長の小福田祖大尉がやってきて、

「オレは新郷大尉と兵学校同期だ。彼とは胸襟《きょうきん》をひらいた仲だ。びしびし鍛えてやるから、覚悟せい！」

と宣言して、小平たち〝若輩《ジャク》〟搭乗員を震え上がらせたのである。小福田大尉も、部下搭乗員に厳格に対処する上官であった。

翔鶴に乗艦して三ヵ月後、飛行隊長として「鬼の新郷」がやってくるとき、小平一飛曹は身がまえて待ちうけたが、意外にもあっさり隊長機の列機に抜擢されて、拍子ぬけがした。

なぜ、自分が「鬼の新郷」に気に入られたのか。小平一飛曹によれば、ふしぎに思ったが、「きくのが恐くてついにきかずじまいだった」そうである。だが、本人が告白する隊長評とは、以下のように好意的なものである。

「新郷大尉は、なるほど訓練は猛烈にきびしい。だが有言実行型で、いざ空戦となれば指揮官先頭で、まっ先に突っこんで行く。隊長として、勇敢な人でした。部下隊員として、不満はありませんでした」

八月三十日、零戦隊のみのガ島基地攻撃が実施された。日本時間午前八時一五分（現地時間一〇時一五分）出撃。天候不順で、時折スコールが襲う悪条件下である。

ブカ島発進直後、南下する零戦隊の発見報告がブーゲンビル島のジャングルにひそむ豪軍の「沿岸看視員《コーストウオッチャー》」からガ島米軍基地あて、以下のように報告された。

「敵の単発飛行機群、大挙して南に向かう」

米戦史家リチャード・B・フランクによれば、ヘンダーソン飛行場の米戦闘機群はただちに離陸し、「日本機が到着する三〇分前には、上空で戦闘配備をおえていた」。

このように、日本機がはるばる四〇〇カイリ（七四〇キロ）の長距離を飛んで空戦にはいるハンディを有するのにたいし、迎える側は充分な邀撃《ようげき》態勢を取って対抗することができた。結果的には、準備不足のまま日本機の群れは不意に敵地上空で襲われ、第一段階から苦戦を強いられる条件下にあったのだ。

3

二つの米戦闘機群が迎撃のために飛び立っている。米陸軍第六十七戦闘機中隊のデイル・D・ブラノン少佐指揮するP400型戦闘機一一機、米海兵隊ジョン・L・スミス少佐の第二二三戦闘機部隊グラマンF4F戦闘機八機、合計一九機である。

P400型戦闘機は、P39型『エアラコブラ』の改造機で、「イギリスに輸出するために製造された輸出用廉価版であった」と、米航空史家マーチン・ケーディンは指摘している。高々度性能が悪く、上昇力不足のため英国ではほとんど使われず、戦力として投入されたガダルカナル戦では高度一四、〇〇〇フィート（四、二六七メートル）の哨戒任務をあたえられたが、「この高度では零戦がもっとも性能が良く、P400はゆっくりとしか反応できなかった」——。

P400型戦闘機は分解梱包されて、米本土からニューカレドニア基地に運ばれ、輸送艦によってはるばるガ島ヘンダーソン基地に持ちこまれた。補給部品は皆無で、予備品がなく、この日も可動機全機で飛び立つのが精一杯であった。

通常、ブラノン少佐はP400型戦闘機を二手に分け、高度一四、〇〇〇フィート付近で日本軍急降下爆撃機の突入前に攻撃し、もう一方をツラギ沖の在泊艦船上空で待機させ、日本機が避退してくるところを迎撃するという待ち伏せ戦法をとっている。そのため、この日も彼はガ島上空に七機を、ツラギ沖付近に四機を配置した。

一方、米海兵隊スミス少佐のグラマンF4F八機は、高度二八、〇〇〇フィート（八、五三四メートル）上空で、日本機の侵入にそなえる。米軍戦闘機は、三段がまえで日本機を待ちうける。

午前一一時四五分、ブカ島を発進して一時間三〇分後に、零戦隊はガ島基地上空に達した。陸攻機を掩護していないため、戦闘機隊単独では進撃速度が早まるのだ。

新郷大尉はガ島上空で哨戒中のブラノン少佐のP400型戦闘機群七機を発見し、「攻撃せよ」と翼を振って味方零戦全機の突入を命じた。高度三、〇〇〇メートル付近で、両軍機入り乱れての空戦となった。

その直前、指宿隊の二番機川西仁一郎一飛曹の零戦が突然火を噴き、操縦席から搭乗員が落下傘降下するのを、後続小隊の佐々木原正夫二飛曹が目撃している。（あ、不意をつかれたな）と一瞬緊張に身体がこわばり、全速力で逃れて行くP400型戦闘機一機を追尾する。

川西一飛曹は彼の一期上の甲飛三期生で、サンゴ海海戦では上空直衛機として奮戦。顔面を血まみれにして包帯を巻きつけ、搭乗員待機室で歯を食いしばりながら横たわっていたありし日の姿が、脳裡を走った。どうか無事でいてくれ、と願いながら追尾をつづけ、佐々木原二飛曹は一撃、二撃目でP400を撃墜する。

新郷大尉以下、各機それぞれが分散して格闘戦にはいる。零戦お得意の操縦性の良さ——ひねりこみ戦法によって、P400型戦闘機はつぎつぎと火を噴き、たちまち四機が撃墜され、残る全機が被弾し破壊され、翌日の飛行可能機数は三機に激減した。

だが、P400型戦闘機を追いかけ、撃墜を競っているさなかに、スミス少佐隊のグラマン戦闘機部隊が戦場上空に到着し、上空から殺到した。不意打ちを食い、単機でそれぞれ反撃にむかう零戦の群れ。これに対抗し、米海軍機は二機ずつのペアを組んで〝サッチ戦法〟でつぎつぎと零戦隊に火を噴かせて行く。

佐々木原二飛曹の回想では、「対空警戒中に二機のグラマンに包囲された」と言い、小平一飛曹も、「垂直旋回で二機のグラマンと格闘戦をつづけているうちに、どんどん高度が下がり、不利な態勢に追いこまれていった」と語る。ガ島攻防戦では、二機単位の編隊空戦が米海軍の新戦法として登場してきたのだ。

これらの戦闘で翔鶴隊零戦四機、瑞鶴隊三機が喪われた。前掲のリチャード・B・フランクの調査によると、米側戦果は日本軍戦闘機八機撃墜（不確実一機）。被害は皆無で、パイロット二名が再起不能で、本国に送還されたという。零戦の太平洋戦線の圧倒的優位は揺らぎはじめたのである。

新郷英城大尉は空戦の主導権を指宿大尉にゆだねて、当初の目的であるガ島基地の制圧、銃撃にむかった。何としても在地の米軍戦闘機を壊滅せねばならない、ラバウルの第二十六航戦司令部幕僚たちの鼻を明かしてやる、との気負いが全身にみなぎっていたのだ。

ようやく空戦域から脱出した小平一飛曹は、尾翼に隊長機の帯を巻いた零戦一機を発見し、翼を返して編隊を組んだ。彼は、隊長機が無謀にも、機首の残った七・七ミリ機銃弾だけで地上銃撃にはいるなどとは夢にも思っていない。高度三、〇〇〇メートル付近で、二機はグラマン戦闘機群に包囲された。機数は七、八機。そのまま突進し、新郷大尉は格闘戦にはいる。

小平一飛曹の回想。

「ぐるぐる旋回しながら、グラマン戦闘機の頭を押さえて隙をあたえないようにした。自然と高度は下がって行き、その瞬間、チラッと隊長機がキリモミになって墜落していくのが目にはいった。あ、隊長機がやられたなと思いながら、必死になって雲のあるツラギ方向に飛んだ。直下に米軍巡洋艦らしい艦影を見た記憶がある。ようやく雲に飛びこんで、無事にブカ島に帰還しました」

翔鶴帰還後、居住区でその体験を語り、「新郷大尉は墜ちて行ったので、多分やられたんじゃないでしょうか」と小平一飛曹が声を落とすと、

「いや、大丈夫だ。新郷大尉は生きておられるよ」

と、先任搭乗員から力強い声が返ってきた。

「二日前にガダルカナル島守備隊より連絡があって、ガ島西方にて隊長機無事収容と艦長あてに電信がはいったらしい。飛行長がそう言って喜んでいたよ」

4

ガダルカナル島での米軍航空基地制圧で、飛行隊長新郷英城大尉は撃墜されたのではなかった。彼の搭乗する零戦はグラマンF4F戦闘機群の集中攻撃を受け、胴体タンクを射ちぬかれて発火。ようやく火は消えたもののスロットルレバーもきかず、ブカ島基地への帰投も不可能なので、ほうほうのテイで洋上に逃れ去ったのである。

水平線をめざして西へ、海面を這うようにして進む。幸いガダルカナル島の西半分は日本軍の占領下で、どこかに適当な不時着地点がないかと風防越しに海岸線を捜す。顔面の左半分に激痛が走るので左手でさぐってみると、左顎《あご》下にズブリと指がはいった。機銃弾の破片が食いこんでいるらしい。出血が止まらず、少しめまいがした。

カミンボ岬(と、後で知った)近くまで飛んで小さな教会堂を見つけ、エンジンを切って不時着水することにした。無事着水してふと気づくと、爆音とともに後を追ってきたグラマン戦闘機が急降下して、射撃態勢にはいってくるのが見えた。

あ、やられるな、と思った新郷大尉は一か八か、沈みゆく愛機の翼の上に立ち上がって大きく手を振った。射つなら射て、と肚《はら》をすえたつもりであった。

だが、意外なことに米軍パイロットはライバル機零戦の操縦士に敬意を表したものか、そのまま機首を引き上げ翼を振って激励のエールを送り、飛び去って行く。

新郷大尉が相手をしたのは、米海兵隊ジョン・L・スミス少佐の第二二三グラマンF4F戦闘機部隊グループであったと思われる。彼らがくり出す〝サッチ戦法〟の新戦術によって、日本側空母零戦隊は手痛い敗北を喫したのだ。

中国戦線から緒戦期の南方作戦にかけて、零式戦闘機はその驚異的な空戦能力で米英軍のバッファロー、P40型戦闘機群を圧倒した。とくに一対一の格闘戦では零戦そのものの軽快な運動性から巴《ともえ》戦の最中に相手の背後にまわりこむ〝ひねり込み戦法〟開発によって、圧倒的な勝利を獲得した。

この敗北に注目したのが、米海軍のジョン・S・サッチ大尉である。日米開戦前の一九四一年（昭和十六年）秋、中国戦線における零戦の勝利を知り、もし日本軍の零戦が太平洋上に登場すれば、「われわれの持つ航空機のすべてに勝り、敵《かな》うすべもない」と恐怖し、彼はたった一人で零戦への対抗策に知恵をしぼった。

自宅の台所で、マッチ棒を戦闘機に見立てて必死にアイデアをしぼり出す。小隊三機編制から二機単位の四機編制へ――。すなわち、二機のペアがタテ一列になって進み、別の二機が同一方向、同高度で飛行する。戦場近くにくるとたがいに円を描くように位置をかえ（sweave《スウィーブ》＝編むの意）、日本機が後方から食いつくと、反対の小隊は素早くUターンして背後にまわりこむ。ねらわれた側も反対側に急旋回するから、追尾する日本機は、たえず背後に二機のグラマン戦闘機群を背負うことになる。

サッチ少佐（昇進）による新戦法は、さまざまな反対論にさらされながらもミッドウェー作戦時から彼自身が参加して実戦化し、ガダルカナル攻防戦ではスミス海兵隊少佐によって本格的に実施されたのだ。

日本側空母零戦隊八機の喪失は、送り手側の第三艦隊司令部にとっても真珠湾いらいのベテランパイロットがふくまれているだけに、予想外の深刻な事態と思われた。過去半歳にわたり、米陸軍機と渡り合ってきた新郷英城大尉も、正攻法で戦った米海軍機との戦闘で、米国人の〝開拓者魂《フロンテイア・スピリット》、侮るべからず〟の感をあらためて深くしていた。ガダルカナル攻防戦を通じて、圧倒的な勝利を得ていた〝零戦神話〟は崩壊しつつあった。


さて、海岸まで泳ぎついた新郷大尉は、爆音をききつけてジャングルから出てきた現住民たちにたちまち取りかこまれた。物珍しそうに、彼らはジロジロと眺めている。

敵意は無いとみて、身の回わりの小物をプレゼントして教会堂に案内してもらった。拳銃だけはひそかに飛行服の下に隠し持った。「シスター、シスター」と住民たちが口々に騒ぐので、手真似で「シスターを呼んでくれ」と頼みこんだ。

ジャングルの奥に隠れていたのは、カナダ人とフランス人の女性宣教師二人であった。さっそくシスターたちは彼の傷の手当てをし、首にぐるぐる白い包帯を巻いてくれた。四キロほど離れた先に日本軍の見張所があると教えられ、案内されてたどりつくと、日本軍の陸兵たちにかこまれて安心したせいか、発熱して三日間寝込んでしまった。

九月二日のこと、海軍設営隊の人夫三人が見張所を訪れてきていた。極秘裡に埋めてある乾電池を掘り出しに来た、との話である。三〇キロ先のジャングル中に設営隊本部があるときき、彼らとともに歩いて東にむかった。出迎えたのは、海軍第十三設営隊長岡村徳長少佐であった。

岡村少佐は海軍兵学校卒業後、民間人として予備役の立場となり、開戦後は現役復帰して設営隊長を志願した海軍の大先輩である。

土佐っぽの明るい性格で、新郷大尉がブカ島出撃から不時着水にいたるまでの経過を説明すると、「おお、無事でよかったな。さっそく艦長あてに知らせなきゃ」と大いに喜んで、無電で飛行隊長無事収容と有馬大佐あてに打電してくれた。

新郷大尉の回想談。

「岡村さんは終始ほがらかな表情で、八月七日の米軍上陸当日はいきなりの猛爆撃で参った、一二時間も猛烈な攻撃がつづいていて全部の施設がやられた、と屈託なく語ってくれた。食糧も現下ではとぼしく、木の皮、タピオカなどを集めて食うだけで腹に力がはいらん、と冗談まじりに語るほど、逆境にあっても肝っ玉のすわった人でした」

その日は、岡村少佐からガ島攻防戦の戦況をつぶさにきき、明日はタイポ岬に陸軍部隊が上陸するので高速輸送の駆逐艦に乗艦して母艦にもどれ、との親切なアドバイスを受けた。設営隊本部を出発し、徹夜でジャングルを歩き通す。

同月四日夜半、青葉支隊、一木支隊約一、〇〇〇名の上陸を見とどけて、第二十四、第十九駆逐隊の一艦に乗艦してショートランド基地にむかう。さらに北上して、トラック泊地へ。新郷英城大尉が進撃中の南雲機動部隊にたどりついたのは、九月十七日のことである。給油船東邦丸に便乗して旗艦翔鶴に接近し、出迎えのカッターで半月ぶりの母艦にもどった。士官室でくつろぐ間もなく、ただちに艦長室に呼び出された。

「ただいま、帰って参りました」と敬礼すると、有馬大佐は謹直な表情をくずして「ご苦労でした」とねぎらいの言葉をかけ、

「戦地のことだから、いつ母艦にもどってこれるかと案じておりました。いや、隊長が帰ってくれてありがたい」

といつも通りの丁重な言葉で、率直な喜びの表情を浮かべた。

「トラックでは、山本長官に呼び出されてガダルカナルの戦況についてきかれました。とくに長官は、前線部隊の士気を心配しておられましたね」

まっ先に口をついたのは、強く印象に残ったトラック泊地での戦艦大和訪問時の出来事である。戦地での隊長機不時着情報が連合艦隊司令部の耳にはいったものか、乗艦する駆逐艦

がトラックに入港すると旗艦大和から出迎えがきた。

いざ、決戦場へ

1

俗称〝大和ホテル〟である。山本大将の旗艦だけに設備も重厚で、さっそく〝ホテルの軍医長〟が手術で左顎下の破片を取りのぞいてくれた。引きつづき、長官公室に案内される。右舷中央部に連合艦隊司令部公室があり、その前部の広い部屋にソファーセットがおかれた長官公室がある。

新郷大尉がはいって行くと、「まあ、坐れ」と異相の参謀が手前のソファーを指さした。首席参謀黒島亀人大佐である。

山本長官は、部屋の奥に立っていた。小肥りのがっちりとした体軀だが、鋼鉄のような強烈な意志の持ち主に見えて、大尉は思わず気圧されるものを感じた。

「ガ島の戦況はどうか」

と、少し甲高い声で長官はたずねた。直言居士で鳴らした新郷大尉は最初の緊張がとけると臆せずに、自分が現地で知りえた情報を包まず最高指揮官につたえようとした。

「敵の捕虜による情報ですが」と、ガ島守備隊本部で門前鼎《かなえ》大佐と出会ったさい得た米軍基地航空兵力の情報を、こんな風に語った。

「まず敵航空兵力の件ですが、飛行機の数よりも搭乗員を多く送りこんでいるようです。飛行機三機につき搭乗員五名、三〇機となれば四〇から五〇名といったように……。したがって、搭乗員の交代が容易で、攻撃可能となればたえず全機が空襲に飛び立ちます」

また、日本側駆逐艦部隊が艦砲射撃を加える場合には、「彼らは夜間飛行も可能ですから、砲撃を食らうとさっと飛び立って上空に避退しますから、被害が少なくてすみます」と、米軍機の機数が日本側の度重なる空爆にもかかわらず、いっこうに減らない実状を挙げた。

「私自身の体験でも、米海軍機の連中は行動が迅速で、戦意も高く、じっさいの空戦でも編隊戦闘を主として、巧妙です」

自分が〝サッチ戦法〟の犠牲になったとは、新郷大尉でも気づいていない。だが、味方零戦が得意としていた一騎打ちの格闘戦は、新たな米海軍の編隊空戦によって苦境に立つかも知れないという漠とした不安を訴えたつもりであった。

山本長官は黙って、機動部隊の主役となって戦うはずの戦闘機隊長の発言に耳をかたむけていた。強気な黒島首席参謀がどのような反応をしめしたのかは、同大尉の記憶にない。

有馬艦長にも、山本長官に話したのと同じ内容の戦訓をつげた。有馬大佐もガ島戦の実情を知るのははじめてのことで、米海軍機の旺盛な戦意に事態の深刻さにあらためて気づいたようであった。

「気がかりなことがありましてね」

と、新郷大尉はガ島戦の新情報をつけ加えた。

「敵の捕虜は米海軍中尉ですが、自分の立場の情報しか持っておらんのです。みごとに情報が管理されています。しかし、わが海軍では士官があらゆる情報に首を突っこんで、何でも知っている。不測の場合、これは大問題です」

「そうだな」と思わず有馬艦長も腕組みをして、天をあおいだ。「何でもかんでも知りたがるのは、士官を問わず、これは国民性だな」

ところで、ブカ島派遣の戦闘機隊がガ島基地攻撃に参加したのは八月二十九日、同三十日の両日だけである。彼らと基地航空部隊による空爆により、米基地航空兵力の抵抗は制圧され、二十九日午前からの第二次から九月一日にいたる第五次までの駆逐艦輸送は、すべて無事完了した。タイポ岬に上陸成功した日本側兵力は三、〇〇〇名を数える。

「前進部隊および機動部隊は二日、ブカ島の戦闘機隊収容の後、トラックに回航せよ」

旗艦からの発光信号で、連合艦隊司令部より今後の予定が野元艦長につたえられたのは、八月三十一日のことである。機動部隊の遊弋位置、北緯三度、東経一六五度。艦隊は、この日も北にむかって戦闘航海をつづけている。

天候が悪化し、時折スコールが飛行甲板を叩きつけた。雲量多く、視界も遠くはきかないので、「対潜警戒を厳にせよ」との命令が艦内スピーカーで各見張所にとどく。警戒の艦爆隊が二時間ごとに交替で飛び立って行く。緊迫した一日だ。

米軍基地への上陸支援は絶えまなくつづき、機動部隊戦闘機により「残存機は一〇機ていど」と報告を受けたが、翌九月一日になってみると現地守備隊からの報告では、「本朝敵機四〇機着陸するを認めたり」と状況は一変している。

守備隊からの現地報告は正しいものであった。米海兵隊戦史によると、その前日、SBD急降下爆撃機、F4F戦闘機各一個中隊が米海兵隊に増強され、使用可能機数は六四機と増大していた。

「事態の急速な進展により、機動部隊のトラック泊地への北上は延期となり、ブカ島戦闘機隊の収容も三日と変更された。ふたたびガ島への航空攻撃を重ねさせる命令である。

2

ブカ島からの戦闘機隊帰還はさらに一日のびて、九月四日となった。ガ島基地への攻撃をおえ、ラバウル基地に移動していた零戦隊は天候不良のため、母艦への帰投をくり延べにした。その間、南雲艦隊は南下と北上をくり返す。

「明朝午前一〇時、到着予定です」

三日午後、発着艦指揮所に待機中の原田整備長に、通信科の伝令がブカ島戦闘機隊の帰艦予定をつげにきた。「何機もどってくるのか」と気がかりになって電信用紙を読み返してみたが、何も書かれていなかった。

その夜は月が出た。風が止み、波静かな洋上に月光の白い光が映えている。うっとりと見とれるような刃形の月が中空にかかっている。

南方はるか遠くでは、ソロモンの一島嶼をめぐる凄絶な戦闘がくり広げられているというのに、別世界のような、物音ひとつしない静かな月明である。

整備長原田機関少佐は無心になって、波のきらめく海に視線をはなっていた。苛酷な戦争の現実を目前にする前夜の、思い出に残る、奇妙に物静かな一夜であった。

翌朝、日高大尉以下の瑞鶴戦闘機隊が定刻通りに、ラバウル基地から帰投してきた。機数を数えてみると、誘導の九七艦攻一機と零戦は九機しかなかった。出発時より戦闘機五機が喪われている。「これは、いかんな」とかたわらにいた源田飛行長が渋い表情をした。

「風上に立て！」

大友航海長が艦橋内で大声をあげた。

「飛行機、収容はじめ！」源田飛行長の号令を背に、原田整備長は飛行甲板に降りて行った。

戦闘機整備斑の先任班長川上二整曹も艦橋下で整備員たちとひと固まりになって、先頭の日高大尉機の着艦するのを待ち受ける。

「ただ今、帰艦して参りました」

全機着艦後、野元艦長、源田飛行長、原田整備長たちの前で報告に立った日高大尉は、色白の、一見優男に見える風貌を一変させ、頰がこけ、眼光がギョロリと異様な光を放っている。

列機の部下たちも同様で、無精ヒゲも剃らず、陽に焼けた浅黒い肌に深い疲労の皺が刻みこまれている。彼らの首から下げられている戦死搭乗員たちの白木の箱が痛ましい。搭乗員は合計一二名が生還したが、住田剛飛曹長、中馬輝定一飛曹、栗生稔三飛曹などの戦闘機搭乗員の姿が消えていた。

川上二整曹は自分が整備した日高分隊長機の零戦が無事に帰投してきたので一安堵したが、出迎えた在艦搭乗員たちのなかで翔鶴から転入してきた松田二郎一飛曹が敬礼をしたまま、涙ぐんで棒立ちになっている姿にふと目を止めた。

松田一飛曹は甲飛一期生出身で、真珠湾攻撃ではカネオへ飛行艇基地に果敢に銃撃をかけた二十四歳の若者である。サンゴ海海戦のあと瑞鶴に転じてきて、居住区では甲飛同期の中馬一飛曹と二人でよくふるさと話にふけっていたのを、川上二整曹は記憶している。

松田一飛曹は長崎、中馬一飛曹も同郷である。昭和十二年、海軍を志願し、飛行練習生はともに同十四年六月卒業。だが、霞ヶ浦から肩をならべた友の姿は今はなく、白木の箱の中で沈黙を守っている。ありし日の姿を偲んでいるのであろうか。

悄然とした若い搭乗員の姿を見つめ、川上二整曹は胸のつまる思いがした。

「住田飛曹長も操練出身（注、二十六期。飛練卒業は同十年）だし、中馬兵曹のような若手の猛者でもグラマンとの空戦で食われてしまう。こんな調子ではえらいことになってしまうぞと、不安をおぼえましたね」

より深刻なのは、翔鶴隊の場合であった。出撃機数一五機のうち九機が喪われ、帰還は六機。ほかに誘導の艦攻三機。零戦搭乗員は八名帰還したが、六名が戦死。隊長新郷大尉は未帰還である。

艦橋下では、南雲長官、草鹿参謀長以下、司令部幕僚たちがそろって出迎えた。

有馬艦長、根来飛行長とともに飛行甲板に降りて行った福地運用長は、整列した搭乗員たちの胸に白木の箱が下がっているのを見て、目頭を熱くした。

「中身に遺骨は入っていないんです。おそらく身のまわりの私物か、残った衣服の何か切れ端でもいれたんでしょう。内地の家族がそれを見たらどんな思いをするかと、辛い気持になりました」

整列した搭乗員を代表して指宿大尉が帰還報告をした。有馬大佐はいかにも気まじめな指揮官らしく、「本日ここに、先般見送りし戦友の多数を迎えあたわざるは痛恨のきわみなり」と、几帳面な訓示で応えた。

つづいて、南雲長官が言葉をかけた。

「勇戦奮闘、ご苦労であった。いよいよ元気を振るい、さらに来るべく戦闘に臨《のぞ》まんことを期待する」

と、短い激励で壇を降りた。勇み立つような雰囲気ではまるでなく、帰還した搭乗員たちの面やつれしたきびしい表情が、出迎えた乗員たちの心を重くした。凱旋のはやり立つ気分は失せ、それぞれがゾロゾロと無言で持ち場に帰って行く。

3

九月四日、派遣飛行機隊を収容後、南雲機動部隊の翔鶴、瑞鶴はトラック島泊地への帰港を命じられ、針路三三五度で北上を開始する。翌五日午前一一時、水平線上はるかに島影がみえた。出撃いらい、二二日ぶりの陸地である。

「艦長、北水道よりはいります」

大友航海長が野元艦長につげる。旗艦翔鶴に続航してトラック環礁内の所定のコースで、夏島裏側の艦隊泊地にむかうのである。

「航海当番、配置につけ」

野元大佐が口をひらいた。艦橋内に一瞬にして緊張が走る。艦が碇泊地に投錨するまで、もっとも気ぜわしい時間がはじまる。

瑞鶴からは、この日も前路哨戒に三機の九七艦攻が派出されていた。艦攻隊のベテラン金沢飛曹長は未明に飛行甲板を飛び立ち、対潜哨戒の任務をおえてトラック環礁内の竹島基地にむかった。

トラック諸島は、環礁内の大小二百数十の島々より成り、その中央にある竹島には戦闘機隊、北側の夏島には造成中の艦攻、艦爆隊用の飛行場がある。竹島は周囲四〇キロほどの小島で、整備員や基地員が集結して機体の整備点検に当たっていた。

金沢飛曹長も整備作業に半日を費やし、翌日早朝からの爆撃訓練に参加。午後は夏島に移った。同島は南洋庁東部支庁がおかれている中心地で、内南洋司令部（第四艦隊）など主要部隊庁舎の建物がならぶ諸島内の中心地である。

七日午後二時、さっそく司令部庁舎の会議室で「第二次ソロモン海戦研究会」がひらかれることになった。瑞鶴からは野元艦長、源田飛行長、高橋飛行隊長らが招かれて内火艇に乗り、夏島海軍桟橋にむかう。

同様に、旗艦翔鶴からも第三艦隊司令部の高田首席参謀、長井作戦参謀、内藤航空参謀、末国戦務参謀ほか、有馬艦長、根来飛行長、村田、関両飛行隊長らが顔をそろえる。前進部隊、機動部隊前衛各艦からも主要幹部が集結していた。

翌三日には連合艦隊司令部との合同作戦打ち合わせが予定されており、事態は緊迫をきわめている。

トラック島は東カロリン群島に属し、雨の少ない、平均気温二六度から三二度の熱帯域にある。雨季と乾季の差がはっきりしていて、真夏の暑さは日本のそれと同じだが、九月に入ると初秋を思わせる涼しさとなった。

この日も、穏やかな微風に島はつつまれている。

会議の冒頭、短いあいさつのあと、さっそく反省の口火を切ったのは作戦参謀長井純隆中佐である。

「このたび司令部では、第三艦隊新戦策として新たな作戦方針を立案したが、細則の詰めがおくれて各部隊への命令書配布が出撃ぎりぎりの時間となった。そのため、前進部隊との連携がうまく運ばなかったのはまことに遺憾である。今後は新戦策の周知徹底をはかりたい」

長井参謀の反省は、前進部隊の第二艦隊が機動部隊とほぼ並列の状態で南下したため、機動部隊を後方に隠し前方の水上部隊が偵察機をはなって米空母を捜索するという〝太平洋手さぐり作戦〟が役に立たなかった点にある。これを修正し、機動部隊が前進部隊の後方一五〇カイリを機動することを確認した。

「また海戦当日は、機動部隊、前進部隊ともに敵飛行艇にたえず触接され、味方位置を敵側に知られることになった。この愚を、二度とくり返してはならない」

航空参謀内藤雄中佐が言葉をついで、同じように反省点を口にした。はじめての航空作戦指揮で成果が予期通りに達成できなかったことで、言葉も湿りがちであった。

出席者が発言を求めてつぎつぎと立ち上がったが、いずれも航空参謀の不手際を責める内容となったので、内藤参謀としても抗弁のしようがなかったのだ。

出席者が質《ただ》した問題点とは、以下のようなものであった。──当日朝、各部隊の接敵配備がおくれたため、黎明索敵で米空母を発見できなかったこと。敵発見の時刻が正午すぎで、しかも遠距離であったため雷撃隊の使用ができなかったこと。連続触接機を出さず夜に入ったため、思い切った翌朝の追撃戦ができなかったこと……などなどである。

反省の疑問点を総括するように、長井参謀が新たな前進部隊の編成替えを提案した。

「味方部隊の索敵能力を高めるために、第二艦隊に前衛の第八戦隊を追加することにしたい。これによって、前進部隊の水偵能力が倍加することはまちがいあるまい」

第八戦隊とは、重巡利根、筑摩の高速部隊のことである。機動部隊本隊はこの高速二重巡の分離により防空、防衛能力を欠くことになるが、第三艦隊新戦策最大の目的は航空決戦であったから、前進部隊の索敵能力強化は止むを得ぬことであろう。

飛行隊長高橋定大尉は、研究会の内容が作戦指揮の艦隊行動の反省ばかりで、実戦参加した飛行機隊の意見が反映されないことにいらだっていた。帰艦後、源田飛行長にたびたび攻撃隊編成の不自然さを訴えたのだが、内藤航空参謀とは兵学校同期生の誼《よしみ》もあってか、取りついでくれない。

──これではいかん！

と、胸の奥底からこみ上げてくる思いがあった。

海戦当日、第一次攻撃隊分隊長として瑞鶴隊と別れて出撃して行った大塚礼治郎大尉が最後に遺した言葉、「隊長、あとをよろしくお願いします」の一言が脳裡によみがえってきて、高橋大尉は思わず立ち上がった。

「意見具申あり！」

勢いこんだので、長井参謀が意外な表情で彼を見返した。

「何だね」

「攻撃隊の編成について申し上げたいことがあります」

高橋大尉はかたわらの内藤航空参謀に視線を移して、言葉をつづけた。

発言の主旨はこうだ。——わが艦爆隊は一個中隊が第一次攻撃隊に参加して、全滅の悲運に遭《あ》った。九九艦爆機では敵グラマン戦闘機の防弾ガラスを破壊できないし、味方の七・七ミリ機銃では敵グラマンの燃料タンクをねらっても防弾ゴムで護られていて、撃墜することができない。直掩の零戦に掩護を頼むしかないのだが、第二次ソロモン海戦では絶対的に数が不足している。そのうえ、味方戦闘機隊は母艦の上空直衛、攻撃隊の直掩、制空隊と三つの任務に総花的に配備されて、それぞれに機数が足りない。これでは各隊とも成果を期待できないのではないか。

「肝心の飛行機隊編成にも、大いなる疑問があります」

高橋大尉は、内藤航空参謀を見つめて言った。海戦当日になって、部下の大塚隊九機を翔鶴隊に組み入れ、翔鶴の山田隊を瑞鶴隊の指揮下に入れる変則的な組み替えをした。こんなバラバラな編成に、どのような意味があるのか。隊の結束を乱すものではないか。

「一艦の艦攻隊、艦爆隊は、部下と指揮官との〝血の連結〟によって戦うものであります。そのために自分は出撃までに、艦爆隊員たちと生死を共にできるよう努力してきた。しかるに、艦爆隊を二分割し、それぞれ別の指揮官に預けるような軍隊区分は百害あって一利なし。即刻止めていただきたい」

瑞鶴艦爆隊は飛行隊長のもと、一丸となって攻撃参加すべきだ。両艦分隊入り乱れての分散攻撃では士気が上がるまい——。

長井参謀が意表をつかれたように、高橋大尉の口元を見つめた。作戦指揮の反省点ばかりに気を取られて、肝心の飛行機隊編成までは配慮がおよばなかったのである。現場指揮官からの必死の懇願は、搭乗員たちの生の感情を無視した机上プランだけで先走った航空参謀戦術の弱点をついていた。

「よくわかった。高橋隊長の意見は、研究会の大事な懸案として再考してみよう。航空参謀、君はどうか」

長井中佐が議論を引き取るようにふり返ってたずねた。

「異議ありません」

内藤参謀も、同意した表情でうなずいた。旗艦の先任飛行隊長のもと、各艦の飛行機隊を一元化して統一するという新戦策の原則論が、現場指揮官の猛反撥を食って潰れたのである。これで一件落着となり、各艦飛行隊長それぞれが独立して統一指揮できるようになった。

高橋大尉の鬱憤《うっぷん》はいくぶんかは解消された形になったが、残るはもう一つの課題——九九艦爆の七・七ミリ〝豆鉄砲〟を一三ミリ機銃に換装する重武装化問題である。

これについては、日本国内では機銃開発がおくれ、「目下、横須賀航空隊で昼夜兼行で努力中」との内藤参謀の回答であった。しかし、戦局はそんな悠長な対応を待っていてはくれないのだ。

次の海戦でも、九九艦爆隊は七・七ミリ機銃の貧弱な武装だけで米グラマン戦闘機群と交戦し、急降下爆撃に突入しなければならない。九七艦攻の雷撃隊は、さらに苦戦をしいられるであろう。これが、日本の工業力の現状であった。その事実を率直に部下に話し、緊密なチームワークで隊を護るしかあるまい、と高橋大尉は心に決めた。

夕暮れになり、研究会は散会となった。艦長野元大佐は、飛行機隊の不満が高橋隊長の司令部への直訴により解決したことに胸を撫で下ろしたが、もう一方で全艦内乗員たちに広がる不安感が気がかりになっていた。ミッドウェー海戦の大敗北いらい、ひょっとしたら本艦も火の海になるのではないか、との被害者感覚が見られるのである。

瑞鶴のトラック再出撃予定は、九月十日であった。いよいよ米機動部隊との対決である。第三艦隊各艦は燃料補給、整備のためにソロモン海から引き返し、海軍側の準備完了に合わせて川口支隊の飛行場奪回が十一日に決行される。それまでに、どうやって乗員たちの士気を高められるか。

次なる決戦をひかえて、新しい難問が行く手に待ちうけていた。

文庫本のためのあとがき

二代目艦長野元為輝大佐を東京目黒区柿ノ木坂の自宅に訪ねたのは、一九七一年（昭和四十六年）初冬の頃合いであった。当時七十六歳。

初対面の元艦長は優に一八〇センチ近い偉丈夫で、若々しく、壮年期を思わせるような矍《かく》鑠《しゃく》ぶりであった。

鹿児島県出身。東京府立一中（現・日比谷高校）から海軍兵学校第四十四期生となり、専門は航海学科であった。前任の横川市平大佐が砲術科出身であったのにたいし、重巡鳥海をはじめ主要艦艇一五隻の航海長をつとめ、空母千歳艦長、筑波航空隊司令など航空畑の経験もあったから、正規空母瑞鶴の二代目艦長として、まことにふさわしい人物であった。

本文にも記した通り、空母瑞鶴、翔鶴は日本海軍最強の正規空母となった。ミッドウェー海戦には大敗したが、真珠湾攻撃の大成功にもかかわらず正規空母を中心とした統一指揮官による一大航空艦隊は存在せず、これを期に第三艦隊が誕生した。それ以前は戦艦部隊、巡洋艦部隊ともに別系統の司令官が存在して、最高指揮官南雲忠一中将は麾下の第八戦隊所属の戦艦比叡、同霧島を直接指揮することはできなかった。

ところが、新編成の第三艦隊では本体の瑞鶴、翔鶴、瑞鳳の三空母を中心として前衛に戦艦二、重巡三、軽巡一、駆逐艦七隻を配し、はじめて真の機動艦隊が誕生したのである。

艦長就任してまもないころ、周防灘で第三艦隊と第二戦隊の戦艦六隻が合同して、演習がおこなわれたことがあった。そこへ飛行機隊が攻撃を擬襲するわけだが、旗艦瑞鶴の操艦に当たったのが、野元大佐である。

「痛快でしたね。たとえば、攻撃隊の急降下や魚雷投下の演習弾をさけるために、左や右に急回頭を命じる。

『左、一斉回頭！』

と私が下令すると、戦艦長門、伊勢以下六隻が命令に合わせていっせいに左に艦首を向ける。戦艦が空母の直接指揮下で行動するのは私もはじめての体験ですから、じつに痛快な気分でした」

二代目艦長が瑞鶴の思い出として、まっ先に語ったのはこのエピソードで、〝航海屋〟艦長としてはさぞかし愉快な出来事であったかのように、朗らかに笑った。

それも道理で、艦隊決戦思想の日本海軍では主力艦同士の対決が第一義で、航空母艦などは補助的役割にしかすぎず、艦隊決戦時の着弾観測機の派遣や残敵掃討の出動ぐらいが関の山。初期の空母加賀、赤城では万一敵巡洋艦に遭遇した場合には、砲戦で充分対抗できるように、二〇センチ連装主砲を合計一〇門装備していた。

当時米国では、空母サラトガが竣工しており、これは純然たる航空作戦目的であったから彼の国に航空戦用法では一日の長があったというべきだろう。

また特記すべきは、艦長就任時初の乗員訓示であった。開戦後半年後、ミッドウェー海戦の敗北は公表されず、一般乗員にとってはまだ緒戦勝利の連続で、「米英恐るべからず」などと昂揚した気分が横溢していたが、

「米国人にも、大和魂と同じく、ヤンキー魂がある」

との戒めは、昂揚した乗員たちの気分に冷水をあびせる一言であったにちがいない。だがその反面で、この訓示がまた彼らに感銘をあたえたこともまちがいない。

海軍兵学校第四十四期生といえば、大正五年十一月卒業組である。海軍大学校甲種学生第二十七期。

大正期の日本海軍といえば、山本権兵衛、加藤友三郎らの日露戦争を勝利に導いた国際派の海軍将官が輩出し、いわゆる良識派の日本海軍という定評が高かった。

その海軍を二派に分裂、対立させたのが昭和五年一月からはじまったロンドン海軍軍縮条約の締結交渉である。

すでに妥結した主力艦比率を英・米・日＝五・五・三に加えて補助艦をふくめた総トン数で包括的七割を時の浜口雄幸首相、海軍代表山梨勝之進らは提案妥結したが、艦隊派の末次

信正、加藤寛治各大将らは「これでは対米戦を戦えぬ」と猛反対。山梨らの「これ以上の建艦競争は日本経済を破綻させる」との慎重論にたいし、艦隊派は政界、財界を巻きこみ、さらには伏見宮博恭王（のちの軍令部長）まで抱きこんで、猛然な派閥抗争を展開した。

野元為輝航海長は艦隊の位置にあって、こうして対米強硬論に傾斜していく日本海軍の変貌をどのような思いで眺めていたのか。

二代目艦長の初訓示をみると、野元大佐は加藤友三郎、山梨勝之進らの条約派＝対米協調派と軌を一にしていることが理解できる。

というのも、海軍兵学校では古今東西の戦史、とくに第一次大戦での各国海軍の戦史を丁寧に教育していた。そのため野元生徒らは米国海軍も永遠の仮想敵ではなく、太平洋の良きライバルとして敬意をこめて学んでいたのである。

たとえば一八九八年（明治三十一年）、米西戦争のさい、アメリカ海軍史上名高い対スペイン戦が戦われた。これはキューバを領有していたスペインにたいし、同地の独立運動を支援すべく米艦隊がサンチャゴ要塞を攻略にむかったものである。指揮官はサンプソン提督。スペイン側はサンチャゴ要塞の湾口奥に隠れて保全をはかる、いわゆる要塞艦隊主義《フォートレス・フリート・ドクトリン》を採った。旅順港のウラジオ艦隊と同様の戦法である。米側は東郷大将と同じ港口封鎖で対抗したが、作戦開始より百日余。いっこうに要塞から出港してこないスペイン艦隊にたいし、三重の米国封鎖陣は疲労の極に達し、士気もしだいに衰えてきた。

このとき、広瀬中佐よろしく湾口の狭路に一隻の大型汽船を自沈させ、スペイン艦隊の出港を封じ込める作戦を提案してきた海軍士官がいた。ホブソン中尉である。

結果的には汽船メリマック号の自沈に成功し、米国側はのちのサンチャゴ海戦でも大勝してキューバ奪回を成就させるのだが、死を冒して自沈封鎖にむかったホブソン中尉の名は、いまも米国戦史に称揚《しょうよう》されるところである。

若き野元生徒はこれら米国海軍の英雄たちに思いを馳せながら、彼らへの深い友情を抱いていたが、じっさいの兵学校教育では仮想敵米国への敵愾《てきがい》心を煽り、米国とはいずれ一戦を交えるのだという宿命論が教えこまれていた。

こうした風潮に抗して対米協調を念じていた野元大佐は、いざ最前線でかつて敬意を払っていた米国海軍軍人たちと戦いを交えることに、初訓示に当たって、あらためて新たな感懐を抱いていたのである。

二代目艦長野元為輝の名を久しぶりに眼にしたのは、戦史研究家戸高一成氏の蒐集した資料「海軍の反省」の録音テープがＮＨＫ特集として放映されたときのことである。敗戦後三十五年、かつての日本海軍指揮官、軍政に携ったメンバーたちが集まってなぜ日本が無謀な戦争に踏み切り、国土を焼土と化すまで戦ったのか——その敗戦の真因を探ろうとする証言座談会があった。

多くの証言が語られたが、なかでも特記すべきは野元為輝元少将の以下の発言である。

すなわち、日米開戦の責任を永野修身軍令部総長や嶋田繁太郎海軍大臣らの両トップを、対米強硬派の若手に引きずられた無責任体制と批判するのは容易だが、もっと重要な人物の存在を忘れてはならない。その中心人物ひとりの皇族が海軍の潮流を形づくり、対米戦へと海軍を開戦に導く重要な役割を果たしたのではないか。

その皇族とは、伏見宮博恭王である。

父は陸軍大将貞愛親王。日露戦争にも参戦し、海大校長、軍事参議官をへて、昭和七年二月より軍令部長。同七年、元帥。同八年十月〜十五年四月まで、軍令部総長。

この人物が昭和前期から日米開戦にいたる大半を海軍統帥のトップとして君臨した。前述のように、艦隊派に担がれた対米強硬派の皇族である。

野元元少将の証言とは――。

「人事のことについて、（皇族の）博恭王《ひろやすおう》が九年間も軍令部総長をやっている。ああいうのはどうも妙な人事である。殿下がひとこと言われると、もうそれは〝はい〟と。……言い過ぎかも知らんけど、もう少しその、皇族に対する考えということは、もう少し、あるブレーキをかけるような空気がなかったのを、はなはだ遺憾に思うのであります。これは、海軍としては大きな意味の反省のひとつにしなければならないことである」

やはり、ロンドン軍縮条約締結をめぐって海軍が分裂した派閥抗争が頭にあったのだろうか。宮様の〝お坊っちゃん〟総長は就任いらい海軍人事に多大な関心を抱き、艦隊派の黒幕、加藤寛治大将一派に大海軍の危機を吹きこまれると、五年後の軍縮条約延長などまかりならんと激昂するのである。

そして艦隊派人事を重用し、いわゆる英米派の良識派海軍将官をつぎつぎと退役に追いこんでいくのである。

たとえば連合艦隊司令長官の山本五十六大将が兵学校同期生で海軍省軍務局長の堀悌吉少将を、英米協調の条約派として将来の日本海軍を背負って立つ中心人物として艦隊派との派閥抗争に巻きこまれないよう伏見宮に直訴したが、宮はにべもなく受けつけなかった。

結局、堀悌吉は中将昇進と引き換えに予備役に編入され、日本海軍は対米和平の重要人物を失ってしまうのである。

さて、新編機動部隊の主将は南雲忠一中将。参謀長は草鹿龍之介少将で、ミッドウェー海戦での敗北コンビである。この人選は連合艦隊の山本長官の強い推挙によって決められたものだが、二人を支えるべく主要幕僚に日本海軍の英知が集められた。

したがって、米ハルゼー機動部隊にたいして若き日本海軍の知性が戦いを挑むわけだが、その対決の第一段階が本稿の主題である。

高橋定、石丸豊、今宿滋一郎、白根斐夫、……。彼らは野元新艦長とともに新機動部隊の航空戦力として尽力し、若き魂を空母瑞鶴の飛行甲板上で燃焼した。それぞれの魅力ある若き隊長、分隊長像は、野元艦長および僚艦翔鶴艦長有馬正文大佐の回想とともに物語ることができたが、彼らリーダーたちよりも野元回想によみがえる若き搭乗員たちがいる。

それは第二次ソロモン海戦の折だが、瑞鶴索敵機がレカタ基地の南、イザベル島に不時着したとの通報があった。搭乗員は九七艦攻の三人である。

陸上基地からの連絡であったので、彼らの無事は確認できた。だが瑞鶴は作戦行動中で救出に赴けず、三名は基地におき去りにされた。同島は米軍の攻勢で孤立し、おそらく彼らは同島の密林で空爆と飢餓の悲運にさらされて飢餓死したにちがいない。

「じつに申しわけないことをした」

老艦長は深い吐息とともに、しばし言葉を途切らせた。多くの同艦乗員とともに南溟の地に果てた彼ら三名の部下の儚《はかな》い命の終焉に思いを馳せていたにちがいない。

――この物語は、かくしてソロモン海に若い命を捧げた日本の若者たちの顕彰碑である。文中に、それぞれの白き墓標を想像されよ。

二〇一八年盛夏　森　史朗

注、参考文献は次巻に一括掲載いたします。

単行本　平成二十六年十月「空母瑞鶴の南太平洋海戦」改題　潮書房光人社刊

NF文庫

ソロモン海の戦闘旗

二〇一八年十二月十九日　第一刷発行

著　者　森　史朗

発行者　皆川豪志

発行所　株式会社　潮書房光人新社

〒100-8077　東京都千代田区大手町一-七-二

電話／〇三-六二八一-九八九一(代)

印刷・製本　凸版印刷株式会社

定価はカバーに表示してあります

乱丁・落丁のものはお取りかえ致します。本文は中性紙を使用

ISBN978-4-7698-3098-6　C0195

http://www.kojinsha.co.jp

NF文庫

刊行のことば

第二次世界大戦の戦火が熄《や》んで五〇年――その間、小社は夥しい数の戦争の記録を渉猟し、発掘し、常に公正なる立場を貫いて書誌とし、大方の絶讃を博して今日に及ぶが、その源は、散華された世代への熱き思い入れであり、同時に、その記録を誌して平和の礎とし、後世に伝えんとするにある。

　小社の出版物は、戦記、伝記、文学、エッセイ、写真集、その他、すでに一、〇〇〇点を越え、加えて戦後五〇年になんなんとするを契機として、「光人社NF（ノンフィクション）文庫」を創刊して、読者諸賢の熱烈要望におこたえする次第である。人生のバイブルとして、心弱きときの活性の糧《かて》として、散華の世代からの感動の肉声に、あなたもぜひ、耳を傾けて下さい。

＊潮書房光人新社が贈る勇気と感動を伝える人生のバイブル＊

ＮＦ文庫

激戦ニューギニア　下士官兵から見た戦場
白水清治

愚将のもとで密林にむなしく朽ち果てた、一五万兵士の無念を伝える憤怒の戦場報告——東部ニューギニア最前線、驚愕の真実。

軍艦と砲塔　砲煙の陰に秘められた高度な機能と流麗なスタイル
新見志郎

多連装砲に砲弾と装薬を艦底からはこび込む複雑な給弾システムを図説。砲塔の進化と重厚な構造を描く。図版・写真一二〇点。

恐るべきUボート戦　沈める側と沈められる側のドラマ
広田厚司

撃沈劇の裏に隠れた膨大な悲劇。潜水艦エースたちの戦いのみならず、沈められる側の記録を掘り起こした知られざる海戦物語。

空戦に青春を賭けた男たち
野村了介ほか

大空の戦いに勝ち、生還を果たした戦闘機パイロットたちがえがく、喰うか喰われるか、実戦のすさまじさが伝わる感動の記録。

慟哭の空　史資料が語る特攻と人間の相克
今井健嗣

フィリピン決戦で陸軍が期待をよせた航空特攻、万朶隊。隊員達と陸軍統帥部との特攻に対する思いのズレはなぜ生まれたのか。

朝鮮戦争空母戦闘記　新しい時代の空母機動部隊の幕開け
大内建二

太平洋戦争の艦隊決戦と異なり、空母の運用が局地戦では最適であることが証明された三年間の戦いの全貌。写真図版一〇〇点。

＊潮書房光人新社が贈る勇気と感動を伝える人生のバイブル＊

ＮＦ文庫

新説・太平洋戦争引き分け論
野尻忠邑

中国からの撤兵、山本連合艦隊司令長官の更迭……政戦略の大転換があったら、日米戦争はどうなったか。独創的戦争論に挑む。

日本海軍の大口径艦載砲
石橋孝夫

戦艦「大和」四六センチ砲にいたる帝国海軍艦砲史

米海軍を粉砕する五一センチ砲とは何か！　帝国海軍主力艦砲の航跡。列強に対抗するために求めた主力艦艦載砲の歴史を描く。

大海軍を想う
伊藤正徳

その興亡と遺産

日本海軍に日本民族の誇りを見る著者が、その興隆に感銘をおぼえ、滅びの後に汲みとられた貴重なる遺産を後世に伝える名著。

鎮南関をめざして
伊藤桂一

北部仏印進駐戦

近代装備を身にまとい、兵器・兵力ともに日本軍に三倍する仏印軍との苛烈な戦いの実相を活写する。最高級戦記文学の醍醐味。

軍神の母、シドニーに還る
南　雅也

生き残り学徒兵の「取材ノート」から

シドニー湾で戦死した松尾敬宇大尉の最期の地を訪れた母の旅を描いた表題作をはじめ、感動の太平洋戦争秘話九編を収載する。

「回天」に賭けた青春
上原光晴

特攻兵器全軌跡

緻密な取材と徹底した資料の精査で辿る回天戦の全貌。祖国のために、最後の最後まで戦った〝海の特攻隊員〟たちの航跡を描く。

＊潮書房光人新社が贈る勇気と感動を伝える人生のバイブル＊

ＮＦ文庫

ノモンハンの真実　日ソ戦車戦の実相

古是三春

グラスノスチ（情報公開）後に明らかになった戦闘車両五〇〇両を撃破されたソ連側の大損失。日本軍の惨敗という定説を覆す。

陸軍潜水艦　潜航輸送艇㋴の記録

土井全二郎

ガダルカナルの失敗が生んだ、秘密兵器の全貌——海軍の海上護衛能力に絶望した陸軍が、独力で造り上げた水中輸送艦の記録。

特攻隊最後のことば　祖国に殉じた若者たちの真情

北影雄幸

十死零生の特攻作戦に、青春を捧げた男たちの決意。二五〇〇人の若き特攻隊員がのこした遺書、日記、手紙に綴られた思いとは。

戦艦「武蔵」

朝倉豊次ほか

「武蔵」は沈まない。私はそう信じて戦った！　設計建造、進水艤装から、その終焉までを体験に基づいて綴る不沈艦の生涯。数々の証言で浮き彫りにされる未曾有の戦艦の姿。

新前軍医のビルマ俘虜記　狼兵団　地獄の収容所奮闘録

三島四郎

昭和十九年、見習士官となってビルマに赴任した新前軍医が、敗戦とともに送られた収容所で味わった捕虜の悲哀の数々を綴る。

サクラサクラサクラ　玉砕ペリリュー島

岡村　青

後の硫黄島、沖縄戦にも影響を与え、米軍に衝撃をもたらしたペリリュー戦。生還者にも取材、当時の状況を日米相互に伝える。